HEYNE <

Das Buch

Commander Pitt vom Staatsschutz erhält einen außergewöhlichen Auftrag: Er soll mit seinen Leuten für die Sicherheit von Sophia Delacruz sorgen, die von Spanien nach London kommt, um dort religiöse Vorträge zu halten. Zu Hause in Spanien wird sie von ihren Anhängern als Heilige verehrt – aber sie hat auch bereits ernst zu nehmende Morddrohungen erhalten. Ihr Tod auf britischem Territorium könnte im Extremfall zu einem Krieg zwischen England und Spanien führen oder einen revolutionären Aufstand auslösen. Pitt lernt Sophia kennen und schätzen, doch dann passiert das Schreckliche: Nur kurz nach ihrem ersten Vortrag verschwindet Sophia über Nacht spurlos mit zweien ihrer Anhängerinnen. Ist sie eine Betrügerin, absichtlich untergetaucht – oder ihren Feinden zum Opfer gefallen? Unter größtem Druck beginnt Thomas Pitt zu ermitteln und stößt schon bald auf eine hochbrisante politische Intrige.

Die Autorin

Die Engländerin Anne Perry, 1938 in London geboren, verbrachte einen Teil ihrer Jugend in Neuseeland und auf den Bahamas. Schon früh begann sie zu schreiben. Ihre historischen Kriminalromane zeichnen ein lebendiges Bild des spätviktorianischen England und begeistern ein Millionenpublikum. Anne Perry lebt und schreibt in Schottland. Mehr zur Autorin und ihren Büchern erfahren Sie unter www.anneperry.co.uk.

Lieferbare Titel

Der Verräter von Westminster – Mord in Dorchester Terrace – Tod am Eaton Square – Nacht über Blackheath – zahlreiche weitere Thomas-Pitt-Romane sind als E-Book erhältlich.

Eine Weihnachtsreise – Der Weihnachtsmord – Der Weihnachtsfluch – Das Weihnachtsversprechen – Der Weihnachtsverdacht – Die Weihnachtsleiche – Der Weihnachtsverrat – weitere Weihnachtskrimis von Anne Perry sind als E-Book erhältlich.

ANNE PERRY

DAS OPFER VON ANGEL COURT

Ein Thomas-Pitt-Roman

Aus dem Englischen
von K. Schatzhauser

WILHELM HEYNE VERLAG
MÜNCHEN

Die Originalausgabe
THE ANGEL COURT AFFAIR
erschien 2014 bei Headline Publishing Group, London

MIX
Papier aus verantwortungsvollen Quellen
FSC® C014496

Verlagsgruppe Random House FSC® N001967
Das für dieses Buch verwendete
FSC®-zertifizierte Papier *Holmen Book Cream*
liefert Holmen Paper, Hallstavik, Schweden.

Vollständige deutsche Erstausgabe 2/2016

Printed in Germany
Umschlaggestaltung: Hauptmann & Kompanie Werbeagentur, Zürich,
unter Verwendung eines Fotos von
© Christie's Images / Bridgeman Images
Satz: Schaber Datentechnik, Wels
Druck und Bindung: GGP Media GmbH, Pößneck

ISBN: 978-3-453-43819-4

www.heyne-verlag.de

Für Michael Ducker

KAPITEL 1

An einem Frühlingstag stand Pitt im von den Strahlen der Sonne erhellten Büro des Innenministers Sir Walter, in das kein Laut des brausenden Verkehrs drang. Ungläubig sah er seinen Vorgesetzten an. »Eine spanische Heilige?«, fragte er, um einen möglichst gefassten Klang seiner Stimme bemüht.

»Sie ist keine Spanierin, sondern eine Engländerin, die in Spanien lebt«, gab Sir Walter geduldig zurück. »In Toledo, wie man mir sagte. Sie ist hier, um Verwandte zu besuchen.«

»Das dürfte kaum etwas mit dem Staatsschutz zu tun haben, Sir«, sagte Pitt. Man hatte den Aufgabenbereich dieser ursprünglich wegen der irischen Frage ins Leben gerufenen Abteilung mittlerweile so stark erweitert, dass sie mehr oder weniger für alles zuständig war, was als Bedrohung für die Sicherheit des Landes angesehen wurde.

Gerade jetzt, zwei Jahre vor der Jahrhundertwende – man schrieb das Jahr 1898 –, herrschte in ganz Europa Aufruhr. Überall griff die Unruhe um sich und trat immer deutlicher zutage. Kaum eine Woche verging ohne einen Bombenanschlag von Anarchisten. In Frankreich trieb die Dreyfus-Affäre ihrem Höhepunkt entgegen, und niemand vermochte deren Ausgang vorauszusagen. Es ging sogar das Gerücht, die Regierung werde darüber stürzen.

Pitt gab seinem Vorgesetzten zu bedenken, dass der Staatsschutz zwar für die Sicherheit hoher ausländischer Würdenträger zu sorgen habe, eine im Lande umherreisende Nonne – oder was auch immer sie sein mochte – aber nicht in diese Kategorie falle.

»Es sind Briefe mit Morddrohungen eingegangen«, schnitt ihm Sir Walter das Wort ab. Sein Gesicht ließ keine Regung erkennen. »Bedauerlicherweise hat sich die Frau überaus freimütig geäußert und mit ihren Ansichten Besorgnis sowie Verärgerung hervorgerufen.«

»Ich dachte, sie sei noch gar nicht hier«, erwiderte Pitt.

»Ist sie auch nicht«, antwortete Sir Walter. »Sie soll heute Abend in Southampton und morgen bei uns in London eintreffen. Wir müssen bereit sein.«

»Dann ist das ein Fall für die Polizei«, sagte Pitt knapp. »Ich kann mir nicht vorstellen, dass sich hier jemand mit ihr anlegen will. Falls aber doch, kann sich die örtliche Polizei damit beschäftigen.«

Sir Walter seufzte, als habe er ein ermüdendes Gespräch dieser Art schon zuvor geführt. »Pitt, was ich Ihnen gesagt habe, war keine Empfehlung, sondern eine Anweisung. Es wäre töricht, darauf zu vertrauen, dass das Thema Religion viele Menschen kalt lässt, dass sich ausschließlich engagierte Christen gegen die von dieser Frau vertretenen Ansichten wenden werden und dass wir uns darauf verlassen dürfen, dass diese Leute wissen, wie sie sich im Rahmen der Gesetze zu verhalten haben, und möglicherweise sogar das Gebot christlicher Nächstenliebe befolgen werden.« Er hob die weißen Brauen und fuhr fort: »Manche Menschen streiten über nichts so leidenschaftlich wie über Fragen der Religion. In ihren Augen steht sie für Ordnung, gesunden Menschenverstand und dafür, dass auf jeden Fall das Gute über das Böse siegt. Noch wichtiger als all das ist ihnen aber, dass ihnen die Religion bestätigt, welcher Platz ihnen innerhalb der Schöpfung zukommt.« Er lächelte trübselig. »Und zwar einer, der ziemlich weit oben ist. Sich auf der obersten Stufe zu sehen verbietet ihnen ihre heuchlerische Bescheidenheit. Irgendetwas muss schließlich Gott vorbehalten bleiben.« Sein Lächeln schwand, und in seine Augen trat ein harter Ausdruck. »Wer diese Gewissheiten bedroht, bedroht ihrer Ansicht nach alles.«

Kopfschüttelnd fuhr er fort: »Großer Gott, sehen Sie sich doch nur an, welche Verwüstungen die Religion im Laufe der Geschichte angerichtet hat! Da haben wir die Kreuzzüge, die Inquisition in Spanien, die Verfolgung der Katharer und Waldenser in anderen Ländern Europas, die Massaker an den Hugenotten in Frankreich. Auch wir in England haben sowohl Katholiken als auch Protestanten verbrannt. Glauben Sie etwa, das könne nicht wieder geschehen? Wenn Dreyfus kein Jude wäre, hätte diese ganze widerliche Geschichte gar nicht erst angefangen und schon gar nicht diese Ausmaße angenommen – oder sollten Sie da anderer Ansicht sein?«

Pitt holte Luft, um etwas zu sagen, doch seine Zunge gehorchte ihm nicht.

Es war der 29. April. Wenige Tage zuvor hatte Präsident McKinley den amerikanischen Kongress dazu aufgefordert, Spanien den Krieg zu erklären. Da die Spanier Kuba seit vielen Jahren die Unabhängigkeit verweigerten, betrachteten die Amerikaner es als eine Gelegenheit, ihre Machtstellung zu festigen, indem sie in den Konflikt eingriffen. Als das Schlachtschiff *USS Maine* im Hafen von Havanna unter ungeklärten Umständen explodiert war, hatte die einflussreiche Presse der Vereinigten Staaten Spanien ganz offen als Schuldigen hingestellt. Am 21. April hatte der Kongress eine Seeblockade aller kubanischen Häfen angeordnet und verlangt, dass sich Spanien aus Kuba zurückzog. Vor vier Tagen dann, am 25. April, hatten die Vereinigten Staaten dem Land den Krieg erklärt.

Das war einmalig in der von Idealismus geprägten kurzen Geschichte des Landes, das sich bis dahin damit begnügt hatte, Ackerbau und Viehzucht zu betreiben, riesige Baumwoll- und Tabakplantagen anzulegen sowie eine eigene Industrie aufzubauen. Dieses neue Expansionsstreben barg die Gefahr in sich, dass andere Seemächte, darunter auch Großbritannien, davon beeinträchtigt würden, sofern die Amerikaner auf ihrer Haltung beharrten. Mit einem Mal vergrößerten sie nicht nur Heer und Kriegsflotte, sondern richteten auch begehrliche Blicke auf weit entfernte überseeische Gebiete wie Hawaii und die Philippinen. Sollte es beim Besuch jener Frau aus Spanien zu Zwischenfällen kommen, könnte das bei der dortigen Regierung den Verdacht wecken, Großbritannien stelle sich auf die Seite der Vereinigten Staaten und sei darauf aus, Spanien seinerseits den Krieg zu erklären. Das war eine äußerst beunruhigende Vorstellung.

Ganz davon abgesehen gab es keinen großen Unterschied zwischen der Gewalttätigkeit im Inland und der, die gerade auf dem europäischen Festland um sich griff. Erst vier Jahre zuvor war in Frankreich Staatspräsident Carnot ermordet worden, und im Vorjahr hatte den Präsidenten Spaniens, Cánovas del Castillo, dasselbe Schicksal ereilt, nachdem die Gewalttaten in dem Land einen neuen Gipfel der Abscheulichkeit erreicht hatten.

»Sie bringt rund ein halbes Dutzend ihrer Anhänger oder Gefolgsleute mit«, fuhr Sir Walter fort, als habe er nichts davon gemerkt, dass Pitt mit seinen Gedanken anderswo war.

»Gott allein weiß, was für Leute das sind. Trotzdem wollen wir nicht, dass einer von denen hier bei uns umkommt. Ihnen dürfte klar sein, in was für eine peinliche Lage das die Regierung Ihrer Majestät brächte, ganz besonders, wenn man die Vergangenheit unseres Landes in Bezug auf Spanien bedenkt. Wir wollen den Leuten auf keinen Fall einen weiteren Vorwand für einen Krieg liefern.« Er sah Pitt aufmerksam an, als habe er ihn möglicherweise überschätzt und müsse sich überlegen, ob er die Sache in andere Hände geben sollte.

»Unbedingt, Sir«, gab Pitt zur Antwort. »Das ist mir selbstverständlich klar. Muss man denn überhaupt mit der Möglichkeit rechnen, dass hier jemand etwas gegen die Frau unternehmen könnte?« Er stellte die Frage nicht, weil er sich das nicht vorstellen konnte, sondern gleichsam als hoffe er, man werde ihm versichern, dass das nicht der Fall war. Sowohl in Europa als auch in Amerika hatten die Ereignisse der jüngsten Vergangenheit eine ganze Reihe von Gewissheiten erschüttert.

Sir Walters Gesichtsausdruck entspannte sich, und die tiefen Linien um den Mund herum glätteten sich ein wenig. »Wahrscheinlich nicht«, erklärte er mit dem Anflug eines Lächelns. »Aber wie es aussieht, sind ihre englischen Verwandten in keiner Weise mit ihr einverstanden. Soweit ich gehört habe, hat sie das Land in erster Linie wegen grundlegender Unstimmigkeiten verlassen. Familie kann mitunter die Hölle sein.« In seiner Stimme lag Mitgefühl.

Pitt unternahm einen letzten Versuch, sich der Sache zu entziehen. »Familienstreitigkeiten sind Sache der Polizei und gehen den Staatsschutz nichts an, Sir. Wir beschäftigen uns gegenwärtig mit einem Fall von Industriesabotage, der aus dem Ausland gelenkt zu sein scheint und weite Kreise zieht. Die Sache wird immer schlimmer, und da sie anfängt, die Sicherheit des Landes zu gefährden, müssen wir ihr unbedingt Einhalt gebieten.«

Mit gestrengem Blick erklärte Sir Walter: »Nicht die Beziehung zwischen Opfer und Täter entscheidet darüber, wen eine Sache etwas angeht, Pitt, sondern die Auswirkungen auf unser Land. Das wissen Sie ebenso gut wie ich. Sollte Ihnen das nicht klar sein, wären Sie nicht mehr lange auf Ihrem Posten, das dürfen Sie mir glauben.«

Pitt räusperte sich und fragte ruhig: »Ist bekannt, worum es bei diesen Differenzen mit den Angehörigen der Frau geht, Sir?«

Sir Walter zuckte kaum wahrnehmbar die Achseln. Sofern er die Veränderung in Pitts Ton bemerkt hatte, war er kultiviert genug, es nicht zu zeigen. »Ich denke, um das, worum es bei halsstarrigen Töchtern immer geht«, gab er mit einem angedeuteten Lächeln zurück. »Sie hat sich geweigert, den von ihrer Familie für sie ausgesuchten jungen Mann aus guter Familie zu heiraten, der zwar über glänzende Manieren verfügt, aber ein rechter Langweiler ist.«

Pitt musste daran denken, dass Sir Walter drei Töchter hatte.

»Dann ist sie nach Spanien durchgebrannt und hat dort einen Spanier geheiratet, über dessen Charakter ihre Angehörigen ebenso wenig wissen wie über seine Herkunft. Ich nehme an, dass sie das als äußerst peinlich und geradezu als Schande empfunden haben.«

»Wie lange liegt das zurück?«, fragte Pitt, um ein möglichst ausdrucksloses Gesicht bemüht. Seine Tochter Jemima näherte sich mit ihren sechzehn Jahren rasch dem heiratsfähigen Alter.

»Schon eine ganze Weile«, erwiderte Sir Walter mit trübseliger Miene. »Ich vermute, dass ihre extremen religiösen Überzeugungen erschwerend hinzugekommen sind. Das wäre nicht weiter schlimm, wenn sie die für sich behielte, aber das tut sie unglückseligerweise nicht. Sie hat so eine Art Sekte ins Leben gerufen.«

»Ist sie römisch-katholisch?«, erkundigte sich Pitt.

»Sieht nicht so aus.« Sir Walter hob elegant eine Schulter. »Genau genommen spielt das auch keine Rolle. Sorgen Sie einfach dafür, dass niemand ihr etwas antut, solange sie sich auf englischem Boden befindet. Je eher sie wieder verschwindet, desto besser, aber lebendig und wohlbehalten, wenn ich bitten darf.«

Pitt nahm Haltung an. »Sehr wohl, Sir.«

»Sophia Delacruz?«, sagte Charlotte mit plötzlich erwachtem Interesse. Sie und Pitt saßen im Salon vor dem Kamin, in dem ein schwaches Feuer brannte. Der Frühlingshimmel war schon fast vollständig dunkel, und es war unangenehm kalt geworden. Die Vorhänge an den Fenstertüren zum Garten waren zugezogen. Jemima und ihr dreizehnjähriger Bruder Daniel hielten sich oben in ihren Zimmern auf. Während sie vermutlich vor sich hin träumte oder ihren Freundinnen Briefe schrieb, hatte er sich schätzungsweise in die neueste Ausgabe von *The Boy's Own Paper* vertieft.

Pitt beugte sich vor und legte ein weiteres Scheit auf das Feuer. Es wärmte weniger als Kohlen, aber ihm gefiel der Geruch des Holzes.

»Hast du etwa schon von ihr gehört?«, erkundigte er sich überrascht.

Charlotte lächelte leicht verlegen. »Ja, ein wenig.«

Ihm fiel ein, dass Sir Walter einen Skandal aus früheren Jahren erwähnt hatte. Charlotte, das wusste er, verabscheute Klatsch und Tratsch, auch wenn solche Indiskretionen für Nachforschungen Gold wert waren. Sie hörte sich derlei zwar an, aber schuldbewusst und immer mit einer leisen Besorgnis. Sie hatte zu viele Menschen kennengelernt, die unter solchem Klatsch hatten leiden müssen.

»Und was hast du gehört?«, fragte er besorgt. »Ich muss das wissen. Möglicherweise droht ihr Gefahr.«

Charlotte erhob keine Einwände, was darauf hinwies, dass auch sie gewisse Interessen verfolgte. Er erkannte Unruhe in ihrem Blick, als sie ihre Näharbeit aus der Hand legte.

»Und du musst sie beschützen?«, erkundigte sie sich.

»Ich habe Brundage damit betraut.«

»Ach, nicht Stoker?«, fragte sie verwundert.

»Stoker ist der Dienstältere«, sagte er in mildem Ton. Ihm lag sehr an einem stillen Abend mit Charlotte, denn das war für ihn der beste Teil des Tages. Auf keinen Fall sollte der kleinste Schatten darauf fallen. »Er hat andere Aufgaben zu erledigen, und davon abgesehen ist Brundage gleichfalls ein guter Mann.«

»Ich habe gehört, dass diese Frau ziemlich radikale Ansichten vertritt«, sagte sie, wobei sie ihn unverwandt ansah.

»Welche zum Beispiel?«

»Ich weiß nichts Genaues«, räumte sie ein, beugte sich leicht vor und schob die Näharbeit beiseite. »Vielleicht gehe ich einmal hin und höre mir an, was sie zu sagen hat. Bestimmt bringt sie mehr Begeisterung auf als unser Gemeindepfarrer.« Charlotte ging fast jeden Sonntag zur Kirche, um die Kinder zu begleiten. Ihrer Ansicht nach gehörte es sich, auf diese Weise die Zugehörigkeit zur Gemeinde zu zeigen. Überdies sah sie darin die beste Gelegenheit, mit Menschen zusammenzutreffen, die sie mehr als nur flüchtig kannte. Pitt indes fand sonntags meist dringende Dienstpflichten, die ihn riefen.

Während er zustimmend nickte, rührte sich in ihm eine deutliche Erinnerung. Seine Mutter war während seiner ganzen Kindheit jeden Sonntag mit ihm zur Dorfkirche am Rande des Landgutes gegangen, auf dem sie als Dienstmagd arbeitete. Er sah die Lichtstrahlen förmlich vor sich, die durch die Buntglasfenster hereinfielen, meinte noch den Geruch wahrzunehmen, der von den Steinen und dem aufgewirbelten Staub ausging, schlurfende Schritte zu hören, das leise Knarzen von Korsettstangen und das Geräusch, das beim Umblättern der Gesangbücher entstand. Nur selten hatte er dem

Pfarrer wirklich zugehört. Einige der Geschichten aus dem Alten Testament hatten ihm gefallen, aber er hatte in ihnen keinen Zusammenhang gesehen, kein nachvollziehbares Verhältnis zwischen Gott und den Menschen. Für ihn ging es bei alldem eher um eine Ansammlung von Fehlern und deren Korrektur, wohlverdienten Katastrophen und heldenhaften Errettungen. Ein großer Teil waren einfach Namenslisten oder wunderbar poetische Prophezeiungen von künftigem Elend.

Hatte er je etwas davon geglaubt? Und selbst wenn das der Fall gewesen sein sollte – war das von Bedeutung? Es ging dabei um Moral, Pflicht und Ehre, aber, offen gestanden, hatten die Abenteuer in *The Boy's Own Magazine*, das er sich auslieh, sein Herz weit mehr angesprochen, all die Heldentaten, denen jeder richtige Junge am liebsten nachgeeifert hätte. Wenn er jetzt sah, wie Daniel solche Geschichten las, musste er lächeln und fühlte sich seinem Sohn nahe. Inzwischen hatte die Zeitschrift ihren Namen geändert, die Geschichten darin hatten einen anderen Hintergrund, aber der Geist dahinter war derselbe geblieben.

Aufgewachsen war Pitt auf dem Lande, und er hatte Wildhüter bei einem Gutsherrn werden wollen, wie sein Vater. Dann hatte man diesen der Wilderei beschuldigt und als einen der Letzten, der auf diese Weise bestraft wurde, nach Australien deportiert. Pitts fester Überzeugung nach war die Verurteilung zu Unrecht erfolgt, doch war es ihm weder damals noch später möglich gewesen, die Schuldlosigkeit seines Vaters zu beweisen.

Der Gutsherr, Sir Arthur Desmond, hatte Pitts Mutter aus Mitleid gestattet, auf dem Gut zu bleiben. Er hatte Pitt sogar zusammen mit seinem Sohn unterrichten lassen – wohl nicht nur aus Mildtätigkeit oder Nächstenliebe, sondern auch, um seinen trägen Sohn zu mehr Fleiß anzuspornen. Sicher hätte es diesen in seinem Stolz verletzt, vom Kind eines bloßen Dienstboten überflügelt zu werden. Pitt war so klug gewesen, das auch nicht zu tun, jedenfalls nicht oft.

Er war mit dem glühenden Wunsch herangewachsen, für die Sache der Gerechtigkeit einzutreten, und so war er Polizeibeamter geworden und bis zum Leiter der Wache in der Londoner Bow Street aufgestiegen. Als er einen Fall gelöst hatte, in den hohe Politiker verwickelt waren, hatte man ihn ohne Umstände aus dem Dienst entfernt. Um ihn vor der Rache der Mächtigen zu schützen, aber auch, damit er eine Möglichkeit bekam, für sich und seine Familie den Lebensunterhalt zu verdienen, hatte man ihn nach einer Weile dem Staatsschutz zugewiesen. Dort konnte er seine überragenden kriminalistischen Fähigkeiten nutzen.

Schon bald sah er sich durch einen Fall mit einem ähnlich dramatischen Hintergrund an die Spitze der Abteilung gestellt, und mit einem Mal gehörte der Sohn des mit Schimpf und Schande davongejagten Wildhüters den besseren Kreisen an. Auch wenn er von Natur aus das Wesen eines Gentleman hatte, war seine jetzige Position alles andere als sicher. Es hätte ihn nicht gewundert, wenn sich Sir Walter dessen voll und ganz bewusst gewesen wäre.

Wieso waren diese alten Erinnerungen an die Kirche in ihm noch so lebendig? Lag es am Zusammensein mit der Mutter, die dort inneren Frieden gefunden hatte, als sei sie endlich in Sicherheit, könne sich geliebt und ohne Furcht fühlen? Damals war er überzeugt gewesen, dass sie fest in ihrem schlichten Glauben ruhte. Auch wenn er sich für sie freute, weil ihr das einige ihrer Ängste nahm, was er nicht vermochte, vielleicht sogar ihre Einsamkeit ein wenig linderte, empfand er nicht den Wunsch, es ihr gleichzutun. Es war ein Thema, über das beide ganz bewusst nie miteinander gesprochen hatten.

Jetzt fragte er sich, ob die Dinge für sie auch nur annähernd so einfach gewesen waren, wie er damals angenommen hatte. Hatte sie ihn das denken lassen, damit es die Bürde erleichterte, die auf seinen Schultern ruhte, damit er einfach Kind sein konnte? Sie hatte ihm das ermöglicht, wie so vieles andere, was ihm damals nicht zu Bewusstsein gekommen war. Sie war gestorben, ohne ihm je etwas von ihrer Krankheit zu sagen. Sie hatte ihn fortgeschickt, damit er nichts davon mitbekam, nicht mit ihr zu leiden brauchte. Wie hatte er nur so blind sein können, nichts davon zu merken?

Woran glaubte er? An hundert Dinge, die mit Moral, Ehre und Güte zu tun hatten – aber an Gott?

Charlotte sah aufmerksam zu ihm und wartete. Ob ihr bewusst war, welche Gedanken ihm durch den Kopf gingen?

Schließlich brach er das Schweigen. »Du willst hingehen und sie dir anhören?«

»Ja«, sagte sie, ohne zu zögern. »Sie soll unerhörte und geradezu blasphemische Gedanken verbreiten. Ich wüsste gern, was es damit auf sich hat.«

Ihm ging auf, wie wenig sie bisher über ihrer beider Haltung zur Religion gesprochen hatten. Dabei wusste er so gut wie alles über Charlotte: was ihr naheging, was sie aufbrachte, worüber sie lachte oder weinte, wen sie gut leiden konnte, wie sie über diese Menschen dachte – und sogar über sich selbst. Häufig konnte er ihr die Gedanken vom Gesicht ablesen. Umgekehrt verhielt es sich ähnlich: wenn ein unvermitteltes Schweigen eintrat, einem Menschen ohne erkennbaren Grund Gutes getan, ein alter Groll aufgegeben wurde, an dem andere womöglich festgehalten hätten, begriff er, dass sie die Situation genauso verstanden hatte wie er.

»Würden dir lästerliche Äußerungen nahegehen?«, fragte er.

Sie sah ihn überrascht an – wegen seiner Frage, dachte er zuerst. Dann aber merkte er, dass sich ihre Überraschung auf sie selbst bezog.

»Ehrlich gesagt, weiß ich das nicht«, gestand sie. »Vielleicht möchte ich tatsächlich deshalb hingehen. Andererseits bin ich nicht einmal sicher, dass ich weiß, was lästerlich ist. Fluchen oder ein Heiligtum entweihen, nehme ich an. Doch was könnte ein lästerlicher Gedanke sein?«

»Die von Darwin in *Über die Entstehung der Arten* vertretene Vorstellung, dass wir uns aus einer niedrigeren Lebensstufe entwickelt haben, statt aus etwas Höherem hervorgegangen zu sein«, gab er zurück. »Sie erschüttert unser Selbstbild in den Grundfesten.« Er lächelte trübselig. »Wie es aussieht, ist es weit erhabener, durch eine nicht wiedergutzumachende Sünde über eine endlose Kette von Adam abzustammen als einfach von einer Frau, ganz gleich, wie hoch oder tief sie stehen mag.«

Sie überging diese Äußerung. Er hatte es nicht anders erwartet.

»Falls sie darauf hinaus will«, sagte sie knapp, »ist sie ziemlich spät dran. Gegen diese Vorstellung gehen wir doch bereits seit dreißig Jahren vor! Das Thema interessiert inzwischen schon niemanden mehr.«

»Du gehst also nicht hin?« Er versuchte, ein ernstes Gesicht zu machen.

»Natürlich gehe ich!«, gab sie sofort zurück. Dann begriff sie, dass er sie aufzog, und lächelte ein wenig verlegen. »Ich habe noch nie eine Gotteslästerin gesehen. Meinst du, dass es einen Tumult geben wird?«

Er tat ihr nicht den Gefallen, darauf zu antworten.

Pitt verließ das Haus früh, um mit Brundage zu sprechen und dessen Meinung über Sophia Delacruz und, was möglicherweise noch wichtiger war, über deren Anhänger zu hören. Außerdem wollte er sich vergewissern, ob hinreichend dafür gesorgt war zu verhindern, dass Proteste in Gewalttaten ausarteten. Sicherlich hatte sich Brundage bereits eine Meinung über die Frau gebildet und in Erfahrung gebracht, was es im Lande noch an Angehörigen gab, mit denen sie sich aussöhnen wollte. Eigentlich erwartete er, dass Brundage auch zumindest eine Vorstellung davon hatte, was letztlich der Auslöser des Familienstreits gewesen war.

Es war ein typischer Apriltag, Sonnenschein und Regenschauer lösten einander in rascher Folge ab. Blass schimmerte das frische Grün der Bäume, und dicht an dicht wuchsen gelbe Narzissen aus dem Gras in der Mitte des Platzes, an dem der Saalbau stand. Pitt freute sich einen Augenblick an ihrem Anblick, dann stieg er die breiten Stufen empor und betrat durch die Doppeltür den Saal, in dem die Versammlung stattfinden sollte. Er sah, dass bereits einige Beamte der örtlichen Polizei dort waren, obwohl die Veranstaltung erst in einer Stunde beginnen sollte. Auf seine Frage nach Brundage hin schickte man ihn zu einer der Garderoben hinter der Bühne. Die ganze Ausstattung der Garderobe bestand aus einem Tischchen mit einem Spiegel darüber, zwei Stühlen und einigen Haken an der Wand.

Brundage war ein junger Mann, fast so groß wie Pitt, aber breitschultriger. Mechanisch strich er sich eine Strähne seines braunen Haars aus der Stirn, während er sich erhob. Vor ihm lagen einige bedruckte Blätter, auf denen die Versammlung angekündigt wurde. Sein Gesicht wirkte ausdruckslos, war aber nicht derb.

»Sir«, begrüßte er Pitt.

»'n Abend, Brundage«, erwiderte dieser und ließ seinen Blick durch den Raum gleiten, von den Fenstern bis zu der ihnen gegenüberliegenden Tür. »Was haben Sie herausbekommen?«

Mit leichtem Augenrollen gab Brundage zurück: »Ich wünschte, ich könnte sagen, dass es war, was ich erwartet hatte, Sir. Der Saal ist sicher, und die örtliche Polizei hat sich auf eine große Menschenmenge eingerichtet. Wahrscheinlich sind die Leute eher neugierig als auf Krawall aus, aber es genügen ja wenige, um die Sache aus dem Ruder laufen zu lassen.«

»Und was hatten Sie erwartet?«, fragte Pitt mit leicht skeptischer Stimme.

Brundage zuckte die Achseln. »Würde, klares Denken, Menschen, die ich nicht als harmlose Irre abtun kann«, gab er mit leiser Selbstironie zurück. »Ich hatte angenommen, die Anhängerschaft dieser Prophetin würde sich aus den üblichen Idealisten, Mitläufern und unselbstständigen Menschen zusammensetzen. Und natürlich aus solchen, die sie ausbooten wollen, um ihre Stelle einnehmen zu können. In Bezug darauf habe ich mich übrigens auch nicht getäuscht. Aber die Leute sind von größerer Leidenschaft durchdrungen, als ich erwartet hatte.«

»Stellen sie eine Bedrohung für die Frau dar?«

»Ich hoffe, nicht.« Brundage sah Pitt offen an. »Aber ausschließen kann man es nicht.«

»Wer sind die Leute? Namen, alles, was Sie über sie gehört haben oder vermuten. Kennen wir welche von ihnen?«

»Sie sind einer wie der andere ständig um die Frau herum. Am wichtigsten, auf jeden Fall seiner eigenen Einschätzung nach, ist ein gewisser Melville Smith«, begann Brundage. »Er ist der einzige Engländer. Knapp über fünfzig, äußerst ehrgeizig, was er aber nicht offen zeigt. Vermutlich ist er eher den Vorstellungen treu ergeben, die diese Leute vertreten, als der Frau. Ramón Aguilar hingegen, schätzungsweise rund fünfzehn Jahre jünger als er, ist ihr treu ergeben. Spanier, umgänglich, freundlich.« Brundage lächelte. »Summt vor sich hin, während er auf und ab geht. Die drei Frauen, die sie mitgebracht hat, sind unauffällig und schwer einzuschätzen. Cleo Robles ist klein und hübsch, um die fünfundzwanzig. Englische Mutter, spanischer Vater. Es kommt mir ganz so vor, als gäbe es bei ihr eine Tragödie im Hintergrund …« Er sagte das, als käme noch etwas, ohne dass er recht gewusst hätte, was er noch sagen sollte.

Pitt hatte den Eindruck, dass sie Brundage gefallen hatte.

»Elfrida Fonseca ist still und unübersehbar auf der Hut«, fuhr Brundage fort. »Kompakter als Cleo, aber auf eine angenehme Weise. Fraulich, Sie verstehen? Sie hat eine wunderbar makellose Haut.«

Pitt nickte. »Wissen Sie etwas über sie?«

»Sie wirkt herzlich und in sich gekehrt«, sagte Brundage mit einem leichten Kopfschütteln. »Ich bekomme nichts aus ihr heraus. Aber sie kaut an ihren Fingernägeln. Irgendetwas beunruhigt sie wohl.«

»Weiter.«

»Henrietta Navarro ist älter als die beiden. Ich vermute, dass sie in irgendeinem religiösen Orden war, bevor sie sich Sophia angeschlossen hat. Sie ist nicht bereit, darüber zu sprechen, und wenn ich in sie dringen würde, gäbe es nur Ärger. Ich habe es versucht, und Sophia hat mir klipp und klar gesagt, dass ich das Thema fallen lassen soll.«

In der Stimme des Mannes lag ein nahezu ehrfürchtiger Ton, den Pitt in den eineinhalb Jahren, in denen er mit Brundage zusammenarbeitete, von ihm noch nicht gehört hatte.

»Und Sophia selbst?«, fragte er.

Brundage zögerte.

Pitt wartete. Aufrichtigkeit war wichtiger als Schnelligkeit. Es würde noch mindestens eine halbe Stunde vergehen, bis die ersten Besucher kamen. Über diese Frau musste er am dringendsten etwas erfahren. Die ganze Sache drehte sich um sie, ihre Person und um das, woran sie glaubte.

»Ich weiß nicht recht«, sagte Brundage schließlich. »Über die anderen kann ich etwas sagen. Sie unterscheiden sich nicht sonderlich von Menschen, die ich früher kennengelernt habe.« Er sah Pitt ernst an. »Sie hingegen sehr wohl. Weder könnte ich sagen, ob ihr wirklich Gefahr droht, noch, ob ihr das bewusst ist und sie womöglich annimmt, dass ein Engel vom Himmel kommen und sie beschützen wird, sodass die Gefahr keine Rolle spielt.«

Pitt sah ihn scharf an. »Können Sie mir etwas Nützliches über sie mitteilen?«, fragte er, um einen verbindlichen Ton bemüht. Vermutlich legte Brundage auf diesen Auftrag ebenso wenig Wert wie er selbst. Der Staatsschutz hatte Wichtigeres zu tun. In erster Linie ging es dabei um die Industriesabotage, die im Laufe der Zeit immer beunruhigendere Ausmaße annahm.

Brundage trat von einem Fuß auf den anderen. »Ramón Aguilar ist loyal. Sofern Sophia aus den eigenen Reihen eine Gefahr droht, geht diese von Melville Smith und wahrscheinlich einer der anderen Frauen aus – ich könnte aber nicht sagen, von welcher.«

Aus den Gängen hörte man die Geräusche von Schritten, Menschen, die leise miteinander sprachen.

»Wie steht es um die Beziehungen zwischen ihren Anhängern?«, fasste Pitt nach.

Brundage schürzte die Lippen. »Die beiden Männer können einander nicht ausstehen. Sie denken vermutlich, dass man das nicht merkt, dabei lässt es sich mit Händen greifen. Die beiden älteren Frauen halten Abstand, verkehren aber höflich miteinander. Henrietta Navarro scheint eine ähnliche Haltung wie Smith zu vertreten. Außerdem gibt es in Angel Court, wo sie sich alle aufhalten, eine Art Dienstmagd und

Putzfrau. Sie scheint aber erst kürzlich zu ihnen gestoßen zu sein und redet mit keiner und keinem der anderen.« Ein Ausdruck von Verwirrung trat auf seine Züge. Genau wie Pitt war er überzeugt, dass hinter dem Ganzen lediglich Positionskämpfe zwischen Sophias Anhängern oder einige hasserfüllte Briefe von Rivalen steckten. Auf keinen Fall war er bereit, die Sache ernst zu nehmen.

»Dann will ich einmal sehen, ob Sophia Delacruz bereit ist, mit mir zu sprechen«, sagte Pitt. »Vermutlich steckt sie mitten in den Vorbereitungen für ihre Predigt oder wie auch immer man ihren Vortrag nennen kann. Um ihrer eigenen Sicherheit willen muss ich den Versuch unternehmen.«

Brundage wirkte erleichtert. Er straffte sich und verließ wortlos die Garderobe.

Keine fünf Minuten später öffnete sich die Tür erneut. Pitt fuhr herum, in der Annahme, Brundage sei zurückgekommen, um ihm mitzuteilen, Sophia Delacruz könne ihn nicht empfangen, weil sie bete, ihren Text noch einmal durchgehe oder was auch immer sie tun mochte, um sich auf ihren Auftritt vorzubereiten. Statt seiner aber sah er eine überdurchschnittlich große, schlanke Frau mit einem so auffallenden Gesicht, wie er noch nie eines gesehen hatte. Ihr dunkles Haar war straff zurückgekämmt. Auf den ersten Blick hätte er sie nicht als schön bezeichnet. Dafür wirkte ihr Gesicht zu grimmig, lagen ihre schieferblauen Augen zu tief in ihren Höhlen. Doch als sie auf ihn zutrat, erkannte er, dass sie auf eine wilde und zugleich sensible Weise schön war. Sie strahlte eine leidenschaftliche Klugheit aus, und in ihrem Blick lag etwas, was ohne Weiteres Belustigung sein konnte.

»Ich bin Sophia Delacruz«, sagte sie ruhig, »und Sie sind wohl Commander Pitt vom Staatsschutz.«

Pitt neigte den Kopf. »Ja, Ma'am. Ich hoffe, dass es uns gelingt, Unannehmlichkeiten für Ihre Person zu vermeiden.«

Zu seiner Überraschung brach sie in ein spontanes perlendes Lachen aus. »Das bezweifle ich sehr. Das würde ja bedeuten, dass man mich für so fade hält, dass niemand einen Anlass sieht, Einwände zu erheben. In dem Fall hätte ich gar nicht zu kommen brauchen.«

Pitt war verwirrt. So hatte er sich eine Frau nicht vorgestellt, die ihr Leben der Religion geweiht hatte und in den Augen mancher sogar als Heilige galt. Er begriff, dass er sich eine Gelassenheit, eine Reinheit vorgestellt hatte, die nicht von dieser Welt war – und mit der Wirklichkeit nichts zu tun hatte.

»Sind Sie in der Absicht gekommen, die Menschen zu beunruhigen?«, fragte er, bemüht, sich seine Überraschung und auch eine gewisse Gereiztheit nicht anmerken zu lassen. Vielleicht war sie tatsächlich die Unruhestifterin, als die man sie hinstellte? Vielleicht genoss sie es, im Mittelpunkt der Aufmerksamkeit zu stehen, die Menschen zu schockieren, wenn nicht gar ein wenig zu ängstigen. Daran konnte er nichts Heiliges finden, eher das genaue Gegenteil. Es war niederträchtig, nichtswürdig.

Mit stolz erhobenem Haupt schritt sie überaus anmutig durch den Raum. Das Licht der Deckenleuchte hob ihre Wangenknochen sowie die Linien um Augen und Mund hervor. Dann stand sie wieder im Schatten.

»Was sollte ich Ihrer Ansicht nach sagen?«, fragte sie. »Etwa, dass man nichts zu unternehmen braucht, sich keine Sorgen machen muss? Dass alle vollkommen sind und einfach so weitermachen können wie bisher? Dass Gott sie liebt, für alles sorgt, was sie brauchen, und sie daher die Hände in den Schoß legen können?« Mit einem kaum wahrnehmbarem Achselzucken fuhr sie fort: »Die Selbstgefälligen sind nicht darauf angewiesen, dass ich ihnen das sage. Die Sündenfreien wie auch alle, denen bewusst ist, dass nichts von dem auf sie selbst zutrifft, würden leer ausgehen und sich fragen, warum ich überhaupt gekommen bin. Hatten Sie das von mir erwartet, Commander? Warum sollte mich dann jemand bedrohen? Wenn ich solche Dinge sagte, würde meine Schuld darin bestehen, dass ich gelogen und die Leute gelangweilt hätte – aber dafür wird niemand umgebracht, solange die Lügen den Menschen nur angenehm genug sind.«

Pitt holte tief Luft und dachte an Sir Walters Worte. Ganz gleich, wie viel Geduld und Takt er aufbringen musste, er hatte dafür zu sorgen, dass dieser Frau kein Haar gekrümmt wurde, solange sie sich auf englischem Boden befand. Ein solcher Angriff wäre mehr als peinlich, denn er könnte unter Umständen einen internationalen Zwischenfall auslösen, aus dem ohne Weiteres ein Krieg werden könnte.

»Und was sagen Sie Ihrem Publikum?«, fragte er, so sanftmütig er konnte. »Was stachelt den einen oder anderen dazu an, Sie umbringen zu wollen? Oder habe ich die Drohung falsch verstanden?«

»Durchaus nicht. Soweit ich weiß, hat man schon mehrfach damit gedroht, mich zu ermorden. Es hat wohl auch andere solche Fälle gegeben, in denen mich Ramón beschützt hat.«

»Nicht Melville Smith?«, fragte er.

Wieder trat kein warmes, sondern ein belustigtes Lächeln in ihre Augen. »Nein. Von den Drohungen, die mir zur Kenntnis gelangt sind, habe ich durch ihn erfahren. Er beschützt nicht mich, sondern unseren gemeinsamen Glauben.« Ihrer Stimme war nicht anzuhören, was sie empfand – sie überließ es Pitt, seine eigenen Schlüsse zu ziehen.

»Vertrauen Sie ihm?«, fragte er.

Diesmal war es an ihr, überrascht zu sein. Das ließ sich flüchtig in ihren Augen erkennen. »Sie sind sehr direkt«, gab sie zurück.

Jetzt war die Belustigung auf seiner Seite. »Ist Ihnen das unangenehm? Ich habe weder die nötige Zeit noch den Wunsch, taktvoller vorzugehen. Vertrauen Sie Mr. Smith?«

»Ich vertraue ihm insofern, als er sicherlich tut, was seinem Verständnis nach dem Glauben dient.« Bei diesen Worten sah sie Pitt offen an. »Ich halte es nicht für selbstverständlich, dass sich das immer mit dem deckt, was ich für richtig halte. Aber bevor Sie auch diese Frage stellen – nein, ich glaube nicht, dass mir Melville etwas antun würde.«

»Ist es sein Wunsch, dass Sie Unruhe stiften?«, fasste Pitt nach. »Nützt das dem Glauben, oder schadet es ihm?«

Ein Ausdruck von Anerkennung trat auf ihre Züge. Ihre Empfindungen wechselten so rasch wie die Lichtreflexe und Schatten auf einer Wasserfläche. »Eine glänzende Frage, Commander. Ich bin nicht sicher, dass ich eine einfache Antwort darauf habe.«

»Hören Sie auf das, was er Ihnen rät?«

»Selbstverständlich. Aber ich richte mich nicht immer danach.«

Er konnte sich die Auseinandersetzungen der beiden gut vorstellen. Vermutlich trat Melville Smith dabei überheblich und hartnäckig auf, vielleicht besorgt um sie, aber auf jeden Fall hochfahrend. Sie ihrerseits dürfte ihm voll Selbstsicherheit und mit aller Schärfe entgegentreten. Bestimmt hörte sie ihm nur aus Höflichkeit zu und tat dann, was sie für richtig hielt.

»Welcher Art sind Ihre Aussagen, die Menschen zur Gewalttätigkeit treiben?« Er stellte ihr diese Frage, weil er einen Hinweis brauchte, der es ihm ermöglichte, einen bevorstehenden Angriff rechtzeitig zu erkennen, auch wenn er die Wahrscheinlichkeit dafür nach wie vor als äußerst gering einschätzte. Außerdem hätte er gern gewusst, woran diese ungewöhnliche Frau so unverbrüchlich glaubte, dass sie das auch Fremden mitteilen musste, selbst auf die Gefahr hin, dabei umzukommen. War sie hysterisch, verblendet? Damit wäre sie nicht die Erste. In der Geschichte wimmelte es von Frauen, die Visionen hatten und fest überzeugt waren, dass Gott durch diese zu ihnen sprach. Johanna von Orléans hatte man auf dem Scheiterhaufen verbrannt, weil sie nicht bereit gewesen war, ihre »Engel« zu verleugnen.

Doch die Frau, die ihm in ihrem schlichten dunkelblauen Kleid gegenüberstand, schien ihm in keiner Weise überreizt zu sein – eher hatte sie einen noch kühleren Kopf als er selbst.

Sie lächelte, und zum ersten Mal erkannte er in ihrem Blick eine gewisse Unsicherheit, die aber gleich wieder verschwand. Ganz offensichtlich zweifelte sie nicht an sich selbst, sondern eher an ihm.

»Ich sage meinen Zuhörern, dass sie wie alle Menschen auf der Erde Gottes Kinder sind«, erklärte sie mit ruhiger Stimme und sah ihn dabei an.

»Warum sollte sie das aufbringen?« Noch während er das sagte, überlegte er, ob das eine törichte Frage war oder ob sie damit gerechnet hatte, dass er sie stellte.

»Weil man von Kindern erwartet, dass sie erwachsen werden«, gab sie unerschüttert zurück. »Sofern wir Gottes Kinder sind und nicht einfach Geschöpfe aus seiner Hand, können wir letztlich genauso werden wie ER, mit der Macht, ganze Welten zu erschaffen. Zwar nicht in diesem Leben – aber unser Erdendasein ist die rechte Zeit, uns für diesen Weg zu entscheiden. Erwachsenwerden kann wehtun. Man muss für Fehler einstehen, die man gemacht hat, manches lernen, was einem nicht gefällt, falsche Einstellungen korrigieren. Fragen Sie jedes beliebige Kind eines bedeutenden Mannes, ob es ihm leichtfällt, wie sein Vater zu werden.«

Sie lächelte fast ein wenig selbstironisch. »Doch am meisten macht einer großen Zahl die ›Lästerung‹ zu schaffen, die sich, so wie sie es sehen, folgerichtig daraus ergibt. Wenn wir eines Tages wie Gott werden können, heißt der logische Rückschluss, dass er in der unendlichen Vergangenheit unter Umständen einmal so war, wie wir jetzt sind. Dieser Gedanke ist ihnen unerträglich. Dabei ist genau das der Grund dafür, dass er uns in jeder Hinsicht versteht, alle unsere Ängste und Fehler, jedes unserer Bedürfnisse. Und noch mehr quält womöglich manche eine andere Vorstellung: Er weiß, dass wir das zu erreichen vermögen, wenn wir bereit sind, mit aller Kraft beharrlich, demütig und mutig darauf hinzuarbeiten und nie aufzugeben.

Die meisten würden sich gern mit deutlich weniger zufriedengeben, was sich unendlich viel leichter und sicherer erreichen lässt. Das entspricht dem Plan des Teufels. Er möchte uns verkümmert sehen, auf alle Zeiten kümmerlicher, als wir sein könnten.«

»Wollen Sie damit sagen, dass Gott und der Mensch ein und dasselbe sind?«, fragte Pitt ungläubig.

»Ja, aber nur so, wie Raupe und Schmetterling ein und dasselbe sind«, gab sie zur Antwort. »Es gibt für uns keine naturgegebene Gewissheit, wir müssen uns alles durch Wachstum von Herz und Seele erwerben. Das aber ängstigt viele. Das ändert alle Regeln, die wir zu kennen glaubten. Das Wichtigste ist die Fähigkeit, von ganzem Herzen zu lieben. Gehorsam genügt nicht, er ist nur ein Anfang. Er ist so gut wie nichts, verglichen mit der Fähigkeit zu verstehen, zu erkennen, zu begreifen.«

»Fürchten Sie sich?«, fragte Pitt nach längerem Zögern.

Sie wusste genau, worauf er hinauswollte, und gab mit ruhiger Stimme zurück: »Ja. Nur eins wäre schlimmer, nämlich zu bestreiten, wovon ich weiß, dass es wahr ist. Dann bliebe mir gar nichts.«

»Wir werden uns bemühen, dafür zu sorgen, dass Ihnen nichts geschieht«, versprach er und verabschiedete sich, überzeugt, dass es keinen Grund zur Besorgnis gab. Ihre Gedanken mochten Anstoß erregen, vor allem bei Menschen, die sie ernst nahmen, aber nicht mehr als die von Aktivisten, die für Wirtschaftsreformen, höhere Löhne oder gar für das Frauenwahlrecht eintraten. Die Angst vor politischer Anarchie war viel zu groß, als dass sich jemand durch etwas, was man als Gotteslästerung ansehen konnte, zu Gewalttaten veranlasst fühlen könnte.

Die Veranstaltung war besser besucht, als Pitt angenommen hatte. Es hatte sich herumgesprochen, dass Sophia Delacruz umstritten war. Viele der Anwesenden, weit überwiegend Frauen, denen die Neugier ins Gesicht geschrieben stand, unterhielten sich angespannt im Flüsterton miteinander.

Pitt besprach sich mit Brundage und den Beamten der örtlichen Polizei, ging von Tür zu Tür und ließ das Publikum nicht aus den Augen. Er wollte rechtzeitig sehen, ob jemand übermäßig reizbar wirkte, verstohlen etwas plante oder sonstwie auffällig war.

Sergeant Drury, ein breitschultriger, zu Körperfülle neigender Polizeibeamter, ärgerte sich unübersehbar darüber, dass man ihn wegen einer seiner Meinung nach nicht ernst zu nehmenden Veranstaltung von seinen üblichen Pflichten abgezogen hatte. Mit finsterer Miene musterte er am Haupteingang die Hereinkommenden. Eine hagere Frau in Schwarz sah ihn abschätzig an, ohne etwas zu sagen.

»Die ist bestimmt gekommen, um sich zu beschweren«, wandte er sich an Pitt, der neben ihm stand, »aber ich kann mir nicht vorstellen, dass die gefährlich ist – Sie etwa? Was zum Teufel glauben die Leute wohl, was hier passiert, Sir? Von denen schmeißt doch keiner ’ne Bombe auf die Spanierin!

Nach allem, was man über sie gehört hat, müssten die Anarchisten doch auf ihrer Seite stehen!«

Eine üppige Frau trat ein, sodass Pitt ihm nicht antworten konnte. Sie sah zu Drury und nickte ihm zu, als wolle sie sagen: »So ist es recht«.

»Ma'am«, sagte dieser, gleichsam zur Bestätigung dessen, dass auch er sich in einer ungewohnten Situation befand und gern etwas Handfestes hätte, was er missbilligen konnte.

Pitt nickte ihm zu und ging weiter. Während er prüfende Blicke auf die anderen Eingänge und die immer mehr anwachsende Menschenmenge warf, entdeckte er Charlotte. Sie fiel ihm wegen der vertrauten Kopfhaltung und der einzigartigen Anmut auf, mit der sie sich an die junge Dame an ihrer Seite wandte. Er lächelte vor sich hin, bis er mit einem Schlag begriff, dass die »junge Dame« niemand anders war als seine Tochter Jemima. Sie sah hinreißend aus. Sie hatte ihr langes, kastanienbraunes Haar hochgesteckt und trug einen von Charlottes schlichteren Hüten. Da kannte er sie vom ersten Tag ihres Lebens an, und mit einem Mal wirkte sie fast wie eine Fremde. Er sah noch eine Weile hin, doch dann riss ihn einer seiner Männer aus der Versunkenheit und berichtete von einem hässlichen Wortwechsel, dessen Zeuge er geworden war. Mit einem Mal überlief Pitt eine Vorahnung wie ein kalter Schauer. In den Briefen war nicht von verbalen Auseinandersetzungen, hässlichen oder peinlichen Szenen die Rede gewesen, sie hatten Sophia Delacruz ganz offen mit dem Tod gedroht. Er musste dafür sorgen, dass es nicht dazu kam, nicht nur um ihretwillen, sondern im Interesse aller Anwesenden.

Eine Viertelstunde später hatte sich der Saal gefüllt. Von seinem Platz in der Nähe der Bühne sah Pitt, dass nicht einmal ein Dutzend der schätzungsweise fünfhundert Plätze frei geblieben waren. Einige wandten die Köpfe um, um Bekannten zuzunicken, aber die erwartungsvolle Atmosphäre sorgte dafür, dass sich die Menschen nur leise unterhielten. Alle Gespräche verstummten, als Melville Smith die Stufen zur Bühne erstieg und den Anwesenden gegenübertrat. Er war von durchschnittlicher Größe und hatte, wie Pitt jetzt sehen konnte, eine Hühnerbrust. Mit seiner klangvollen Stimme erreichte er, dass ihm alle aufmerksam zuhörten, kaum dass er angefangen hatte zu sprechen. Er stellte sich vor und begrüßte die Anwesenden, als gäbe er eine Gesellschaft bei sich zu Hause und Sophia Delacruz sei der Ehrengast. Als er geendet hatte, trat er beiseite, und Sophia kam auf die Bühne. Sofern sie Angst hatte, ließ sie sich das in keiner Weise anmerken. Sie stand aufrecht mit hoch erhobenem Kopf da, und ein leichtes Lächeln lag auf ihrem außergewöhnlichen Gesicht. Am liebsten hätte Pitt ihr zugesehen und zugehört, wie sie dem Publikum die unorthodoxen Gedanken vortrug, die sie ihm gegenüber geäußert hatte. Doch es war seine Aufgabe, Ausschau nach den angedrohten Gefahren zu halten, auch wenn er in keiner Weise glaubte, dass jemand Ernst machen würde. Aufgabe der uniformierten Beamten war es, offensichtliche Störenfriede fernzuhalten und einzuschreiten, sobald sich jemand ungebührlich verhielt. Pitt hingegen hatte zu verhindern, dass jemand einen Anschlag auf die Rednerin verübte. Er ließ aufmerksam den Blick über die Versammlung gleiten und versuchte zu erkennen, welche Wirkung die Worte der Rednerin auf die Menschen hatten.

Ihre Rede lief ab, wie sie es ihm angekündigt hatte: Sie begann ganz zahm mit den vertrauten Bildern von Gott als dem Vater aller Menschen.

In der zweiten Reihe gähnte ein junger Mann auf unhöfliche Weise ganz unverhohlen. Ein Blick auf Sophia zeigte Pitt, dass sie das mitbekommen hatte. Offenkundig hatte sich der junge Mann bewusst einen Platz ausgesucht, auf dem sein flegelhaftes Benehmen von der Bühne aus gut zu sehen war. Möglicherweise sollte das der Auftakt zu einem demonstrativen Verhalten sein, das in Gewalttätigkeit umschlagen konnte.

Jetzt kam Sophia auf die Erschaffung der Welt und den Platz zu sprechen, den der Mensch darin einnahm. In ihrer Stimme, die bis in die letzten Reihen des großen Saales trug, lag Begeisterung.

Der junge Mann sah sie jetzt aufmerksam an. Er spielte den Gelangweilten, doch seine Nackenmuskeln waren so angespannt, dass sie deutlich hervortraten. Vielleicht war er gar nicht gekommen, um sie lächerlich zu machen, sondern hatte mit dem Gähnen lediglich seine Enttäuschung kaschiert.

Während Sophia von der Erde und allem sprach, was darauf lebte, trat sie nah an die Rampe. Ihre Ehrfurcht vor der Schönheit der Schöpfung ließ sich von ihrem Gesicht ablesen.

»Was ist mit Darwin?«, rief ein Mann mit einem struppigen roten Bart so laut, dass sich seine Stimme fast hysterisch überschlug.

»Ich bin ganz seiner Meinung«, gab sie ohne das geringste Zögern zurück. »Alles, was lebt, ändert und entwickelt sich ständig. Es ist ohne Weiteres möglich, dass wir uns immer mehr steigern, klüger, mutiger, aufrichtiger werden und bis in alle Ewigkeit lernen.«

»Aber was ist mit Darwins Behauptung, dass wir kaum mehr als eine Art Affen sind?« Der Mann war inzwischen aufgestanden, hatte die Fäuste geballt. Ein Ausdruck unverhüllter Wut lag auf seinem Gesicht.

Sophia lächelte. »Was ich gesagt habe, gilt auch für Darwin. Niemandem ist eine Weiterentwicklung unmöglich.«

Es war Pitt klar, dass das scherzhaft gemeint war, doch hatte sie damit einen Teil der Zuhörerschaft falsch eingeschätzt. Ganz links lachte jemand, aber der Rotbart tobte. »Wagen Sie ja nicht, uns zu verhöhnen!«, brüllte er noch lauter als zuvor.

»Das ist Lästerung! Niemand darf den Namen des Herrn missbrauchen, erst recht nicht ein – ein Weib! Sie kommen aus einem gottlosen Land hierher und machen sich über uns lustig, versuchen Dummköpfen einzureden, sie stünden auf einer Stufe mit Gott. Sie …«

Der vierschrötige Sergeant Drury traf Anstalten, sich einen Weg durch die Menge zu dem Zwischenrufer zu bahnen.

Sophia gebot ihm Einhalt. »Ich verhöhne niemanden, Sir«, sagte sie ruhig und mit fester Stimme, die noch in der letzten Reihe gehört werden konnte. »Spanien ist nicht gottlos, und als Engländerin, die dort gastliche Aufnahme gefunden hat, schäme ich mich, dass Sie so über Ihre Mitmenschen sprechen, nur weil diese Gott nicht auf die gleiche Weise verehren wie Sie selbst.«

Ein weiterer Mann erhob sich. Er war kahlköpfig und trug einen Anzug, in dem er sich unbehaglich zu fühlen schien. »Die Kränkung Spaniens hat mit Unwissenheit zu tun«, sagte er und machte eine wegwerfende Handbewegung, »aber die Behauptung, dass der Mensch auf einer Stufe mit Gott steht, ist lästerlich. Ich bin nicht bereit, mir das stillschweigend anzuhören, denn damit würde ich mich ebenfalls der Lästerung schuldig machen.« Mit einer Handbewegung, die den ganzen Saal umfasste, fügte er hinzu: »Und das gilt für alle hier Anwesenden.«

Eine leichte Röte überzog Sophias Wangen, doch ihre Stimme blieb ruhig, auch wenn ein leichtes Zittern darin lag.

»Ich habe nicht gesagt, dass der Mensch jetzt so wie Gott ist, Sir, sondern lediglich, dass er demselben Pfad auf dem Weg zum Licht folgen und ihm damit gleich werden kann. Hat uns nicht Christus geboten, nach der Vollkommenheit zu streben, die ER besaß?«

»Das hat er bestimmt nicht so gemeint, wie Sie das sagen!«, stieß der Mann ungläubig hervor.

Ein Mann mit mächtigem Brustkasten stieß ein lautes Lachen aus. »Und woher zum Teufel wollen Sie wissen, was er gemeint hat?«, fragte er. Dann wies er auf die Rednerin. »Ich für meine Person bin überzeugt, dass sie total übergeschnappt ist, doch was sie sagt, hat nicht weniger Sinn und Verstand, als was Sie sagen – dafür sieht sie aber einen ganzen Streifen besser aus!«

Jetzt lachte der ganze Saal. Empört erhoben sich drei Damen in mittleren Jahren und verließen hoch erhobenen Hauptes demonstrativ den Saal.

Es gelang Sophia, wieder Herrin der Lage zu werden, und sie nahm den Faden an der Stelle wieder auf, an der man sie unterbrochen hatte. Während sie fortfuhr zu erläutern, dass der Mensch in der Lage sei, alles Edle anzustreben, wies sie darauf hin, welch hohes Maß an Glauben und Bemühung dazu nötig war: man müsse sich quälen und die Selbstsucht, die Unwissenheit und den Drang überwinden, sich zu rechtfertigen und Werturteile über seine Mitmenschen zu fällen.

Es kam zu weiteren unangenehmen Zwischenrufen, die sich aber mühelos mit einem gewissen Humor im Zaum halten ließen, und so ging die Veranstaltung um Viertel vor zehn zu Ende.

Pitt merkte erstaunt, wie müde er war. Sein Kopf und Rücken schmerzten von der Anspannung, mit der er jeden Augenblick auf einen Ausbruch von Gewalt gefasst gewesen war. Er sah, wie Sophia Delacruz Besuchern die Hand schüttelte, scheinbar völlig entspannt nickte und lächelte. Sobald die letzten aufgebrochen waren, wandte sie sich Ramón zu und ging langsam dem Ausgang entgegen. Jetzt erst gestattete sie es sich, ihre Erschöpfung zu zeigen.

Als Pitt den Blick von ihr abwandte, fiel ihm auf, wie das Licht auf das blonde Haar eines hochgewachsenen Mannes fiel, der sich mit ungewöhnlich eleganten Bewegungen einen

Weg durch die hinausströmende Menge bahnte. Man machte ihm lächelnd Platz, ganz offensichtlich kannte man ihn. Er nickte einigen grüßend zu, setzte aber seinen Weg nach draußen fort. Offenkundig war er so tief in Gedanken versunken, dass er mit niemandem sprechen konnte oder wollte.

Wie jeder in London kannte auch Pitt den Mann. Dalton Teague war mit dem Premierminister Lord Salisbury verwandt und mit zahlreichen einflussreichen Familien des Landes verschwägert, aber die Hochachtung, die man ihm hier bezeigt hatte, galt dem Crickethelden, der sich auf dem Spielfeld so gut wie jedem anderen Sportsmann der Epoche überlegen gezeigt hatte.

Pitt hatte keine Zeit, sich zu fragen, was Teague hier gewollt haben mochte. Er musste mit den Polizeibeamten sprechen und dafür sorgen, dass Sophia Delacruz auch weiterhin unbehelligt blieb. Es dauerte eine halbe Stunde, bis er einige Worte mit Brundage wechseln, Drury und dessen Männern danken und dann mit einem Seufzer der Erleichterung in die Aprilnacht hinaustreten konnte.

Die Gaslaternen brannten bereits, Sicherheit verheißende Glasgebilde über dem Gehweg, die wie in Eisen gefasste Schmuckstücke aussahen. Während er der Hauptstraße entgegenstrebte, wo er eine Droschke zu finden hoffte, trat ein mittelgroßer Mann aus dem Schatten eines Hauses und fasste neben ihm Tritt.

»'n Abend, Commander«, sagte er in freundlichem Ton. »Es war gut, dass Sie die Sache so unauffällig unter Kontrolle behalten haben.«

»Danke«, sagte Pitt knapp. Zwar wollte er sich bei aller Höflichkeit nicht auf ein Gespräch mit einem Fremden einlassen, doch sagte ihm etwas an der Art, wie der Mann sprach, dass das nicht das Ende der Unterhaltung sein sollte, sondern der Anfang.

»Ich heiße Frank Laurence.« Der Mann hielt mühelos mit ihm Schritt, obwohl er fast eine Handbreit kleiner war als Pitt.

Pitt gab keine Antwort. Ganz offensichtlich wusste Laurence, mit wem er es zu tun hatte.

»Ich bin Journalist und arbeite für die *Times*«, fuhr er fort. »Es erscheint mir sehr interessant, dass sich der Leiter des Staatsschutzes für eine sonderbare Heilige interessiert, die sich besuchsweise im Lande aufhält. Oder überschätze ich etwa die Heiligkeit dieser Sophia Delacruz?«

Trotz seiner Verärgerung lächelte Pitt. »Das ahne ich nicht, Mr. Laurence. Ich vermag nicht zu sagen, mit welchem Maßstab man Heiligkeit misst. Sofern Ihr Blatt das von Ihnen wissen will, müssen Sie sich Ihre Informationen aus anderen Quellen beschaffen.« Er beschleunigte den Schritt ein wenig, doch der andere ließ sich nicht abschütteln.

»Sie haben Humor, Mr. Pitt. Das gefällt mir. Aber ich fürchte, die Redaktion erwartet von mir mehr als eine Einschätzung der Heiligkeit jener Dame.« Es klang, als fände er das Ganze amüsant. »Etwas Handfesteres, verstehen Sie? Einen Skandal, einen tätlichen Angriff oder gar einen Mordversuch.«

Pitt blieb unvermittelt stehen und sah sich den Mann im Schein einer Straßenlaterne an. Er hatte regelmäßige Gesichtszüge, und seine braunen, nahezu runden Augen blickten klug in die Welt. Unübersehbar lag in ihnen der Ausdruck eines nur mühsam unterdrückten Lachens.

»Nun, Mr. Laurence, sofern Ihnen irgendeine Gewalttat zur Kenntnis kommt, sind Sie hoffentlich so gütig, mich das wissen zu lassen«, sagte Pitt. »Am besten im Voraus, auch wenn Ihre Geschichte damit an Wirkung einbüßt.«

»Ah«, sagte Laurence fröhlich, »ich merke schon, dass die Zusammenarbeit mit Ihnen nicht so langweilig sein wird, wie ich befürchtet hatte. Darf ich Ihre Worte dahingehend verstehen, dass man Ihrer Ansicht nach mit einer Gewalttat rechnen muss? Diese Sophia Delacruz ist eine äußerst ungewöhnliche Frau, nicht wahr? Ich hatte immer angenommen, dass die besten Heiligen, also die wirklichen, schwierige Menschen sind. Wenn uns jemand sagt, was wir hören wollen, ist daran ja wohl nichts Heiliges, nicht wahr? Ich nehme an, dass sogar ich das könnte.«

»Ich dachte, dass Sie genau das tun«, gab Pitt gereizt zurück. Er bedauerte seine Worte sogleich, als er sah, wie sehr er den Mann damit belustigte. Er hatte ihm damit in die Hände gespielt.

»Nein, Commander. Ich teile meinen Lesern ziemlich oft mit, was sie einerseits gern wissen wollen und wovor sie sich andererseits fürchten. Wenn ich sie verärgere, brauche ich nicht um das Ende meiner Laufbahn zu fürchten, wohl aber, wenn ich sie langweile … Und natürlich, wenn man mich dabei ertappen sollte, dass ich sie belüge. Ganz wie ein guter Schauspieler darf ein Journalist nie die ›atemlose Spannung‹ zerstören. Ist sie eine Heilige?«

»Wozu wollen Sie das wissen?« Pitt sah sich wider Willen mit dem Mann in ein Gespräch verwickelt. »Erhoffen Sie sich ein Ketzergericht? Ich glaube nicht, dass wir noch Menschen auf dem Scheiterhaufen verbrennen oder aufs Rad flechten. Wir fesseln sie ja nicht einmal mehr an die Streckbank.«

»Ja, wir sind ausgesprochen einfallslos geworden«, stimmte ihm Laurence zu. »Ist sie eine Heilige, Commander, oder nichts weiter als eine Aufschneiderin?«

Überrascht merkte Pitt, wie sehr ihm die dahinter stehende Vorstellung gegen den Strich ging. Er nahm schon an dem bloßen Wort »Aufschneiderin« Anstoß. Und ihm war bewusst, welcherlei Antwort von ihm Laurence damit provozieren wollte.

»Sie müssen schreiben, was Sie für richtig halten, Mr. Laurence«, erklärte er, »und ich bin überzeugt, dass Sie das auch tun werden, ganz gleich, was ich Ihnen sage.«

Der Journalist lächelte. Im Schein der Laterne schimmerten seine regelmäßigen Zähne weiß.

»Gut gemacht, Commander. Sie verstehen es glänzend, nichts zu sagen. Bewundernswert. Ich freue mich schon auf unser nächstes Gespräch über die Sache. Ich denke, wir werden öfter einen Anlass dazu haben, es fortzusetzen. Allerlei Menschen werden die Gelegenheit ergreifen, die Versammlungen dieser Frau zu besuchen und ihre eigenen Vorstellungen über Kreuzigung, Auferstehung, Jungfrauengeburt und darüber auszubreiten, was uns im Himmel erwartet. Und das dürfte erst der Anfang sein.« Munter legte er einen Finger an die Hutkrempe. »Gute Nacht, Sir.«

KAPITEL 2

Es war Charlotte klar, dass sie mit Jemima gleich nach Hause zurückkehren musste und nicht auf Pitt warten konnte, doch sehnte sie sich geradezu danach, ihn nach seiner Meinung zu fragen. Vor allem hätte sie gern gewusst, welchen Eindruck er von Sophia gewonnen hatte. Sie glaubte ihn nach siebzehn Ehejahren gut zu kennen und sich selbst noch besser. Das meiste, worüber die Frau gesprochen hatte, noch mehr aber die glühende Überzeugung ihres Vortrags, hatte in Charlotte nur allzu viele unbehagliche Fragen wachgerufen. Warum hatte sie ihre eigenen Ansichten zu diesen Themen nie einer kritischen Würdigung unterzogen?

Hatte es damit zu tun, dass sie ohnehin alles hatte, woran ihr lag: den Gatten, den sie liebte, Kinder, genug Geld, um in einiger Sicherheit leben zu können, und Freunde? Außerdem gab es Anliegen, für die man sich einsetzen musste. Die Welt änderte sich von einem Monat zum anderen. Inzwischen war das Frauenwahlrecht mehr als ein bloßer Traum, und sie hatte sich im Kampf dafür stärker engagiert, als Pitt wusste.

Selbstverständlich würde sie ihm das sagen, aber erst, wenn die Zeit dafür reif war. Die Sache war äußerst reizvoll: wenn Frauen an politischen Entscheidungen mitwirken könnten, und sei es auch nur, dass sie die Möglichkeit hätten, der Regierung ihre Unterstützung zu versagen, wäre das gleichbedeutend mit dem Anbruch eines neuen Zeitalters, in dem Missstände aller Art, Leid und Ungleichheit beseitigt werden könnten.

Es gab zwingende Gründe, daran mitzuwirken, darunter eine unmittelbar bevorstehende Nachwahl für das Unterhaus, die der Cricketheld Dalton Teague schon so gut wie gewonnen hatte. Er sprach sich scharf dagegen aus, dass man Frauen über Möglichkeiten zur Geburtenkontrolle aufklärte.

Die Gemüter erhitzten sich über dieses seit Jahren heftig umstrittene Thema. Obwohl die Kenntnis der Methoden nicht gegen die Gesetze verstieß, erreichte das Wissen nicht diejenigen, die am dringendsten darauf angewiesen waren: arme Frauen, die bis zur physischen Erschöpfung Kind um Kind bekamen. Viele starben. Schuld daran waren Unwissenheit, Angst und gesellschaftlicher Druck. Auch die Religion trug ein gerütteltes Maß dazu bei.

Ausschließlich Frauen waren die Opfer, nie die Männer!

Die Dringlichkeit des Themas war Charlotte zu Bewusstsein gekommen, als kürzlich eine gute Bekannte bei der Geburt ihres siebten Kindes gestorben war. *Mir geht es so gut,* dachte sie, während sie in der Droschke neben ihrer Tochter saß. War sie so selbstzufrieden, dass sie nach nichts Höherem strebte, keinem Ziel, das jenseits der unmittelbaren persönlichen Zukunft lag? Woran musste sie glauben, wo sie doch alles hatte, was ihr wichtig war?

Und wenn sie es verlor? Welche innere Kraft hätte sie dann, die es ihr gestattete, fortzufahren, auf eigenen Füßen zu stehen, durch die Finsternis zu schreiten? Dieser entsetzliche Gedanke war ihr in der Vergangenheit mehrfach gekommen, wenn Pitt im Dienst, erst bei der Polizei und jetzt beim Staatsschutz, Gefahren drohten. Sie war so angespannt, dass sie bei jedem Schlagloch hochfuhr, durch das die Droschke rumpelte. Würde sie im Fall materieller oder seelischer Not nichts in sich finden, was ihr inneren Halt gab?

Jemima neben ihr schwieg. War sie ebenfalls verstört oder einfach nur müde? Sie hatte unbedingt mitkommen wollen, sagte aber nun kein Wort über das Gehörte.

»Wie fandest du die Frau?«, fragte Charlotte mit leiser Stimme. Sie überlegte, was sie dem Mädchen sagen sollte, wenn sich zeigte, dass Jemima mit der Situation überfordert war. Die Leere in ihr selbst weckte in ihr ein schlechtes Gewissen, weil sie keinen rechten Glauben besaß und daher nie versucht hatte, dem Mädchen einen solchen zu vermitteln. Ihre Tochter, die kurz vor ihrem siebzehnten Geburtstag stand, würde bald heiratsfähig sein. Dann würde sie Entscheidungen treffen müssen, die ihr ganzes weiteres Leben betrafen.

»Ich finde sie ein bisschen zum Fürchten«, sagte Jemima nachdenklich, als müsse sie nach dem richtigen Wort suchen. »Nicht so, als ob sie einem was tun würde, jedenfalls nicht mit Absicht. Aber sie ist sich so sicher mit dem, was sie denkt, dass sie auch das sagt, was gefährlich ist.« Während sie durch die Scheibe im Wagenschlag hinaussah, fiel das Licht der vorüberziehenden Straßenlaternen auf ihr Gesicht, sodass es abwechselnd erhellt wurde und im Schatten lag. »Sie ist ganz anders als unser Pfarrer«, fuhr sie fort. Die Anstrengung, die es sie kostete, genau das zu sagen, was sie meinte, ließ sie die Brauen zusammenziehen. »Wenn der was sagt, klingt das immer so, als ob er das gar nicht so meinte. Vielleicht liegt das an seiner eintönigen Stimme und daran, dass er sagt, was andere von ihm erwarten.« Sie wandte sich ihrer Mutter zu. »Meinst du, der würde gern sagen, was er selbst denkt, es aber lieber nicht tun, weil er die Leute nicht erschrecken und natürlich auch seine Stelle nicht verlieren will?«

»Das kann ich mir ohne Weiteres vorstellen«, erwiderte Charlotte und stellte sich dabei den hochwürdigen Mr. Jameson vor. Er war ein sanftmütiger, gütiger Hirte seiner Herde, aber auf keinen Fall ein kämpferischer Glaubensjünger. Er besaß genau das, was die Menschen von ihm erwarteten: ein Gefühl von Sicherheit, unendliche Geduld und die Fähigkeit, ihren Wunsch nach geistlicher Nahrung genau einzuschätzen. Aber war es auch das, was sie brauchten?

»Hat Sophia Delacruz recht?«, fragte Jemima geradeheraus. »Weiß tatsächlich keiner von uns, wer wir wirklich sind, und sitzen wir alle gemütlich in unserer Kirchenbank, bis wir zu Standbildern erstarrt sind?«

»Das hat sie nicht gesagt«, begehrte Charlotte auf. Dabei hatte sie selbst das Gleiche gedacht wie ihre Tochter.

»Hat sie doch.« Jemima war ihrer Sache sicher. »Natürlich nicht mit diesen Worten, aber es lief darauf hinaus. Wir richten den Blick nicht auf das Wesentliche, verändern nur ab und zu unsere Haltung ein bisschen, damit wir keinen Krampf im, na ja, du weißt schon, kriegen.«

»Du meinst ›Hinterteil‹, das Wort darf man ruhig sagen«, teilte ihr Charlotte mit einem Anflug von Sarkasmus mit, weil ihr die ganze Sache Unbehagen bereitete. »Man könnte glauben, dass es dir Freude bereitet, den Pfarrer und seine Gemeinde als Standbilder zu bezeichnen.«

»Überhaupt nicht«, protestierte das Mädchen mit einer Stimme, der die Empörung anzuhören war. »Aber wenn diese Frau ehrlich sagen kann, wer wir sind und was wir tun sollten, kann ich das auch!«

»Ehrlich müssen wir sein«, sagte Charlotte mit sanfter Stimme, »aber wir müssen auch das Rechte tun. Ganz davon abgesehen wäre es gut, wenn wir unsere Mitmenschen mit Güte behandelten.«

»Ist es Güte, wenn man sie belügt, weil sie sich dabei wohlfühlen?« Jemima sah ihre Mutter herausfordernd an. »Von dir habe ich so was noch nie gehört. Wenn Oma mir vorhält, dass ich anderen gegenüber zu freimütig bin, sagt sie, dass ich genauso bin wie du.« In ihrer Stimme schwang Befriedigung mit, ja, sogar eine Spur Stolz. Im Licht der nächsten Laterne sah Charlotte, dass Jemima lächelte. In ihrem Gesicht, das Weichheit mit Festigkeit vereinte, erkannte sie eine geradezu verblüffende Ähnlichkeit – so hatte sie in Jemimas Alter ausgesehen. Mit einem Mal überkam sie eine so starke Rührung, dass sie heftig zwinkern musste, um ihre Tränen zu verbergen.

»Ich habe nicht immer recht«, sagte sie, starr vor sich hin blickend. »Es gibt Möglichkeiten, andere wissen zu lassen, was man für die Wahrheit hält. Manches davon schadet den Menschen, manches mag ungeschickt formuliert, zu sanft oder zu schroff sein. Um uns zu ändern, brauchen wir Zeit – und Güte.«

»Ich weiß«, sagte Jemima. »Mit Honig fängt man mehr Fliegen als mit Essig. Das predigst du mir dauernd, ganz wie Oma. Aber haben wir die nötige Zeit dafür? Sophia Delacruz scheint das nicht zu glauben.« Sie ließ ihre Schultern ein wenig sinken und fuhr mit leiser Stimme in ernstem Ton fort: »Wann ist der richtige Augenblick gekommen, um Menschen Dinge zu sagen, die sie nicht hören wollen? Wenn man wartet, bis sie dazu bereit sind, ist es wahrscheinlich zu spät. Du sagst mir ja auch immer, was ich tun soll, und vor allem, was ich nicht tun soll.«

»Du bist ja auch meine Tochter«, hielt Charlotte rasch dagegen. »Ich liebe dich, und ich möchte weder, dass man dir ein Leid antut, noch, dass du einen schweren Fehler begehst oder …«

»Das weiß ich doch«, fiel ihr Jemima ins Wort und berührte sanft den Arm ihrer Mutter. »Ich weiß auch, warum du das tust. Aber manchmal ärgere ich mich darüber, weil ich das Gefühl habe, dass du mich für dumm oder leichtfertig hältst. Und … und ich glaube, ich hätte auch ein bisschen Angst, wenn du mir das nicht sagen würdest, und ich würde mich dann ziemlich einsam fühlen.« Mit einem kläglichen Lächeln schloss sie: »Und wenn du mich je an das erinnerst, was ich gerade gesagt habe, spreche ich nie wieder mit dir!«

Am liebsten hätte Charlotte sie fest in die Arme geschlossen, aber sie nahm an, dass Jemima dafür zu erwachsen war. Außerdem hatte sie wohl zu viel mit ihren eigenen Gefühlen zu tun, als dass sie die der Mutter auch noch hätte ertragen können. So begnügte Charlotte sich damit, stumm eine Hand auf Jemimas Hand zu legen.

Während Charlotte ihren Kindern, die sich auf den Weg zur Schule machten, an der Haustür nachwinkte, brachte das Dienstmädchen Minnie Maude Pitt die Zeitung. Sie machte ein bedrücktes Gesicht, denn sie hatte die Schlagzeile gesehen. Ihre sonst so fröhliche Miene war düster, und während sie sich möglichst lange damit beschäftigte, den Frühstückstisch abzuräumen, sah sie unauffällig zu Pitt hinüber. Uffie, den sie als herrenlosen Welpen ins Haus geschmuggelt und wochenlang im Keller verborgen gehalten hatte, drehte jedes Mal den Kopf nach ihr um, wenn sie vorüberkam. Inzwischen brauchte er nicht mehr im Keller zu hausen, aber diese Erlaubnis galt nur, wenn er in seinem Korb am Herd blieb.

Pitt schlug die Zeitung auf und fand sofort, was er suchte. Er begann zu lesen und ließ darüber seinen Tee kalt werden. Zweifellos war der Artikel gut geschrieben, was er nach seinem Gespräch mit Laurence am Vorabend auch nicht anders erwartet hatte. Was ihn allerdings verblüffte, war die Art und Weise, wie der Mann sein Thema anpackte.

Laurence beschrieb Sophia Delacruz so anschaulich, dass Pitt sie förmlich vor sich zu sehen glaubte – den eleganten Schwung ihrer Frisur, ihren durchdringenden Blick, vor allem aber ihre Energie.

»Ist diese Frau eine Heilige, wie ihre Bewunderer sagen?«, schrieb Laurence und gab sich dann selbst die Antwort: »Ich kann dazu nichts sagen, weil ich nicht weiß, was einen Menschen zum Heiligen macht. Vollendetes Gutsein? Worin besteht das – dass jemand keine Sünden begeht? Wer bestimmt, was Sünde ist? Oder ist es Barmherzigkeit, Zurückhaltung, Demut, freigebiger Umgang mit irdischen Gütern und mit Zeit? Sanftmut?«

Pitt konnte die einschmeichelnde Stimme des Mannes geradezu hören, als er den Artikel weiterlas.

> Oder sind Heilige Menschen, deren Blick weiter reicht als der unsere, erfassen sie damit den Schimmer eines helleren Gestirns? Ist es ihre Aufgabe, uns zu beruhigen und zu sagen, dass wir mit dem zufrieden sein sollen, was wir haben, oder sollen sie uns aufrütteln, uns dazu bringen, dass wir uns Fragen stellen, nach Höherem streben? Dass wir, wie es Señora Delacruz von uns erwartet, nach dem Unendlichen greifen und versuchen, wie Gott selbst zu werden?
>
> Sind Heilige vollkommen, oder gestehen wir ihnen die gleichen Schwächen zu, wie wir sie haben? Warum wollen oder brauchen wir welche? Damit sie uns sagen, was wir zu denken haben, und an unserer Stelle Entscheidungen treffen?

Wieder konnte Pitt förmlich den Spott in der Stimme des Mannes hören. Trotzdem waren die Fragen ernst gemeint. Was musste ein Mensch tun, damit man ihn als Heiligen bezeichnete? Es war ein Sammelbegriff, der alles Mögliche bedeuten konnte und damit auch nichts.

Erneut wandte Pitt sich der Zeitung zu.

> Señora Delacruz geht es um nichts von alldem. Ihrer Ansicht nach müssen wir »erwachsen werden«, uns umgehend

auf den endlosen Weg machen, der dahin führen soll, dass wir irgendwann in der fernen Ewigkeit wie Gott werden. Sie geht sogar so weit zu behaupten, Gott selbst sei einmal so gewesen wie wir! Dieser Gedanke erscheint mir äußerst beunruhigend. Ich möchte keinen Gott, der so fehlbar war wie irgendeiner von uns. Ist eine solche Aussage Lästerung?

Ich bin nicht einmal sicher, dass ich mir so viel Verantwortung aufbürden möchte, auch nicht in der »fernen Ewigkeit«. Die Strafe für ein Scheitern dürfte nicht besonders streng sein. Eine Weile im Fegefeuer und danach unendlicher Friede.

Was um des Himmels willen würde ich dann tun? Ich würde vor Langeweile sterben, wenn ich nicht bereits tot wäre! Mangelt es mir an Ehrfurcht, wenn ich dergleichen denke, lästere ich gar? Müsste ich dafür bestraft werden? Vielleicht müsste man mich sogar zum Schweigen bringen? Notfalls mit Gewalt? Ich denke nein. Ich stelle Fragen, und ich glaube nicht, dass die heilige Sophia Delacruz Antworten darauf weiß. Allerdings bin ich nicht sicher, ob sie nicht doch welche hat. Das Einzige, was ich mit Sicherheit sagen kann, ist, dass sie meinen Seelenfrieden und den vieler anderer Menschen gestört hat, und manch einer wird den Wunsch haben, dass sie dafür bestraft wird.

Gegen keinen der von Laurence vorgebrachen Punkte ließ sich Pitts Ansicht nach etwas einwenden, und dennoch rechnete er damit, dass eine Sturzflut von Leserbriefen gekränkter, aufgebrachter, verängstigter und verwirrter Menschen über das Blatt hereinbrechen würde.

»Ist es schlimm?«, fragte Charlotte, die inzwischen hereingekommen war, mit gerunzelter Stirn.

»Als Artikel? Nein, sogar sehr gut«, gab er aufrichtig zur Antwort.

»Du siehst aber bekümmert aus.« Sie betrachtete ihn besorgt.

»Er hat getreulich berichtet, was sie gesagt hat, aber selbst eine Menge Fragen gestellt. Wann ist jemand heilig? Haben wir das Recht, unwissend zu bleiben, oder sind wir verpflichtet, nach Wissen zu streben?«

»Hat sie das gesagt?«, fragte Charlotte zweifelnd.

»Etwa nicht?«, gab er zurück.

Nach kurzem Nachdenken sagte sie: »Doch, ich glaube schon, aber hintergründiger. Ich hatte angenommen, der Hauptkritikpunkt würde sein, dass sie gesagt hat, jeder von uns habe dieselben Aussichten, ein Gottwesen zu werden.«

Pitt überlegte eine Weile. »Ja, das hat sie wohl gesagt oder zumindest durchblicken lassen.«

»Und genau das wird den meisten nicht gefallen«, erklärte sie. »So gut wie jeder denkt, dass er bessere Aussichten hat als andere, entweder weil er gerissener ist, der richtigen Lehre anhängt oder sich ganz allgemein für demütiger und tugendhafter hält.« Sie biss sich auf die Lippe und sah ihn fragend an. »Ich nehme an, dass wir genau deshalb keinen Anspruch darauf erheben dürfen, uns als wirklich tugendhaft zu bezeichnen. Wenn wir unsere Mitmenschen liebten, würden wir nach einer Möglichkeit suchen, möglichst viele und nicht möglichst wenige mit einzubeziehen!«

»Davon hat Laurence aber nichts geschrieben«, sagte er nachdenklich. »Vielleicht hätte er das tun sollen.«

»Vermutlich wird es morgen allerlei Leserbriefe geben«, sagte sie. »Eine Menge Leute, denen es an nichts fehlt und die behaupten, dass sie ›aufs Höchste empört‹ seien.«

Ganz wie von Charlotte vermutet, fanden sich am nächsten Morgen die Leserbriefe in der Zeitung. Mit gleicher Leidenschaft äußerten sich die einen für und die anderen gegen Sophia Delacruz, wobei Letztere eindeutig in der Mehrheit waren.

Pitt las sie einen nach dem anderen am Frühstückstisch. Einige begnügten sich damit, ihre eigenen Überzeugungen zu verteidigen und hielten Sophia Delacruz vor, dies und jenes grob falsch verstanden zu haben. Mit ihnen hatte man rechnen müssen, und sie waren im Großen und Ganzen harmlos. Andere bezichtigten sie der Gotteslästerung und verlangten, man müsse sie zum Schweigen bringen. Manche verkündeten, Gott selbst werde sie vernichten, sofern die Menschen untätig blieben. Es wurde auf verschiedene in der Bibel erwähnte Strafen verwiesen, was auf den Leser eher erheiternd wirkte.

Pitt merkte, dass Charlotte ihn besorgt beobachtete.

»Nichts als leere Worte«, sagte er mit einem Lächeln, mit dem er zugleich seine eigene innere Unruhe zu beschwichtigen suchte. Aus zahlreichen Briefen sprach eine widerwärtige Gemeinheit. Ihnen ging es weniger darum, Glaubensgrundsätze zu verteidigen, als um den Wunsch, Sophia Delacruz dafür bestraft zu sehen, dass sie die Menschen in ihrer Selbstgewissheit wankend gemacht und lange verborgene Zweifel in ihnen geweckt hatte.

Nachdem Charlotte einige dieser Briefe über Pitts Schulter hinweg mitgelesen hatte, erklärte sie: »Die sind zum Teil ja richtig bösartig.«

Pitt faltete die Zeitung zusammen und legte sie umgekehrt auf den Tisch.

»In der Seele eines Menschen, der so etwas schreibt, muss es ziemlich finster aussehen«, fuhr sie fort und ging um den Tisch herum, sodass sie ihm gegenüberstand.

»Die Leute sind wütend, weil sie ihnen Angst gemacht und sie aus ihrer Ruhe aufgestört hat«, erläuterte er.

»Das ist mir bewusst«, sagte sie, bemüht, sich ihre Ungeduld nicht anmerken zu lassen, was ihr aber nicht ganz gelang. »Ich habe nicht vergessen, was du mir vor langer Zeit einmal erklärt hast: Ein Mensch, der Angst hat, ist gefährlich. Siehst du eine Möglichkeit, der Sache irgendwie Einhalt zu gebieten?«

»Nein«, sagte er etwas weniger ungehalten. »Sie hat das Recht zu sagen, was sie für richtig hält. Und die anderen haben das Recht, ihr zu widersprechen, sich darüber lustig zu machen oder etwas gänzlich anderes vorzubringen. Wir können es uns nicht aussuchen, wessen Ansichten man hören oder lesen darf.«

»Aber wenn die nun gewalttätig werden!«, wandte Charlotte ein.

Er stand auf, zum Fortgehen bereit. »Wie gesagt, sind das nur Worte, und die Drohungen schimmern lediglich durch sie hindurch. Das hat nichts weiter zu bedeuten.«

In dem Augenblick klingelte das Telefon in der Diele, und er ging hin, um abzunehmen.

Der Anrufer war Brundage. Seine Stimme klang belegt und ein wenig zittrig, als er mitteilte: »Die Frau ist nicht mehr da. Wir haben in Angel Court, wo sich die Leute aufhalten, alles durchsucht. Sie scheint irgendwann im Laufe der Nacht fortgegangen zu sein …«

Pitt merkte, wie es ihn kalt überlief. »Wohin zum Kuckuck sollte sie mitten in der Nacht gehen wollen?«

»Ich ahne es nicht«, gab Brundage in leicht verzweifeltem Ton zurück.

»War im Laufe der Nacht oder davor jemand dort?«, fragte Pitt, »der einen Brief oder eine Botschaft überbracht hat?«

»Nein, Sir.« Brundages Stimme klang jetzt etwas fester. »So wie es aussieht, scheint auch nichts beschädigt zu sein oder zu fehlen …«

»Außer Sophia Delacruz!«, fuhr ihn Pitt an.

»Nicht nur sie, Sir.« Brundage musste heftig schlucken. »Außer ihr sind noch zwei Frauen verschwunden, nämlich Cleo Robles und Elfrida Fonseca.«

»Was sagen Sie da? Großer Gott, Brundage, was ist da passiert? Dann können sie nur mehr oder weniger aus freien Stücken fortgegangen sein, auch wenn sie womöglich jemand genötigt hat. Niemand könnte mit Gewalt drei erwachsene Frauen verschleppen, schon gar nicht eine wie Señora Delacruz …«

»Das ist mir klar. Es gibt keinerlei Hinweise auf Gegenwehr oder einen Kampf. Nichts ist beschädigt, nichts fehlt, wie gesagt. Auch hat niemand etwas gehört, weder Rufe noch dumpfe Geräusche.«

»Oder keiner will es zugeben«, korrigierte ihn Pitt.

»Nein, Sir, so ist es nicht. Ich habe an diese Möglichkeit gedacht.« Die Stimme des Mannes klang jetzt niedergeschlagen.

Brundage konnte nichts dazu, das war Pitt bewusst. Keiner von ihnen hatte die Drohungen ernst genommen. Sie hatten höchstens damit gerechnet, dass es bei dem öffentlichen Auftritt den einen oder anderen unangenehmen Zwischenfall geben könnte, dass jemand in einem Wutanfall faules Obst oder gar Steine werfen würde. Jetzt aber war Sophia Delacruz mit einem Mal verschwunden, ob freiwillig oder gezwungenermaßen.

»Was ist Ihr Eindruck?«, fragte Pitt.

Nach kurzem Schweigen antwortete Brundage: »Ich denke, dass man sie überredet hat, Sir. Sofern sie es nicht selbst von langer Hand geplant hatte, was ich allerdings angesichts der Umstände für unwahrscheinlich halte …«

»Welche Umstände meinen Sie?«

»Sie hatte für morgen Abend einen weiteren Auftritt angekündigt. Melville Smith hat ihn bereits abgesagt.« Mit Schärfe in der Stimme fuhr Brundage fort: »Offenbar ist er davon überzeugt, dass sie bis dahin nicht zurück sein wird.«

Ein hässlicher Verdacht regte sich in Pitt. »Was hat er genau gesagt? Versuchen Sie sich an den Wortlaut zu erinnern.«

»Den weiß ich noch haarklein«, gab Brundage scharf zurück. »›Unvorhergesehene Ereignisse, die wir zum gegenwärtigen Zeitpunkt nicht erläutern können, hindern Señora Delacruz daran, morgen Abend in St. Mary's Hall zu sprechen. Damit verbundene Unannehmlichkeiten und Enttäuschungen bedauern wir zutiefst und hoffen, dass sie ihre Tätigkeit demnächst wieder aufnehmen kann.‹«

»Ich komme.« Pitt blieb keine Wahl. Für Sophias Verschwinden, ob freiwillig oder nicht, konnte es ein Dutzend Gründe geben – Krankheit, ein Unfall, eine Auseinandersetzung, in deren Verlauf jemand die Beherrschung verloren hatte, die sich plötzlich bietende Möglichkeit, einen ihrer Angehörigen zu treffen. Letzteres hielt Pitt für das Wahrscheinlichste, vor allem, wenn es sich dabei um einen älteren oder womöglich gebrechlichen Menschen handelte. Doch falls es sich so verhielt – warum hatte sie dann Melville Smith nichts davon wissen lassen und ihm nicht mitgeteilt, wann mit ihrer Rückkehr zu rechnen sei? Ein solches Verhalten war, zurückhaltend gesagt, unhöflich. Konnte es Unüberlegtheit sein, war möglicherweise eine Mitteilung verloren gegangen?

Pitt war in die Küche zurückgekehrt, wo ihm der Geruch von geröstetem Brot in die Nase stieg. Die Wärme hüllte ihn wohltuend ein, obwohl durch das offene Fenster über dem Spülstein ein kühler Luftzug hereinkam.

»Was gibt es?«, wollte Charlotte wissen.

»Sophia Delacruz ist aus Angel Court verschwunden, ohne eine Erklärung dafür zu hinterlassen.«

Charlotte richtete sich auf. »Was zum Kuckuck meinst du mit ›verschwunden‹? Hat man sie entführt? Wie war das möglich, wo so viele Leute um sie herum waren und deine Männer die Umgebung im Auge behielten?«

»Niemand hat etwas von einer Entführung gesagt«, erwiderte er. »Vielleicht hat sie eine dringende Mitteilung von einem ihrer Angehörigen bekommen, mit denen sie ja zusammentreffen wollte.«

»Und dann hat sie sich aufgemacht, ohne jemandem ein Sterbenswörtchen davon zu sagen?«, fragte sie ungläubig.

»Wir wissen nicht, was geschehen ist. Ich fahre jetzt nach Angel Court hinaus. Sie war übrigens nicht allein – zwei der anderen Frauen sind mit ihr gegangen.«

Charlotte umfasste sein Handgelenk und hielt es mit überraschender Kraft fest. »Glaubst du das wirklich, Thomas? Die Frau ist kein törichtes Geschöpf. Wenn es ihre Gewohnheit wäre, ihre Mitarbeiter auf diese Weise zu behandeln, würde sich das herumsprechen, und damit verlöre ihre Botschaft an Glaubwürdigkeit.«

»Viele sogenannte Heilige sind die reinsten Haustyrannen«, sagte er, bemüht, Charlottes Gefühle nicht zu verletzen. Er wusste, dass Sophia ihr, wie so manchem anderen, sympathisch war. Sofern sie mit voller Absicht verschwunden sein sollte, würde sie damit all diese Menschen enttäuschen, und das nahm er ihr übel. »Viele Menschen haben Ideale, an die sie im Alltag nicht immer herankommen …«

»Sie ist nie und nimmer freiwillig fortgegangen!«, sagte Charlotte. Ihre Stimme klang hoffnungslos. »Das weißt du ebenso gut wie ich! Du musst sie finden.« Auch wenn sie nicht sagte, dass sie fürchtete, man habe Sophia etwas angetan, sie möglicherweise sogar getötet, war das in ihren Augen zu lesen.

Zorn stieg in Pitt auf. Sacht nahm er Charlottes Hand von seinem Handgelenk, ohne sie aber loszulassen, und sagte: »Selbstverständlich werde ich das tun. Aber du solltest dich mit dem Gedanken vertraut machen, dass es sich dabei um ein inszeniertes Melodrama handeln könnte, mit dem sie mehr Aufmerksamkeit erregen wollen. Unter Umständen ist keine der gegen sie ausgesprochenen Drohungen real. Dass zwei ihrer Begleiterinnen gleichzeitig mit ihr verschwunden sind, legt die Annahme nahe, dass die ganze Sache geplant war. Die Frau erweckt Unruhe und stellt Fragen, auf die niemand eine Antwort findet. Sie bringt die Menschen in Wallung, aber selbst wenn sich ein Geistlicher der anglikanischen Kirche durch eine spanische Heilige bedroht fühlen sollte, die sich besuchsweise hier im Lande aufhält, würde er sie allein schon deshalb nicht entführen, weil er damit eine lächerliche Figur abgeben würde.« Mit einem erzwungenen Lächeln fuhr er fort: »Ganz davon abgesehen würde er damit seinen Anspruch einbüßen, über eine höhere Art von Heiligkeit zu verfügen.« Er beugte sich vor und küsste Charlotte liebevoll.

Mit einem Lächeln erwiderte sie den Kuss.

In Wahrheit war Pitt sich seiner Sache alles andere als sicher, als er den Droschkenkutscher entlohnte und Angel Court durch das Tor betrat. Am Eingang zu dem Hof, den alte dreistöckige Häuser mit längs unterteilten Fenstern umgaben, stand ein lebensgroßer steinerner Engel mit riesigen Flügeln, der die Arme wie zum Segnen erhoben hielt. Das Ganze bot einen eindrucksvollen und zugleich sonderbar unheimlichen Anblick. Zur Linken sah Pitt eine Stalltür, deren obere Hälfte geöffnet war. Eine alte Frau fuhr mit ihrem Besen in gleichmäßigem Rhythmus über das Pflaster, zwischen dessen grob behauenen Steinen sich Moos angesiedelt hatte.

Melville Smith, der Pitt ganz offensichtlich erwartet hatte, kam quer über den Hof auf ihn zu. Jede Faser seines Körpers schien angespannt zu sein.

»Gut, dass Sie gekommen sind«, stieß er atemlos hervor. »Was für eine Katastrophe! Jetzt stehen wir doch wie … wie Stümper da! Das Ganze ist einfach absurd.« Der Versuch, seine Stimme zu beherrschen, ließ sie sich fast überschlagen.

Das Wort »Stümper« gab Pitt einen Stich. Es traf auf ihn selbst mehr zu als auf Smith.

Dieser ergriff Pitts Hand und ließ sie gleich wieder los. Er ging ihm voraus über den Hof zur offen stehenden Tür des von der Gruppe bewohnten Hauses und trat in den Flur, dessen Boden und Wandvertäfelung aus Eichenholz bestand.

Dort sprach Brundage gerade mit einem dunkelhaarigen Mann mit angenehmen Zügen, den Smith knapp als Ramón Aguilar vorstellte. Beide waren bleich und wirkten besorgt. Bei Pitts Eintreten wandte sich Brundage ihm zu.

»'n Morgen, Sir«, sagte er mit ernster Miene.

»'n Morgen«, gab Pitt zurück. Später würde er mit Brundage ein Hühnchen rupfen, dafür war dies jetzt nicht der richtige Augenblick. Sie mussten einen kühlen Kopf bewahren, die Fakten klar durchdenken. Für einen in solchen Dingen ungeschulten Menschen mochte das Ganze wie eine Entführung aussehen, aber auf Pitts Liste standen andere Möglichkeiten weiter oben. Journalisten wie Frank Laurence und andere skeptische Beobachter der Ereignisse würden in der Sache nichts als einen Reklametrick sehen, mit dem Sophia auf sich aufmerksam machen wollte.

»War die Haustür heute Vormittag abgeschlossen und verriegelt?«, fragte er Brundage mit betont gleichmütiger Stimme.

»Ja, Sir, und die Hintertür ebenfalls. Ich habe auch keinen Hinweis darauf gefunden, dass sich jemand mit Gewalt Zutritt durch ein Fenster verschafft haben könnte – allerdings stand im zweiten Stock eines offen. Zwar liegt es dicht neben dem Badezimmer-Fallrohr, aber ich kann mir nicht recht vorstellen, dass drei Frauen in finsterer Nacht daran heruntergerutscht sein sollten.«

Pitt war überzeugt, dass Sophia Delacruz dazu durchaus imstande gewesen wäre, hätte sie nur Grund genug dazu gehabt, sagte aber nichts.

Smith knurrte gereizt: »Es könnte aber jemand daran hochgeklettert und eingestiegen sein, Sophia mitgenommen haben und …«

»… die beiden anderen Frauen gleich mit?«, fragte Pitt mit gehobenen Brauen. »Dazu wären mehrere Täter nötig gewesen. Außerdem dürfte sich so etwas kaum geräuschlos bewerkstelligen lassen. Ganz davon abgesehen kann ich mir nicht vorstellen, dass Señora Delacruz stillschweigend und ohne jede Gegenwehr einfach mitgegangen sein soll. Sie etwa? Sie kennen sie doch gut.«

»Wollen Sie damit sagen, dass sie freiwillig mitgegangen ist?«, stieß der Mann mit zornrotem Gesicht zwischen den Zähnen hervor.

»Wäre das vorstellbar?«, fragte Pitt. »Sie kennen sie besser als die meisten, unterstützen sie seit über fünf Jahren und haben wiederholt in aller Öffentlichkeit erklärt, dass Sie von ihren Anschauungen überzeugt sind.« Mit einem feinen Lächeln fügte er hinzu: »Auf jeden Fall sieht es ganz so aus, als ob Sie sie bewunderten.«

»Selbstverständlich tue ich das«, bestätigte Smith umgehend und erstarrte dann, als bedaure er, sich so offen zu ihr bekannt zu haben. Unbehaglich trat er von einem Fuß auf den anderen. »Natürlich sind wir gelegentlich unterschiedlicher Meinung«, fuhr er verlegen fort, »aber nur in unbedeutenden Fragen.«

Bewusst ließ Pitt ein längeres Schweigen eintreten, bevor er darauf antwortete. Vom Hof her hörte man laute Schritte auf dem Pflaster hallen, und irgendwo in einer Küche fiel scheppernd ein Metalltopf zu Boden.

»Sie war in Gefahr«, stieß Smith aufgebracht hervor. »Gerade deshalb sollten Ihre Leute sie beschützen! Wo waren die, als es geschah? Warum stellen Sie denen nicht diese Fragen? Und was haben Sie getan?«

»Geschlafen, wie vermutlich auch Sie«, sagte Pitt sanftmütig. »Ich mache Ihnen keine Vorhaltungen, Mr. Smith. Ich versuche auszuschließen, was nicht in Frage kommt, damit wir uns auf das konzentrieren können, was möglich oder wahrscheinlich ist. Ein Fenster im zweiten Stock stand offen, aber alle Außentüren waren verschlossen und verriegelt. Es ist nur äußerst schwer vorstellbar, auf welche Weise man die drei Frauen gewaltsam hätte aus dem Hause schaffen können, ohne dass jemand etwas davon mitbekommen hätte. Niemand hat etwas gehört, nichts ist beschädigt worden, und niemandem hier im Haus hat jemand etwas angetan.«

Jetzt ergriff Ramón, der bis dahin geschwiegen hatte, das Wort. Zornesröte lag auf seinem Gesicht. »Wenn Sie behaupten wollen, dass uns die Señora freiwillig verlassen hat, sind Sie ein Dummkopf! Sie wissen nichts über mein Volk.« Er sprach mit rauer Stimme und kaum wahrnehmbarem Akzent. »Ich weiß von ihr, dass Sie mit ihr gesprochen haben und sie Ihnen gesagt hat, was sie glaubt. Können Sie sich vorstellen, dass sich eine solche Frau nachts heimlich davonstiehlt wie ein Dienstmädchen, das seiner Herrschaft davonläuft? Warum sollte sie so etwas tun? Ihr Glaube ist ihr Leben …«

»Es gibt unterschiedliche Arten von Glauben, Señor Aguilar«, sagte Pitt betont freundlich. An dem bleichen Gesicht und der angespannten Haltung des Mannes war sein Kummer nur allzu deutlich abzulesen. »Und wenn nun Zwang oder eine Gaunerei dahintersteckte?«, gab er zu bedenken. »Oder ein Notfall? Eine Mitteilung von ihren Angehörigen, dass ein Verwandter schwer krank ist oder im Sterben liegt und die Zeit drängt?«

»Möglich wäre es«, gab ihm Ramón zögernd recht, wobei in seinen Augen ein Funken Hoffnung aufblitzte. »Aber warum hat sie dann keine Nachricht hinterlassen? Und aus welchem Grund hätte sie in einem solchen Fall sowohl Cleo als auch Elfrida mitnehmen sollen?«

Smith hatte die Lippen zusammengekniffen. »Falls sie ihren Vetter Barton Hall aufsuchen wollte, hätte sie uns sicherlich etwas davon gesagt. Die Beziehung zwischen den beiden ist unerfreulich. Er bringt nicht das geringste Verständnis für ihre Sendung auf. Ich kann mir nicht vorstellen, warum sie den Wunsch haben könnte, zu ihm zu gehen, und ich bin mir sicher, dass sie das auch nicht getan hat.«

Ramón warf ihm einen vernichtenden Blick zu. »Das sind ihre Privatangelegenheiten. Bestimmt wäre sie allein zu ihm gegangen, aber auf keinen Fall in der Nacht und ohne jemandem etwas davon zu sagen.«

»Könnte es nicht ein Notfall gewesen sein?« Nach wie vor suchte Pitt nach einer Lösung, bei der Unüberlegtheit der Grund für Sophias Handlungsweise gewesen sein könnte, ohne dass für sie eine Gefahr bestand.

»Was für ein Notfall hätte das sein sollen?«, fragte Smith mit Schärfe in der Stimme. »Wir wissen weder, warum sie ihren Vetter so dringend aufsuchen wollte, noch, ob sie es getan hat. Die beiden stehen einander in keiner Weise nahe. Ihre Familie hat sich ihr gegenüber auf niederträchtige Weise und ohne jedes Verständnis verhalten. Diese Leute sind stur wie Ochsen. Für sie zählt nur ihre eigene Vergangenheit, ihre eigene Bedeutung und das, was in ihren Augen als Wissen gilt.« Er hielt inne und errötete leicht, als er merkte, dass ihn sowohl Ramón als auch Pitt erstaunt ansahen. Er räusperte sich. »Entschuldigung. Ich kenne Barton Hall nicht, bin ihm nie begegnet. Ich weiß nur, was sie mir gesagt hat und was ich aus ihren Worten sozusagen zwischen den Zeilen gelesen habe.«

Ärgerlich fragte Ramón ihn: »Wie kannst du so viel über einen Menschen wissen, den du nie gesehen hast? Ich glaube nicht, dass sie schlecht über ihn gesprochen hat, ganz gleich, was sie von ihm halten mag.«

Mit einem zornigen und zugleich warnenden Blick sah er Pitt an.

Obwohl er wusste, dass es unvernünftig war, bewunderte Pitt den Mann wegen seines unbesonnenen Eintretens für Sophia, das die Untersuchung immerhin behindern konnte. Wenn es eine Frau gab, die in der Lage war, sich selbst zu verteidigen, und das auch tun würde, dann Sophia Delacruz.

»Natürlich nicht«, hielt Smith in verächtlichem Ton dagegen. »Deine Gefühle für sie trüben dir den Blick, aber hier kann uns nur die Wahrheit weiterhelfen.« Er wandte sich von Ramón ab und sagte zu Pitt: »Die Unstimmigkeiten zwischen ihr und Barton Hall kratzen an seinem Familienstolz und schaden in seinen Augen auch seinem guten Ruf.«

»Der und einen guten Ruf«, giftete Ramón. »Sicher, er ist Bankier und weltliches Mitglied der anglikanischen Generalsynode, aber Ansehen genießt er ausschließlich in diesen Kreisen. Wenn er sich einmal zur Ruhe setzt, wird ein anderer an seine Stelle treten und kein Hahn mehr nach ihm krähen. An die Señora wird man sich immer erinnern. Sie wird die Welt verändern.« Die Leidenschaftlichkeit, mit der er sprach, verlieh seinem Gesicht mit den sanften Zügen eine eigentümliche Schönheit.

Einen Augenblick lang wusste Pitt nicht, was er sagen sollte. Die Gefühle, deren er dort Zeuge wurde, entsprangen weder Sophias Lehre noch der Entzweiung innerhalb ihrer Familie. Sie ließen die Streitenden sogar zeitweise die Hierarchie der sonderbaren Sekte vergessen, hinter deren Unstimmigkeiten Pitt allmählich zu blicken begann.

Dann kehrte Pitts klarer Verstand zurück wie ein kalter Wind, der in den Sand geschriebene Worte auslöscht. Sophia war auf unerklärliche Weise verschwunden. Seinem Gesichtsausdruck nach zu urteilen, hatte Smith in diesem Zusammenhang durchaus gemischte Gefühle. Er wirkte eher wütend als besorgt und schien die Möglichkeit, dass ihr etwas zugestoßen sein könnte, rundheraus auszuschließen. Lag das daran, dass er genau wusste, wo sie sich aufhielt? Oder war er außerstande, sich vorzustellen, dass sie ernsthaft zu Schaden gekommen sein könnte?

Ramón war das genaue Gegenteil. Er schien das Schlimmste zu befürchten, als halte er sie für so bedeutend, dass sich alle Mächte des Bösen, ob menschlichen oder überirdischen Ursprungs, ganz selbstverständlich gegen sie zusammenrotten müssten. Das ließ sich an dem Nachdruck erkennen, mit dem er sprach, wie auch an der Panik in seiner Stimme.

Pitt beschloss, sich an die Fakten zu halten und der Stimme der Vernunft zu folgen.

»Sagen Sie mir etwas über die beiden anderen Frauen«, wandte er sich an Smith und Ramón zugleich. »Ich habe sie bei Señora Delacruz' Auftritt gesehen. Welchen Grund könnte sie dafür gehabt haben, sie zu nachtschlafender Zeit mitzunehmen, abgesehen davon, dass sie ihr wahrscheinlich nahestehen?«

Beide Männer begannen gleichzeitig zu sprechen, hielten inne, dann setzte Smith als der gleichsam Ranghöhere erneut an. »Cleo Robles ist mit ihren dreiundzwanzig Jahren noch sehr jung. Sie brennt vor Begeisterung für die Sache und meint es gut, sie muss aber noch viel lernen, wenn es darum geht, andere zu unterweisen.«

»Es gibt so viele Methoden der Unterweisung, wie es Menschen gibt, die anderen etwas nahebringen wollen«, fiel ihm Ramón ins Wort. »Und oft sind dazu ohnehin mehrere Personen nötig.«

»Er will etwas über Cleo wissen und nicht über Unterweisungsmethoden«, fertigte ihn Smith ab, wandte sich Pitt erneut zu und fuhr mit belehrender Stimme fort: »Sie ist eifrig und liebenswürdig wie ein Kind. Falls Sie glauben, dass sie zu Tücke oder Arglist fähig wäre, verstehen Sie nichts von der Menschennatur.«

Pitt war es gewohnt, zwischen den Parteien zu stehen. In einer Situation wie dieser waren Angst und Notwehr etwas ganz Natürliches. Nur ungern nutzte er die Schwächen anderer für seine Zwecke, doch sofern hier wirklich etwas nicht stimmte, konnte Sophias Wohl und Wehe davon abhängen, dass er die Wahrheit so früh wie möglich herausbekam.

»Halten Sie sie für vertrauensselig?«, fragte er und sah von einem zum anderen.

»Ja«, gab Smith, ohne zu zögern, zurück. Er warf einen raschen Blick auf Ramón und sah dann wieder zu Pitt.

»Nein«, widersprach ihm Ramón im selben Atemzug. »Nicht vertrauensselig. Eher arglos. Sie hat Träume … Wir sterben ohne Träume.«

»Vertrauensselig«, wiederholte Smith und sah beiseite. »Aber zuverlässig. Ramón hat recht: Es ist ihr Traum, die Welt zu retten, und ihrer Überzeugung nach ist sie diejenige, die das vermag.« Diesmal verriet seine Stimme seine eigenen Empfindungen nicht. Lediglich sein Bemühen, sie zu verbergen, ließ sich heraushören.

Pitt fragte sich, was einen Mann wie Melville Smith dazu veranlasst haben mochte, sich dem Kreis um Sophia anzuschließen. Mit seinem familiären Hintergrund, seiner Erziehung und seiner Lebensweise mussten ihm dessen Ziele in jeder Hinsicht zuwiderlaufen. Offenbar hatte es einen zwingenden Grund dafür gegeben, aber ob das wirklich das Bedürfnis nach dem war, was Sophia lehrte, ein heftiges Verlangen, dem er sich nicht einmal um den Preis widersetzen konnte, allem entsagen zu müssen, was seinem Wesen entsprach? Oder war er vor etwas geflohen, was er nicht länger ertragen konnte? Ging sein Bestreben, über andere zu bestimmen, darauf zurück, dass er eine andere Richtung im Auge hatte, oder strebte er nach Macht, weil er von Natur aus von sich eingenommen und, möglicherweise unbewusst, herrschsüchtig war?

Sofern Sophia nicht bald wieder auftauchte, würde Pitt Brundage damit beauftragen, sich die Vorgeschichte des Mannes näher anzusehen.

»Und was ist mit Elfrida Fonseca?«, fuhr er fort. »Ist sie ebenfalls vertrauensselig?«

Diesmal zögerten beide.

»Ich weiß nicht recht«, sagte Smith schließlich. »Sie ist in Verwaltungsdingen äußerst tüchtig. Wir könnten ohne sie leicht in Schwierigkeiten geraten, was ihr sicherlich auch bewusst ist. Es sähe ihr in keiner Weise ähnlich, ihre Pflichten zu vernachlässigen, indem sie auf und davon ginge. Ihr ... ihr Selbstbild hängt davon ab.«

»Wir sind auf sie angewiesen«, stimmte ihm Ramón zu. In seinem Blick lag ein Vorwurf gegen Smith, weil dieser mit der Preisgabe ihrer Verletzlichkeit Verrat an ihr begangen hatte, und ein Ausdruck, der sich als Mitleid deuten ließ. »Das weiß sie auch«, fuhr er fort. »Ich kann mir nicht vorstellen, dass sie Angel Court freiwillig verlassen haben soll. Mr. Pitt, ich fürchte, dass Grund zur Besorgnis besteht – zu großer Besorgnis.«

Smith trat einen Schritt näher an Ramón heran. »In diesem Punkt schließe ich mich seiner Meinung rückhaltlos an. Es gibt da einige Papiere, die ich Ihnen gern zeigen würde, Mr. Pitt.«

Ramón sog scharf die Luft ein, beschloss aber nach einem Blick auf Smith, nicht zu widersprechen.

Smith wandte sich erneut Pitt zu. Mit den Worten »Kommen Sie bitte mit in mein Arbeitszimmer« ging er steifen Schrittes aufrecht davon.

Pitt nickte Ramón zu und folgte Smith aus dem Flur in einen Seitengang.

Der Raum, der Smith als Arbeitszimmer diente, wirkte freundlich, auch wenn es darin ziemlich dunkel war, weil er wegen der Gebäude gegenüber kein direktes Sonnenlicht empfing. Durch die Fenster fiel der Blick unmittelbar auf den Hof. Smith schloss die Tür und forderte Pitt auf, Platz zu nehmen.

Statt, wie Pitt angenommen hatte, die angekündigten Papiere aus der Schublade des Sekretärs zu nehmen, setzte sich Smith ihm gegenüber und legte die gefalteten Hände auf die Tischplatte.

»Am liebsten würde ich Ihnen das alles gar nicht sagen, aber die Ereignisse lassen mir keine Wahl. Es geht auf zwölf Uhr zu, und wir haben noch nichts von Sophia oder einer der beiden Frauen gehört, die, wie es aussieht, mit ihr gegangen sind. So etwas ist noch nie zuvor geschehen und passt in keiner Weise zu ihrem Wesen. Sie steht voll und ganz hinter ihrer Mission.«

Ohne sein Gegenüber zu unterbrechen, musterte Pitt dessen bleiches Gesicht, vermochte darin aber nichts zu erkennen. Der Mann schien sich zwar Sorgen zu machen, aber nichts zu befürchten. Dafür mochte es eine ganze Reihe von Gründen geben. Vielleicht wusste er, dass Sophia verschwunden war, um Aufsehen zu erregen und damit ein größeres Publikum zu erreichen. War er damit einverstanden, oder sah er darin eine verwerfliche Manipulation? Wusste er womöglich sogar, wohin Sophia gegangen war, ohne das zu sagen, weil sie – aus welchem Grund auch immer – nicht wollte, dass das bekannt wurde?

Ganz davon abgesehen war es denkbar, dass ihm ihr Verschwinden willkommen war, weil ihm damit die Leitung der rasch wachsenden Sekte zufiel. Das gäbe ihm die Möglichkeit, sie in eine Richtung zu lenken, die eher seinen Vorstellungen entsprach oder ihm aussichtsreicher schien.

Smith holte tief Luft. »In erster Linie ist Sophia Delacruz nach England gekommen, um mit diesem Barton Hall, einem entfernten Vetter, zusammenzutreffen, der deutlich älter ist als sie. Sie hat mir gesagt, die Angelegenheit sei ziemlich dringend, doch ich weiß nicht, wieso, denn dieser Hall ist allem Anschein nach kerngesund.« Er hielt inne und wartete auf Pitts Reaktion.

»Und was ist mit ihrer ›Mission‹?«, wollte Pitt wissen. Falls stimmte, was ihm der Mann da gesagt hatte, galt es, die Angelegenheit aus einem gänzlich neuen Blickwinkel zu betrachten.

Smith biss sich auf die Lippe. »Dieser Anlass bietet uns eine Gelegenheit zu predigen, die wir uns nicht entgehen lassen dürfen, und so hielt ich es für klüger, nicht bekannt werden zu lassen, dass ein Treffen mit Barton Hall der eigentliche Grund für Sophias Reise nach England war.«

Pitt sah Smith aufmerksam an. Mit durchgedrücktem Rücken saß der Mann steif und unbehaglich da, die Hände so fest ineinander verschlungen, dass die Knöchel weiß hervortraten, doch wich er Pitts Blick nicht aus.

»Wissen Sie, worum es dabei geht?«, fragte Pitt.

»Nein. Allerdings bin ich im Laufe der Zeit zu der Überzeugung gelangt, dass meine ursprüngliche Annahme, es handele sich um eine Familienangelegenheit, zumindest teilweise, wenn nicht sogar vollständig, falsch war.«

»Welchen Grund hatten Sie, Ihre Meinung zu ändern?«, fragte Pitt. Er wollte vor allem wissen, warum sich Smith veranlasst gesehen hatte, seine Ansicht zu korrigieren – immerhin war es möglich, dass er selbst zu einem anderen Ergebnis kam. Sofern Sophia Delacruz nicht wegen ihrer religiösen Mission oder zur Beilegung eines alten Streits nach England gereist war, konnte dieser andere Grund unter Umständen ihr Verschwinden erklären.

Mit gerunzelter Stirn setzte Smith zögernd an: »Das lässt sich nur schwer genau sagen, und ich komme mir jetzt ziemlich töricht vor. Wäre mir die Sache früher klar geworden, hätte ich zu verhindern versucht, was geschehen ist. Sie werden mich für einen Stümper halten …«

Wieder dieses Wort. »Stümper?«, hakte Pitt nach. »Sofern sie fortgegangen sein sollte, um das Interesse der Öffentlichkeit anzuheizen, hat sie mich getäuscht und wohl auch Sie. Da mein Auftrag lautet, sie zu schützen, ist ihr Verschwinden meinem Versagen zuzuschreiben.«

Einen kurzen Augenblick lang sah Smith peinlich berührt aus, wenn nicht sogar mitfühlend. »Ich kenne sie schon seit fast sechs Jahren«, sagte er. »Sollte sie freiwillig davongegangen sein, hätte ich das voraussehen, mir zumindest der Gefahr bewusst sein müssen. Ich habe die Verfasser der Drohbriefe für Spinner gehalten, Maulhelden, die groß tönen, aber zu feige sind, die angekündigte Tat auszuführen. Oder jedenfalls nicht auf so verbrecherische Weise …«

»Was hat Sie zu der Annahme veranlasst, dass sie nicht gekommen ist, um einen Familienstreit zu beenden?«, kehrte Pitt zu der noch nicht beantworteten Frage zurück.

»Nach allem, was sie mir darüber gesagt hat, erschien mir die Möglichkeit einer Aussöhnung nach einem Zusammentreffen äußerst unwahrscheinlich«, gab Smith zurück. »Das würde meiner Meinung nach eher alte Wunden aufreißen, über die man besser gar nicht sprechen sollte.« Er beugte sich leicht vor. »Vor etwa siebzehn Jahren, da war sie Anfang zwanzig, hatten ihre Eltern sie mit einem Mann verlobt, den sie für eine glänzende Partie hielten.«

Pitt konnte sich zwar denken, wie es weiterging, unterbrach ihn jedoch nicht.

»Sie wollte ihn aber nicht«, fuhr Smith mit einem leichten Achselzucken fort. »Den Grund weiß ich nicht. Vielleicht fühlte sie sich durch etwas an ihm abgestoßen. Sie hat nie mit mir darüber gesprochen. Jedenfalls ist sie nach Spanien durchgebrannt. Genauer gesagt, sie ist erst nach Frankreich gegangen und von dort nach Spanien, wo sie schließlich in Toledo gelandet ist. Dort hat sie einen Spanier kennengelernt und geheiratet. Er heißt Nazario Delacruz.«

»Und das soll unverzeihlich sein?« Pitt bemühte sich, nicht herablassend zu klingen, aber in der Tat verstand er nicht, warum Eltern wegen einer solchen Belanglosigkeit über nahezu zwei Jahrzehnte hinweg einen Groll schüren sollten. Dann musste er an seine sechzehnjährige Tochter denken und überlegte, was er empfinden würde, wenn sie einfach ins Ausland ginge und dort jemanden heiratete, den weder er noch Charlotte je gesehen hatte. »Ist sie glücklich?«, fragte er, denn das war die einzige Frage, die in einer solchen Situation für ihn von Bedeutung wäre, wenn es sich um Jemima handelte.

»Ich denke, schon«, gab Smith zurück, »aber da liegt das Problem nicht.« Verlegen lächelnd sah er beiseite. »Nazario Delacruz war bereits verheiratet und hatte zwei kleine Kinder. Ich kenne die näheren Umstände nicht, aber die Geschichte war zugleich tragisch und anstößig. Das war es wohl, was ihren Angehörigen unverzeihlich erschien.«

Pitt war bekümmert und verwirrt. Ein solches Verhalten schien in keiner Weise zum Wesen der Frau zu passen, die er kennengelernt hatte. Auch Smith, der ihm angespannt gegenübersaß, zeigte keine der Empfindungen, die Pitt erwartet hätte: weder Abscheu noch Missbilligung.

Smith wartete darauf, dass Pitt etwas sagte.

»Was also glaubt sie damit erreichen zu können, dass sie jetzt nach England gekommen ist?«, fragte Pitt. Er sah keinen Sinn in alldem. Hatte er etwas Wichtiges übersehen, was die ganze Sache in einem anderen Licht erscheinen lassen würde?

Smith holte tief Luft. »Sie ist nicht wegen der Vergangenheit gekommen«, sagte er ruhig. »Es geht um etwas Gegenwärtiges. Sie wollte nicht darüber sprechen, auch nicht mit mir.« Es sah so aus, als hätte er gern noch weit mehr gesagt. Aber entweder fand er nicht die richtigen Worte, oder er war sich nicht sicher, ob er seine Gefühle würde beherrschen können.

Empfand er etwas für sie, was er nicht zugeben wollte? Sie war auf ihre eigene Weise durchaus schön, und man musste ihr zugestehen, dass sie beachtlichen Mut bewies, ganz gleich, ob man ihr wohl oder übel wollte.

Pitt wechselte auf ein anderes Gebiet. »Kennen Sie Barton Hall?«

»Lediglich aus dem, was mir Sophia über ihn gesagt hat.« Er winkte müde ab. »Der Mann bekleidet ein hohes Amt im Verwaltungsgremium der anglikanischen Kirche. Sie ist für ihn gesellschaftlich und möglicherweise auch spirituell sehr wichtig.« Ein Schatten legte sich auf Smiths Züge. Freundlicher fuhr er fort: »Eine solche Position steht für eine gewisse Kontinuität, die Sicherheit des über Jahrhunderte hinweg Bewährten. Viele Menschen haben Opfer gebracht, sogar ihr Leben gegeben, damit die Bibel in der Sprache des Volkes erscheinen konnte und man frei von der Knechtschaft unter der römischen Kirche lehren und predigen durfte.«

Es erstaunte Pitt, dass ihn all das bisher so kalt gelassen hatte. Der Glaube war für ihn nichts weiter als etwas, was beruhigend im Hintergrund seines Lebens existierte, er brachte dafür keinerlei Leidenschaft auf. Jedes Dorf hatte seinen Kirchturm, ein Symbol für unverbrüchliche Verlässlichkeit sowie ganze Zeitalter überdauernde und sich nie ändernde Gewissheit. Wenn am Sonntagvormittag Kirchenglocken in Städten wie in Dörfern läuteten, zogen feiertäglich gekleidete Menschen demselben Ziel entgegen.

Erinnerungen an seine Kindheit kamen ihm in den Sinn. Er war an der Hand der Mutter zur Kirche gegangen. Fast glaubte er, sie spüren zu können. Hatte sie je gezweifelt? Oder gehörte auch das, wie ihre Krankheit, zu den vielen Dingen, mit denen sie ihn nicht hatte belasten wollen?

»Es erfordert viel Mut, die vertraute Gruppe zu verlassen und eigene Wege zu gehen«, sagte Smith. »Barton Hall hätte viel zu verlieren. Für seinen beruflichen Erfolg ist die Zugehörigkeit zur etablierten gehobenen Gesellschaft unerlässlich. Um so etwas aufzugeben, muss man sich schon sehr sicher sein, dass das Neue besser ist als das Bisherige.«

»Und das Richtige?«, fragte Pitt.

Mit dem Anflug eines Lächelns gab Smith zurück: »Das weiß man erst, wenn man seinem eigenen Weg gefolgt ist. Stärker und schöner ist es auf jeden Fall. Aber richtig? Ich nehme an, dass auch Sophia von Zeit zu Zeit Zweifel hatte.«

»Sie haben gesagt, dass er in der anglikanischen Kirche ein wichtiges und einflussreiches Amt innehat«, erinnerte Pitt ihn.

»Ja. Wenn ich Sophia richtig verstanden habe, gehört er als weltliches Mitglied deren Generalsynode an und kümmert sich in seiner Eigenschaft als Leiter einer Investitionsbank um die möglichst lukrative Anlage des beträchtlichen Vermögens dieser Kirche – und übrigens auch um das bekanntlich ebenfalls äußerst ansehnliche der königlichen Familie.«

Pitt war beeindruckt. Auf den Schultern dieses Mannes musste eine geradezu unvorstellbare Verantwortung lasten. Vermutlich teilte sich Hall zumindest einen Teil davon mit anderen.

Er versuchte sich vorzustellen, was Sophias Weigerung, den ihr zugedachten Mann zu heiraten, für ihn bedeutet haben mochte. Wusste womöglich der eine oder andere seiner Kunden oder Kollegen, dass sie in Toledo eine Affäre mit einem verheirateten Mann hatte – der zu allem Überfluss Katholik war?

Was mochte der Grund dafür sein, dass sie jetzt mit Hall zusammentreffen wollte, so viele Jahre nach dem Skandal?

»Ist Ihnen bekannt, warum Señora Delacruz so dringend herkommen wollte?«, fragte er Smith.

»Nein«, kam die prompte Antwort. »Ich habe mich selbst darüber gewundert, als sie unvermittelt erklärte, sie müsse nach England, und ich habe sie auch nach dem Grund gefragt. Sie war aber nicht bereit, mehr darüber zu sagen, als dass die Sache für sie von höchster Wichtigkeit sei. Es kam mir ganz so vor, als glaubte sie, Mr. Hall etwas schuldig zu sein, was keinen Aufschub duldete. Viele Menschen in Spanien, die auf ihren geistlichen Beistand hoffen, sind von ihrer Abwesenheit tief betroffen. Ich habe mir das Hirn zermartert, seit sie mir in Toledo die Mitteilung machte, doch ohne Ergebnis – ich bin genauso klug wie zuvor. Ich bedaure aufrichtig, Ihnen nicht mehr sagen zu können.«

»War Ihnen bekannt, dass sie mit Mr. Hall in Verbindung stand?«

»Nein. Darüber hatte sie nie etwas gesagt.«

Smiths Gesichtsausdruck zeigte Pitt, dass der Mann ihm zu diesem Thema nichts mitteilen konnte, was über das Gesagte hinausging.

»Wissen Sie, ob da ein Zusammenhang mit den Drohungen bestehen könnte, die sie bekommen hat?«, fragte er.

Mit verblüffter Miene gab Smith zurück: »Dieser Gedanke war mir bisher nicht gekommen. Jedenfalls hat sie mir in dieser Richtung nichts gesagt. Sofern es sich dabei um Dinge handelt, die sie für sich behalten hat, lässt sich das natürlich nicht ausschließen.« In seiner Stimme schwang Zweifel mit. »Aber ich kann Ihnen versichern, dass sie mit ihrer Reise nach England vor niemandem davonlaufen wollte. Wenn es sich so verhielte, wäre sie weder auf Barton Hall noch auf einen so unsicheren Ort wie Angel Court verfallen. In Spanien gibt es Orte, die deutlich mehr Sicherheit bieten und sich ohne eine so lange Reise erreichen lassen.«

»Soll das heißen, dass sie bereits Morddrohungen bekommen hat, bevor sie hergekommen ist?« Pitt war nach wie vor nicht bereit, die Sache auf sich beruhen zu lassen.

»Gewissermaßen«, antwortete Smith bedrückt. »Aber in diesen Drohbriefen hieß es fast immer, Gott werde sie wegen ihrer Lästerung vernichten. Es gab keinen Hinweis darauf, dass die Verfasser selbst etwas zu unternehmen gedachten.«

»Die Betreffenden haben sich also nicht als Werkzeug Gottes gesehen?«

Smith presste die Lippen zusammen. »Manchmal schon. Ich weiß nicht, ob ich solche Leute ernst nehmen soll. Das mag mit meiner Überzeugung zusammenhängen, dass jeder glauben soll, was er für richtig hält. Mit Unduldsamkeit gegenüber anderen vergeht man sich mehr an Gott als mit einem abwegigen oder wankelmütigen Glauben. Jeder Mensch hat das Recht, zu verehren, wonach ihm der Sinn steht – von mir aus einen Steinhaufen im Garten –, solange er anderen nicht damit schadet. Dies Recht hat Gott uns gegeben, und ich darf weder darüber spotten noch andere daran hindern, es auszuüben. Und ich weiß, dass …« Unvermittelt hielt er inne und sah Pitt an. »Ich höre Sophias Stimme in dem, was ich gerade gesagt habe. Aber es ist die Wahrheit, ganz gleich, was Barton Hall glauben mag. Bitte finden Sie sie, Mr. Pitt. Diese Reise hat sich zu einem Fiasko entwickelt. Ich muss jetzt dafür sorgen, dass die anderen den Mut nicht verlieren.«

Er erhob sich. »Es gibt nichts weiter, was ich Ihnen sagen könnte. Ich bezweifle, dass Ramón darüber hinaus etwas weiß, und Henrietta ganz sicher nicht. Bitte bereiten Sie den beiden keinen unnötigen Kummer.«

»Ich werde tun, was ich kann«, versprach Pitt. »Dürfte ich jetzt die bewussten Briefe sehen, Mr. Smith?«

»Selbstverständlich.« Smith öffnete eine Schublade des schönen alten eichenen Sekretärs und nahm einen Stapel Briefe heraus, die alle noch in ihrem Umschlag steckten. Er gab sie Pitt und stand dann schwerfällig auf. »Lesen Sie sie in aller Ruhe.«

Pitt nahm den ersten Brief heraus und begann zu lesen. Die leicht nach rechts geneigte Handschrift war krakelig, und die mit Tinte geschriebenen Zeilen füllten das Blatt von einem Rand zum anderen.

Sophia Delacruz,
Sie lästern den Gott, der Sie geschaffen hat. Weil Sie Gift in die Seelen von Menschen träufeln, die an die Wahrheit glauben, müssten Sie wie alle Lügner zu Tode gesteinigt werden. Sie dienen dem Teufel und werden gewiss in der Hölle landen.

Die Unterschrift war unentzifferbar. Pitt wusste nicht, was er mit dem Brief hätte anfangen können, und legte ihn beiseite. Das zweite Schreiben war in einem düsteren Ton gehalten und in einer schnörkellosen Handschrift abgefasst.

Señora Delacruz,
die christliche Nächstenliebe gebietet mir, dass ich Sie als unwissende Frau mit hochfliegenden Plänen ansehe, die nicht von Ferne ahnt, welchen Schaden sie mit der von ihr ausgestreuten Saat des Ungehorsams anrichtet. Gibt es auf der Welt nicht schon genug Gewalt, genug Aufruhr der

unzufriedenen Massen, ohne dass Sie ihnen die irrsinnige Vorstellung einpflanzen, einen Traum, wie ihn nur ein Verrückter haben kann, sie seien dazu ausersehen, eines Tages Gott zu werden?

Ihre Gedanken sind schlimmer als krankhaft, sie sind bösartig.

Sie überschreiten die Grenze zur Volksverhetzung, als sei Anarchie das Ziel, das Sie anstreben.

Zwar rufen Sie nicht offen zu Bombenanschlägen, Mord und Ausschreitungen auf, doch wird all das zwangsläufig die Folge Ihrer Lehre sein, denn sie wird Männer, die bereits auf Mord und Zerstörung aus sind, zu der Ansicht bringen, dass Ordnung überflüssig ist und man sie einreißen und mit Füßen treten darf. Dass der Ordnung und Zivilisation – seit dem Ende des finsteren Mittelalters Schmuck und Zierde der Gesellschaft – ein Ende bereitet werden muss. Gehorsam, Tugendhaftigkeit und Schamgefühl haben dann jeden Wert verloren, und als mutig gilt, wer Chaos erzeugt!

Es ist einerlei, ob Sie verrückt oder gottlos sind. Sie predigen das Evangelium des Bösen und müssen mit allen Mitteln bekämpft werden, die anständigen Menschen zu Gebote stehen. Nehmen Sie Ihre Äußerungen und Ihre Lehre zurück, oder machen Sie sich darauf gefasst, dass Sie ein Opfer Ihrer eigenen Sünden werden, die auf hochfahrender Selbstgerechtigkeit gründen.

Ich spreche im Namen aller!

Adam

Nachdenklich ließ Pitt das Blatt sinken. Wie ernst war die Drohung gemeint? Das Schriftbild war gleichmäßig und nüchtern, die Unterschrift vermutlich symbolisch gemeint.

Die nächsten beiden Briefe waren erkennbar in der Hitze der Erregung nur so hingeworfen worden, aber das Leitthema war dasselbe: Hochmut, eine Frau, die nicht wusste, wohin sie gehörte, und Unzufriedenheit säte, zur Zerstörung von Heim und Familie und damit der ganzen gesellschaftlichen Ordnung aufrief, kurz, aller Werte, die seit Generationen Grundpfeiler der Zivilisation, der Künste, von Recht und Frieden waren.

Ein weiteres halbes Dutzend Briefe, deren allem Anschein nach weniger gebildeten Verfasser förmlich vor Wut schäumten, war weniger durchdacht. Auch diese Schreiber beschworen das Gespenst der Anarchie herauf, den Verlust all dessen, was sie kannten und was ihnen am Herzen lag.

Pitt wusste nicht, ob von ihnen eine ernsthafte Gefahr ausging, konnte es sich aber angesichts der heftigen Anschuldigungen nicht leisten, die Sache einfach auf sich beruhen zu lassen. Diese Leute sahen ihre Welt bedroht. Zwar sahen einige in Sophia lediglich ein Symbol für den drohenden Umsturz, aber da sie für alle sichtbar war, bot sie ein leichtes Ziel.

Er steckte die Briefe ein und wandte sich zum Gehen. Während er über den gepflasterten Hof dem steinernen Engel am Ausgang entgegenging, war er nach wie vor nicht sicher, ob Sophia Delacruz mitten in der Nacht in einer ein solches Aufsehen erregenden Weise aufgebrochen war, um das Interesse der Öffentlichkeit zu schüren und damit mehr Publikum für ihre Vorträge zu gewinnen. Der Klang ihrer Stimme war ihm ebenso gegenwärtig wie der leidenschaftliche Ausdruck auf ihrem Gesicht. Er zweifelte nicht daran, dass diese Frau tat, was sie für richtig hielt, und sich den daraus resultierenden Folgen stellte. Doch war das Heiligkeit, Besessenheit – oder stand sie am Rande des Wahnsinns?

Ging von ihr womöglich, ohne dass ihr das bewusst war, tatsächlich eine derartige Gefahr aus, wie es ihr die Verfasser der Briefe unterstellten?

Pitt begriff durchaus, warum Melville Smith unbedingt wollte, dass ihr Wirken als das einer Heiligen angesehen wurde. Die Welt war voller Ungewissheit. Die Menschheit trieb dem Ende des Jahrhunderts entgegen, überall herrschte Unruhe, auf gesellschaftlichem wie auf religiösem Gebiet. Gewisse Glaubenswahrheiten, in deren Besitz sich die Menschen seit dem Mittelalter geglaubt hatten, waren mit einem Mal in jeder Hinsicht fragwürdig geworden.

Auf zu viele Fragen gab es keine Antworten mehr. Der Glaube schwand, es ging nicht mehr um die Frage, welcher der wahre Gott sei, sondern darum, ob man überhaupt an einen Gott glauben sollte. Das passte zu den in ganz Europa um sich greifenden Vorstellungen von politischer Anarchie. In jüngster Zeit hatte in Rom ein anti-anarchistischer Kongress stattgefunden, bei dem eine internationale Zusammenarbeit der Polizei beschlossen worden war. Das war seit Langem überfällig gewesen.

Als Pitt um die Ecke in die Hauptstraße einbog, sah er einen Zeitungsjungen. Die Schlagzeile auf der ersten Seite verkündete zunehmende Spannungen in Südafrika.

Pitt nahm sich vor, Kontakt mit der spanischen Botschaft aufzunehmen, um sicherzustellen, dass seine Nachforschungen keine diplomatischen Verstimmungen auslösten. Morgen würde er dann Barton Hall aufsuchen, um zu sehen, was dieser über Sophia Delacruz und die wahren Gründe für ihre Reise nach England wusste.

KAPITEL 3

Früh am nächsten Morgen stieg Pitt am Eaton Square aus einer Droschke. Nachdem er den Kutscher entlohnt hatte, erklomm er die Stufen zum Eingang des herrschaftlichen Hauses, das wie alle anderen um den Platz herum im eleganten georgianischen Stil errichtet worden war. Keinerlei neumodische schnörkelige Elemente störten den klassischen Eindruck der Fassade von Barton Halls Heim.

Schon bald nachdem Pitt den Klopfer mit dem Löwenhaupt betätigt hatte, öffnete ein allem Anschein nach vorzeitig ergrauter würdevoll wirkender Butler die schwere Eichentür. Auf seinen Zügen lag der Ausdruck unerschütterlichen Gleichmuts.

»Guten Morgen, Sir. Was kann ich für Sie tun?« Er hielt Pitt ein kleines silbernes Tablett entgegen.

Pitt legte seine Karte darauf und erklärte: »Commander Pitt vom Staatsschutz. Ich möchte mit Mr. Barton Hall sprechen. Die Angelegenheit ist äußerst dringend.«

»Sehr wohl, Sir. Bitte kommen Sie herein.« Mit den Worten »Ich werde sehen, ob Mr. Hall abkömmlich ist« trat der Butler zurück in das weiträumige Vestibül. »Möchten Sie im Empfangszimmer warten, Sir?« Das war nicht als Frage, sondern als Anweisung gemeint. Mit einer angedeuteten Handbewegung wies er in die Richtung.

Gern folgte Pitt der Aufforderung. Häufig fanden sich im Empfangszimmer eines herrschaftlichen Hauses außer Hinweisen auf das Wesen des Besitzers und seine finanziellen Mittel auch solche auf seine Interessen sowie auf die Art, wie das Haus geführt wurde, und wie wohl man sich darin fühlen mochte.

Das war auch hier der Fall. Während der Butler mit auf dem Marmorboden des Vestibüls hallenden Schritten davonging, musterte Pitt die dunklen Vorhänge und den auf Hochglanz gewachsten Fußboden, den ein Orientteppich mit einem traditionellen Muster bedeckte. Eine Wand wurde vollständig von Büchern eingenommen, wobei ganze Regalreihen einheitlich in Leder gebunden waren. Ganz wie er vermutet hatte, waren sie nicht nach Themen oder Autoren geordnet, sondern nach der Größe. Das Ganze wirkte teuer und gepflegt, doch hatte man nicht den Eindruck, dass die Bücher oft zur Hand genommen wurden. Pitt trat näher und nahm eines heraus. Dabei sah er, dass die Regale ordentlich abgestaubt waren. Lächelnd stellte er das Buch zurück. Es war eine Geschichte der Ausgrabungen Schliemanns in den Ruinen des Ortes, von dem man inzwischen allgemein annahm, dass es sich dabei um das antike Troja handelte. Dann betrachtete er die beiden Gemälde an einer der anderen Wände, ruhige ländliche Idyllen, die nichts mit dem wirklichen Leben auf dem Lande zu tun hatten. Alles war künstlich arrangiert, vom hoch beladenen Heuwagen bis hin zum Neigungswinkel des Reetdachs.

Dann fiel sein Blick auf eine gerahmte Fotografie, die auf einem Tischchen stand. Es war das Brustbild einer Frau in mittleren Jahren, deren dunkles Haar nach einer Mode frisiert war, die mindestens zehn Jahre zurücklag. Auf den ersten Blick wirkte sie nicht außergewöhnlich. Ihre Gesichtszüge waren ein wenig zu stark ausgeprägt, als dass man sie hätte schön nennen können. Doch je länger Pitt die Fotografie betrachtete, desto deutlicher erkannte er in ihren Zügen nicht nur Offenheit, sondern auch Humor. Sie wirkte wie eine Frau, deren Anwesenheit man sehr vermissen würde, wenn man sie erst näher kannte. Pitt wusste, dass Barton Hall Witwer war. Zeigte das Bild seine Frau?

Das Eintreten des Hausherrn, der die Tür leise hinter sich schloss, unterbrach seine Gedanken. Barton Hall war hochgewachsen, seine Haare begannen zurückzuweichen und an den Schläfen zu ergrauen. Er war sehr formell gekleidet, und unter den weißen Manschetten des Hemdes sah man seine knochigen Handgelenke.

»Guten Morgen, Commander Pitt«, begrüßte er den Besucher. »Womit kann ich Ihnen behilflich sein?« Die Stimme des Mannes klang überaus angenehm, geradezu melodisch.

»Guten Morgen, Mr. Hall«, erwiderte Pitt den Gruß, wobei er den Kopf leicht neigte. »Soweit ich weiß, sind Sie mit Sophia Delacruz verwandt?«

Hall zuckte leicht zusammen. »Ja«, räumte er ein. »Eine Kusine mütterlicherseits.« Er blieb stehen. »Machen Sie mich aber bitte nicht für ihre überspannten Ansichten verantwortlich. Sie dürfen mir glauben, Sir, wenn ich eine Möglichkeit hätte zu erreichen, dass sie aufhört, diese öffentlich zu verbreiten, hätte ich das längst getan.« Er räusperte sich. »Ich bitte um Entschuldigung für die Art ihres Auftretens. Mir ist nur allzu bewusst, wie peinlich das Ganze ist, doch kann ich es nicht verhindern. Alle Versuche von Familienmitgliedern, in dieser Richtung auf sie einzuwirken, waren fruchtlos.«

Pitt brachte dem Mann ein gewisses Mitgefühl entgegen. Nur wenige Menschen waren nicht irgendwann im Leben vom Verhalten ihrer Angehörigen peinlich berührt, wenn auch nicht in diesem Ausmaß. Überdies war Hall ganz unübersehbar besorgt.

»Ich bin nicht gekommen, Sie um Ihre Mithilfe dabei zu bitten, dass sie sich in ihren Äußerungen mäßigt«, sagte Pitt.

»Ich hatte vorausgesetzt, dass Sie bereits alles unternommen hatten, was Ihnen möglich war.«

Hall, der nach wie vor in der Mitte des Raumes auf dem Teppich stand, runzelte die Stirn. Offensichtlich wusste er nicht recht, was er von Pitts Besuch halten sollte. »Und was wünschen Sie dann von mir?«

»Ihre Kusine hatte sich in Angel Court niedergelassen und ist vorletzte Nacht von dort verschwunden …«, gab Pitt zurück. Hall lächelte trübselig. Pitt konnte sich die Gefühle des Mannes vorstellen. Einerseits musste der Name Angel Court auf ihn unfreiwillig komisch wirken, andererseits hatte er wohl auch bereits eine gewisse düstere Vorahnung. »Ihre Gefährten machen sich Sorgen und mussten für den heutigen Abend eine Versammlung absagen.«

Überrascht hob Hall die Augen. »Und nahmen Sie an, sie könne hierher gekommen sein? Sie entschuldigen, aber ich kann mir einfach nicht vorstellen, warum sie etwas so Verantwortungsloses tun sollte.« Er seufzte. »Überraschen dürfte es mich aber eigentlich nicht. Ihr ganzes bisheriges Leben war eine Abfolge verantwortungsloser Handlungen. Das hier ist lediglich die jüngste.«

»Hat sie sich mit diesen Handlungen selbst geschadet?«, fragte Pitt rasch.

Hall sah ihn verständnislos an. Auf seinem Gesicht jagten sich die unterschiedlichsten Empfindungen.

Pitt wartete.

Hall schluckte. »Vielleicht habe ich übereilt gesprochen. Ich weiß nur wenig über ihr Leben in den letzten zehn oder elf Jahren. Er räusperte sich erneut. »Man hofft immer, dass sich die Menschen ändern.«

Pitt dachte nicht daran, die Sache auf sich beruhen zu lassen. Er ärgerte sich über sich selbst, dass er es hatte dahin kommen lassen. Er hatte den Fall Sophia Delacruz nicht ernst genug genommen und sich in erster Linie mit Gerüchten über eine anarchistische Gruppe in Greenwich beschäftigt, die angeblich mit Schießpulver hantierte, und natürlich mit dem Fall von Industriesabotage. Beides zusammen könnte einen Massenstreik auslösen. Er hatte zwar, gestützt auf das Wenige, was sie wussten, Wachen eingesetzt und Schutzmaßnahmen für Sophia angeordnet, aber nie an eine ernsthafte Bedrohung geglaubt. Auch jetzt noch dachte er eher an einen Propagandatrick, den Smith, möglicherweise mit Henriettas Unterstützung, eingefädelt hatte, um mehr Publikum für Sophias verschrobene Gedanken zum Thema Religion auf die Beine zu bringen. Sie blühte umso mehr auf, je heftiger die Meinungen aufeinanderprallten. Daher konnte es ihren Bekanntheitsgrad nur steigern, wenn man sie als Opfer einer Entführung sah.

Überrascht merkte Pitt, wie aufgebracht er war, und das nicht nur, weil man auf diese Weise Menschen zum Narren hielt, die sich ernsthaft um Glaubensfragen bemühten, den Staatsschutz für seine eigenen Zwecke einspannte und die Presse manipulierte, nein, er merkte mit einem Mal, dass er sich ganz persönlich enttäuscht fühlte. Er hatte sie für aufrichtig gehalten und angenommen, sie habe eine Vision von der Welt, die all dem Schmerz, der Vergeblichkeit und dem Chaos eine Art Sinn geben konnte.

Jetzt aber sah es ganz so aus, als sei die Frau nichts als eine ganz gewöhnliche Hochstaplerin. Dieser Gedanke hinterließ einen bitteren Geschmack in seinem Mund. Sofern Barton Hall ein Leben lang mit dieser Art von Täuschung hatte zubringen müssen, konnte Pitt den Ärger des Mannes nur allzu gut verstehen.

Mit tief zerfurchtem Gesicht wartete Hall darauf, dass Pitt fortfuhr. Er stand unnatürlich steif da.

»Hat sie Verbindung mit Ihnen aufgenommen, seit sie im Lande ist?«, erkundigte sich Pitt.

»Das hat sie in der Tat«, gab Hall mit matter Stimme zurück. »Sie hat mir von Southampton aus einen ausgesprochen höflichen Brief und nach ihrem Eintreffen in London eine kurze Mitteilung geschickt. Sie wollte mich am Tag danach aufsuchen, aber ich hatte bereits andere Termine. Daraufhin hat sie sich einverstanden erklärt, morgen mit mir zusammenzutreffen.«

Sophias dringlicher Wunsch, den entfernten Vetter zu sprechen, wunderte Pitt. Sah sie eine Begegnung von vornherein als unerquicklich an und wollte sie daher so rasch wie möglich hinter sich bringen, während Hall sie lieber hinausgeschoben hatte, wobei er im Stillen hoffte, sie ganz vermeiden zu können?

»Vielleicht taucht sie bis dahin ja wieder auf«, sagte Pitt.

»Und wenn nicht?«, fragte Hall. »Ich nehme an, dass Sie nach ihr suchen und die Leute befragen, mit denen sie da zusammenlebt.« Seine Schultern waren so straff, dass sich der Stoff seines Jacketts spannte. In seiner Stimme schien eine Spur Angst zu liegen. »Großer Gott, wissen Sie etwas über die? Sie haben doch bestimmt Erkundigungen eingezogen.«

»So ist es. Aber außer Melville Smith sind all diese Leute Spanier, weshalb wir uns mit der spanischen Botschaft abstimmen müssen …«

»Sophia ist Engländerin!«, unterbrach ihn Hall entrüstet. »Sie stammt aus einer urenglischen Familie, ist hier zur Welt gekommen und aufgewachsen. Dass sie einen verfluchten Spanier geheiratet hat, ändert doch nichts daran.«

Die Heftigkeit, mit der Hall das vorbrachte, überraschte Pitt, zumal Hall auch die Hände so fest zu Fäusten geballt hatte, dass die Knöchel weiß hervortraten.

Hall starrte ihn einen Moment an. Dann ging ihm wohl auf, dass er sich zu erregt gezeigt hatte, und er bemühte sich um einen gefassten Ausdruck. »Entschuldigen Sie, Mr. Pitt. Auch wenn Sophia ihrer Familie stets Kummer bereitet hat, bedeutet das nicht, dass uns ihr Schicksal kalt lässt.« Er räusperte sich erneut. »Oder dass uns die Vorstellung, ihr könne etwas zustoßen, nicht zutiefst betroffen macht. Das gilt insbesondere für mich, denn ich war der Letzte, der ihren Eltern nahestand. Bedauerlicherweise lebt sowohl meine Tante als auch ihr Gatte nicht mehr.«

»Hat sie keine Geschwister?« Pitt beschloss, zumindest vorläufig die Gesprächsführung abzugeben.

»Sie hatte einen Bruder, der aber im Kindesalter gestorben ist«, sagte Hall schlicht. »Sie verstehen sicher, warum ich mir Sorgen mache.« Aus der Art, wie er das sagte, ging klar hervor, dass er einen Einwand Pitts nicht gelten lassen würde.

»Das ist völlig natürlich«, bestätigte Pitt. »Ich werde dafür sorgen, dass man Sie sogleich informiert, wenn wir etwas in Erfahrung bringen.« Sie standen nach wie vor in der Mitte des Raums. Pitt wollte sich in keinen der bequem wirkenden Sessel setzen, solange ihn Hall nicht dazu aufforderte. In der Luft lag eine Art Anspannung wie vor einem Gewitter.

»Vielen Dank.«

»Standen Sie in regelmäßigem Briefwechsel mit Señora Delacruz?«, fuhr Pitt fort.

»Großer Gott, nein!« In Halls Stimme war nichts mehr von dem früheren Wohlklang zu hören, sie wirkte angespannt. »Ich bezweifle, dass sie gewusst hätte, wo sie mich finden kann, wenn unsere Familie nicht seit Generationen in diesem Haus hier gelebt hätte.«

»Und sie lebt in Toledo?«, fragte Pitt in dem Versuch festzustellen, ob und inwieweit Hall versucht hatte, über sie auf dem Laufenden zu bleiben.

»Das hat man mir berichtet. Ist das von Bedeutung?« Hall schien überrascht zu sein.

»Ich weiß nicht. Den Drohbriefen nach zu urteilen, die sie bekommen hat, scheint sie sich, schon lange bevor sie hergekommen ist, in England Feinde gemacht zu haben.«

»Das wundert mich nicht«, blaffte Hall. »Sie besitzt eine ausgesprochene Begabung dafür. Man könnte darüber hinweggehen, dass ihre Gedanken unsinnig sind, aber nicht darüber, dass viele Menschen sie als anstößig ansehen. Menschen, denen ihr Glaube ebenso am Herzen liegt wie die Lehre ihrer Kirche, die sich seit nahezu zweitausend Jahren auch in schwierigen Zeiten bewährt hat.« Er hüstelte. »Daher braucht man sich darüber doch gar nicht zu wundern.«

»In der Tat hat das Christentum schrecklichen Verfolgungen standgehalten«, gab Pitt ihm recht und sah ihn dabei aufmerksam an.

»Und jetzt setzt sie ihrer lästerlichen Lehre mit einem billigen Trick die Krone auf, mit dem sie nach Aufmerksamkeit hascht«, sagte Hall mit einem Ausdruck von Verzweiflung. »Jemand aus meiner eigenen Familie! Ein wahrer Segen, dass ihre Eltern das nicht mehr miterleben müssen.«

Pitt war sprachlos. Hall tat so, als sei er das Opfer und nicht einer derjenigen, auf die der Streit zurückging.

Dann straffte Hall sich. »Entschuldigung. Vermutlich kommt Ihnen das aberwitzig vor.« Seine Stimme war kräftiger als zuvor; offenbar hatte er die Fassung zurückgewonnen. »Sophias Rückkehr nach England kommt zu einem für mich ungünstigen Zeitpunkt. Ich habe Aufgaben, denen ich meine ganze Zeit widmen muss: ernsthafte Angelegenheiten, die den ganzen Mann fordern. Natürlich ist es mir nicht recht, herzlos zu erscheinen, aber niemand kann beliebig oft alles stehen und liegen lassen, um einen Menschen zu retten, der seinen eigenen Untergang betreibt und nichts dabei findet, diejenigen, die es gut mit ihm meinen, mit sich in den Abgrund zu reißen.« Steine Stimme zitterte jetzt, und es schien, als könne er die Worte kaum hervorbringen.

»Es tut mir leid, Sie gestört zu haben, Mr. Hall«, sagte Pitt und sah ihn dabei mitfühlend an. »Ich hatte gehofft, Ihre Kusine hier anzutreffen; dann hätten wir miteinander in Ruhe über alles reden können. Da Sie ihr einziger Verwandter in England sind, war es auf jeden Fall unsere Aufgabe, Sie von ihrem Verschwinden in Kenntnis zu setzen.«

Hall seufzte. »Ich verstehe. Ich vermute, dass sie bis morgen mit einer an den Haaren herbeigezogenen Geschichte über irgendeinen Unglücksfall wieder auftaucht und so dringend mit der Presse darüber reden muss, dass sie nicht einmal merkt, wie sehr sie ihre bedauernswerten Anhänger geängstigt und Ihre Zeit vergeudet hat.«

»Das will ich hoffen.« Kaum hatte Pitt das gesagt, ging ihm auf, dass er das in keiner Weise meinte. Ihm war der Gedanke zuwider, dass die Frau, die er erst drei Tage zuvor als einen Menschen kennengelernt hatte, der leidenschaftlich für seine Überzeugungen eintrat, in Wahrheit eigennützig sein und andere für ihre Zwecke missbrauchen könnte. Diese Enttäuschung schmerzte ihn tief. Hatte das mit ihr zu tun oder mit alten Erinnerungen an eine allzu kurze Zeit in seiner Kindheit, in der er sich hatte sicher fühlen dürfen und eine Liebe erfahren hatte, die zu erwidern er nie eine Möglichkeit gehabt hatte? Spielten da Worte der Liebe und Dankbarkeit mit hinein, die er nie gesagt hatte?

Erstaunt hob Hall die Brauen. »Tatsächlich? Ich glaube, Ihnen ist nicht klar, welchen Schaden sie anrichten kann und sicherlich auch anrichten wird, wenn sie zurückkehrt und mit ihrem irrsinnigen Kreuzzug fortfährt.« Erneut hüstelte er und räusperte sich. »Nach Meinung der Theologen lästert sie mit ihren Ansichten zur Religion nicht nur Gott, Mr. Pitt, sondern gefährdet auch den Zusammenhalt der Gesellschaft. Auf diesen Aspekt sollten Sie Ihr Augenmerk richten.«

Pitt musterte Hall aufmerksam und versuchte dahinterzukommen, ob dessen Bedauern echt war oder er ihm etwas vormachte und in Wahrheit wusste, was mit Sophia geschehen war. Er stand unübersehbar unter dem Einfluss einer überaus starken Gemütsbewegung. Pitt erkannte deren Ausmaß, aber nicht ihren Ursprung.

»Sie sieht ausschließlich, was sie sehen möchte – alles andere ist ihr gleichgültig«, fuhr Hall mit einer Stimme fort, in der nach wie vor Bitterkeit lag. »An vieles aus ihrer Vergangenheit möchte sie lieber nicht denken, so, als sei das nie geschehen. Aber glauben Sie mir, Mr. Pitt, weder hat sie England auf ehrenhafte Weise verlassen, noch hat sie sich anfangs in Spanien besonders anständig verhalten. Mir ist unerfindlich, wie die Menschen in Toledo das vergessen konnten. Mag sein, dass dort andere Maßstäbe gelten.« Es fehlte nicht viel, und er hätte die Spanier in Bausch und Bogen als moralisch fragwürdig hingestellt.

Pitt zögerte. Er wollte nicht den Eindruck erwecken, sich übermäßig für diese Zusammenhänge zu interessieren, damit Hall nicht merkte, wie weit er entgegen seiner anfangs gemachten Aussage in dessen Privatsphäre eingedrungen war.

»Sie zweifeln an meinen Worten!«, stieß Hall mit aufflammendem Zorn hervor. »Doch es wäre ein Treubruch meinerseits, Ihnen mehr zu sagen. Sophia mag tun, was sie will, aber ich werde ihr auf keinen Fall den Triumph gönnen, sich mir moralisch überlegen zu fühlen, indem ich mich dazu herablasse, schlecht von ihr und dem großen Kummer zu reden, der Teil unserer Familiengeschichte ist. So mag es genügen, wenn ich sage, dass sie möglicherweise viele Feinde in den Reihen jener hat, denen sie auf ihrem Weg zu der lachhaften Stellung, die sie gegenwärtig einnimmt, geschadet hat.«

Flüchtig kam Pitt der Gedanke, Hall könne sich über ihn lustig machen, doch zweifelte er keinen Augenblick lang daran, dass Zorn und Schmerz auf dem Gesicht des Mannes ungekünstelt waren, ganz gleich, worauf sie zurückgehen mochten. Er wählte seine Worte äußerst sorgfältig und beobachtete sein Gegenüber genau, um ihre Wirkung zu erkennen.

»Wollen Sie damit auf äußerst diskrete Weise sagen, sie habe in Spanien Menschen so tief verletzt, dass diese ihr hierher gefolgt sind, um sich zu rächen?«

Hall schluckte so heftig, dass man glauben konnte, die Bewegung bereite ihm Schmerzen.

»Ja«, sagte er. »Außerdem besteht die Möglichkeit, dass mindestens einer ihrer Anhänger ihr gemischte, stürmische Gefühle entgegenbringt. Einen Menschen zu enttäuschen ist in gewisser Weise Verrat, Mr. Pitt.« Mit einem gequälten Lächeln fuhr er fort: »Daher lassen sich an vielen Orten Menschen finden, die ihr Böses wünschen. Sie könnten mit denen anfangen, die ihr am nächsten stehen, und sich des Weiteren auch ihren Mann einmal genauer ansehen.«

»Ach«, sagte Pitt mit neu erwachtem Interesse. »Meinen Sie, zwischen den beiden herrscht so viel Groll, dass er sich in einer Entführung oder einem Überfall hätte entladen können?«

»Dazu kann ich nichts sagen. Aber soweit mir bekannt ist, war sie viele Jahre nicht in England. Da kann sie so kurz nach ihrer Ankunft kein solches Ausmaß an Feindseligkeit erregt haben.«

»Waren Sie schon einmal in Spanien, Mr. Hall?«

»Vor langer Zeit – in Madrid, aber nie in Toledo. Ich glaube, ich hatte Ihnen bereits gesagt, dass ich seit Sophias Weggang aus England keinen Kontakt mehr mit ihr hatte. Selbstverständlich will ich ihr wohl, habe aber keinerlei Interesse an ihren Angelegenheiten. Meine Annahme, dass ihre Feinde in Spanien sitzen oder zumindest von dort kommen, gründet sich nicht auf Wissen, sondern auf den gesunden Menschenverstand.«

»Und sie hat Ihnen also keinen Hinweis darauf gegeben, warum sie so dringend mit Ihnen sprechen wollte?«

»Nicht den geringsten«, bestätigte Hall und streckte Pitt die Hand hin. »Ich bedaure außerordentlich, dass ich so recht nichts für Sie tun kann. Liebend gern hätte ich Ihnen gesagt, dass sie eine gottgefällige Frau, ja, eine wahre Heilige ist, die es verdient, dass man sie verehrt. Doch das wäre eine Lüge und würde, für den unwahrscheinlichen Fall, dass es sich hier um etwas anderes als lediglich einen Bestandteil ihres Täuschungsprogramms handelt, dem Ernst der Sache nicht gerecht. Immerhin ist sie eine äußerst begabte Schauspielerin, sonst wäre es ihr sicherlich nicht gelungen, sich von einer anderen Realität als der der wirklichen Welt zu überzeugen.« Flüchtig trat ein Ausdruck tiefster Verbitterung auf seine Züge. »Ich bedaure, Ihnen nicht mehr Zeit widmen oder Ihnen etwas anbieten zu können, aber ich habe dringende Geschäfte, die keinen weiteren Aufschub dulden. Auf Wiedersehen, Sir, und viel Erfolg.«

Pitt fuhr mit einer Droschke erneut nach Angel Court, in der Hoffnung, dort Sophia oder zumindest eine Mitteilung von ihr vorzufinden, die ihre Abwesenheit erklärte. War es töricht zu hoffen, sie werde Halls Einschätzung widerlegen? Damit, dass sie sich als Missionarin ausgab, gleichsam als ein Licht auf dem Weg zur Erlösung, hatte sie das Recht verwirkt, andere zu manipulieren oder Menschen, die ihr trauten, gefühllos zu behandeln.

Doch schon als er durch den Eingang schritt, wurde ihm die Lage klar. Henrietta Navarro, eine ungewöhnlich große und breitschultrige Frau, stand mit einem Sträußchen Kräuter in der Hand auf dem Pflaster. Bei Pitts Anblick flackerte in ihren Augen Hoffnung auf, dann füllten sie sich mit Tränen. Sie wandte sich ab und eilte ins Haus.

Ohne sich umzusehen, überquerte er den Hof und betrat das Gebäude.

Später als angenommen kehrte Pitt nach Hause zurück und nahm sich vor, nicht länger an Sophia Delacruz zu denken. Er war es leid, sich zu fragen, wo sie sich aufhalten mochte und ob sie freiwillig oder gezwungenermaßen dort war. Doch kaum hatte er in der angenehmen Wärme der Küche sein Abendessen eingenommen, als ihn Jemima erwartungsvoll ansah. Er hatte gehofft, über einfache Alltagsdinge sprechen zu können, doch schien daraus nichts werden zu wollen.

»Was ist deiner Meinung nach mit ihr passiert, Papa?«, fragte sie, sobald es ihr gelungen war, seine Aufmerksamkeit auf sich zu lenken.

Sie hatte ihm sozusagen jeden Bissen in den Mund gezählt und selbst kaum etwas gegessen. Vermutlich hatte Charlotte ihr eingeschärft, dass sie ihm erst nach dem Essen Fragen stellen dürfe.

»Ich weiß es nicht«, gab er wahrheitsgemäß zur Antwort. Zwar achtete er genau auf das, was er seinen Kindern sagte, denn er wollte nicht, dass sie die grausame Wirklichkeit zu früh kennenlernten, doch er log nie. Das war nicht immer einfach, doch war ihm klar, dass eine Lüge irgendwann herauskommen würde und damit das Vertrauen zwischen ihnen zerstört wäre.

»Die Leute erzählen sich, dass man sie nicht entführt hat, sondern dass sie von selber fortgegangen ist«, fuhr Jemima fort. »Damit will sie den Menschen Angst einjagen. Die sollen denken, sie ist in Gefahr, und dabei fehlt ihr nichts. Die Leute sagen, sie will sich damit wichtigmachen. Das stimmt aber nicht, oder?«

Er sah sie an. Sie war ihrer Mutter so ähnlich, dass er sich vorstellen konnte, wie Charlotte als junges Mädchen gewesen war, als sei er mit einem Zauberschlag in die Zeit zurückversetzt worden, bevor er Charlotte kennengelernt hatte. Jemima hatte die gleiche Rundung der Wangen, den gleichen Mund, den gleichen ruhigen Blick, doch zugleich gab es an ihr auch etwas von ihm, beispielsweise den hohen Haaransatz, den auch seine Mutter schon gehabt hatte. Es war ihm erst in diesem Augenblick aufgefallen.

»Ich weiß nicht recht«, sagte er, seine Worte abwägend. »Als ich sie kennenlernte, war ich überzeugt, dass sie an das glaubte, was sie sagte, und dass ihr das so wichtig war, dass sie es nie im Leben mit billigen Tricks entwerten würde. Aber ich habe mich schon des Öfteren in Menschen geirrt. Das geht uns allen so.«

»Dann war also möglicherweise alles Lüge, was sie gesagt hat!«, stieß Jemima mit einer Stimme hervor, der die herbe Enttäuschung anzumerken war.

Bei diesen Worten zuckte Daniel zusammen. Er war drei Jahre jünger als seine Schwester und hatte Mädchen ganz allgemein gründlich satt, ganz besonders aber deren Gefühlsausbrüche. Seine eigenen standen ihm noch bevor. Er war mutig, ein kluges Köpfchen und äußerst praktisch veranlagt. Mit Interesse verfolgte er die kriegerischen Auseinandersetzungen auf dem afrikanischen Kontinent, und er war sich sicher, dass es nicht bei den Kämpfen im Sudan bleiben werde. Seiner Überzeugung nach würde es bald gegen die Buren in Südafrika gehen. Die militärische Taktik, das Heldentum und die Opfer, die das alles forderte, faszinierten ihn. Mit der

Lehre von Heiligen oder deren Verhalten konnte er nichts anfangen.

Charlotte warf einen besorgten Blick auf die beiden, griff aber nicht ein.

»Das glaube ich nicht«, sagte Pitt nachdenklich, »auch wenn Barton Hall, ihr einziger Verwandter hier in England, sagt, sie habe schon früher Menschen irregeführt, und es gebe so manches, was wir nicht über sie wissen – wobei er Genaueres darüber nicht sagen wollte, weil er damit Familiengeheimnisse verraten würde und das für unehrenhaft hält.«

»Das ist ja ekelhaft«, ereiferte sich Jemima. »Er sagt dir, dass es da was Schreckliches gibt, aber nicht, was es ist. Dann kannst du das ja gar nicht beurteilen. Vielleicht lügt er ja auch. Wenn er das nicht sagen will, sollte er gar nicht darüber reden. Das ist ja wie Petzen in der Schule.«

Mit zustimmender Miene hob Daniel den Blick. Für einen Jungen seines Alters gab es kaum ein schlimmeres Verbrechen als Petzen. Es kam gleich nach Feigheit. Er sah abwechselnd seinen Vater und seine Schwester an. »Wenn er so kindisch ist, solltest du ihm gar nicht zuhören«, sagte er ohne das geringste Zögern.

Ein Ausdruck von belustigter Überraschung trat auf Charlottes Züge, und sie unterdrückte ihn sogleich. Sie holte Luft, als wolle sie etwas sagen, unterließ es dann aber.

Sie hatte Pitt darauf hingewiesen, dass Jemima den Ereignissen, die sie in den nächsten Jahren erwarteten, aufgeregt und zugleich furchtsam entgegensah. Bislang hatte sie sich das Erwachsenendasein als einen Zustand völliger Freiheit vorgestellt, aber sie begann zu merken, dass ihr durchaus Grenzen gesetzt waren. Die Ehe hatte Vorzüge, aber, wie es aussah, auch ihre ganz eigenen Nachteile, und Jemima war sich nicht sicher, ob sie schon dazu bereit war. Ein Liebeserlebnis konnte herrlich oder kummervoll sein und mitunter sogar beides zugleich.

Die Vorstellung, versprechen zu müssen, dass sie für den Rest ihres Lebens einen anderen Menschen lieben und ihm gehorchen werde, erfüllte sie mit Entsetzen. Vielleicht hatten ihr deshalb die Unabhängigkeit und Furchtlosigkeit so zugesagt, die Sophia Delacruz an den Tag legte. Sie suchte nach einer Bestätigung dafür, dass ein solches Versprechen sie nicht das Leben kosten würde.

»Zur Antwort auf meine Fragen hat er durchblicken lassen, dass diejenigen, die ihre religiösen Überzeugungen ablehnen, möglicherweise nicht ihre einzigen Feinde sind«, erklärte Pitt.

»Und glaubst du ihm?«, fragte sie rasch.

»Ich bin überzeugt, dass er zu diesem Thema sehr entschiedene Ansichten hat.« Pitt wollte seine Tochter trösten, fürchtete aber zugleich, dass Sophia Delacruz viele Menschen kränken oder ihnen Schaden zufügen würde.

»Aber warum hasst er sie?«, wollte Jemima wissen.

»Ich nehme an, dass er Angst vor ihr hat«, gab Pitt zurück.

»Das ergibt doch keinen Sinn!« In der Stimme des Mädchens lag Geringschätzung. »Sie tut keinem Menschen etwas zuleide, und ihm schon gar nicht.«

Sollte er ihr aufrichtig antworten, oder würde sie das zu sehr mit Dingen belasten, die sie nicht verstand, und am Ende vielleicht nur nach einer Ausflucht klingen? Er sehnte sich danach, Sophia Delacruz vergessen und den Abend im Kreis der Familie genießen zu können. Damit würde es ohnehin nur allzu früh ein Ende haben.

Ein Blick zu Charlotte zeigte ihm, dass sie nicht daran dachte, sich zu äußern. Zwar wollte auch sie Antworten auf ihre Fragen, aber sie hätte ihn nicht gefragt, schon gar nicht um diese späte Stunde, denn sie verstand sein Bedürfnis, eine Weile nicht an seine Arbeit denken zu müssen.

»Papa«, ließ Jemima nicht locker, »warum sollte er Angst vor ihr haben? Glaubst du, dass sie gefährlich ist?«

Ihm war bewusst, wie leicht es war, sie zu verletzen. Er musste unbedingt die richtigen Worte mit großer Sorgfalt wählen, denn die Wahrheit würde sie jetzt schmerzen und eine Lüge irgendwann in der Zukunft.

»Er fürchtet, die Menschen könnten an ihre Vorstellungen glauben und wären dann entsetzlich enttäuscht, wenn sich zeigt, dass sie nicht so handelt, wie sie gesagt hat«, erklärte er.

»Sie hat doch gar nicht behauptet, dass sie vollkommen ist«, hielt Jemima dagegen. »Sie hat nur gesagt, es kann nicht sein, dass Gott nicht gewusst hat, dass die Menschen ungehorsam sein und deshalb den Garten Eden würden verlassen müssen. Damit hätte er ja ziemlich dumm ausgesehen. Sie hat gesagt, dass das von Anfang an so vorgesehen war und wir daraus lernen und uns bessern können … in alle Ewigkeit.«

Daniel verdrehte die Augen, war aber so klug, den Mund zu halten.

Voll Staunen merkte Pitt, wie gründlich seine Tochter zugehört haben musste, wenn sie es fertigbrachte, die Zusammenhänge mit so knappen Worten zusammenzufassen. Er war stolz auf sie und hatte zugleich Angst um sie. Er merkte, dass er nichts dagegen sagen konnte.

»Glaubst du das etwa nicht?«, fragte sie ihn.

»Ich möchte es gern glauben«, gab er zu. »Aber es ist nicht einfach, anders zu sein als die Menschen um einen herum. Das hat seinen Preis, und ich möchte nicht, dass du Schaden nimmst. Denk nur an all den Gefühlsaufruhr, den Sophia Delacruz damit verursacht, dass sie die Ordnung der Dinge in Frage stellt und den Menschen etwas Neues nahelegt. Wir leben gern mit vertrauten Vorstellungen, und es bringt uns aus der Fassung, wenn man von uns verlangt, dass wir uns ändern. Das ist mühsam und erscheint uns gefährlich, und wir fürchten, dabei die zu verlieren, die wir lieben.«

Sie sah fragend drein. »Gibt es einen Gott? Ich versuche zurückzudenken, kann mich aber nicht erinnern, dass du das je gesagt hast.« Hoffnung leuchtete in ihren Augen, sie war bereit zu glauben, was er sagte.

Charlotte machte eine Bewegung, als wolle sie ihm die Hand auf den Arm legen, zog sie aber wieder zurück.

Er wusste keine Antwort auf die Frage, aber wenn er nichts sagte, würde er dem Problem nur ausweichen, und das würde auch allen klar sein.

»Meine Mutter ist gestorben, bevor du auf die Welt gekommen bist«, sagte er ruhig. »Sie hat an Gott geglaubt, das war mir immer bewusst. Ich hätte gern ihren unerschütterlichen Glauben, bin aber noch nicht so weit. Ich fürchte, dass ich mich auch nicht sehr darum bemüht habe. Wohl aber weiß ich, dass bestimmte Dinge immer richtig und andere falsch sind. Daran habe ich nicht den geringsten Zweifel, auch wenn mir klar ist, dass es dazwischen vieles gibt, was nicht eindeutig ist.«

Diesmal war es Daniel, der fragte: »Und was ist immer richtig?«

»Freundlichkeit gegenüber den Mitmenschen«, gab Pitt mit fester Stimme zurück, »seine Versprechen zu halten. Nicht aufzugeben, wenn etwas schwierig wird. Zu seinen Fehlern zu stehen und sie auch dann nicht anderen in die Schuhe zu schieben, wenn man weiß, dass man damit durchkäme.«

Jemima holte tief Luft. »Du wirst sie doch finden, nicht wahr, Papa? Ich meine, bevor ihr jemand etwas Schreckliches antut.« Sie hatte das mit solchem Nachdruck gesagt, dass er spürte, wie ihr Vertrauen auf ihm lastete. Konnte er es wagen, ihr das zuzusagen?

»Das kann er nicht, wenn sie schon tot ist«, ließ Daniel die Stimme der Vernunft zu Wort kommen. »Aber wahrscheinlich fehlt ihr nichts, sie hat sich einfach verlaufen, oder jemand, der weiß, wo sie ist, spielt allen einen dummen Streich, indem er das keinem sagt.« Er schob seinen Stuhl zurück und stand auf. »Viel wichtiger ist die Frage, ob es Krieg gibt, einen richtig großen Krieg. So wie zwischen Amerika und Spanien, nur dass wir dann dabei sind.« Achselzuckend verließ er den Raum.

»Ja, wir werden sie finden«, sagte Pitt, an Charlotte und Jemima gewandt. »Ich tue, was ich kann, damit das bald der Fall ist.«

KAPITEL 4

Um die Mittagszeit des folgenden Tages kam Brundage in Pitts Büro. Er war sehr bleich und unübersehbar entmutigt.

Pitt war dabei, Berichte über Anarchisten im Osten Londons zu lesen, die unvermittelt ihre Aktivitäten eingestellt zu haben schienen, was ein Hinweis darauf sein konnte, dass sie zu einem Schlag ausholten. Er drehte das oberste Blatt um und schob den Papierstapel beiseite. Er würde sich später erneut damit beschäftigen.

»Setzen Sie sich«, sagte er zu Brundage. Ihm war klar, dass dieser nicht Platz nehmen würde, ohne dazu aufgefordert worden zu sein.

Brundage blieb trotzdem stehen.

In seinen Sessel zurückgelehnt, erkundigte sich Pitt: »Keine Spur?«

»Nein, Sir. Ich habe den ganzen Vormittag damit zugebracht, Ramón, Henrietta Navarro und Smith nach allen Drohungen zu befragen, von denen sie wussten oder die sie vermuteten. Ich habe dabei nichts Neues erfahren und erst recht nichts, was uns weiterbringen könnte. Ich habe mich genau an Ihre Anweisungen gehalten und so viele Fragen, wie ich konnte, zu Geld, Feinden und Gegenspielern in Spanien gestellt, mich erkundigt, wie die katholische Kirche diese Leute behandelt. Dabei ist nichts Brauchbares herausgekommen.« Brundage trat, wie es seine Gewohnheit war, von einem Fuß auf den anderen. »Melville Smith hat übrigens gestern Abend die noch von Sophia Delacruz angesetzte Versammlung abgehalten.« Seine Miene war düster. »Der Saal war gesteckt voll. Man hätte nicht einmal mit einem Schuhlöffel noch Leute hineinzwängen können. Er hat die Situation nach Kräften genutzt.«

Pitt sah, dass Brundage unglücklich wirkte, und ihm ging auf, wie wenig er über den Mann wusste, was über den Inhalt der dienstlichen Beurteilungen hinausging. Er hatte nicht die geringste Kenntnis vom Privatleben seines Mitarbeiters und wusste auch nicht, ob er einem Glauben anhing, der durch die von Sophia vorgetragenen Ansichten oder durch ihr Verschwinden Schaden nehmen konnte. Er glaubte in dessen Gesicht etwas zu sehen, was über das Berufliche hinausging, war sich aber nicht sicher, ob es sich dabei um Ernüchterung handelte oder sich seine Enttäuschung über den Misserfolg der bisherigen Ermittlungen darin spiegelte.

»Hören Sie auf, um den heißen Brei herumzureden, Brundage«, sagte Pitt leise. »Setzen Sie sich, und berichten Sie mir, was Smith gesagt hat. Steckt er hinter ihrem Verschwinden, oder schlachtet er es nur für seine Zwecke aus?«

Brundage ließ sich in den bequemen Sessel Pitt gegenüber sinken. »Ich weiß nicht recht, ob er darauf aus ist, die Gruppe zusammenzuhalten und weiterhin eine möglichst große Zuhörerschaft auf die Beine zu bringen«, begann er nachdenklich. »Er spricht sehr offen über ihr Verschwinden und betont, dass keinem von ihnen das Geringste über die Gründe dafür bekannt ist und auch nichts darüber, ob sie in Gefahr schwebt oder nicht. Falls er etwas weiß, versteht er es verdammt gut, sich das nicht anmerken zu lassen. Ich halte es nicht für ausgeschlossen.« Er lächelte ein wenig verlegen.

»Ich habe schon oft gedacht, dass gute Prediger zugleich erstklassige Schauspieler sind, die sich an ihrem eigenen Vortrag berauschen. Sie spielen eine Rolle, an die sie glauben können, aber nicht müssen. Sie beobachten ihr Publikum genau und spüren, wie sie es mitreißen. Sie üben eine Art Macht aus, jedenfalls eine Weile.« Ein Lächeln huschte über sein Gesicht, als er fortfuhr: »Der Unterschied zum Theater besteht darin, dass ihre Zuhörer gekommen sind, weil sie das für ihre Pflicht halten und zumindest einige von ihnen das Bedürfnis haben, sich anzuhören, was gesagt wird.«

Überrascht stellte Pitt fest, dass Brundage deutlich scharfsinniger war, als er ihm zugetraut hatte.

»Man sieht die Zuhörer vor sich und kann nicht erkennen, wer im tiefsten Inneren verzweifelt ist. Wen Angst, Schuldgefühl oder Einsamkeit in tiefe Verzweiflung gestürzt hat. Meinen Sie, er weiß das? Ich meine Smith. Er hat jedenfalls eine hinreißende Vorstellung gegeben.«

»War er so gut wie Sophia?«, fragte Pitt neugierig. Steckte womöglich ein Plan dahinter, den die beiden gemeinsam ausgeheckt hatten? Der Gedanke, dass es sich so verhalten könnte, war ihm sonderbar zuwider.

»Nein«, sagte Brundage, ohne zu zögern. »Ich habe diese Möglichkeit erwogen, während ich ihm zuhörte. Seine Botschaft weicht von ihrer ab. Der Unterschied ist gering, aber erkennbar.« Er hielt inne und sah Pitt abwartend an.

Dieser wusste genau, was Brundage dachte, und auch in seinem Kopf begann dieser Gedanke Gestalt anzunehmen.

»Und worin besteht der?«, fragte er.

Mit einem angedeuteten Lächeln erläuterte Brundage: »Was Smith sagt, ist leichter zu akzeptieren, mutet dem Zuhörer weniger zu. Das hängt hauptsächlich mit dem zusammen, was er auslässt, beispielsweise die Aussage, Gott sei früher einmal genauso gewesen wie wir. So etwas ist schwer zu verdauen.

Mit dem, was er sagt, lässt sich eher zurechtkommen, und es ist ungefährlicher.« Er beugte sich leicht vor. »Am Anfang hätte ich nicht genau sagen können, was es war, aber ich habe mir die Gesichter im Publikum genau angesehen. Die Leute wirkten weniger verängstigt, sind nicht unruhig auf ihrem Stuhl herumgerutscht und haben sich heimlich nach den anderen umgesehen wie bei ihr. Manche haben zustimmend genickt. Es war so, als wenn er ihnen etwas versprochen hätte, statt etwas von ihnen zu fordern. Er hat ein Scheitern auf dem Weg zum Heil als nicht so schlimm dargestellt, fast so, als könne man gar nichts dazu, weil man, genau genommen, nicht mit einem Erfolg rechnen müsste. Es war … Ja, es war, als spräche er zu Kindern.«

»Und hatte er damit Erfolg?«

»Kommt darauf an, was man unter Erfolg versteht«, gab Brundage zurück. »Es waren mehr Leute da, aber es war keine bessere Veranstaltung als bei ihr. Er hat nichts von ihrem Feuer, ihrer Begeisterung. Aber möglicherweise ist das den meisten lieber so.«

Der Scharfblick seines Mitarbeiters verblüffte Pitt. Er hatte ihn nicht für so einen guten Beobachter gehalten. Das war ein Fehler. Er hatte damit gegen seine eigenen Regeln verstoßen und einen Mann nach dem oberflächlichen Eindruck beurteilt. Wegen der rauen Schale, der leicht rustikalen Sprechweise, gelegentlicher Äußerungen über Sportarten, die ihm lagen, hatte er ihm keine sonderlichen geistigen Fähigkeiten zugetraut.

»Sie scheinen ja gründlich über die Sache nachgedacht zu haben«, sagte er. »Haben Sie selbst Überzeugungen in dieser Richtung?«

Brundage errötete. »Ehrlich gesagt, nicht, Sir. Ich kenne das alles von früher. Mein Vater ist Landpfarrer …«

»Das wusste ich gar nicht«, sagte Pitt überrascht.

Brundage sah unbehaglich drein. »Über so etwas redet man nicht groß. Als Junge wurde ich von den anderen deswegen ziemlich übel gehänselt. Ich habe viel von meinem Vater gehalten, wollte aber nicht sein wie er. Ich wäre dem nicht einmal dann gewachsen gewesen, wenn ich gewollt hätte. Ich bringe nicht genug Nachsicht mit anderen Menschen auf. Aber ich habe viel von dem mitbekommen, was er getan hat. Und ich habe gesehen, was für Leute zum Gottesdienst kommen. Vermutlich sollte ich dankbar sein – es gibt keine bessere Schule für Menschenkenntnis, als die Menschen in einem Dorf zu beobachten.«

Mit einem selbstironischen Lächeln erklärte Pitt: »Vielleicht schulde ich Ihrem Vater auch ein Wort des Dankes. Was meinen Sie, wird Sophia Delacruz ihren Platz besetzt und sich selbst verdrängt finden, wenn sie zurückkommt? Wird sie die von Smith vorgenommenen Änderungen übernehmen oder beträchtliche Abstriche an der von ihr vertretenen Sache machen müssen?«

Brundage biss sich auf die Lippe. »Denkbar ist es. Vielleicht hat er die Sache tatsächlich eingefädelt, um sie auszubooten. Aber was geschieht, wenn sie zurückkehrt und ihm vorhält, dass er sie hat entführen lassen, um an ihre Stelle zu treten? Er ist ehrgeizig und musste sich lange damit zufriedengeben, die zweite Geige zu spielen.«

»Alles Mögliche«, sagte Pitt mit Bitterkeit in der Stimme. »Es wird in der Gruppe zu einer Spaltung kommen. Wie in einem Bürgerkrieg wird es äußerst hässliche Szenen geben, und sofern keiner der beiden einen raschen Sieg erringt, wird sich die Sache hinschleppen, bis alle Glaubwürdigkeit, jeder Anspruch auf moralische Führerschaft, verspielt ist. Dann gibt es nur noch Verlierer. Oder die Gruppe zerfällt einfach und verschwindet sang- und klanglos. Oder Sophia macht allein weiter.«

»Warum sollte jemand so dumm sein, so etwas zu provozieren?«, wandte Brundage ein. »Was könnte er dabei gewinnen?«

Nach wie vor mit Bitterkeit in der Stimme gab Pitt zurück: »Nicht alle Menschen bedenken, was bei ihrer Handlungsweise herauskommen kann. Wenn wir das Endergebnis unseres Handelns von vornherein erkennen könnten, würden wir sicherlich in vielen Fällen innehalten, bevor wir den ersten Schritt tun. Mitunter würden wir von Anfang an den Mut verlieren, wenn wir wüssten, welchen Preis wir für unser Vorhaben zahlen müssen.«

»So, wie Sie das sagen, klingt es teils gut, teils schlecht«, bemerkte Brundage.

»Das sollte es auch.«

»Vielleicht weiß Sophia nicht, wer sie entführt hat«, gab Brundage zu bedenken. »Und die anderen kehren alle nach Spanien zurück, bevor wir dahinterkommen«, fügte er in hoffnungsvollem Ton hinzu.

»Was aber, wenn Smith nicht hinter ihrem Verschwinden steckt und lediglich die günstige Gelegenheit genutzt hat?«, warf Pitt ein. »Eins ist sicher: Würde sie jetzt auftauchen, müsste sie eine hieb- und stichfeste Erklärung dafür liefern, wo sie war, sofern sie nicht alle Glaubwürdigkeit verlieren will.«

»Könnte es sein, dass sie gewusst hat, dass Smith eine andere Botschaft verkünden würde als sie, woraufhin sie in der Absicht verschwunden ist, das ans Licht zu bringen?«, spekulierte Brundage. »Damit wäre sie allerdings ein ziemliches Risiko eingegangen, wie?«

»Ich ahne es nicht«, gab Pitt zu. Ihm war klar, dass diese Frau imstande war, jedes beliebige Risiko auf sich zu nehmen, wenn ihr die Sache das wert zu sein schien. »Hätte sie das doch nur anderswo getan!«

»Für sie konnte es gar keinen besseren Ort geben. Wir drehen uns im Kreis, und wenn die Sache schiefgeht, kann sie uns die Schuld dafür in die Schuhe schieben.«

Diese Äußerung gab Pitt einen Stich, und er begriff, wie sehr Brundage damit haderte, dass es ihm nicht gelungen war, Sophia vor diesem Schicksal – und möglicherweise vor sich selbst – zu bewahren. Sollte er versuchen, ihn zu trösten? In allem, was er sagte, würden Untertöne mitschwingen. Er war der Vorgesetzte, kein Kollege. Wenn er sein Bedauern ausdrückte, würde er sich damit auf eine Stufe mit Brundage stellen, was dieser sicherlich nicht wünschte. Für Pitt wäre das zwar weit angenehmer gewesen, aber trotzdem nicht der richtige Weg.

»Es kann ohne Weiteres so angefangen haben«, sagte er nachdenklich, »aber dann hat sich wohl etwas geändert, etwas ist schiefgegangen. An den ersten ein, zwei Tagen hat die Öffentlichkeit mehr oder weniger positiv auf sie reagiert. Jetzt ist das Bild weit weniger günstig. Die Gefühle, die sie in den Menschen erregt hat, können ihr nicht verborgen geblieben sein. Sie hat viele verängstigt, und das nehmen sie ihr übel.«

Brundage sah ihn mit düsterer Miene an. »Das stimmt. Sie werden annehmen, dass man sich über sie lustig gemacht hat. So etwas schmerzt.«

»Meinen Sie, dass Melville Smith darauf hinausgewollt hat?« Pitt musste an den Gesichtsausdruck des Mannes denken, den Tonfall, in dem er über Sophia gesprochen hatte. Zwar hatte es nach Bewunderung geklungen, aber auch nach etwas anderem. Was war dieses andere – Neid? Kritik? Die Befürchtung, sie habe das, was ihm an seinem Glauben besonders am Herzen lag, falsch angefasst? Warum mochte ein Mann wie Melville Smith den Glauben seiner Eltern und seiner Jugendzeit aufgegeben haben, um sich öffentlich zu einer gänzlich anderen umstrittenen Sache zu bekennen? Warum tat das überhaupt jemand? Pitts Achtung vor dem Urteilsvermögen seines bisher verkannten Mitarbeiters stieg noch mehr.

»Wir müssen uns noch viel gründlicher mit ihren anderen Schülern, oder wie sie sich nennen mögen, beschäftigen«, sagte er abschließend. »Was wissen Sie über die?«

Brundage teilte ihm mit, was er an Einzelheiten über deren Herkunft, Angehörige sowie Wohnort und Arbeitsplatz in Erfahrung gebracht hatte, außerdem den Zeitpunkt, zu dem sie sich der Gruppe angeschlossen hatten, und die Stellung, die sie darin innehatten, und das Wenige, was er über ihre Beziehungen untereinander wusste. Dann zählte er auf, was gegebenenfalls einen Hinweis darauf liefern konnte, ob der eine oder andere von ihnen möglicherweise an Sophias Verschwinden mitgewirkt hatte, und berichtete, was er über Cleo und Elfrida ermittelt hatte, die sich insbesondere durch das Ausmaß an Verehrung auszeichneten, das sie Sophia entgegenbrachten. Auch was er über Auseinandersetzungen oder Enttäuschungen in Erfahrung gebracht hatte, so unbedeutend sie gewesen sein mochten, breitete er vor Pitt aus.

»Das genügt nicht«, antwortete ihm dieser, als er geendet hatte. »Wir müssen wissen, warum sie gekommen sind und immer noch hier sind.« Als Brundage nicht darauf einging, sah er ihn eindringlich an. »Warum wechselt ein Mensch Ihrer Ansicht nach seine religiöse Überzeugung?«

Brundage erwiderte verblüfft seinen Blick.

»Das weiß ich nicht, Sir. Auf jeden Fall muss es etwas Schwerwiegendes sein. Niemand tut das grundlos, ganz gleich, wie gekonnt ein anderer ihn dazu überreden mag. Geld ist hier jedenfalls nicht im Spiel. Ich habe mich gründlich danach erkundigt. Sophia hat, was sie für ihr Auskommen braucht – für Luxus reicht es allerdings nicht.«

»Ich verstehe die Frau, zumindest nehme ich das an …«, sagte Pitt mehr zu sich selbst als zu Brundage. »Im günstigsten Fall glaubt sie wirklich, was sie sagt, ganz gleich, ob sie die Menschen auf die richtige Weise dazu bringt, ihr zuzuhören, oder nicht. Aber was zieht diese Menschen zu ihr hin? Was veranlasst sie, einen anderen Glauben anzunehmen, ihr ganzes Leben zu ändern? Sie verlassen den Weg, den sie bis dahin gegangen sind, geben ihre Freunde und Bekannten, ja, sogar ihre ganze bisherige Art zu leben auf. Welche Gegenleistung bekommen sie dafür?«

Brundage runzelte die Brauen. »Spielt das eine Rolle? Meinen Sie, jemand könnte von ihr so enttäuscht sein, dass er sie angegriffen hat? Vermuten Sie, dass die Leute alle miteinander einen Mord decken?«

Bei diesen Worten überlief es Pitt eiskalt. »Großer Gott, hoffentlich das nicht! Möglich wäre es natürlich. Manche Menschen sind in Glaubensfragen geradezu fanatisch. Darüber definieren sie sich, vielleicht sogar im Hinblick auf das, was sie sich von der Ewigkeit erhoffen. Wir müssen wissen, warum die Leute in Angel Court sich ihr angeschlossen haben. Darin liegt der Schlüssel zum Wesen eines jeden Einzelnen von ihnen, und es zeigt uns die Gründe, warum jemand von ihnen sie unterstützt oder ihr vielleicht Böses angetan hat.« Er erhob sich. »Es gibt keine Spur, der wir folgen könnten, keine Leiche, nicht den kleinsten Hinweis. Aber mindestens einer von denen weiß etwas.«

»Ja, Sir«, stimmte ihm Brundage zu und stand ebenfalls auf. »Ich werde mich bemühen, auch festzustellen, mit welchen Orten sie in Verbindung stehen. Falls diese Leute sie in ihrer Gewalt haben, muss es ein Haus geben, Räume, irgendetwas, wo wir sie aufspüren können.«

Pitt nickte. »In Ordnung.«

Der Eindruck, den Angel Court machte, war eher trostlos als friedvoll, und der Engel wirkte geradezu bedrohlich. Die Sonne schien durch den Dunst des Maitages und ließ die Schatten verschwimmen. Dort, wo man das Pflaster ausgebessert hatte, war der Boden uneben. Obwohl man ihn gefegt hatte, lag Staub überall – und das würde immer so bleiben.

Pitt ging an der alten Frau vorüber, die ihm den Rücken zukehrte, während sie das Unkraut aus den Trögen zupfte, in denen Petersilie, Schnittlauch und weißblättriger Salbei wuchsen.

Er hatte die Tür noch nicht ganz erreicht, als sie sich öffnete und Henrietta Navarro ihn mit ihren dunklen Augen erwartungsvoll ansah. Da er nicht auf ihren Blick reagierte, schwand der hoffnungsvolle Ausdruck aus ihrem Gesicht.

»Was wollen Sie denn noch?«, fragte sie erbittert. »Ich habe dem jungen Mann, der hier war, alles gesagt, was ich weiß. Sie sollten lieber nach ihr suchen!« Ihre Stimme zitterte leicht.

»Das tut mein Mitarbeiter bereits«, gab Pitt zurück. »Aber unsere Erfolgsaussichten wären besser, wenn wir etwas mehr über Señora Delacruz wüssten.«

»Besser?«, fragte sie in schneidendem Ton. »Besser als was – als nichts?«

Etwas nachgiebiger, vielleicht weil ihr klar war, dass sie nicht nur seine Zeit vergeudete, sondern auch ihre eigene, forderte sie Pitt auf, einzutreten, wandte sich um und führte ihn in den Gang, in dem er bei seinem vorigen Besuch mit Smith und Ramón gesprochen hatte. Die schwere Haustür fiel hinter ihnen ins Schloss.

Während Pitt ihr folgte, dachte er an das, was Brundage über das Bedürfnis der Menschen nach Glauben gesagt hatte. In dem kleinen Raum, in den sie ihn führte, standen zwei Stühle, ein Tisch mit geraden Beinen, drei nicht zueinander gehörende durchgesessene Sessel und ein Sofa mit dicken Kissen. Aus einem kleinen Hinterhof fiel gedämpftes Licht durch das Fenster. Pitt folgte ihrer Aufforderung, Platz zu nehmen. Henrietta interessierte ihn am meisten von allen Anhängern, die dort geblieben waren. Obwohl ihr Alter schwer zu schätzen war, nahm er an, dass sie wohl Ende fünfzig sein dürfte. Sie mochte in ihrer Jugend von einer gewissen Anmut oder gar Schönheit gewesen sein. Ihre Gesichtszüge waren wohlproportioniert, und ihr eisengraues Haar war nach wie vor dicht.

»Was hat Sie zu der Annahme veranlasst, jemand könnte Sophia entführt haben?«, fragte er. »Was für Drohungen hat es gegen sie gegeben, und was waren die Gründe dafür?«

»Das liegt doch auf der Hand«, sagte sie ungehalten, wobei sie ihn mit ihren dunklen Augen anfunkelte. »Jeder neue Gedanke provoziert leidenschaftliche Stellungnahmen. Menschen, die davor Angst haben, sind nicht bereit, in ihrem Leben etwas zu ändern. Wie sind Sie nur Polizist geworden, wenn Sie das nicht wissen?«

Er beschloss, ebenso wenig ein Blatt vor den Mund zu nehmen wie sie. Sie empfand unübersehbar keinerlei Respekt vor der Amtsgewalt, schon gar nicht vor der englischen, die so offenkundig versagt hatte, als es galt, die Frau zu schützen, in der sie ihr spirituelles Vorbild sah. Er konnte es ihr nicht verdenken.

»Sie wollen wissen, was ich tue. Nun, ich suche nach einer Engländerin, die Spanien zu ihrer neuen Heimat erkoren und eine neue religiöse Lehre verkündet hat, mit der sie starke Empfindungen weckt. Während manche ihrer Anhänger sie für eine Heilige halten, sind andere Menschen der Ansicht, dass sie sich Illusionen hingibt und ausgerechnet zu einer Zeit, da die ganze Welt im Chaos zu versinken droht, Gefahren heraufbeschwört. Nichts weist darauf hin, dass man sie mit Gewalt entführt hat, und niemand hat bisher Forderungen gestellt. Angenommen, sie ist freiwillig mit jemandem fortgegangen, den sie kennt …«

Henrietta verzog das Gesicht erzürnt und holte Luft, um etwas zu sagen, doch er achtete nicht darauf.

»... und dieser hält sie jetzt gegen ihren Willen fest«, fuhr er fort, »muss ich, wenn ich sie finden soll, bevor ihr etwas angetan oder sie gar getötet wird, weit mehr über Glaubensfragen im Allgemeinen und im Besonderen sowie darüber wissen, was die Menschen von ihr halten.«

Henrietta entspannte sich allmählich und fragte ihn, ohne ihn auch nur eine Sekunde aus den Augen zu lassen: »Was wollen Sie von mir?«

Er setzte sich etwas bequemer hin. »Mein Mitarbeiter, Mr. Brundage, hat sich gestern Abend Melville Smiths Vortrag angehört. Er hielt ihn für gut, war aber der Ansicht, Smith habe darin Sophias Botschaft so sehr verharmlost, dass sie eingängiger wirkte. Ist das tatsächlich der Fall?«

Sie reagierte unverzüglich darauf, aber so unmerklich, dass es ihm nicht aufgefallen wäre, wenn er sie nicht mit äußerster Aufmerksamkeit beobachtet hätte. In ihrem Ausdruck mischten sich Verachtung und Abscheu mit, wie er glaubte, Furcht. Wovor mochte sie sich fürchten? Dass etwas ans Tageslicht kam? Dass Smith an Sophias Verschwinden beteiligt war – oder dass sie selbst den Glauben verlor, dessen sie so sehr bedurfte? Er hatte Verständnis dafür, dass ihr das unter Umständen mehr bedeutete als irdisches Wohlergehen oder Sicherheit. Sie wirkte grimmig, war eine Frau, über deren Vergangenheit er keine Vermutungen anstellen konnte. War sie eine Idealistin, die des ständigen Kampfes müde war und endlich einen Glauben gefunden hatte, dem sie sich rückhaltlos hingeben konnte?

»Hat sich Mr. Brundage geirrt?«, fragte er in ihr anhaltendes Schweigen hinein.

»Was könnte ich Ihnen sagen?«, gab sie, herausfordernd und nach wie vor ausweichend, zurück.

»Zum Beispiel, dass Mr. Smith jetzt sagt, was er wirklich glaubt, und vielleicht die günstige Gelegenheit nutzen will, die Führung an sich zu reißen …« Er hielt inne angesichts des aufflammenden Zorns in ihren Augen und beobachtete dann, wie ihr aufging, dass seine Äußerung der Wahrheit entsprach und dass es jetzt wichtiger war, Sophia, ihren Ruf und möglicherweise ihr Leben zu retten, als den Schein einer geschlossenen Gemeinschaft zu wahren.

Mit gesenktem Blick erwiderte sie leise: »Vielleicht. Er ist sehr geschickt, und es ist ihm lieber, viele Menschen auf den Weg zum Glauben zu führen als wenige, die mit allen Einzelheiten ihrer Lehre einverstanden sind.«

»Und Sophia wären die wenigen lieber?«, erkundigte sich Pitt.

Sie hob den Blick. »Man kann jeden auf seine Seite ziehen, wenn man das Tor breit genug macht und der Weg nicht so steil ist.« Die Verachtung in ihrer Stimme war schneidend.

»Ist Ihnen Melville Smith sympathisch?«

Sie zuckte kaum wahrnehmbar mit ihren breiten, knochigen Schultern. »Nein. Aber das hat nichts damit zu tun. Ich mag ihn nicht, weil er in allen schmerzlichen und düsteren Fragen, die mir am Herzen liegen, harte Urteile fällt. Vielleicht geht es ihm mit mir ebenso. Wir werden die scharfen Kanten aneinander glattwetzen – vorausgesetzt, wir überleben den Prozess.« Eine Sekunde lang blitzte Belustigung in ihren Augen auf.

»Aber strebt er nach großen Dingen?«, fasste Pitt nach.

»Für den Glauben oder für sich selbst?«, fragte sie, um nicht gleich antworten zu müssen. Ganz unübersehbar hatte sie eine gewisse Freude an Wortgefechten. Vielleicht sah sie eine angenehme Abwechslung darin, sich offen mit jemandem streiten zu können, ohne sich Sorgen darüber machen zu müssen, ob sie ihn verletzte.

»Den ersten Teil Ihrer Frage haben Sie bereits selbst beantwortet.«

Mit einem Mal lächelte sie, und er sah einen Nachhall ihrer früheren Schönheit. »Den zweiten auch«, sagte sie.

»Und was ist mit Sophia? Sie sagen, dass er ihre Botschaft verwässert und damit eines Teils ihrer Wahrheit beraubt. Hat sie noch schärfere Urteile gefällt als er?«

»Ich glaube, Sie haben mir nicht richtig zugehört!« In dieser Vorhaltung schienen Pitt Erinnerungen an eine alte Wunde mitzuschwingen. Sie lieferte ihm die Erklärung ausschließlich, weil sie keine andere Möglichkeit sah. »Der Weg ist mühselig. Das Leben ist mühselig für den, der etwas wirklich Wertvolles erstrebt – Wissen, Leidenschaft, Liebe. Wer nach allem verlangt, was es gibt, muss Weisheit lernen, muss alle Kämpfe bestehen und nicht nur einige. Man kann sich nicht heraussuchen, was leicht zu erlangen ist.« Sie biss sich so fest auf die Lippe, dass es sie schmerzen musste, und in ihren Augen standen Tränen.

»Doch wie tief auch immer man fällt, es gibt immer eine Möglichkeit, wieder nach oben zu gelangen. Sophia wusste das, und sie hat geholfen. Sie hat niemandem je Vorhaltungen gemacht. Sie weiß, was Hoffnung heißt und wie hoch der Preis dafür ist.«

»Und das ist bei Melville Smith anders?«, fragte er, unwillkürlich flüsternd.

»O ja. Es gibt Winkel der Seele, in die er sich nicht hineinwagt.«

Pitt wechselte das Thema. »Und was ist mit Ramón – strebt er nach hohen Zielen?«

Sogleich kehrte ihr tiefer Zorn zurück. Die Waffenruhe war zu Ende.

»Ramón ist ein guter Mensch!«, stieß sie zwischen den Zähnen hervor. »Falls Sie ihn verdächtigen, Sophia schaden oder ihre Lehre auch nur um ein einziges Wort verfälschen zu wollen, sind Sie ein Narr. Wir können uns Dummheit nicht leisten. Sophias Leben ist möglicherweise in Gefahr. Religiöse Fanatiker halten jede Ungeheuerlichkeit für zulässig, sofern sie aus dem folgt, wovon sie sich eingeredet haben, dass es Gottes Willen entspricht.« Sie schloss die Augen. Pitt, der sah, wie sich ihre Hände verkrampften, bekam eine Ahnung davon, welche schmerzhaften Szenen ihr vor Augen stehen mochten.

»Bitte sagen Sie mir mehr.«

Sie öffnete die Augen, sah ihn an und erwog das Für und Wider.

»Ramón ist zutiefst bekümmert darüber, dass seine verstorbenen Angehörigen der Lehre der Kirche seines Landes nach gesündigt haben sollen«, sagte sie schließlich mit einer Stimme, in der tiefes Mitgefühl lag. »Vielleicht war es nichts weiter als die Sünde des Zweifelns – und welcher aufrichtige Mensch kann sich der entziehen? Wir alle straucheln, jeder auf seine eigene Weise.«

Pitt sagte nichts darauf, denn er konnte sehen, dass sie seine Antwort bereits ahnte.

»Er kann es nicht ertragen, dass man sie von den Segnungen der Kirche ausgeschlossen hat, weil sie hin und wieder gefallen sind, Zweifel und Angst empfunden haben und vor allem geliebt werden wollten.« Ihre Stimme wurde noch leiser. »Wir glauben, weil es uns ein Bedürfnis ist. Wenn das, was wir glauben, nicht wahr ist, wird die Finsternis unerträglich. Verletzen Sie Ramón nicht! Das wäre nicht nur gemein, sondern auch sinnlos.«

»Was wissen Sie über Barton Hall?«, wechselte Pitt erneut das Thema. »Warum wollte Señora Delacruz unbedingt mit ihm zusammentreffen? Wäre sie freiwillig fortgegangen, bevor sie mit ihm gesprochen hatte?«

Erneut sah ihn Henrietta misstrauisch und unentschlossen an. Er wartete.

»Was sie von ihm wollte, weiß ich nicht«, sagte sie schließlich. »Ich weiß nur, dass es ihr ungeheuer wichtig war. Sie fürchtete etwas so Entsetzliches, dass sie es keinem von uns anvertrauen wollte, zu unserem eigenen Besten, wie sie sagte.«

Ramón hatte Angst. Zwar verbarg er sie gut, doch Pitt hatte dergleichen so oft bei anderen und auch bei sich selbst erlebt, dass er sie ihm am Gesicht ablesen konnte. Vor ihm tauchten Gespenster aus Zeiten, die er vergessen zu haben glaubte, erneut auf. Es war die Angst, einen Menschen zu verlieren, dem man vertraute, die Angst, ganz allein zurückbleiben zu müssen.

Schlagartig war Pitt sicher, dass Ramón Sophia nichts zuleide getan hatte. Aber hatte er möglicherweise befürchtet, sie könne überfallen oder gar getötet werden, sodass er sie gegen ihren Willen fortgebracht hatte, um sie zu beschützen? Pitt hatte von ihr nicht den Eindruck gewonnen, dass sie sich zur Märtyrerin machen lassen würde, wenn es sich vermeiden ließ. Sie hatte ihre Botschaft noch lange nicht genug Menschen verkündet.

Warum war er sich dessen so sicher? Vielleicht hatte er sich den unbedingten Lebenswillen, den er in ihr entdeckt zu haben glaubte, ja nur eingebildet. Sie war ihm doch in allem fremd.

Dann erkannte er seinen Irrtum.

Wie oft hatte er Charlotte, wenn sie um einer guten Sache willen gegen etwas zu Felde gezogen war, aus einer Gefahr errettet, weil sie sich dabei Risiken ausgesetzt hatte, denen sie nicht gewachsen war? Bei ihr war alles wie bei Sophia: die gleiche flammende Leidenschaft, die Empörung darüber, dass

Menschen andere ungerecht behandelten oder quälten, die blinde Überzeugung, dass sie etwas dagegen unternehmen könnte und müsste.

»Ist Ihnen bekannt, warum Señora Delacruz so dringend mit Mr. Hall sprechen wollte?«, erkundigte sich Pitt. »Der Mann scheint mir niemand zu sein, der seine Ansichten oder Einschätzungen ohne Weiteres ändert, und ich halte Señora Delacruz nicht für so töricht, dass sie etwas anderes annehmen würde.«

»Es ging nicht um Aussöhnung«, erklärte Ramón, »sondern um etwas, wobei sie ihm helfen oder es zumindest versuchen wollte. Was das war, hat sie mir nicht gesagt. Zwar traut sie mir, aber um meiner Sicherheit willen wollte sie nicht, dass ich es erfuhr.«

»Hatte sie Angst vor dieser Begegnung?«

»Ja, ich glaube schon«, räumte Ramón ein.

Pitt musterte ihn aufmerksam und sah in seinem Gesicht keinen Hinweis auf Arglist oder Tücke oder Belustigung, weil er es besser wusste und Sophia Ausflüchte gemacht hatte, um das Bild, das Ramón von ihr besaß, nicht zu zerstören. Hier gewann Pitt einen unvermittelten Eindruck davon, welche Last es bedeutete, den Vorstellungen anderer von der eigenen Kraft, Ehre und einem nie versagenden Mut entsprechen zu müssen.

War Sophia vielleicht aus eigenem Entschluss fortgegangen, um sich diesem Druck zu entziehen, den die Bedürfnisse der anderen auf sie ausübten, ohne dass sie ihnen gerecht werden konnte? Er hätte das durchaus verstanden. Ein Schauder überlief ihn, bei dem ihm der Atem stockte.

»Danke«, sagte er zu Ramón. »Sie haben mich zu Überlegungen angeregt, auf die ich bisher nicht verfallen war. Meinen Sie, dass sie freiwillig fortgegangen wäre, ohne zuvor mit Mr. Hall gesprochen zu haben?«

Ramón biss sich auf die Lippe und holte mehrere Male tief Luft, bevor er antwortete. Sein Gesicht war bleich, als er schließlich mit belegter Stimme sagte: »Nein, ganz bestimmt nicht.«

Pitt kehrte spät nach Hause zurück, nachdem er in Lisson Grove die Drohbriefe zum wiederholten Mal aufmerksam gelesen hatte. Nach wie vor erstaunte ihn die darin geäußerte unverhüllte Wut, der Hass von Menschen, die behaupteten, einem Gott zu dienen, den unendliche Gnade und die Liebe zu allen Menschen auszeichnete.

»Das ist die Angst«, sagte Charlotte ruhig. Sie saßen im Wohnzimmer vor dem Kamin, in dem ein munteres Feuer brannte. Hinter den geschlossenen Vorhängen peitschte der Wind den kräftigen Frühjahrsregen gegen die Scheiben. Daniel war in seinem Zimmer, vermutlich tief in *The Boy's Own Paper*, in die Geschichten von Ehre und Abenteuer, versunken. Charlotte hatte mit ihrer Schwester Emily Radley verabredet, dass Jemima in deren Haus mit den Kindern zu Abend aß. Höchstwahrscheinlich würde sie über Nacht dort bleiben, was Pitt mehr als recht war. Auf die Weise würden ihm weitere Fragen von ihrer Seite an diesem Abend erspart bleiben.

»Jeder von uns hat hochfliegende Träume, an die man besser nicht allzu oft denkt, um nicht enttäuscht zu werden«, fuhr sie fort. Ein Schatten legte sich auf ihre Züge. »Sowenig ich möchte, dass jemand Sophia etwas angetan hat, wäre mir das immer noch lieber, als wenn man mir einen unwiderleglichen Beweis dafür brächte, dass sie eine Hochstaplerin ist.« Sie lächelte. »Was sie gesagt hat, war zwar erschreckend anders, als was man sonst zu hören bekommt, aber auch schön. Ich glaube, ich fände es gut, wenn es stimmte … Auf keinen Fall möchte ich, dass es beschmutzt wird und ich dann nichts mehr davon glauben kann.«

Pitt dachte an Ramón und dessen entschiedenes Eintreten für Gnade. Der Spanier liebte die Mitglieder seiner Familie, die in den Augen ihrer Kirche keine Gnade gefunden hatten und die ohne den Segen der Kirche hatten sterben müssen, und war nun auf die Herzensgüte und die Hoffnung angewiesen, die er bei Sophia fand. Es schien, als könnte er ohne diese nicht leben. Indem er Sophia verteidigte, klammerte er sich an das Wertvollste, was er kannte, sein seelisches Überleben.

Auch Henrietta war auf etwas angewiesen, vielleicht auf Gnade für sich und all die anderen gleich ihr, die sie gekannt hatte. Wer sie der Hoffnung darauf beraubte, würde ihr den Lebensmut nehmen.

Und was brauchte Melville Smith außer der Achtung und Anerkennung anderer, vielleicht auch dem Bewusstsein, an Sophias Stelle Leiter der Gruppe, und nicht lediglich einer ihrer Anhänger, zu sein? Fühlte er sich in seiner Männlichkeit gekränkt, wenn er nicht der Anführer war, in seinem Verständnis davon, wie die Ordnung der Welt aussehen sollte? Vergleichbares hatte ja auch in einigen der zornigeren Briefe gestanden.

Charlotte wartete darauf, dass Pitt weitersprach. Von ihrer ersten Begegnung an, als sich Pitt um die Aufklärung der Morde in der Cater Street bemühte, hatten sie auf die natürlichste Weise miteinander reden, Möglichkeiten erwägen, ohne Groll geteilter Meinung sein können.

»Wie sehr glaubst du an das, was Sophia vorträgt?«, wollte er wissen. »Ich meine, ohne Wenn und Aber.« Er wollte das wissen – nicht, weil er annahm, es könne zur Lösung des Falles beitragen, sondern weil es sich in sein Privatleben hineindrängte, in sein Denken und vor allem in die Erinnerungen, deren Stimmen mit einem Mal unüberhörbar in seinem Kopf laut wurden, wobei es meist um seine Mutter ging. Es gab so vieles, was er ihr nicht gesagt hatte. Ihm waren die passenden Worte erst eingefallen, als es zu spät war.

Sie hatte nicht gewollt, dass er sie besuchte, als sie krank wurde und wusste, dass sie sterben würde. Sie hatte ihn ferngehalten, um ihn zu beschützen. Wie war es nur möglich, dass sie ihn so falsch eingeschätzt hatte? Hatte sie ihn für so schwach gehalten? Für unfähig, zu verstehen, an ihrem Schmerzenslager zu wachen, bei ihr zu sein?

Trotz all seiner Bemühungen, diese Gedanken zu verdrängen, kam ihm jetzt, während er in seinem Wohnzimmer still am Kamin saß, der Tag in Erinnerung, an dem er ins Herrenhaus zurückgekehrt war und es erfahren hatte. Er sah das Bild vor sich, wie Lichtstrahlen durch die Fenster fielen, und hörte Sir Arthur Desmonds Stimme, gütig und zugleich kummervoll. Er glaubte den Geruch von Bohnerwachs und den Duft der Blumen wahrzunehmen, die in großen Vasen auf den Beistelltischen gestanden hatten.

Hatte er den Wunsch nach einem Jenseits, in dem alles ins Lot gebracht, der Schmerz vergessen und Schuld vergeben wurde, in dem es – statt einer Existenz als gestaltloser Geist – Lachen und Freundschaft gab? Die von Sophia Delacruz vorgetragenen Gedanken von immerwährendem Lernen und Erschaffen schienen so viel besser, voller Sinn und Freude!

Charlotte hatte eine ganze Weile überlegt, bevor sie nachdenklich antwortete: »Es hat in meinen Augen einen tieferen Sinn als das, woran ich mich aus meiner Jugendzeit in der Kirche erinnere. Das war zwar angenehm, aber auch ziemlich langweilig. Die Musik war herrlich, und das Licht, das durch die Buntglasfenster fiel, war wunderbar. Ich nehme an, dass das Gefühl von Zeitlosigkeit dabei eine große Rolle spielte. Die Menschen hatten Gott in dieser Kirche schon seit tausend Jahren verehrt, wenn nicht noch länger.«

Ein Scheit sank mit einem Funkenregen in sich zusammen. Regen peitschte, getrieben von einer Windbö, gegen die Fenster. Danach herrschte wieder Stille.

»Ich vermute, wenn man etwas lange genug ganz wie alle anderen als gegeben hinnimmt«, fuhr sie fort, »wird man davon ausgehen, dass es wohl richtig sein muss.« Sie sah mit einem flüchtigen Lächeln zu ihm hinüber. »Wenn wir das ändern, verlieren wir alle bisherige Gewissheit, treiben verloren dahin …«

Sie hielt inne, aber er sagte nichts.

»Ich verstehe das nicht«, räumte sie ein. »Jedenfalls nicht das, was Sophia in Frage stellt. Ich habe mich einfach entschlossen, nicht darüber nachzudenken.« Sie sah ihn aufrichtig an. »Ich muss an das denken, was ich in der Schule über Thomas Cranmer gelernt habe: Er hat zur Zeit der Reformation seine Freiheit aufgegeben, um den protestantischen Glauben anzunehmen, und später wurde er dann wegen dieser Änderung seiner Überzeugung bei lebendigem Leibe verbrannt. Ich bewundere einen so starken Glauben, und zugleich ängstigt er mich. Wenn ein Mensch bereit ist, für seine Überzeugungen im Feuer zu sterben – wozu ist er dann wohl noch fähig?«

Pitt holte Luft, um einzuwenden, dass es sich bei Cranmer um einen Mann gehandelt hatte, der sich deutlich von anderen unterschied. Dann aber kam ihm der Gedanke, dass es möglicherweise noch viele andere gab, denen der Glaube ebenso wichtig war. Sie mochten es selbst nicht einmal wissen, bis die Gewissheiten ihres Lebens heftig ins Wanken gerieten, sodass sich die Erde auftat und Berge einstürzten. Niemand vermochte die Millionen Menschen zu zählen, die in Religionskriegen abgeschlachtet worden waren. Die Annahme, so etwas sei nur in früheren Zeiten möglich gewesen, war von geradezu verantwortungsloser Einfalt.

Die Reformation mit all ihren Träumen, Blutbädern und Martyrien war aus den Köpfen Einzelner hervorgegangen; sie hatten in der Überzeugung gehandelt, was sie taten, diene dem Wohl der Allgemeinheit. War auch Sophia wie diese Visionäre? Der Gedanke, selbst einen Menschen von so leidenschaftlicher Glaubensfähigkeit zu kennen, war sonderbar. Sie gehörten in die Vergangenheit, nicht in die Gegenwart.

Charlotte unterbrach ihn in seinen Gedanken.

»Glaubst du, Sophia lebt noch?« Ihr Blick war fast flehend. Ihr lag offenbar sehr an seiner Antwort.

»Das weiß ich nicht«, gestand er. »Vielleicht halten ihre eigenen Leute sie versteckt, damit sie in Sicherheit ist. Allerdings wird sie ihren Ruf unwiederbringlich zerstören, wenn sie nicht bald mit einer einleuchtenden Erklärung für ihr Verschwinden auftaucht.«

»Könnte die Absicht dahinterstecken, dafür zu sorgen, dass ein anderer, Gemäßigterer, das Ruder übernimmt?«, fragte sie. »Jemand wie Melville Smith? Er hat die Botschaft so verändert, dass sie weniger wie ein Bruch mit der Tradition aussieht, als vielmehr wie eine Ergänzung.«

»Genau das hat Frank Laurence geschrieben.«

»Unterstützt er Smith?«, fragte sie mit einem Ausdruck von Abscheu.

»Das bezweifle ich«, sagte er aufrichtig. »Vermutlich bezweckt er mit seinem Kommentar lediglich, einen weiteren Meinungsstreit hervorzurufen.«

»Und daran tut er gut«, sagte sie, ohne zu zögern. »Es hat keinen Sinn, einen Feldzug gegen jemanden zu führen, mit dem man einer Meinung ist. Ganz davon abgesehen, fehlt Smith die lodernde Leidenschaft. Von ihm geht nicht das grelle Licht aus, das dafür sorgt, dass man innehält und plötzlich einen neuen Weg erkennt, der zwar steil ist, aber für jemanden, der den nötigen Willen aufbringt, zu bewältigen.«

»Trifft das auf dich zu?«

Sie lachte unvermittelt und löste damit die Spannung. »Wohl kaum.« Gleich darauf war sie wieder ganz ernst. »Aber ich bin ja auch glücklich, habe alles, was ich liebe und mir wünsche. Ich muss lediglich darauf achten, es zu behalten … Und grundsätzlich möchte ich selbst entscheiden, was für mich richtig ist, und diese Möglichkeit will ich mir weder von Melville Smith noch von sonst jemandem verweigern lassen.«

Inzwischen waren seit Sophia Delacruz' Verschwinden drei volle Tage vergangen, und in der Presse wurde erneut darüber spekuliert, ob sie tot oder vor der Verantwortung als Leiterin einer Sekte davongelaufen war, von deren Glaubenslehre sie nicht mehr überzeugt war. Vielleicht, so hieß es, sei sie sogar mit einem Liebhaber durchgebrannt, von dem niemand etwas wusste.

Weder Pitt noch Brundage kommentierte solche Artikel, doch waren sich beide bewusst, dass etwas Wahres daran sein konnte. Sie beschäftigten sich damit, weitere Drohbriefe zu analysieren, die man ihnen in Angel Court übergeben hatte. Einige forderten Sophia auf, keine ketzerische Lehre aus dem Ausland in ein christliches und protestantisches Land zu bringen. Einer spielte sogar auf die Ehe an zwischen der englischen Königin Maria I. und Philipp II., dem katholischen Herrscher Spaniens, sowie auf die spanische Flotte, die zur Zeit Elisabeths I. England zu erobern getrachtet hatte. Die Erinnerungen reichten weit in die Vergangenheit, und es war leicht, Ängste zu schüren.

Das erinnerte Pitt an den Krieg zwischen den Vereinigten Staaten und Spanien. Es war eine äußerst unbehagliche Vorstellung, dass er sich ausweiten konnte.

»Sie spricht sich doch gar nicht für die römische Kirche aus«, sagte Brundage empört. »Ich kann mir gut vorstellen, dass sie den Katholiken noch mehr ein Dorn im Auge ist als den Anglikanern.«

»Haben Sie das hier gesehen, Brundage?« Pitt reichte ihm den Brief, den er gerade gelesen hatte, und achtete aufmerksam auf die Reaktion seines Mitarbeiters.

Brundage las ihn zweimal, drehte ihn dann um und sah ihn prüfend an. »Der ist anders«, sagte er schließlich. »Da stimmt was nicht, aber ich weiß nicht, was. Auf den ersten Blick scheint er so zu sein wie die anderen, das ist er aber nicht.«

»Lesen Sie ihn noch einmal«, forderte ihn Pitt auf. Er wollte ihn nicht mit der Nase auf das stoßen, was ihm aufgefallen war, ihn nicht beeinflussen, für den Fall, dass er selbst sich geirrt hatte.

Nachdem Brundage den Brief erneut gelesen hatte, hob er mit verwirrtem Gesichtsausdruck den Kopf. »Das Ganze ist in sich stimmig, sagt genau dasselbe wie die anderen Briefe, aber, ja, jetzt hab ich's: Der Brief ist Satz für Satz aus den anderen abgeschrieben.«

»Sie sagen es«, bestätigte Pitt. »Und das heißt, er muss von jemandem stammen, der Zugriff auf sie alle hatte.«

»Einer ihrer Anhänger in Angel Court.« Das war die naheliegende Schlussfolgerung. »Aber warum? Wollte er ihr Angst einjagen, damit sie sich mehr zurückhielt? Oder wollte er damit eine Entführung einfacher machen – vielleicht sogar zu ihrer eigenen Sicherheit?«

»Falls sich das so verhält – warum zum Teufel haben uns die Leute nichts davon gesagt?«, stieß Pitt verärgert hervor.

Brundage sah ihn an: »Weil es auch in einem solchen Fall ein Verbrechen bleibt, wenn man sie gegen ihren Willen fortgebracht hat. Außerdem trauen die uns wahrscheinlich nicht über den Weg.«

Pitt ging den Brief noch einmal durch. »Wo könnte sie sein? Alle diese Leute waren vor einer Woche noch in Spanien. Bei

Barton Hall? Für ihn wäre es einfach, einen Ort zu finden, wo er seine Kusine verstecken kann, wenn er nicht sogar von vornherein einen dafür vorgesehen hatte.«

»Wir hatten doch schon erwogen, dass er dahinterstecken könnte«, erinnerte ihn Brundage, »allerdings aus Feindschaft, und nicht, um sie zu schützen.«

»Gehen Sie der Sache noch einmal gründlicher nach«, sagte Pitt. »Versuchen Sie festzustellen, ob es da womöglich einen alten Familiensitz gibt, der unter einem anderen Namen geführt wird. Wie lautete ihr Mädchenname?«

Brundage stand auf. »Das kann ich Ihnen in einer halben Stunde sagen, Sir.«

Nur wenige Minuten nach Ablauf der halben Stunde kehrte Brundage zurück und übergab Pitt eine Anschrift. Das Haus, hatte er bei der örtlichen Polizei erfahren, galt als unbewohnt.

»Wollen Sie allein dorthin gehen, Sir? Ich nehme an, dass es besser ist, niemanden zu informieren.«

»Das war auch nicht meine Absicht«, antwortete Pitt, legte die Berichte beiseite, in denen er gelesen hatte, stand auf, ging zur Tür und nahm seinen Mantel vom Haken. »Es müsste genügen, wenn wir beide hingehen.«

Brundage schloss sich ihm bereitwillig an. Auf der Straße war es windig, und es fing an zu regnen. Sie nahmen für die kurze Strecke zu der von Brundage ermittelten Adresse eine Droschke. Da es um die Mitte des Vormittags war, herrschte nicht viel Verkehr. Pitts Gedanken jagten sich. Was sollte er zu Sophia sagen, falls sie dort war? Womit würde sie erklären, dass sie es unterlassen hatte, dem Staatsschutz mitzuteilen, dass sie sich in Sicherheit befand? War sie freiwillig dort, oder hielt man sie gefangen, sodass es ihr nicht möglich war, mit der Außenwelt Verbindung aufzunehmen? Begriff sie die

Sorge und treu ergebene Haltung, die Smith zu seiner Handlungsweise getrieben hatte? Pitt nahm nach wie vor nicht an, dass Ramón oder Henrietta in die Sache verwickelt waren. Hatte Melville Smith, sofern er den Brief geschrieben hatte, wovon Pitt inzwischen überzeugt war, damit lediglich Sophia sowie den anderen die Notwendigkeit zu handeln vor Augen führen wollen?

Noch war er nicht bereit anzunehmen, dass sie bei ihrem Verschwinden eine aktive Rolle gespielt hatte. Falls aber doch, musste es dafür einen so zwingenden Grund geben, dass sie überzeugt gewesen war, keine Wahl zu haben.

Die Droschke hielt vor dem Haus Inkerman Road 17 an, das in einer ruhigen Wohngegend fern von den großen Durchgangsstraßen stand. Pitt entlohnte den Kutscher und forderte ihn auf zu warten. Mit Brundage ging er über den kurzen Weg bis zu den Stufen, die zur Haustür emporführten. In dem gepflegt wirkenden Vorgarten, in dem keine Spur von Unkraut zu sehen war, blühten Lupinen rosa und blau, und unter einem der Fenster war ein Tulpenbeet.

Brundage sah Pitt an, hob den auf Hochglanz polierten Messingklopfer und ließ ihn gegen die Tür fallen.

Weder kam jemand an die Tür, noch hörte man aus dem Inneren des Hauses Schritte oder andere Geräusche. Keine der Spitzengardinen an den Fenstern bewegte sich auch nur einen Millimeter.

Nach längerem Warten versuchte Brundage es erneut.

Wieder regte sich nichts.

Pitt, der sich dagegen entschieden hatte, bei Nachbarn Erkundigungen einzuziehen, unterließ es, Brundage mit der Frage zu kränken, ob es sich um das richtige Haus handelte. Stattdessen bedeutete er ihm mit einer Handbewegung, dass sie um die Häuserreihe gehen und es vom Garten hinter dem Haus aus versuchen sollten. Da die Fenster auf der Rückseite weniger im Blickfeld von Beobachtern lagen, konnten sie sich notfalls gewaltsam Zutritt verschaffen.

Sie öffneten die Gartenpforte. Mit raschem Schritt strebte Brundage am Holzschuppen vorbei über den schmalen Pfad zur Hintertreppe, die bei solchen Häusern in die Spülküche führte. Er tat einen Blick durch das Fenster und trat unwillkürlich einen Schritt zurück, wobei er ins Straucheln geriet. Dann wandte er sich zu Pitt um. Sein Gesicht war aschfahl.

Atemlos und mit wild schlagendem Herzen stürmte Pitt an ihm vorüber und warf ebenfalls einen Blick durch das Fenster. Dann sah er, was Brundage gesehen hatte. Auf dem nackten Holzfußboden lag eine Frau, über deren Gesicht Fliegen liefen. Ihre Röcke waren zerknittert, und auf ihrem Unterleib war ein großer dunkler Fleck zu erkennen.

Übelkeit überfiel Pitt, und er spürte, wie ihm der kalte Schweiß ausbrach. Unter Aufbietung aller Willenskraft gelang es ihm, nicht wie Brundage zurückzutaumeln, und das auch nur, weil er vorgewarnt gewesen war. Vorsichtig drehte er sich auf der schmalen Stufe um, darauf bedacht, nicht das Gleichgewicht zu verlieren.

»Wir müssen hinein. Das Schloss ist vermutlich sehr robust, aber ich denke, dass wir uns durch das Fenster da drüben zwängen können.«

»Sehr wohl, Sir.« Brundage richtete sich auf und straffte die Schultern. Sein Gesicht war grau. Er ging zum Schuppen, wobei er darauf achtete, nicht zu stolpern. Er stieß die Tür mit dem Fuß auf und kam gleich darauf mit einem Spaten heraus. Es dauerte nicht lange, bis er das Fenster der Spülküche eingeschlagen und die Glasreste aus dem Rahmen entfernt hatte, sodass er und Pitt ins Haus gelangen konnten, ohne sich zu verletzen.

Noch bevor Pitt die Tür öffnen konnte, die in die Küche führte, würgte ihn der unerträgliche Geruch in der Kehle. Laut summten die Fliegen. Mit einem verzweifelten Atemzug riss er die Tür auf.

Eine junge Frau lag tot am Boden, und ein Blick auf ihr Gesicht genügte ihm, um zu erkennen, dass sie seit mindestens vierundzwanzig Stunden tot war. Diese Einschätzung wurde durch den schweren Geruch bestätigt. Ihre weit aufgerissenen Augen waren glasig. Es war nicht Sophia Delacruz. Bei allem Entsetzen und Mitgefühl war Pitt erleichtert. Er kannte die junge Frau nicht, die da am Boden lag. Er sah genauer hin und begriff, dass es sich bei der dunklen Masse auf ihrem Unterleib nicht um eine zerknüllte Schürze handelte, sondern um ihre Eingeweide, die dort ausgetreten waren, wo man ihr den Leib aufgeschlitzt hatte. Er war fast erleichtert, als er das Messer in ihrer Brust sah – der bestialische Akt war vielleicht erst verübt worden, als sie schon tot war. »Gott gebe es …«, flüsterte er, nach wie vor gegen den Würgereiz ankämpfend.

»Cleo Robles«, sagte Brundage heiser und mit einer Stimme, in der sich Kummer und Wut mischten. »Dreiundzwanzig Jahre alt. Sie hat geglaubt, die Welt oder zumindest einen großen Teil derselben retten zu können. Sie hat an alles geglaubt – an Gott.« Er schluckte und verließ dann den Raum, um den Rest des Hauses zu erkunden.

Pitt folgte ihm. Es war seine Aufgabe. Vermutlich lagen Elfrida und Sophia ebenso zugerichtet irgendwo in der Nähe. Wut stieg in ihm auf. Trauer nützte jetzt nichts; Abscheu und Angst wären noch schlimmer, würden ihn handlungsunfähig machen. Mitgefühl mochte später kommen – jetzt mussten sie ihre Arbeit tun.

Sie fanden Elfrida Fonseca im Vestibül am Fuß der Treppe. Ihr Oberkörper krümmte sich über ihren herausgequollenen Eingeweiden. Auch ihr hatte man das Herz vor oder gleich nach dem abscheulichen Akt durchbohrt. Sie war älter als Cleo, vielleicht etwas über vierzig. In ihren aufgelösten Haaren waren einzelne graue Strähnen zu sehen, und ihr Gesicht wies Fältchen um Augen und Mund auf.

»Wer zum Teufel tut so was?«, fragte Brundage mit zitternder Stimme und ausdruckslosem Gesicht. Da er früher im Heer gedient hatte, war er durchaus mit Gewalttaten in Berührung gekommen – aber dazu hatten solche an Frauen begangenen Abscheulichkeiten nicht gehört. »Das kann unmöglich mit Religion zu tun haben … Oder etwa doch?«

»Ich weiß nicht«, gestand Pitt. Er zitterte am ganzen Leibe und musste sich mühsam am Treppengeländer festhalten, während er an Brundage vorüber mit weichen Knien nach oben ging. Auf dem obersten Absatz war ein Blumenständer umgestürzt, Erde bedeckte den Treppenläufer.

Zögernd und mit einem Kloß im Hals drehte Pitt den Knauf und öffnete die Tür zum ersten Schlafzimmer. Haarbürsten auf der Frisierkommode und ein auf das ordentlich gemachte Bett gelegtes Nachthemd zeigten ihm, dass der Raum bis vor Kurzem benutzt worden sein musste. Er musterte alles aufmerksam und kniete dann nieder, um unter das Bett zu sehen. Außer einigen Staubflocken gab es dort nichts – offenbar war einige Tage lang nicht gekehrt worden. Schwerfällig erhob er sich und durchsuchte den Schrank und die Kommodenschubladen. Sie enthielten Unterwäsche. Offensichtlich hatte ihre Besitzerin mit der Möglichkeit gerechnet, mehrere Tage dort zuzubringen – mithin war sie nicht unerwartet entführt worden.

Im nächsten Schlafzimmer standen zwei ebenfalls ordentlich gemachte Betten, die erkennbar benutzt worden waren. Pitt durchsuchte das Haus vom Keller bis zum Dachboden, fand aber keine Spur von Sophia Delacruz.

KAPITEL 5

Pitt gab Brundage den Auftrag, vom nächsten erreichbaren Telefon aus die örtliche Polizei zu informieren. Er hatte kurz erwogen, das nicht zu tun, war dann aber zu dem Ergebnis gekommen, dass er die Sache auf Dauer nicht unter Verschluss halten konnte. Der Staatsschutz war ausschließlich für Straftaten zuständig, von denen eine Gefahr für das Gemeinwesen ausging. Hier war eine Zusammenarbeit mit der Polizei unerlässlich.

Darüber hinaus sollte Brundage weitere Leute vom Staatsschutz herbeiholen. Allen voran wollte Pitt seine rechte Hand Stoker dabeihaben, den er bisher nicht zu dem anfänglich für unbedeutend gehaltenen Fall hinzugezogen hatte, weil Stoker mit dringenden und wichtigen Aufgaben beschäftigt war.

Diese Morde würden zwangsläufig Schlagzeilen machen, und es gab keine Möglichkeit, das zu verhindern. Je mehr sie die Sache unter der Decke zu halten versuchten, desto schlimmer würde es aussehen. Bestimmt fragten sich die Bewohner der Nachbarhäuser bereits, was da vor sich ging. Jeden Augenblick konnte jemand kommen, um seine Neugier zu befriedigen, und die ersten Journalisten würden dann nicht lange auf sich warten lassen. Pitt mochte sich gar nicht vorstellen, was Frank Laurence schreiben würde, von den Horden seiner Kollegen ganz zu schweigen.

Als Brundage fort war, nahm Pitt alle Kräfte zusammen und sah sich die Leichen noch einmal genauer an. Sicherlich würde der Polizeiarzt als einer der Ersten eintreffen. Das gab Pitt eine halbe bis dreiviertel Stunde, um sich in Ruhe einen genaueren Überblick zu verschaffen.

Er fing mit Elfrida an, weil er vermutete, in ihrem Fall mehr Schlüsse ziehen zu können als in Cleos. Ganz offensichtlich hatte Cleo in der Küche gearbeitet. Da es aber keine Hinweise auf die Zubereitung von Speisen gab, war sie weder kurz vor noch während oder kurz nach einer Mahlzeit umgebracht worden. Der Arzt würde vermutlich eine ziemlich genaue Einschätzung des Tatzeitpunkts liefern können.

Widerstrebend kehrte er an den Fuß der Treppe zurück. Während er auf die gekrümmt am Boden liegende Elfrida sah, verscheuchte er wütend die Fliegen, die aber schon nach Sekunden zurückkehrten. Der Versuch, sie zu vertreiben, war von geradezu lachhafter Sinnlosigkeit. Er nahm sich vor, aus dem Wäscheschrank ein Laken zu nehmen und die Leiche damit zu bedecken, sobald er mit seiner Untersuchung fertig war. Ihm war klar, dass er das eher um seinet- als um ihretwillen tat, denn was konnte sie schon davon haben?

War Elfrida die Treppe herabgekommen, vielleicht, weil sie Cleo hatte schreien hören? Oder hatte sie nach oben gewollt, in dem Versuch, zu entkommen, Sophia zu warnen oder sie gar zu verteidigen?

Pitt fragte sich, wie der Täter ins Haus gekommen sein mochte. An der Haustür gab es keine Hinweise auf ein gewaltsames Eindringen, und keins der Fenster schien aufgebrochen worden zu sein, weder hinten noch vorn. Hatte ihn eine der Frauen eingelassen? Wo – an der Haustür oder an der Hintertür?

Während er auf die Tote sah, versuchte er sich die Szene vorzustellen. Sie lag leicht zur Seite geneigt, der Kopf einige Stufen höher als die Füße. Also war sie wohl auf dem Weg nach oben gewesen. Vermutlich hatte sie sich zu ihrem Mörder umgewandt. Wäre sie abwärts gegangen, wäre sie anders gefallen. Sofern sie den Täter kannte – war sie erst davongelaufen, als er Cleo getötet hatte? Wenn sie bei seinem Auftauchen sofort Angst gehabt hätte, wäre sie doch sicher zur Haustür hinausgestürzt und hätte um Hilfe gerufen.

Ob Sophia die Täterin war? Aber wo war sie dann? Geflohen? Oder hatte man sie an einen anderen Ort gebracht? War auch sie tot, und man hatte ihre Leiche fortgeschafft?

Er ging nach oben und nahm zwei Laken aus dem Wäscheschrank. Nachdem er eines über Elfrida gebreitet hatte, suchte er erneut die Küche auf und zwang sich, Cleo genauer anzusehen.

Auf ihrem Gesicht lag ein geistesabwesender Ausdruck, so, als sei mit dem Blut, das jetzt den Fußboden bedeckte, alles Empfinden daraus verschwunden. Wieder musste er seine Wut auf die Fliegen unterdrücken und sich alles so genau wie möglich ansehen: die Art, wie die Tote im Verhältnis zum Tisch, zum Herd und zur Tür dalag, ihre Kleidung. Er musste so viel wie möglich erschließen.

Ein Bein lag verdreht halb unter ihr. Sie musste sich also umgewandt haben. Er überlegte, in welche Richtung sie geblickt hatte, als sie fiel – offenbar zur Hintertür. Hatte sie dort hinauslaufen wollen, oder war der Täter auf diesem Weg ins Haus gelangt?

Aufmerksam betrachtete er die wenigen Gegenstände, die am Boden lagen: ein Holzlöffel, ein Küchentuch, eine in zwei Teile zerbrochene Porzellanschüssel. Auf den Dielen war Eigelb verschüttet, das inzwischen eingetrocknet war. Offenbar hatte sie im Begriff gestanden, etwas zuzubereiten. Alles andere, was sie dazu benötigt hätte, befand sich wohl noch in der Speisekammer. Vermutlich hatten sich die Frauen während einer ruhigen Stunde des Tages mit einfachen Verrichtungen beschäftigt, als plötzlich und gewaltsam der Tod über sie gekommen war, möglicherweise ohne jede Vorankündigung.

Weitere zwanzig Minuten vergingen, bis die Beamten des örtlichen Reviers zusammen mit dem Arzt eintrafen, sodass die offizielle Untersuchung beginnen konnte. Außer einigen Hinweisen auf eine leichte Gegenwehr der Opfer hatte Pitt nichts weiter entdeckt. Der Holztisch im Vestibül wies eine frische Einkerbung auf, aber die hätte jeder dort verursachen können. Außerdem hatte er in der Gardine am Fenster neben der Haustür einen kleinen Riss entdeckt sowie drei weitere sauber geflickte, was die Vermutung nahelegte, dass dieser neu war. Das allerdings konnte alles und nichts bedeuten.

Nachdem sich Inspektor Latham, ein hochgewachsener hagerer Mann, vorgestellt hatte, sah er sich in der Küche um. Beim Anblick der mit einem Laken zugedeckten Leiche räusperte er sich, als wolle er etwas sagen, unterließ es dann aber und nickte Dr. Spurling zu. Dieser begrüßte Pitt flüchtig, beugte sich über die Tote, deckte sie auf und machte sich an die Untersuchung.

»Danke, Sir«, sagte Latham zu Pitt. »Das ist ja wirklich ekelhaft.« An seinem melancholischen Gesicht ließen sich seine Empfindungen leicht ablesen. »Ab jetzt kümmern wir uns darum. Es wäre aber gut, wenn Sie uns sagen könnten, was Sie wissen, bevor Sie gehen. Die Frauen sind nicht von hier – wer sind sie also? Das Haus gehört der Familie des Bankiers Barton Hall und wird von ihr vermietet. Wenn ich mich richtig erinnere, hat seine Frau es mit in die Ehe gebracht.« Er schüttelte den Kopf. »Wirklich ekelhaft.«

Mit wenigen Worten setzte Pitt ihn über Sophia Delacruz und ihre Mission in England ins Bild.

Latham schüttelte den Kopf. »Ach du meine Güte! Wir melden uns bei Ihnen, wenn wir etwas herausbekommen haben. Als Erstes werden wir alle Nachbarn befragen – ein halbes Dutzend von denen steht schon neugierig vor dem Haus. Wir halten Sie auf dem Laufenden. Sobald wir einen Hinweis auf diese Sophia Delacruz haben, geben wir Ihnen Bescheid.« Er nickte zum Zeichen, dass Pitt gehen könne. Das war diesem mehr als recht.

Es war spät, als Pitt müde heimkehrte. Charlotte wusste bereits von den Morden in der Inkerman Road; die Nachricht davon hatte sich wie ein Lauffeuer in der Stadt verbreitet, und die Abendzeitungen hatten darüber berichtet. Er brauchte ihr weder Einzelheiten zu sagen, noch was er beim Anblick der beiden Frauenleichen empfunden hatte; sie kannte ihn gut genug, um sich das vorstellen zu können.

Am nächsten Morgen brachten sämtliche Presseorgane die Geschichte in allen Abstufungen des Entsetzens, würdevoll und mit Abscheu die seriösen Zeitungen, voll greller Blutrünstigkeit die auf die niederen Instinkte zielenden Blätter des East End. Allen gemeinsam waren Spekulationen über eine Racheaktion aus religiösen Gründen und das Bedauern darüber, dass ein solches Verbrechen an ausländischen Besuchern verübt worden war. Allenthalben wurde vernichtende Kritik an der Polizei geübt. Es wunderte Pitt nicht, dass die sich erbittert dagegen verwahrte, und es war ihm mehr als peinlich, dass der Staatsschutz so kläglich versagt hatte, nachdem man ihm unter Hinweis auf die möglichen Gefahren nachdrücklich ans Herz gelegt hatte, dafür zu sorgen, dass Sophia Delacruz unbehelligt blieb.

Auf den ersten Blick war der von Frank Laurence verfasste Artikel in der *Times* weniger unbarmherzig als befürchtet. Beklommen begann Pitt ihn zu lesen und stieß einen Seufzer der Erleichterung aus, als er damit zu Ende war. Dann warf er über den Frühstückstisch hinweg einen Blick auf Charlotte und sah ihren Gesichtsausdruck.

»Hast du es gelesen?«, fragte er sie.

Sie nickte betrübt. Er sah sie eine Weile wortlos an und begriff nach und nach. Zwar hatte der Mann keine offene Kritik geübt, was nahegelegen hätte, dafür aber schneidender formuliert als seine Kollegen, auf Sonderbarkeiten hingewiesen und zusätzliche Informationen über Sophia Delacruz und den Kern ihrer ganz besonderen Lehre eingefügt. Sein Artikel zeigte in aller wünschenswerten Deutlichkeit, warum es ihr gelang, die etablierte bürgerliche Gesellschaft aus ihrer selbstgefälligen Ruhe aufzuschrecken. Er stellte Fragen, die sich in keinem der anderen Artikel fanden, und erregte damit eine Art von Aufmerksamkeit, bei der man nicht recht wusste, ob man lachen oder erschauern sollte.

Am Schluss wurde der Leser an die grundlegenden Veränderungen erinnert, zu denen es im Laufe des letzten halben Jahrhunderts gekommen war. Die Wissenschaft hatte den Menschen zwar neue Welten erschlossen, aber zugleich auch die Grundlagen der alten erschüttert.

> Durch den wissenschaftlichen Fortschritt fällt es vielen von uns schwer, nach wie vor zu glauben, dass man die Bibel wörtlich nehmen darf. Sofern die dort verkündete Wahrheit im übertragenen Sinne zu verstehen ist – wer soll sie uns dann auslegen? Die Wissenschaft ist unvoreingenommen. Sie bietet uns weder Hilfe in der Not noch Gnade oder Trost, und sie erhebt auch nicht den Anspruch, eine moralische Autorität zu sein. Die Starken überleben. Aber

die Starken sind nicht zwangsläufig mutig, weise, gütig oder witzig, sind nicht unbedingt Menschen, die wir lieben. Warum hat Sophia Delacruz die Menschen mit ihrer Botschaft so sehr verängstigt und verärgert? Ist es mit uns so weit gekommen, dass wir die ermorden, die wir nicht verstehen?

Dieser Artikel würde von einflussreichen Männern gelesen und in Erinnerung behalten werden, die die Macht besaßen, Pitts Position in Frage zu stellen. Er konnte nichts von dem bestreiten, was Laurence geschrieben hatte.

Charlotte schwieg eine Weile und fragte dann leise: »Hat er damit recht, Thomas? Ist es mit uns wirklich dahin gekommen, dass wir alles in Zweifel ziehen? Mir ist bewusst, dass Gewalttätigkeit und Armut im Lande schrecklicher sind denn je. Aber war das nicht schon immer irgendwie schlimm?«

Was konnte er ihr darauf antworten, ohne sie zu belügen? Welche Möglichkeit gab es, sie zu trösten. ohne ihr Gefühl von Sicherheit und Vertrauen zu zerstören, indem er ihr die Wahrheit sagte?

»Ich weiß nicht, ob ich glaube, was uns die anglikanische Kirche lehrt. Es ist unzulänglich und legt einen Schleier über alle Fragen, die mir wichtig sind. Zur Antwort bekomme ich entweder die Erklärung, dass es sich um ein göttliches Geheimnis handelt, das ich ohnehin nicht verstehen würde, oder es heißt einfach, und das ist die häufigste Antwort, dass ich das gar nicht zu wissen brauche. Jemima hat Reverend Jameson vor einem Monat einige Fragen gestellt und zur Antwort bekommen, sie solle einfach gehorsam und freundlich sein, mehr sei nicht nötig.«

Pitt konnte sich die Szene gut vorstellen und ebenso, wie das Mädchen auf diese Antwort reagiert hatte.

»Wahrscheinlich hat der Ärmste selbst keine Ahnung«, sagte er, nicht ohne Mitgefühl. Er kannte Jemimas verheerend direkte Art.

»Dann hätte er das auf jeden Fall auch sagen müssen«, erklärte Charlotte fest. »Aber hat dieser Frank Laurence recht mit dem, was er schreibt, Thomas? Untergräbt Sophia Delacruz, ob mit Absicht oder nicht, das Fundament der Kirche und damit auch das des Throns? Die Königin ist als Verteidigerin des Glaubens das offizielle Oberhaupt der englischen Staatskirche. Meinst du, dass Sophia je auch nur an diesen Aspekt gedacht hat?« Sie biss sich auf die Lippe. »Oder ist sie genau darauf aus?«

»Das wäre ein Grund, sie zum Schweigen zu bringen«, räumte er bedrückt ein. Zwar wollte er diesen Gedanken nicht näher verfolgen, doch genau das war seine Aufgabe. »Das ist aber auf keinen Fall der richtige Weg!«

»Sollte man überhaupt zulassen, dass jemand sie zum Schweigen bringt?«, fuhr Charlotte fort. »Und wenn sie nun recht hätte? Wenn sie nicht daran denkt, sich zum Schweigen bringen zu lassen – außer durch Gewalt?«

»Zum Glück muss nicht ich darüber entscheiden«, sagte Pitt mit aufrichtiger Dankbarkeit in der Stimme.

»Und wenn du das müsstest?«, ließ sie nicht locker.

»Ich weiß nicht, was ich glaube.« Es fiel ihm schwer, das zu sagen. »Ich wünschte, es wäre für mich so einfach, wie es für meine Mutter war. Sie war im Glauben gefestigt. Man konnte das ihrem Gesicht, ihren Augen ansehen. Das ist alles, woran ich mich bei ihr genau erinnern kann. Manchmal erkenne ich sie einen kurzen Augenblick in Jemima, obwohl die eigentlich eher so aussieht wie du. In der Art, wie sie den Kopf wendet, in einem bestimmten Ausdruck, den sie manchmal hat. Vielleicht bilde ich mir das auch nur ein, weil ich gern bestimmte Fehler wiedergutmachen würde, wofür es, genau genommen, zu spät ist.« Er lächelte verlegen und spürte, wie Charlotte seine Hand ergriff und sanft drückte.

Im Büro wartete Brundage bereits auf Pitt. Kaum hatte er das Wenige berichtet, was er von Lathams Leuten über den Fall erfahren hatte, kam auch Stoker hinzu. Sein gewöhnlich düsteres, knochiges Gesicht wirkte noch finsterer als sonst. Er nickte Brundage zu und sagte dann zu Pitt: »Spurling, der Polizeiarzt, konnte uns nichts sagen, was uns weiterhelfen würde. Die Obduktion hat ergeben, dass beide Frauen wohl durch den Täter überrascht wurden. Die erste in der Küche hatte nicht die Spur einer Möglichkeit, ihm zu entgehen. Bei der älteren an der Treppe sieht es so aus, als hätte sie zu fliehen versucht. Beide haben sich so gut wie nicht zur Wehr gesetzt. Es gibt keinerlei Verletzungen, die das Gegenteil vermuten lassen. Es sieht ganz so aus, als ob die bedauernswerten Geschöpfe den Angreifer kannten. Immerhin steht fest, dass der Schweinehund sie nicht bei lebendigem Leibe aufgeschlitzt hat.« Auf Stokers Gesicht lag eine so grenzenlose Wut, wie Pitt sie bei ihm noch nie gesehen hatte. Mit einem Mal musste er daran denken, dass Cleo Robles, die jüngere der beiden, herrliches kastanienbraunes Haar gehabt hatte, ähnlich wie Kitty Ryder, nach der sie erst vor einem Jahr so lange gesucht hatten und die Stokers Herz so sehr erwärmt hatte. Diese Seite hatte Pitt an ihm gar nicht gekannt.

»Wir müssen diese Schweinehunde unbedingt aufspüren«, stieß Stoker zornentbrannt hervor. »Mir ist es egal, ob die ihrer Ansicht nach damit einen Kreuzzug für ihre religiösen Überzeugungen führen oder was sie überhaupt glauben. Das hier war nichts anderes als brutaler Mord.«

»Wir kriegen die und sorgen dafür, dass ihnen der Strang nicht erspart bleibt, Sir«, sagte Brundage. »Ich weiß nicht, ob das hilft oder nicht, aber der Fall hat in der Öffentlichkeit eindeutig einen Aufschrei der Empörung ausgelöst.«

Pitt presste die Lippen zusammen. »Ich weiß. Wahrscheinlich wird sich einer von uns gründlich mit all den verrückten Verfassern dieser Drohbriefe beschäftigen müssen, um zu sehen, wer von denen gemeingefährlich und wer nur nicht ganz richtig im Kopf ist.«

»Das übernehme ich«, sagte Brundage eifrig. »Ich würde denen am liebsten einen Schreck einjagen, den sie ihr Leben lang nicht vergessen. Die sollen glauben, dass ich sie für diejenigen halte, die den Frauen den Bauch aufgeschlitzt haben. Dann werden sie das Maul nicht mehr so schnell aufreißen.«

Bei dieser Vorstellung trat ein Lächeln auf Stokers Züge, was nicht oft vorkam.

»Sie sollten aber bedenken, dass manche von denen womöglich achtbare Bürger sind«, gab Pitt voll Bitterkeit zu bedenken. »Religiöse Verbohrtheit kennt keine Grenzen. Wenn Sie daran zweifeln, sollten Sie sich in Erinnerung rufen, was hier im Lande während der Reformation geschehen ist – da haben wir eine ganze Reihe von Menschen wegen ihres Glaubens auf dem Scheiterhaufen verbrannt.«

»Wir?«, fragte Stoker mit erstauntem Blick.

»Ja, ›wir‹«, bekräftigte Pitt.

Es klopfte, und ein junger Mann mit bleichem Gesicht und weit aufgerissenen Augen steckte den Kopf zur Tür herein.

»Was gibt es, Carter?«, erkundigte sich Pitt.

»Mr. Teague ist hier, Sir«, gab ihm Carter atemlos Auskunft. »Dalton Teague. Er möchte mit Ihnen sprechen, Sir.«

Selbst Stoker schien beeindruckt zu sein.

Pitt verstand das. Dalton Teague war ein Volksheld. Er hatte in vielen Sportarten Hervorragendes geleistet, aber im Cricket war er unübertroffen gewesen. Sein Spiel war nicht nur gewandt und so erfolgreich, dass er kaum je verlor, sondern zugleich von einer solchen Eleganz, dass es eine Freude war, ihm zuzusehen. Er verkörperte alles, worum es bei diesem Sport ging: Mut, Ehrgefühl und Fairness. Pitt erinnerte sich, ihn bei Sophias Vortrag gesehen zu haben und dass ihn das überrascht hatte. War er jetzt etwa gekommen, um seinen Einfluss bei der Suche nach ihr geltend zu machen? Als täten sie nicht ohnehin schon alles, was in ihren Kräften stand! Gerade jetzt bewarb sich der Mann um einen Sitz im Unterhaus. Ihm als Vertreter der Konservativen musste alles, wofür Sophia Delacruz stand, zwangsläufig verabscheuungswürdig sein.

»Was zum Kuckuck will der von uns?«, stieß Pitt aufgebracht hervor. In diesem Augenblick fühlte er sich weder in der Stimmung noch in der Lage, einen Volkshelden zu empfangen. Vergeblich suchte er nach einer Ausrede, mit der er sich ihm entziehen konnte. Nachdem er abwechselnd Stoker und Brundage angesehen hatte, sagte er resigniert: »Lassen Sie ihn hereinkommen.«

Nahezu im gleichen Augenblick tauchte Teague in der Tür auf. Er sah nicht nur blendend aus, sondern schien auch mit seinem blonden Haar und dem hellen Anzug geradezu das Licht mit hereinzubringen.

Pitt erhob sich und sah ihn mit kühlem Blick an. »Guten Morgen, Mr. Teague. Was können wir für Sie tun?«, sagte er und hielt ihm die Hand hin.

Teague schüttelte sie mit eisenhartem Griff und nahm im nächstbesten Sessel Platz. Er begrüßte weder Brundage noch Stoker – nicht etwa, weil er sie nicht gesehen hätte, sondern weil er es gewohnt war, Dienstboten und andere untergeordnete Personen nicht zur Kenntnis zu nehmen.

»Schön, dass Sie Zeit für mich haben«, sagte er lässig. Sein Gesicht war von der Sonne gebräunt.

»Ich vermute, dass Sie niemanden ohne bestimmten Grund aufsuchen, beschäftigt, wie Sie sind«, sagte Pitt, den es Mühe kostete, ein freundliches Gesicht zu machen.

»So ist es«, bestätigte Teague. »Lassen Sie mich also zur Sache kommen. Es geht um den Mord an den Frauen aus Angel Court und um das Verschwinden von Sophia Delacruz. Ich stehe ihrer Lehre alles andere als bejahend gegenüber; ich halte sie, offen gesagt, für lachhaft. Aber als Engländer wünsche ich, dass ihr hier in meinem Land nichts zustößt. Ich bin bereit, alles zu tun, was nötig ist, um sie zu finden, und, sofern es nötig ist, daran mitzuwirken, sie aus den Klauen derer zu befreien, die dahinterstecken.« Er lächelte und hob die Hand, als wolle er Pitt daran hindern, ihm ins Wort zu fallen.

»Mir stehen beträchtliche Mittel zur Verfügung«, fuhr er fort. »Möglicherweise ist Ihnen nicht bekannt, wie weit mein Einfluss geht, aber ich kann Dutzende von Männern aus dem Londoner Umland aufbieten, die alles tun werden, um nach Señora Delacruz zu suchen. Sicherlich haben Sie nicht beliebig viele Leute zur Verfügung, da Sie für weit mehr als diese erbärmliche Geschichte zuständig sind.« Mit einem trüben Lächeln fügte er hinzu: »Die Welt ist weiß Gott aus den Fugen geraten und steht vor einer Katastrophe. Selbst Amerika, das ich bisher stets für ein denkbar vernünftiges und idealistisches Land hielt, führt jetzt an den verschiedensten Stellen Angriffskriege. Aber selbstverständlich ist Ihnen das bekannt. Das Land hat Spanien den Krieg erklärt, damit es Kuba an sich reißen kann, weil die Insel für die Vereinigten Staaten von strategischer Bedeutung ist. Dann ist Commodore Dewey mit seinem Asiengeschwader zu den Philippinen gedampft, um in der Bucht von Manila die Küstenbatterien unbrauchbar zu machen und die gesamte spanische Pazifikflotte zu vernichten. Gott allein weiß, wie viele Menschen dabei umgekommen sind.«

Er biss die Zähne zusammen. »Auf dem europäischen Kontinent herrscht Chaos. Der Teufel mag wissen, wie die verfluchte Dreyfus-Affäre ausgeht. So wie die Dinge liegen, wird entweder die Regierung oder die militärische Führung darüber stürzen. Unterdessen vegetiert Dreyfus, ob schuldig oder nicht, als Gefangener auf der Teufelsinsel dahin.«

Pitt holte Luft, doch bevor er etwas sagen konnte, sprach Teague weiter: »Frankreich liegt zwar ganz in der Nähe, aber noch geht uns die Sache nichts an. Auf jeden Fall biete ich Ihnen jede mir mögliche Hilfe bei der Suche nach Señora Delacruz an.« Mit deutlich breiterem Lächeln fügte er hinzu: »Ich bin in bestimmten Kreisen nicht ganz ohne Einfluss. Dazu gehören einige Presseorgane, die ruhig einmal etwas Nützliches tun könnten, statt den Leuten wie sonst auf die Nerven zu gehen. Gestatten Sie mir, Ihnen zu helfen, Mr. Pitt. Es geht um unsere gemeinsame Sache.«

Es war das Letzte, womit Pitt gerechnet hätte. Er hatte den spontanen Impuls, das Anerbieten abzulehnen. Der Staatsschutz erledigte seine Aufgabe ohne die Mitwirkung Dritter. Die Zusammenarbeit mit der Polizei ließ sich nicht vermeiden und geschah unter stillschweigender Duldung. Doch noch während er überlegte, wie er seine Ablehnung formulieren könnte, erkannte er die Vorteile von Teagues Angebot. Die Lage war in der Tat verzweifelt, und er hatte bei Weitem nicht genug Leute, um außerhalb Londons nach jemandem suchen zu lassen, ob das Sophia Delacruz oder wer auch immer war. Welche weiteren Folgen eine Großfahndung hätte, wenn man die Frau tatsächlich fand, war eine andere Sache. Die Möglichkeit war nicht auszuschließen, dass man sie als gefährlich ansehen würde, eine in Gewaltverbrechen verwickelte Ausländerin, die mit Anarchisten unter einer Decke steckte. Ebenso gut aber konnte sie auch auf der Flucht sein, weil sie um ihr Leben fürchtete, was nur allzu verständlich war. Nach dem, was der Staatsschutz bisher geleistet hatte, gab es durchaus Gründe anzunehmen, dass er sie nicht schützen konnte oder wollte.

War es denkbar, dass sie selbst etwas mit der Ermordung Cleos und Elfridas zu tun hatte? Es war ein widerlicher und überdies, nach allem, was Pitt über sie wusste, ganz und gar unbegründeter Gedanke. Sofern sie ihre Mission aufgeben wollte, hätte es genügt, einfach davonzugehen.

In Dalton Teagues Gesichtszügen konnte man einen Anflug von Ungeduld erkennen. Ihm war bewusst, dass er recht hatte: Dem Staatsschutz standen nicht genug Leute zur Verfügung, um das ganze Londoner Umland nach einer Frau zu durchkämmen, die an jedem beliebigen Ort sein konnte. Inzwischen lag ihr Verschwinden über eine halbe Woche zurück – in dieser Zeit hätte sie fast nach Spanien zurückkehren oder sonst wohin reisen können.

Auf keinen Fall konnte Pitt es sich leisten, einen Mann wie Teague zu verärgern oder gar zu kränken. Nicht nur war Teague eine im ganzen Land berühmte und bewunderte Größe, er war auch mit der halben Aristokratie im Lande verwandt oder verschwägert und unermesslich reich. Ohnehin hatte sich Pitt bereits genug Feinde gemacht. Zwar hatte er der Königin das Leben gerettet, aber bedauerlicherweise im Kronprinzen, der in absehbarer Zukunft seiner alten und inzwischen auch kränklichen Mutter nachfolgen würde, einen erbitterten Todfeind.

»Danke, Mr. Teague«, sagte er also. »Das ist außerordentlich großzügig von Ihnen. Jede Information, die Sie dank Ihres bemerkenswerten Einflusses bekommen, wird uns selbstverständlich nützen.«

Teague entspannte sich ein wenig und legte die Arme, die zuvor leicht verkrampft gewirkt hatten, locker auf die Sessellehnen.

»Gut. Ich dachte mir, dass Ihnen eine Unterstützung willkommen wäre. Bevor ich meine Leute einsetzen kann, muss ich natürlich wissen, inwieweit das, was die Zeitungen berichten, der Wahrheit entspricht. Wir wissen ja, dass sich Journalisten gern etwas aus den Fingern saugen. Vor allem müsste ich erfahren, ob es etwas gibt, was man der Presse bisher vorenthalten hat.«

Pitt bemühte sich, seine Worte möglichst sorgfältig zu wählen. Ein Fehler, den er jetzt beging, ließe sich unter Umständen nicht wiedergutmachen.

»Angesichts der noch sehr unsicheren Beweislage wäre es verfrüht, Schlüsse zu ziehen, Mr. Teague. Sobald sich etwas zeigt, was bezüglich Ihres Eingreifens von Bedeutung sein kann, werde ich Ihnen eine Mitteilung zukommen lassen. Bisher ist lediglich bekannt, dass die beiden Frauen mindestens vierundzwanzig Stunden vor Auffindung der Leichen ermordet wurden und dass der Täter ihnen die übelsten Verletzungen erst nach dem Tod zugefügt hat.«

Teague beugte sich vor. »Ach, tatsächlich?« Er holte tief Luft und stieß sie langsam wieder aus. »Ein kleiner Trost«, sagte er leise und mit sonderbar teilnahmsloser Stimme. Lag das daran, dass er nichts empfand – oder war er im Gegenteil so von Gefühlen überwältigt, dass er nicht wagte, sie zu äußern? »Ist das eine vertrauliche Information, Mr. Pitt?«

»Es wäre mir lieb, wenn Sie das einstweilen für sich behalten würden«, antwortete ihm Pitt. Er sah dem Mann in die Augen und begriff, dass es sich um eine Testfrage gehandelt hatte. Am liebsten hätte er Teague eine Absage erteilt, aber er konnte auf dessen Unterstützung und Einfluss nicht gut verzichten. Zum Glück ging es hier nicht um ein Staatsgeheimnis. Doch Pitt schloss die Möglichkeit nicht aus, dass das Verschwinden von Sophia Delacruz der erste Schritt auf dem Weg zu einem Krieg mit Spanien sein könnte, eine Vorstellung, die ihn erschaudern ließ. Teague hatte recht – der Fall konnte noch weit schlimmere Folgen haben, als er gesagt hatte. Amerika brauchte einen Kanal, der den Atlantik mit dem Pazifik verband, und dafür natürlich auch die Kontrolle über das Gebiet um diesen Kanal herum, damit die mit einem solchen Projekt verbundenen Investitionen sicher waren. Nicht nur befand sich dieses Gebiet gegenwärtig im Besitz Spaniens, es war auch in Sprache, Kultur und Lebensweise spanisch geprägt.

Auf keinen Fall konnte England es sich leisten, in eine solche Auseinandersetzung hineingezogen zu werden.

Pitt rief sich zur Ordnung, als er merkte, dass seine Fantasie mit ihm durchging. Seine Gedanken jagten sich, und es überlief ihn abwechselnd heiß und kalt. Er musste sich zwingen, sich das nicht anmerken zu lassen. Er sah Teague mit erzwungenem Lächeln an.

»Ich weiß Ihre Unterstützung zu schätzen, Sir. Ich bin überzeugt, dass Ihr Einfluss sehr dazu beitragen wird zu erreichen, dass die Presse nicht mit gedankenlosen Spekulationen Panik auslöst. Noch sind wir dabei, den Aufenthaltsort der Angehörigen der Opfer zu ermittelt. Wenn wir ihnen dann den erlittenen Verlust mitteilen, würden wir gern gewisse Fortschritte vorweisen können.«

»Ich werde tun, was ich kann«, versprach Teague. »Am besten wäre es, wenn wir die ganze Geschichte zu einem schnellen Ende bringen könnten, indem wir feststellen, wo sich Sophia Delacruz aufhält, ob lebend oder tot, und den Entführer festnehmen – es sei denn, sie wäre aus freien Stücken fortgegangen. Aber ich nehme an, dass Sie diese Möglichkeit bereits erwogen haben.«

»Ja«, erwiderte Pitt, »und auch noch einige andere.«

»Sie meinen, ihre eigenen Leute könnten damit zu tun haben?« Teague verzog fragend das Gesicht. »Und warum? Ein

Machtkampf? Man sollte das eigentlich für unwahrscheinlich halten, aber, bei Licht besehen, ist ja ihr ganzes Leben unwahrscheinlich, nicht wahr?«

»Ja«, gab ihm Pitt recht, »bedauerlicherweise darf man die Möglichkeit nicht ausschließen. Wenn es um Vermisste geht, sind wir sehr auf Beobachtungen angewiesen, die uns die Bevölkerung mitteilt. Kein Mensch ist wirklich verschwunden, solange er lebt. Die Frau ist irgendwohin gegangen. Jemand muss ihr geholfen haben, ob wissentlich oder nicht. Außerdem muss jemand sie gesehen haben: ein Droschkenkutscher, Freizeitsegler auf der Themse, Verkäuferinnen oder Kellner, Zimmermädchen, Leute, die mit ihrem Hund draußen waren.«

»Ich verstehe.« Teague stand auf. »Es ist genau, wie ich dachte – eine Aufgabe für ein ganzes Heer von Leuten. Meine Mitarbeiter und Untergebenen stehen zu Ihrer Verfügung, Commander. Wie gesagt, ich werde tun, was ich kann. Ich will unbedingt, dass sie gefunden wird, um der Ehre unseres Landes willen. Ich werde Sie über alles, was ich erfahre, auf dem Laufenden halten, Sir. Guten Tag.« Diesmal warf er einen flüchtigen Blick zu Brundage und Stoker hinüber, ehe er mit eleganten Bewegungen aus der Tür trat, die Brundage hinter ihm schloss.

Stoker sprach als Erster. »Können wir uns darauf einlassen, Sir?«

Brundage, der sich nicht von der Stelle gerührt hatte, sagte mit geweiteten Augen: »Der ist ja tatsächlich … noch viel … größer, als ich gedacht hatte!«

»Es bleibt uns gar nichts anderes übrig«, beantwortete Pitt Stokers Frage. »Teague hat recht. Wir haben nicht genug Leute, um sie aufzuspüren, wenn sie noch lebt und sich frei bewegen kann. Es ist ohne Weiteres möglich, dass sie sich einfach dem Druck auf sie und den Erwartungen zu entziehen versucht, die man an eine Heilige stellt. Oder sie will ihren spanischen Ehemann verlassen und in England bleiben. In dem Fall wäre es für sie von Vorteil, erst einmal unterzutauchen, denn er könnte ja kommen, um nach ihr zu suchen oder sie gar mit Gewalt wieder nach Spanien zu bringen.«

Brundage sah ihn mit einer Spur von Enttäuschung an. »Glauben Sie das, Sir?«

»Nein«, gab Pitt mit Schärfe in der Stimme zurück. »Aber ich muss jede Möglichkeit in meine Erwägungen einbeziehen.«

Mit gehobenen Augenbrauen sagte Stoker: »Und um das zu bewerkstelligen, hat sie ihre beiden Weggefährtinnen umgebracht, mit denen sie schon lange befreundet war? In dem Fall ist sie eine gemeingefährliche Irre, die wir unbedingt finden und an den Galgen bringen müssen.«

Pitt beherrschte sich mühsam. »Das nehme ich nicht an, Stoker. Aber es ist Aufgabe des Staatsschutzes, seine Kräfte zum Schutz des Landes vor allem einzusetzen, was die Sicherheit desselben wie auch der Regierung gefährden könnte, aus welcher Richtung auch immer es kommt. Wir suchen uns nicht aus, welches Ergebnis uns am liebsten wäre, wir suchen nach der Wahrheit, und wenn wir sie gefunden haben, tun wir, was richtig ist. Wir arbeiten mit der Polizei zusammen und hoffen, dass sie mit uns zusammenarbeitet.«

»Aber Dalton Teague?«

»Gerade jetzt bietet er uns seine Unterstützung an, die uns unter Umständen nützt, und wir dürfen sie nicht ablehnen, denn wir können es uns nicht leisten, jemanden wie ihn zum Feind zu haben.«

Als Pitt am Abend Lady Vespasia aufsuchte, um sie in Bezug auf Dalton Teague um Rat zu fragen, war er weit weniger zuversichtlich, als er sich seinen Mitarbeitern gegenüber gegeben hatte. Da sie mittlerweile mit seinem einstigen Vorgesetzten

Narraway verheiratet war, würde er ihn mit großer Wahrscheinlichkeit ebenfalls dort antreffen.

Dieser hatte nach der Eheschließung seine gesamte Habe aus seiner Stadtwohnung in einen Flügel von Lady Vespasias großem und geschmackvoll eingerichtetem Haus in einem der besten Viertel der Stadt schaffen lassen. Pitt waren bereits hier und da Unterschiede gegenüber früher aufgefallen. Zwar hatte sich Narraway ein eigenes Arbeitszimmer eingerichtet, aber die herrlichen Zeichnungen aus seinem – inzwischen Pitts – Büro in Lisson Grove schmückten jetzt die Wände von Lady Vespasias zum Garten hin gelegenen Salon. Die Bäume, die darauf zu sehen waren, wirkten dort ebenso natürlich wie der zweite Sessel, der seit einiger Zeit ihrem gegenüber am Kamin stand. Er wirkte mit seinem dunkleren Sitzbezug weniger feminin, passte sich aber genau den Farben des Raumes an und verlieh ihm eine andere Gewichtung.

Statt wie sonst Lady Vespasias Mädchen ließ ihn Narraways Diener ein, der mittlerweile die Funktion eines Butlers ausübte. Lächelnd stellte sich Pitt vor, zu welchen Veränderungen es im Dienstbotentrakt gekommen sein musste, als das Personal zweier Haushalte zusammengelegt wurde und beide Seiten genötigt waren, Enttäuschungen und ehrgeizige Pläne nicht deutlich werden zu lassen. Die Fragen des Vorrangs, die Abstimmung in der Küche – er wagte gar nicht, im Einzelnen daran zu denken.

Lady Vespasia begrüßte ihn sichtlich erfreut, als er in den Salon geführt wurde.

»Guten Abend, Thomas. Sicher bist du müde und abgespannt. Möchtest du Tee oder Whisky? Ich habe einen hier, den Victor als ganz hervorragend rühmt.« Sie lächelte, wobei eine kaum wahrnehmbare Röte auf ihren Wangen lag. In der Blüte ihrer Jahre hatte sie als die schönste Frau Europas gegolten. Inzwischen hatte zwar die Zeit auch auf ihren Zügen

Spuren hinterlassen, doch sie zeigten, dass sie Leid stets mit Anmut und nie mit Bitterkeit ertragen und trotz aller Widrigkeiten das Lachen nicht verlernt hatte, kurz, sie zeugten von der Erfahrung eines langen Lebens. Pitts Ansicht nach war ihre Schönheit ausgeprägter denn je.

»Tee wäre großartig, vielen Dank. Das gibt mir auch Zeit, meine Gedanken zu ordnen und dir die Fragen zu stellen, auf die es ankommt.« Er setzte sich neben sie, nicht ihr gegenüber, denn er hoffte, dass Narraway da war oder bald kommen und sich zu ihnen gesellen würde.

Lady Vespasia griff nach der kleinen silbernen Glocke auf dem Tisch, läutete nach dem Mädchen und bat um Tee.

Als das Mädchen gegangen war und die Tür lautlos hinter sich geschlossen hatte, sah Vespasia Pitt erwartungsvoll an.

In knappen Worten berichtete er ihr vom Verschwinden von Sophia Delacruz und der Entdeckung ihrer beiden auf widerliche Weise getöteten Anhängerinnen, die sie allem Anschein nach begleitet hatten – ob freiwillig oder unter Zwang, sei nicht klar.

Mit ernster Miene hörte sie ihm zu, ohne ihn zu unterbrechen, bis er seinen Bericht beendet hatte und offensichtlich auf ihre Äußerung wartete.

»Du neigst also zu der Annahme, dass man sie gegen ihren Willen fortgebracht hat, kannst dir aber keinen Grund dafür denken?«, fasste sie zusammen.

Er schüttelte den Kopf. »Ich glaube nicht, dass ich das so gesagt habe. Ich weiß nicht, ob sie tief und aufrichtig von ihrer Sendung überzeugt oder eine Hochstaplerin ist. Ich weiß nicht, ob man sie entführt hat oder sie aus freien Stücken davongegangen ist, im vollen Bewusstsein des Aufsehens, das sie damit in der Öffentlichkeit erregen würde – oder ohne auch nur einen Gedanken daran. Ich weiß nicht, ob sie sich über uns ins Fäustchen lacht oder ob sie verängstigt ist, gehetzt wird, man sie möglicherweise ergriffen und gefoltert hat. Ich weiß nicht einmal, ob sie überhaupt noch lebt!« Er sah Lady Vespasia unverwandt an. »Wie bist du überhaupt auf den Gedanken gekommen, ich könnte das so meinen, wie du es aufgefasst hast?«

»Durch deine Wortwahl, mein Lieber«, sagte sie freundlich. »Du schätzt sie als aufrichtig ein, wenn auch womöglich irregeleitet, und du fürchtest, dass sie entweder in großer Gefahr schwebt oder bereits tot ist.«

Lady Vespasia gegenüber hatte er immer mit offenen Karten gespielt, und er dachte nicht daran, es jetzt anders zu halten. Wie schon so oft in der Vergangenheit hatte sie ihn auch jetzt richtig eingeschätzt, besser als er sich selbst.

»Ich fürchte, es geht dabei um weit mehr als die Tragödie einzelner Menschen«, fuhr er fort. »Der Staatsschutz hat in den Augen der Öffentlichkeit versagt, als es darum ging, Menschen zu schützen. Viele Presseleute sind überzeugt, dass unsere Dienststelle überflüssig ist, und sie werden uns nichts durchgehen lassen.«

Die Achtung, die sie vor ihm empfand, verbot es ihr, ihm zu widersprechen. Stattdessen lächelte sie mit ihren silbergrauen Augen und sagte: »Ich habe den Artikel gelesen, den Mr. Laurence zu dem Thema geschrieben hat. Ich weiß nicht, ob mir der Mann liegt oder nicht. Ich habe ihn nie gesehen, und vielleicht fände ich eine Begegnung mit ihm reizvoll. Doch andererseits ist man bei einer solchen Begegnung oft ernüchtert. Es würde mich sicherlich zutiefst enttäuschen, wenn er nur auf Papier geistreich und in Wahrheit ein ausgemachter Langweiler wäre.«

»Das ist er nicht«, erwiderte ihr Pitt, »aber er kennt kein Erbarmen.«

»Das versteht sich von selbst. Schließlich ist er Journalist. Ganz gleich, wie unterhaltsam er sein mag, bist Du doch sicher so vernünftig, ihm nicht über den Weg zu trauen?« Ein Anflug von Besorgnis trat bei diesen Worten in ihre Augen. »Mach ihn dir für deine Zwecke zunutze, mein Lieber, aber sieh zu, dass er nie die Oberhand gewinnt, sonst hast du verloren.«

Das Eintreten Victor Narraways, den vermutlich einer der Dienstboten von Pitts Anwesenheit unterrichtet hatte, ersparte es Pitt vorerst, weitere Fragen beantworten zu müssen. Auf dem Teetablett, das das Mädchen hereinbrachte, kaum dass Narraway da war, standen bereits drei Tassen.

Narraway war mittelgroß und eher hager als schlank, doch Pitt hatte mehrfach Gelegenheiten gehabt festzustellen, dass der Mann weit kräftiger war, als es den Anschein hatte. In seinen Anfängen, zur Zeit des Sepoy-Aufstands in Indien, der über vierzig Jahre zurücklag, hatte er als Kavallerist im Heer gedient und sich dabei ausgezeichnet. Anschließend war er in verschiedenen Geheimdiensten tätig gewesen und dabei von Stufe zu Stufe befördert worden, bis er die Leitung der Abteilung übernahm, an deren Spitze nun seit kurzer Zeit Pitt stand.

»Ich hatte mich schon gefragt, ob Sie im Zusammenhang mit der Geschichte hier aufkreuzen«, sagte Narraway, gleich nachdem er den Raum mit einem kurzen Blick zu Lady Vespasia betreten und in seinem Sessel am Kamin Platz genommen hatte.

Pitt sah ihn überrascht an. Seine Bekanntschaft mit Lady Vespasia war sehr viel älter als die Narraways, und er hatte miterlebt, wie zwischen den beiden nach und nach eine Freundschaft entstanden war, die sich im Laufe der Zeit immer mehr vertieft hatte. Er schätzte Narraway sehr. Zwischen ihnen bestand eine gegenseitige Achtung und Gleichgesinntheit, aber die Zuneigung, die er für Vespasia empfand – und das Wort war keineswegs übertrieben –, berührte ihn tief in der Seele.

Sollte Narraway Vespasia je verletzen, und sei es unabsichtlich, würde Pitt ihm das nie verzeihen können. Sie war einige Jahre älter als Narraway. Aller Mut, all ihre Weisheit und all ihr Stolz änderten nichts daran, dass sie sehr verletzlich war. Niemand, der ihr gegenwärtiges Glück trübte, würde sich Pitts Zorn entziehen können.

Er dankte dem Mädchen, als sie ihm Tee eingoss und einen Teller mit einem winzigen Stück des köstlichen Biskuitkuchens mit Schokoladenguss danebenstellte, den er von früheren Besuchen her kannte. Er musste daran denken, es nicht mit einem Bissen aufzuessen.

»Hat Barton Hall Ihrer Ansicht nach etwas mit der Sache zu tun?«, fragte Narraway, während er sich behaglich zurücklehnte und die Beine übereinanderschlug. Er war von einer natürlichen Eleganz, die Pitt nie würde erreichen können. Dank seiner Herkunft und seines Bildungsgangs besaß er eine Selbstsicherheit, die sich durch nichts Angelerntes nachahmen ließ.

»Die Wahrscheinlichkeit ist zu groß, als dass man diese Frage übergehen dürfte«, gab Pitt zurück. Damit wollte er einer Antwort nicht ausweichen, sondern möglichst genau sagen, was er meinte, und auf diese Weise erreichen, dass auch die darin mitschwingenden Untertöne verstanden wurden.

Narraway machte ein bedenkliches Gesicht. »Ist Ihnen klar, wie wichtig der Mann ist, Pitt? Nicht gesellschaftlich, aber in Bankenkreisen.«

»Er leitet eine der kleineren Privatbanken, die sich um die Geldangelegenheiten hochstehender Persönlichkeiten kümmern«, gab Pitt zurück und überlegte, worauf Narraway wohl hinauswollte. »Speziell um die der anglikanischen Kirche und der königlichen Familie. Ich bin überzeugt, dass er Sophia als ausgesprochen peinlich empfindet. Die meisten großen

Familien würden ebenso reagieren – aber ich kann mir trotzdem nicht vorstellen, dass er sie oder ihre Anhängerinnen entführen würde, ganz gleich, was er von ihren religiösen Vorstellungen hält. Ich gebe zu, dass ich mich gefragt hatte, ob er wohl versuchen würde zu erreichen, dass man sie festsetzt. Das spielt jetzt allerdings keine Rolle mehr. Ich hatte nur selten mit zwei so widerwärtigen Mordfällen zu tun wie jetzt in der Sache mit den beiden Frauen in der Inkerman Road.«

Nach einem raschen Blick zu Lady Vespasia sah Narraway erneut Pitt an und sagte: »Sie denken auf der Gefühlsebene. Überlegen Sie einmal, was das Ganze in finanzieller Hinsicht bedeutet.«

»Inwiefern?« Pitt bemühte sich vergeblich, die innere Anteilnahme aus seiner Stimme herauszuhalten. Er hörte selbst den Abscheu und die lähmende Angst darin. »Falls Sie mich damit fragen wollen, ob ich annehme, dass er auf irgendeine Weise mit den Morden zu tun hat, muss ich ganz entschieden Nein sagen. Doch selbst wenn das der Fall wäre, würde sich die Bank binnen weniger Stunden öffentlich und mit allem Nachdruck von ihm distanzieren.«

»Kein Zweifel«, stimmte ihm Narraway zu. »Aber jede Art von Skandal ist schlecht für das Bankgeschäft, dessen Grundlage Vertrauen und noch einmal Vertrauen ist. Geld ist letzten Endes ein reines Gedankenkonstrukt, ein Stück Papier, das für wirkliche Vermögenswerte oder das Vertrauen darauf steht, dass es solche Werte gibt. Zerstört man dieses Vertrauen, ist es wertlos. Ein Ansturm auf eine Bank ist wie eine ansteckende Krankheit. Die Öffentlichkeit gerät in Panik, und weitere Banken werden gestürmt. Sie haben doch bestimmt als Kind Domino gespielt?«

»Ja. Ich weiß – die ersten Steine, die fallen, reißen alle anderen mit«, sagte Pitt, »aber wenn es ein Bankhaus ruinieren könnte, dass ein Bankier in einen Skandal um seine Person verwickelt ist, gäbe es in ganz Europa keine einzige Bank mehr.«

Narraway setzte ein trübseliges Lächeln auf. »Großer Gott, natürlich meine ich keinen so gearteten Skandal! Dann stünde auch schon längst kein Thron mehr«, kommentierte er trocken. »Die Machtverhältnisse würden wechseln wie die Jahreszeiten, jegliche Stabilität wäre dahin, und niemand würde mehr investieren. Wo aber nicht investiert wird, gibt es weder Industrie noch Wohlstand. Ich beziehe mich darauf, dass Vertrauensverlust mitunter Handlungsweisen auslöst, die man unter normalen Umständen als unverhältnismäßig ansehen würde. Sie sollten keinesfalls außer Acht lassen, dass Barton Hall ein Hüter ganz besonderer Interessen ist.«

Pitt sah Narraway prüfend an, als wolle er in dessen dunklen Augen lesen. »Vielleicht sollte ich mir einmal die neuen Interessen genauer ansehen, die Sie vertreten, seit man Sie ins Oberhaus berufen hat.«

Narraway lächelte über diese von ihm als absurd empfundene Aussage, doch zugleich spiegelte sich in seinem Lächeln die schmerzliche Erinnerung daran, dass man ihn aus seinem Amt abberufen hatte, weil ihm seine eigenen Leute in den Rücken gefallen waren. Er hatte dieses Amt nicht nur gern ausgeübt, sondern auch eine außergewöhnliche Befähigung dazu besessen. Das Bewusstsein, als Leiter der Abteilung Staatsschutz Narraway nach wie vor nicht das Wasser reichen zu können, erfüllte Pitt mit Unbehagen. Niemand hatte ihm gönnerhaft mitgeteilt, er sei ein würdiger Nachfolger. Die freundlichste Äußerung über ihn hatte Narraway selbst getan, indem er erklärte, Pitt verfüge über Eigenschaften, die ihm selbst fehlten, nämlich Herzensgüte und Selbstzweifel. Das werde automatisch dafür sorgen, dass ihm die Macht nicht zu Kopfe steige. Sein Hang zum Zweifel und seine Gewohnheit, Dinge in Frage zu stellen, würden dafür sorgen, dass er seine Macht nie missbrauchen würde.

»Nur zu«, sagte Narraway mit sanfter Stimme. »Ich bin nicht im Aufsichtsrat von Halls Bank, kenne aber Leute, die ihm angehören.«

»Kennen Sie den Mann?«, fasste Pitt nach. »Können Sie mir etwas über ihn sagen, was mir weiterhelfen könnte?«

»Ich kenne seinen Werdegang«, sagte Narraway und verzog leicht den Mund. »Er stammt aus einer wohlhabenden Familie, die auf dem Lande lebt. Hat in Cambridge studiert. Nationalökonomie, was sonst, und dazu Geschichte. Ich weiß nicht genau, wie, aber jedenfalls hat er ein glänzendes Examen hingelegt. Er hatte von Anfang an Umgang mit den richtigen Leuten und war erstaunlich beliebt, wenn man bedenkt, dass er kaum Sport getrieben hat und auch nicht das ist, was man einen Salonlöwen nennen könnte.«

Lady Vespasia sah Narraway aufmerksam an. Pitt fragte sich unwillkürlich, wie gut sie einander inzwischen kennengelernt hatten, seit sie Tisch und Bett miteinander teilten. Voll tiefer Zuneigung und zugleich belustigt erinnerte er sich an die erste Zeit mit Charlotte. Aber sie waren damals deutlich jünger und daher vielleicht weniger verletzlich gewesen. Vespasia hatte nach einer Ehe ohne große Höhen und Tiefen lange als Witwe gelebt. Ihre große Liebe war ein italienischer Revolutionär namens Mario Corena gewesen, der erst vor wenigen Jahren in London ums Leben gekommen war. Es war ihr erstes Zusammentreffen gewesen, seit sie in ihrer Jugend auf den Barrikaden Roms für die Freiheit Italiens gekämpft hatten, zur Zeit jener Revolution, die ganz Europa erfasst hatte und nach anfänglichen Erfolgen binnen eines Jahres niedergeschlagen worden war.

Pitt zweifelte nicht daran, dass sie Narraway liebte. Auch ihre Beziehung war aus Konflikten hervorgegangen, doch waren die von anderer Art gewesen. Beide waren Pitt einige Male im Kampf gegen Verbrechen und Aufruhr behilflich gewesen. Zwar waren sie am Schluss jeweils siegreich geblieben, hatten aber für den Erfolg mitunter einen hohen Preis zahlen müssen. Manche Fälle waren von weniger großer Tragweite gewesen: Es war darum gegangen, ein Unrecht wiedergutzumachen, einen Mordfall aufzuklären, die verlorene Ehre eines Menschen wiederherzustellen. In anderen Fällen, in denen es um weit mehr gegangen war, wäre ein Misslingen mit entsetzlichen Verlusten verbunden gewesen.

Alle miteinander hatten sie Seite an Seite gearbeitet, hatten am Küchentisch Pläne entworfen, Fragen gestellt, die Gefahren und die Folgen eines Fehlschlags erwogen und stets einen Weg gefunden, auf dem sie ihr Ziel erreichen konnten. Aus dem Vertrauen und der gemeinsamen Leidenschaft bei Sieg und Niederlage war Liebe geworden. Pitt hoffte, vielleicht ein wenig weltfremd, dass die Jahre an Narraways Seite sich als die besten in Vespasias Leben erweisen würden.

Narraway war sein Leben lang Junggeselle gewesen. Es hatte teils mehr, teils weniger ernsthafte Affären gegeben, von denen keine, das jedenfalls war Pitts Eindruck, seine Fähigkeit, aufrichtig und leidenschaftlich zu lieben, vollständig ausgelotet hatte. Hätte er Lady Vespasia geheiratet, ohne dabei über die Grenzen seiner bisherigen Liebesfähigkeit hinauszugehen, würde Pitt ihm das nicht verzeihen – und er würde ihn bemitleiden. Die Unfähigkeit zu lieben war keine sträfliche Schwäche, sondern gleichsam ein Gebrechen. Er merkte, auf welche Weise Narraway Vespasia ansah, und musste an das denken, was er für Charlotte empfand.

»Und was ist mit Dalton Teague?«, fragte er schließlich.

»Nanu, warum wollen Sie über den etwas wissen?«, fragte Narraway, durch die Frage in die Wirklichkeit zurückgeholt.

»Er hat mir heute seine Unterstützung bei der Suche nach Sophia Delacruz angeboten«, sagte Pitt und wartete auf Narraways Erklärung.

»Vermutlich haben Sie die angenommen?«, erkundigte sich Narraway.

»Die hast du doch nicht etwa angenommen?«, fragte Lady Vespasia praktisch im selben Augenblick.

Pitt sah, wie Narraway den Kopf hob und ein Ausdruck von Zweifel auf seine Züge trat, aber sogleich wieder verschwand, sodass man hätte glauben können, man sei einer Sinnestäuschung zum Opfer gefallen.

Aber es war keine. Pitt begriff, es war Furcht. Narraway war erst spät in Vespasias Leben getreten. Weder wusste er, wen sie in den lebensprallen Jahren davor gekannt hatte, noch, wer sie geliebt hatte, wie sehr und wie unklug das für den einen oder anderen gewesen sein mochte. Er fühlte sich verletzlich, weil er in jenem Abschnitt ihres Lebens keinen Platz hatte, und es schmerzte ihn, davon ausgeschlossen zu sein. Er wollte nicht an die anderen denken, die sie damals vielleicht geliebt hatten, wollte nicht daran denken, dass sie ihre Liebe womöglich in gleichem Maße erwidert hatte.

Pitt ließ sich nicht anmerken, dass er das verstanden hatte. »Leider ist mir kein guter Grund für eine Ablehnung eingefallen«, sagte er in bedauerndem Ton. »Viele Menschen im ganzen Land bewundern ihn, und er ist Teilhaber einer ganzen Reihe von Unternehmen, deren Mitarbeiter für ihn tun würden, was er von ihnen verlangt. Ich kann nur wenige Leute von ihren Aufgaben abziehen, und das weiß er.«

»Davon bin ich überzeugt«, sagte Lady Vespasia und verzog den Mund ein wenig.

Pitt fragte sie nicht nach ihrer Meinung über Dalton Teague, nahm sich aber vor, das nachzuholen, wenn sie einmal allein waren.

Narraway nickte bedächtig. »Vermutlich ist Ihnen schon der Gedanke gekommen, dass man mit dieser Gräueltat in erster Linie Aufmerksamkeit erregen und die Kräfte des Staatsschutzes weitgehend binden wollte? Natürlich. Es war auch nicht als Frage gemeint.« Ein rascher Blick zu Vespasia zeigte ihm, dass Belustigung und Einverständnis in ihrem Blick lagen.

»In der Tat«, antwortete Pitt. »Und was Teague betrifft, kann ich es mir gegenwärtig nicht leisten, ihn zum Feind zu haben. Von denen habe ich weiß Gott auch so schon mehr als genug.«

»Stimmt, das können Sie nicht«, bekräftigte Narraway. »Aber sehen Sie sich vor, Pitt. Seien Sie auf der Hut.«

KAPITEL 6

Pitt stand erneut vor Sir Walters Schreibtisch. Es hatte ihn nicht überrascht, dass er zum Rapport einbestellt worden war, obwohl er keine Fortschritte zu vermelden hatte. Es war eine reine Vergeudung von Zeit, die er nutzbringender hätte verwenden können. Vermutlich wusste Sir Walter das auch, aber er musste ebenfalls den Anschein erwecken, dass er die Dinge im Griff hatte.

»Sehr wohl, Sir«, sagte Pitt ehrerbietig. Sir Walter war aufgestanden und ans Fenster getreten. Im hereinfallenden Licht schimmerte der Haarkranz auf seinem Kopf silbern.

»Üble Geschichte, das«, knurrte der Innenminister vor sich hin. »Ausgesprochen übel. In Bezug auf Spanien gerade jetzt ganz besonders heikel. Krieg mit Amerika und so weiter. Ich bin sicher, dass Sie tun, was Sie können. Narraway hat mir gesagt, dass Sie ein außerordentlich guter Ermittler sind …« Seine blauen Augen blitzten Pitt an. »Dann zeigen Sie das auch!«

Pitt fühlte sich noch unbehaglicher, als er vorausgesehen hatte. Diese Aufforderung aus Sir Walters Mund klang, als habe Pitt ihn mit Ausflüchten abspeisen wollen. »Das ist ein Fall für die Polizei, Sir. Für gewöhnlichen Mord, ganz gleich, wie brutal die Täter dabei vorgehen, ist der Staatsschutz nicht zuständig. Ich kann der Polizei nicht einfach in die Quere kommen und die Sache an mich reißen.«

»Zum Henker!«, stieß Sir Walter hervor. »Beide Opfer waren spanische Staatsbürgerinnen. Was soll ich dem spanischen Botschafter sagen?« Er machte eine ungeduldige Handbewegung und schritt erregt auf und ab, als müsse er seiner aufgestauten Energie ein Ventil verschaffen. Dann sah er Pitt erneut an. »Was Sie da sagen, ist nebensächlich. Entscheidend ist, was dahintersteckt. Ich fange an, mich zu fragen, ob das nur ein Anfang und nicht das Ende von etwas ist. Sie sind recht neu in Ihrer Position. Was sagt Narraway zu dem Fall? Sie haben ihn ja wohl nach seiner Meinung gefragt. Auch wenn er nicht mehr im Amt ist, ist er doch nach wie vor im Lande, und er ist ein aufrechter Patriot!«

Er fuhr herum und durchschnitt die Luft mit der Handkante, als sei sie ein Messer. »Nein, verdammt noch mal. Ich hasse das Wort Patriot. Hat einigen der übelsten Halunken in der Geschichte als Deckmantel gedient, um zu tun, was ihnen passte. Narraway ist nicht kleinlich, Pitt. Er wird Ihnen raten, wenn Sie ihn in angemessener Form darum bitten. Und wenn Sie klug sind, richten Sie sich danach.«

Diese Worte gaben Pitt einen Stich und erfüllten ihn mit Besorgnis. Man hatte dem Staatsschutz den ausdrücklichen Auftrag gegeben, ein wachsames Auge auf Sophia Delacruz zu haben, und das bedeutete, dass die Verantwortung auf Pitts Schultern lag. Er hatte die Sache nicht ernst genug genommen. Er hatte sie alle enttäuscht, nicht nur Narraway, der ihn für das Amt empfohlen hatte, sondern auch alle Männer, die ihm unterstanden. Außerdem Charlotte, die stets an ihn geglaubt hatte. Er überlegte, ob er noch einmal um Entschuldigung bitten sollte oder damit seine Position noch mehr schwächen würde. Die Sache sah weiß Gott schlimm genug aus.

Sir Walter blickte ihn abwartend an.

»Ja, Sir«, sagte Pitt. »Ich habe gestern Abend mit ihm gesprochen.«

»Hm – und hat er etwas gesagt, was Ihnen weiterhilft?«

Pitt wusste, dass es unklug sein würde, das zu verneinen. »Nun, er ist der Ansicht, dass möglicherweise deutlich mehr dahintersteckt, als man auf den ersten Blick annehmen könnte. Es ist denkbar, dass sich jemand der Frau für seine Zwecke bedient ...«

»Natürlich, was sonst, Himmelkreuzdonnerwetter!«, schnitt ihm Sir Walter das Wort ab. »Aber wer? Vermutlich spanische Anarchisten. Die haben allen Grund, zu verzweifelten Mitteln zu greifen.« Sein Mund wurde ein schmaler Strich. »Was wissen Sie über die Leute, Pitt? Die schlimmsten Ereignisse lagen eine Weile vor Ihrer Zeit ...«

Es gelang Pitt nicht, seine Verblüffung zu verbergen.

»Nicht, bevor Sie auf die Welt gekommen sind, Mann Gottes – vor Ihrer Zeit beim Staatsschutz. Was hätten Katastrophen im Zusammenhang mit Spanien und deren Auswirkungen Sie schon groß kümmern sollen, als Sie Leiter der Wache in der Bow Street waren? Das hatte schließlich mit Ihren einheimischen Mordfällen nichts zu tun. Damit will ich beileibe nichts über Ihre Fähigkeiten sagen. Ich kann Leute nicht ausstehen, die sich um Sachen kümmern, die sie nichts angehen. Was wissen Sie über Zarzuela?«

Pitt hätte nicht sagen können, ob es sich dabei um den Namen eines Ortes oder einer Person handelte.

»Nichts, Sir.«

»Januar '92«, begann Sir Walter. »Andalusien. Bettelarme Menschen. Landarbeiter mussten dort von Sonnenaufgang bis Sonnenuntergang schuften, um genug Geld für einen Laib Brot zu verdienen.« Er nahm seine Wanderung vor dem Fenster wieder auf und kehrte immer genau dann um, wenn er eine bestimmte Stelle auf dem Teppich erreicht hatte. »Eines Tages haben sich vierhundert von ihnen mit allem bewaffnet, was ihnen in die Hände gefallen ist: Sensen, Mistgabeln, was weiß ich. Damit sind sie gegen die Stadt Jerez de la Frontera gezogen.«

Pitt unterbrach ihn nicht.

»Sie wollten fünf ihrer Leute aus dem Gefängnis befreien, die zehn Jahre zuvor wegen Beteiligung an einem Arbeitskampf zu lebenslänglicher Haft verurteilt worden waren.«

Pitt musste an die Arbeitskämpfe denken, die er in London miterlebt hatte. Entsetzliche Armut und ungerechte Behandlung trieben die Menschen zu Verzweiflungstaten. In London war es nicht zu so schweren Ausschreitungen gekommen wie solchen, von denen Sir Walter da sprach. Pitt war auf den Rest von dessen Bericht über die Vorfälle in Andalusien gespannt, auf den Teil, dessen Nachhall sie jetzt, im Jahre 1898, in Gestalt des Verbrechens in der Inkerman Road erlebt hatten, wo zwei Frauen ermordet und aufgeschlitzt worden waren und eine dritte entführt, von der man seither nichts gehört hatte.

»Man übertrug die Angelegenheit der Militärjustiz. Vier der Rädelsführer wurden zum Tode verurteilt und garrottiert.« Sir Walter stand still, während er sprach, aber seine Stimme zitterte ein wenig, und seine Augen waren umflort. »Dabei wird dem an einen Pfahl gebundenen Opfer von hinten ein Metallband um den Hals gelegt und so lange fester gezogen, bis es erstickt ist. Einer der Rädelsführer war ein gewisser Antonio Zarzuela Granja. Er forderte im Sterben die Umstehenden mit lauter Stimme auf, den Tod der vier zu rächen.«

Pitt wartete weiter. Das konnte noch nicht alles sein, denn bisher gab es in dieser Geschichte keine erkennbare Beziehung zu Sophia Delacruz.

»Haben Sie schon einmal etwas von General Martínez Campos gehört?«

»Ja«, sagte Pitt rasch. »War er nicht die treibende Kraft hinter der Restauration der spanischen Monarchie im Jahre ’74?«

»So ist es, unter anderem. Er hat auch einen Aufstand in Kuba auf ziemlich brutale Weise niedergeschlagen. Der verfluchte Hornochse! All das hat zu dem Krieg mit Amerika beigetragen, den die Spanier gerade führen. Ende ’93 war er in Spanien Kriegsminister. Bei einer Truppenparade in Barcelona hat ein Anarchist namens Paulino Pallás zwei Bomben geworfen, die einen Polizisten tötete, aber nicht den General. Pallás wurde vor Gericht gestellt und für schuldig befunden – versteht sich. Ohne dass man ihm erlaubt hätte, von seiner Frau oder Mutter Abschied zu nehmen, hat ihn ein Erschießungskommando hingerichtet, und zwar mit Schüssen in den Rücken! Auch er hat versichert: ›Die Rache wird schrecklich sein.‹«

Nach und nach erinnerte sich Pitt an diese und jene Nachrichten über Ereignisse in Spanien, die in den vergangenen Jahren in der Presse gestanden hatten.

»November ’83«, sagte er. »Das Attentat in Barcelona bei der Eröffnung der Opernsaison, das viele Tote gefordert hat.«

»Ja.« Sir Walter nickte. »Es gab *Wilhelm Tell.* Rossini gehört nicht zu meinen Lieblingskomponisten, höre lieber Verdi. *Gran Teatre del Liceu.* Der Attentäter hat die verdammten Bomben aus dem fünften Rang ins Parkett geworfen. Fünfzehn Besucher waren sofort tot. Es gab eine allgemeine Panik. Die Leute sind wie die Tiere aufeinander losgegangen, um so schnell wie möglich rauszukommen. Alles schwamm im Blut. Insgesamt gab es zweiundzwanzig Tote und fünfzig Verletzte.«

Pitt konnte sich gut vorstellen, wie die Vergeltung in einem solchen Fall ausgesehen hatte, ließ aber Sir Walter weiterreden.

»Die Polizei hat überall Razzien durchgeführt, wo sie etwas finden zu können glaubte«, fuhr Sir Walter fort. »Buchstäblich Tausende wurden festgenommen und in die Verliese der alten Zwingburg auf dem Montjuïc geworfen, die von der Höhe ihrer gut 170 Meter herab die Stadt beherrscht. Als dort kein Platz mehr war, hat man die Leute in Ketten gelegt und auf im Hafen liegende Kriegsschiffe geschafft. Die Gefangenen wurden mit glühenden Eisen gefoltert.« Seine Gesichtszüge waren angespannt, und seine Stimme zitterte stärker als zuvor. »Oder sie mussten fünfzig Stunden ohne Unterbrechung hin und her gehen. Sogar ein paar der besonders ausgeklügelten Foltermethoden der Inquisition hat man damals wieder ausgegraben. Möglich, dass Gott ihnen das vergibt – die Menschen dort werden es nicht tun.«

Pitt war wie betäubt. Vergeblich versuchte er die Bilder zu verscheuchen, die ihm bei Sir Walters Bericht vor Augen getreten waren. Sofern Sophia Delacruz von diesen Grausamkeiten wusste – und das war sicher der Fall, wenn sogar Sir Walter im fernen London von ihnen erfahren hatte –, war es ohne Weiteres vorstellbar, dass sie einen Feldzug dagegen führte. Wie auch nicht, wenn sie einen nahen oder fernen Verwandten betrafen, einen Freund oder jemanden, der sich ihrer Gruppe angeschlossen hatte?

Sir Walter beobachtete jede von Pitts Regungen und sah ihn abwartend an.

»Ich habe bereits zwei Leute nach Spanien geschickt, die sich ein Bild von der politischen Lage machen sollen«, sagte Pitt stockend. »Außerdem werde ich Melville Smith fragen, was er über die Unruhen weiß. Möglicherweise sagt er mir nicht die Wahrheit, woraus ich ihm allerdings keinen Vorwurf machen kann. Warum sollten diese Leute der Polizei welchen Landes auch immer trauen? Aber vielleicht kann ich da, wo er mir keine Antwort gibt, Rückschlüsse auf das ziehen, was er mir verschweigt.«

»Es ist einen Versuch wert«, stimmte Sir Walter ihm zu. »An diese Möglichkeit hatte ich noch gar nicht gedacht. Ich habe die Frau als Unruhestifterin angesehen, als eine überspannte religiöse Fanatikerin. Aber wenn man an diese verdammten widerlichen Morde denkt, gewinnt die Sache mit einem Mal eine sehr viel dunklere Seite. Sagen Sie Ihren Leuten einstweilen nichts davon, außer vielleicht einem oder zwei besonders Vertrauenswürdigen. Möglicherweise hat das alles nichts mit dieser Geschichte zu tun. Falls diese Sophia Delacruz aber auf der Seite der Anarchisten kämpft oder jemand das auch nur vermutet, mag man sich gar nicht ausdenken, was diese Leute mit dem armen Geschöpf anstellen werden. Der Himmel möge verhüten, dass ihr in England etwas zustößt!«

Pitt schwieg. Er war benommen. Was ihm Sir Walter da berichtet hatte, eine Geschichte von entsetzlicher Gewalttätigkeit und Qualen, aber auch von heldenhaftem Mut, überstieg alles, was er je erlebt hatte.

»Los, machen Sie sich an die Arbeit, Mann!«, sagte Sir Walter unvermittelt.

»Sehr wohl, Sir«, brachte Pitt mit rauer Stimme hervor. Es wäre sinnlos, dem Mann klarmachen zu wollen, dass er und seine Mitarbeiter bereits taten, was sie konnten. In den Augen solcher Menschen zählten Ergebnisse und sonst nichts. »Ich suche jetzt erst einmal die Leute in Angel Court auf. Sicher weiß der eine oder andere von denen mehr, als er uns bisher gesagt hat.«

»Und was ist mit Barton Hall?«, fragte Sir Walter.

»Zu ihm gehe ich, wenn ich alles weiß, was ich in Angel Court habe in Erfahrung bringen können.«

»Gut. Sagen Sie Bescheid, wenn Sie etwas brauchen.«

»Sehr wohl, Sir.«

»Dann also ans Werk!«

Angel Court lag friedlich im Sonnenschein. Vom staubigen Torbogen des Eingangs aus sah man niemanden außer der alten Frau, die tagein, tagaus nichts anderes zu tun schien, als den gepflasterten Hof zu kehren, die Stufen zur Küche und Spülküche zu schrubben sowie sich um die in uralten Trögen wachsenden Küchenkräuter wie Minze, Schnittlauch, Rosmarin und weißblättrigen Salbei zu kümmern.

Sie hob den Blick, als Pitt vorüberging und mit einem leichten Nicken »Guten Morgen« sagte.

Ihre Augen blickten wachsam, Sonne und Wind hatten die dunkle Gesichtshaut gegerbt. Schön war sie sicher nie gewesen, und das nicht nur wegen ihrer flachen Brust, aber sie schien Humor zu haben. Bei genauerem Hinsehen glaubte Pitt in ihren Augen Angst zu erkennen. Ging es dabei um Sophia oder um sie selbst?

Sie hatte kleine Rosmarin- und Salbeizweige abgeschnitten, und der starke Duft davon hing in der Luft. Pitt fiel auf, dass ihre tristen Röcke für sie ein wenig zu kurz waren und ihre knochigen Fußgelenke nicht verbargen. Ihre Schultern hingen herab, und sie stand leicht vorgebeugt.

Pitt fragte sich, ob sie eine bezahlte Dienstmagd war oder eine treue Anhängerin Sophias, ein Mensch, den sie aus dem Elend gerettet hatte. Er hätte gern mehr gewusst. Ein Mensch wie sie, der so gut wie unsichtbar war, hatte möglicherweise viel von dem mitbekommen, was dort vor sich ging, aber ganz offensichtlich war sie nicht bereit zu reden. Er nahm sich vor, Stoker darauf anzusetzen.

Auf sein Klopfen öffnete Henrietta. Kaum hatte sie ihn erkannt, als ihn ihre Augen fragend anblickten. Sie sah sofort, dass er keine Nachricht brachte, dazu waren keine Worte nötig. Sie ließ ihn eintreten.

Pitt dankte ihr. »Ist Mr. Smith im Hause?«

»Ja.« Ihr Blick zeigte, dass sie verstimmt war, aber sie fand nicht sogleich die nötigen Worte, um zu fragen, warum er mit ihm und nicht mit ihr oder Ramón sprechen wollte. Wie oft mochte ihr diese Kränkung schon widerfahren sein?

Pitt änderte seine Taktik. »Wie ich sehe, ist er reichlich damit beschäftigt, die von Señora Delacruz geplanten Vorträge zu halten.« Er beobachtete ihre Reaktion, sah, wie auf ihre anfängliche Verärgerung Hilflosigkeit folgte und dann ein Ausdruck von etwas, was ihm wie tiefer Abscheu vorkam. Erneut fragte er sich, warum sie sich Sophias Gruppe angeschlossen haben mochte. Was hatte sie nicht in der Lehre der Kirche gefunden, mit der sie aufgewachsen war? Wusste Melville Smith, dass sie ihn verachtete, kannte er die Tiefe ihres Grolls? Oder den Grund dafür?

Nach wie vor standen sie im Flur. Offenbar wollte sie ihn nicht weiter ins Haus lassen, sah ihn niedergeschlagen und enttäuscht an. Wie weit hing das mit der Religion zusammen und wie weit mit ihrer Zuneigung zu Sophia? Er selbst konnte sich nicht vorstellen, in einem religiösen Orden mit seinen Regeln, seiner Glaubensleidenschaft, der persönlichen Nähe und dem sich daraus ergebenden Fehlen jeglicher Privatsphäre zu leben, ganz zu schweigen von dem gegenseitigen Belauern, ob der andere etwas falsch machte.

»Wird sie ihm dankbar dafür sein, wenn sie zurückkommt?«, fragte er unvermittelt.

Ihre Augen weiteten sich, dann sagte sie mit einem bitteren Lächeln: »Sie wird toben. Nur ein Dummkopf könnte etwas anderes denken.« Sie beherrschte sich mit Mühe. »Aber da Sie darauf bestehen, dass ich es sage«, fuhr sie fort, »tue ich es. Ja, Melville Smith nutzt ihre Abwesenheit aus, um ihre Lehre in ihr genaues Gegenteil zu verkehren. Alles ist geglättet, es fehlt die Härte, die jede Heuchelei und alle Patentlösungen entlarvt. Seine Worte riechen süßlich wie etwas, das in Fäulnis übergeht! Wollten Sie das von mir hören?« Sie stand starr da, alle Muskeln angespannt, als wolle sie sich jeder Berührung entziehen.

»Hat er die Gelegenheit dazu herbeigeführt oder sie lediglich genutzt?«, hakte Pitt nach.

Ihre Verärgerung legte sich ein wenig, so, als ermüde es sie, sich ihr lange hinzugeben. »Ich weiß nicht. Ich glaube, für eine solche Handlungsweise wäre er zu einfallslos und zu feige … Er macht sich die Situation zunutze, und deswegen verabscheue ich ihn! Das ist Ihnen klar, nicht wahr? Ich sehe es Ihrem Gesicht an. Ich habe zugelassen, dass er aus mir etwas gemacht hat, was ich nicht sein will! Vielleicht verabscheue ich mich selbst. Sophia würde sagen, dass er mir einen Spiegel vorhält und ich darin das Schlechteste von mir sehe. Der Spiegel, den sie in Händen hielt, hat mir das Beste gezeigt!« Tränen traten ihr in die Augen.

Eine Weile wusste Pitt nicht, was er darauf sagen sollte. Ihm trat die Erinnerung daran vor Augen, wie Sophia Delacruz auf der Bühne gestanden und gesprochen hatte, mit einem Gesicht, das vor Glaubensleidenschaft glühte. Damals hatte er ihr geglaubt, was sie sagte. In der darauffolgenden Leere war – vor dem Hintergrund all dessen, was andere über sie sagten, des Schändlichen, was Barton Hall ihm berichtet hatte, der verstümmelten Leichen Cleos und Elfridas – nicht der kleinste Funke vom Feuer ihrer Leidenschaft geblieben.

Dann fiel ihm der Anlass seines Besuchs wieder ein. Henrietta beobachtete ihn nach wie vor aufmerksam.

»Warum ist sie nach London gekommen?«, fragte er. »Hat Smith das angeregt?«

Sie sah ihn erstaunt an. »Nein. Er war dagegen, aber sie hat darauf bestanden. Sie hat gesagt, es gebe keine Wahl.«

»Warum?«, wiederholte er. »Hat sie angenommen, dass sie hier mehr Anhänger gewinnt?«

Ihr Mund verzog sich vor Widerwillen. »Sie sagen das so, als ob sie Wählerstimmen für eine Partei sammeln wollte! Ich weiß nicht, warum sie hergekommen ist. Das kam für uns völlig überraschend, und sie hat niemandem etwas über ihre Gründe gesagt.«

»Hat sie angenommen, sie könne uns für ihren Glauben erwärmen?«, ließ er nicht locker.

Erneut leuchteten ihre Augen zornig auf. »Sie sind doch alle miteinander viel zu übersättigt, viel zu sehr von Ihrer selbstgerechten, starren Haltung eingenommen, als dass Sie auf jemanden wie Sophia hören würden. Das war ihr sicher bewusst. Sie ist schließlich selbst Engländerin und kennt Sie durch und durch.«

»Aber sie ist hergekommen«, hielt er ihr entgegen.

Henrietta schloss die Augen. »Ja. Ich konnte sie nicht davon abbringen«, sagte sie leise. »Der Versuch war sinnlos, weil sie es sich in den Kopf gesetzt hatte. Das Predigen hatte damit nichts zu tun. Es hat keinen Sinn, dass Sie mich immer wieder fragen – ich weiß nicht, warum sie hergekommen ist! Sie wollte jemandem helfen, hat mir aber nicht gesagt, wem. Es liegt in ihrer Natur, Menschen zu helfen, die in Schwierigkeiten sind. In diesem Fall war es besonders schlimm. Sie hatte so entsetzliche Angst, wie ich es bei ihr noch nie erlebt habe.«

»War Melville Smith auf dem Laufenden?«

»Auch das weiß ich nicht. Aber er wollte gleichfalls nicht, dass sie herkommt. Ich habe es Ihnen ja schon gesagt, er ist nichts weiter als ein Opportunist. Er hat immer nur auf eine passende Gelegenheit gewartet.«

»Um die Führung an sich zu reißen? Dafür musste Sophia aus dem Weg sein«, gab Pitt zu bedenken.

Sie sah ihn unentschlossen an. Sie kämpfte sichtlich mit sich und besiegte schließlich die Versuchung, etwas preiszugeben. Stattdessen sagte sie: »Ich kenne ihn seit fünf Jahren. So etwas würde er nicht tun. Er würde nie und nimmer jemanden umbringen. Er ist zu solchen Gewalttaten nicht fähig. Niemand weiß, was er wirklich empfindet. Man könnte glauben, er hätte all seine Gefühle verschluckt, sodass sie nie sein Gesicht erreichen und auch nicht seine Hände.«

Er verstand. »Und Ramón?«

Diesmal reagierte sie sofort. »Auf keinen Fall. Wenn er je etwas gegen ihren Willen täte, dann höchstens, um sie zu beschützen, aber bestimmt nicht, um anderen Menschen zu schaden. Er ist ungeheuer hilfsbereit. Manchmal denke ich, dass er zu gütig ist.«

»Wie meinen Sie das?«, fragte er. »Gütiger als Sophia?«

»Er ist arglos«, erklärte sie mit einem Lächeln. »Er hat in anderen immer nur gesehen, was er sehen wollte – ob es da war oder nicht. Genau wie bei den Mitgliedern seiner Familie.« Als sie Pitts Erstaunen sah, bedauerte sie ihre Worte sogleich. »Das hätte ich nicht sagen dürfen. Genau so müssten wir sein: wie eine Familie. Auch wenn man seine Angehörigen nicht unbedingt lieben muss; schließlich sind das manchmal die schlimmsten …«

Er erwog, der Sache weiter nachzugehen, aber er sah ihren Augen an, dass sie wütend auf sich selbst war, weil sie etwas Vertrauliches ausgeplaudert hatte. Er wollte nicht, dass sie in ihm den Schuldigen dafür sah. Er war jetzt darauf angewiesen, dass sie ihm vertraute.

»Ich weiß«, gab er ihr deshalb recht. »Sie sagten, dass Sophia die Dinge eher von der praktischen Seite sieht?«

Erleichtert stieß sie die Luft aus. Sie war zu verängstigt, als dass sie ein Lächeln zustande gebracht hätte, aber eine gewisse Ruhe war in sie zurückgekehrt. »Sie hat im Umgang mit anderen Menschen Risiken auf sich genommen, war sich der Gefahr aber jederzeit bewusst.«

»Was für Risiken?«, fragte er wie nebenbei, als habe das keine besondere Bedeutung.

»Sie hat sie beschützt, dafür gesorgt, dass sie eine zweite Chance bekamen. Hat ihnen geholfen, Fehler wiedergutzumachen. Sie hat vielen geholfen, die unter ihren Schuldgefühlen wegen früher begangener Fehler nahezu zusammenbrachen. Der Strom reuiger Sünder, die zu ihr pilgerten, riss so gut wie nie ab.«

»Und was geschah mit diesen Leuten, als sie nach London ging?« Er dachte an all diejenigen, die man als Anarchisten abstempelte, weil sie genug verdienen wollten, um zu überleben, und die in die Gewalttätigkeit getrieben wurden, weil niemand ihnen zuhörte. Hunger verändert den Menschen. Er hatte dergleichen oft genug in den Straßen der Armenviertel von London gesehen. Das konnte ohne Weiteres zu einer Art hemmungsloser Wut führen, die an Wahnsinn grenzte. Wer konnte zusehen, wie die eigenen Kinder verhungerten, ohne darüber den Verstand zu verlieren?

Henrietta sah ihn unverwandt an. Warum sollte sie ihm trauen? In ihren Augen war er nichts als ein Polizist. Er durfte kein Verständnis für Wahnsinnstaten haben, ganz gleich, aus welchem Grund sie begangen wurden. Angenommen, Sophia hätte jemanden vor eben jener Polizei versteckt, die Menschen in den Verliesen folterten, von denen Sir Walter gesprochen hatte, würde Henrietta ihm das sagen? Würde er es sagen, wenn er an ihrer Stelle wäre?

»Um herzukommen, musste Sophia einen Mann sich selbst überlassen, der entsetzliche Angst hatte, wobei ich nicht weiß, ob um sein Leben oder seine Seele. Ich habe Ihnen doch gesagt, dass sie sich nicht davon abbringen ließ, Barton Hall aufzusuchen«, erinnerte ihn Henrietta. »Aber sie hat keinem von uns den Grund dafür gesagt. Melville war deshalb wütend auf sie, aber das hat sie nicht beeindruckt. Sie haben sich deswegen gestritten. Sie hat sich durchgesetzt.« Den letzten Satz sagte sie mit einem Ausdruck höchster Befriedigung, obwohl sie ihrer eigenen Aussage nach nicht das Geringste über die Hintergründe wusste.

»Cleo und Elfrida haben also nichts gewusst?«, fragte er.

»Nein.« Sie zwinkerte heftig, doch gelang es ihr nicht, ihre Tränen zu verbergen. Ihm fiel auf, dass sie mit einem Mal sehr bleich geworden war. »Keiner von uns hat etwas gewusst.« Sie verzichtete auf jede Bekräftigung ihrer Aussage, alle Schwüre, doch gerade diese Schlichtheit verlieh ihren Worten eine besonders nachhaltige Wirkung.

Er dankte ihr und machte sich dann auf die Suche nach Melville Smith. Er fand ihn in dem Raum, der Sophia als Arbeitszimmer gedient hatte. Eine Schreibfeder in der Hand und ein zur Hälfte mit gestochener Schrift bedecktes Blatt Papier vor sich, saß er am Schreibtisch, unübersehbar tief in Gedanken. Er hob den Blick, als Pitt durch die angelehnte Tür eintrat, und Pitt kam der Gedanke, dass Smith die Tür deshalb nicht ganz schloss, weil er hören wollte, was geschah, ohne gesehen zu werden.

Pitt zog die Tür hinter sich ins Schloss.

Smith runzelte vor unverhohlenem Ärger die Stirn und schwieg einen Moment, ehe er sich entschloss, ihn herunterzuschlucken. »Bringen Sie Neuigkeiten, Mr. Pitt?«, fragte er mit so gut einstudiertem Eifer, dass Pitt nichts anderes übrig blieb, als sich sogleich zu entschuldigen.

»Leider nein. Die Polizei scheint so gut wie nichts in Erfahrung gebracht zu haben, wenn man davon absieht, dass der Mörder offensichtlich keine Wertsachen mitgenommen hat und nicht zum Kreis derer gehört, die ihr als Gewalttäter bekannt sind.« Er nahm auf dem Stuhl Smith gegenüber Platz.

»Wir *besitzen* keine Wertsachen«, gab Smith voll Schärfe zurück. »Nur unser Leben, und das haben sie sehr wohl genommen.«

Pitt spürte den Stachel der Zurechtweisung, zeigte das aber nicht.

»Was wollten die beiden in der Inkerman Road, Mr. Smith? Unabhängig von der Art der Bedrohung wären sie doch hier in Angel Court sicherer gewesen, nicht nur, weil sie hier mit allen anderen zusammen waren, sondern auch, weil uns dieser Aufenthaltsort bekannt war.«

Smith sah ihn fest an. »Natürlich waren sie hier sicherer! Bei Sophia weiß man nur selten, warum sie etwas tut oder unterlässt.« Er lächelte trübselig – genau genommen, war es ein kaum wahrnehmbares Zucken seines Mundwinkels.

Weder war Pitt bereit, sich damit zufriedenzugeben, noch gedachte er, sich durch seinen Zorn über Smiths Illoyalität vom Zweck seines Besuchs ablenken zu lassen.

»Sie sind zu bescheiden, Mr. Smith. Ich bin überzeugt, dass Sie Señora Delacruz ausgesprochen gut kennen. Nie und nimmer hätten Sie fünf Jahre lang mit ihr zusammenarbeiten oder hätte sie Ihnen vertrauen können, wenn sie sich Ihrer Loyalität und dessen, dass Sie die Grundlagen ihres Glaubens verstehen, nicht sicher gewesen wäre.«

Smith saß reglos da, eine leichte Röte begann seine Wangen zu färben. »Ich tue, was ich kann«, sagte er verlegen. »Aber … manchmal fällt es mir schwer, ihr Verhalten zu verstehen …« Er sprach nicht weiter, als sei er außerstande weiterzusprechen oder wüsste nicht recht, was er sagen sollte.

»Sie haben mir von den Drohungen berichtet, die sie bekommen hatte«, fuhr Pitt fort, »und vermuteten, dass die eine oder andere durchaus ernst gemeint sein könnte. Ihr dürfte das ebenfalls klar gewesen sein, auch wenn sie nicht mit allen ihren Anhängern darüber sprach.«

In Smiths Gesicht zuckte es, ohne dass Pitt hätte sagen können, was das zu bedeuten hatte. Auf jeden Fall war Smith gegen Schmeicheleien nicht immun. »Selbstverständlich«, stimmte er zu.

»Sie hat Ihnen vertraut?«, sagte Pitt in einem Ton, der zeigte, dass er das für selbstverständlich hielt. »Oder Ramón?«

»Nein, ihm nicht«, erwiderte Smith rasch. »Ramón ist ihr treu ergeben – ein guter Mann, aber er bewundert sie übermäßig und vergisst darüber seinen Verstand. Ich sage das ungern, aber jetzt ist es an der Zeit, der Wahrheit ins Gesicht zu blicken. Wegen seines Bedürfnisses, aus ganz persönlichen Gründen an ihre Lehre zu glauben, gibt es bei ihm weder Raum für Zweifel, noch ist er imstande zu erkennen, dass sie außer ihren Stärken auch … nun ja, auch Schwächen hat. Das war ihr bewusst, und deshalb hat sie es unterlassen, ihn mit ihrer Fehlbarkeit oder der alles andere als grundlosen Befürchtung zu belasten, dass ihr etwas zustoßen könnte.«

»Aber Sie wussten davon«, stellte Pitt fest und legte dabei einen Hauch von Respekt in seine Stimme.

»Das kann ich nicht bestreiten«, bestätigte Smith.

Pitt nickte ernst. »Das muss für Sie ziemlich bedrückend gewesen sein.«

»Ja. Ich wünschte …« Smith suchte nach Worten und musterte aufmerksam Pitts Gesicht, um zu erkennen, was dieser wusste oder vermutete.

»Ich bin überzeugt, dass Sie getan haben, was Sie konnten«, versicherte ihm Pitt freundlich. »Sogar in der kurzen Zeit meiner Bekanntschaft mit Sophia Delacruz ist mir nicht entgangen, wie schwierig es war, sie zu etwas zu überreden selbst wenn das in ihrem eigenen Interesse lag.«

»Ja, ausgesprochen schwierig«, stimmte ihm Smith rasch zu. »Ich …« Erneut hielt er inne.

»Es waren überaus brutale Morde«, sagte Pitt mit betont gleichmütiger Stimme, wobei er Smiths Gesicht nicht aus den Augen ließ. Flüchtig zeigte sich ein Ausdruck von nackter Angst darauf, verschwand dann aber gleich wieder hinter der starren Maske. Offensichtlich war der Mann von Entsetzen gepackt. Doch woran lag das – wusste er etwas von der Sache, oder verfügte er über eine ausgeprägte Vorstellungskraft? Auch eine Spur Schuldgefühl war zu erkennen gewesen, aber in einer solchen Situation würde sich jeder allein schon deshalb mitschuldig fühlen, weil er nichts getan hatte, um die Katastrophe zu verhindern. Während die übel zugerichteten Leichen der beiden Frauen im Leichenschauhaus der Polizei lagen, saß Smith hier behaglich am Schreibtisch und arbeitete Vorträge aus, bereit, Sophias Nachfolge als Leiter einer tapferen, verfolgten Gruppe von Gläubigen anzutreten. Hatte er das so geplant, oder hatte ihm der Zufall in die Hände gespielt?

Pitt sah, dass Smith inzwischen aschfahl und ihm der Schweiß auf die Stirn getreten war. Wäre jemandem aus Pitts Bekanntenkreis ein solches Schicksal widerfahren, würde er sich jetzt ebenso fühlen wie Smith. Auch er selbst hatte ein immer ausgeprägteres schlechtes Gewissen, weil er als der für Sophias Schutz Verantwortliche versagt hatte. Er hatte nichts auch nur annähernd so Entsetzliches vorhergesehen. Die Frage, ob er die Tat hätte verhindern können oder nicht, änderte nichts an dem, was er empfand.

Was hatte Smith gewusst, bevor es dazu gekommen war?

»Hatte sie wirklich keine Ahnung?«

»Worauf wollen Sie hinaus?«

»Sie ist nicht zum Predigen nach England gekommen, Mr. Smith«, erwiderte Pitt. »Sie wollte mit Barton Hall über eine Angelegenheit sprechen, die so geheim war, dass sie niemandem etwas davon sagen konnte. Zugleich war die Sache so dringend, dass sie keinen Aufschub duldete. Von allen Seiten höre ich, dass Sophia vielen Menschen, die in Schwierigkeiten waren, Hilfe und vielleicht auch Zuflucht gewährte. Doch kurz bevor Sie alle herkamen, war jemand in eine anders geartete Schwierigkeit geraten. Die Sache ging weit über eine Sünde wider den Glauben oder Untreue in der Familie hinaus. Selbst wenn einem ein Mensch, dessen Predigtworte man verabscheut, noch so zuwider ist, folgt man ihm nicht in ein fremdes Land, spürt ihn in einer abgelegenen Straße auf, bricht in sein Haus ein, ermordet seine Freunde und lässt deren Eingeweide auf den Boden quellen! Dahinter steckt etwas bedeutend Wichtigeres, was sich möglicherweise auf das Leben Tausender auswirkt.«

Smith keuchte, und einen Augenblick lang sah es so aus, als werde er sich übergeben.

»Ich weiß von nichts!«, begehrte er mit erstickter Stimme auf. »Ich hatte Ihnen doch gesagt, dass sie gekommen war, um mit Barton Hall zu sprechen, und sich durch nichts von dem, was ich sagte, davon abbringen ließ. Natürlich steckte mehr dahinter als der Wunsch, einen alten Familienstreit zu begraben. Angeblich drängte es so sehr, dass sie keine Woche mit der Abreise warten konnte. Aber sie war nicht bereit, mit mir darüber zu reden. Mein Ehrenwort: Ich habe wirklich alles getan, um zu erfahren, worum es ging, damit ich ihr helfen konnte, aber über manche Dinge kann man einfach nicht mit ihr reden!«

»Ich weiß«, sagte Pitt bestätigend. »Ich habe es versucht und ebenfalls auf Granit gebissen. Aber dann hätten Sie die Angelegenheit eben selbst in die Hand nehmen müssen.« Pitt beobachtete, wie die Farbe in das Gesicht des Mannes zurückkehrte, der erst den Blick abwandte, ihn dann aber offen ansah.

»Das habe ich getan«, sagte Smith gefasst. Sein Gesicht war jetzt scharlachrot. »Und vielleicht trage ich die Schuld an dem, was geschehen ist. Ich weiß weder, wer das getan hat, noch, warum! Gott im Himmel, ich wollte doch nur für ihre Sicherheit sorgen!«

»Sie haben sie also in das Haus in der Inkerman Road geschickt. Wer wusste noch davon?«

»Niemand«, gab Smith heftig zurück. »Es sei denn, sie selbst hätte es jemandem gesagt! Ich weiß nicht, ob sie je im Leben Angst hatte. Sie hält sich für unverwundbar. Sie ist eine …«

»Fanatikerin?«, ergänzte Pitt.

»Ja. Sie … Sie will nichts von der Wirklichkeit wissen. Das macht sie zu einer großartigen Predigerin, hat aber auch zur Folge, dass man unmöglich mit ihr arbeiten kann. Sie nimmt einfach nicht zur Kenntnis, was sie nicht hören will.«

Der Mann hatte unübersehbar entsetzliche Angst, und Pitt musste unbedingt herausbekommen, wovor und warum. »Was haben Sie ihr gesagt?«, fragte er.

»Dass sie stark gefährdet sein könnte.« Die Antwort kam so rasch, dass sie Pitts Überzeugung nach nicht der ganzen Wahrheit entsprach. Ganz offensichtlich hatte der Mann sie sich im Voraus zurechtgelegt.

»Woher war Ihnen das Haus in der Inkerman Road bekannt?«, fragte Pitt in harmlosem Ton.

Eine tiefe Röte ergoss sich über Smiths Gesicht. »Ein … Bekannter hat es mir angeboten.«

»Zu welchem Zweck?«

»Als zusätzliche Unterkunft für den Fall, dass wir hier mit dem Platz nicht auskommen«, gab Smith zurück und sah Pitt so betont aufrichtig in die Augen, dass es nur eine Lüge sein konnte.

»Das heißt also, wenn sich Señora Delacruz nicht hier in Angel Court befand, konnte dieser Bekannte voraussetzen, dass er sie in der Inkerman Road antreffen würde.« Pitt ließ deutlich erkennen, dass er das nicht als Frage, sondern als Feststellung meinte.

Smith erbleichte und beeilte sich zu erklären: »Es handelt sich bei diesem Bekannten um einen über jeden Zweifel erhabenen Ehrenmann. Ich bin überzeugt, dass ihn die Sache ebenso sehr entsetzt hat wie Sie und mich.« Seine sonst so wohlklingende Stimme war rau. »Sofern ich es für möglich oder gar wahrscheinlich hielte, dass er seine Hand im Spiel hat, hätte ich Ihnen das gleich gesagt.«

»Barton Hall«, sagte Pitt erbittert. »Ein Mann, der alles, was sie lehrt, entschieden ablehnt, während ihm, wie ich annehme, Ihre Änderungen daran wohl weniger extrem erscheinen, weil Sie die Anarchie als Vergehen gegen Gottes Weltordnung anprangern.«

Smith saß wie gelähmt da, als starre er auf eine Schlange. Vergeblich bemühte er sich, die richtigen Worte zu finden, um Pitts Vorwurf entrüstet von sich zu weisen.

»Ihr Ehrgeiz auf religiösem Gebiet interessiert mich nicht, Mr. Smith«, sagte Pitt ruhig, »wohl aber, was Sie getan haben, um Ihr Ziel zu erreichen. Was auch immer Sie glauben – sofern das irgendeine Ausprägung von Christentum sein soll, bietet es keine Rechtfertigung für das leidvolle Schicksal dieser Frauen …«

»Ich habe nichts mit ihrem Tod zu tun!«, stieß Smith verzweifelt hervor und sank in sich zusammen. »Ich wollte lediglich …« Er hielt inne, Schweiß lief ihm übers Gesicht. »… dass sich Sophia an einem sicheren Ort befand und eine Weile nicht öffentlich auftrat. Sie hat nicht die geringste Vorstellung von den Schwierigkeiten, die sie völlig überflüssigerweise hervorruft. Man muss die Leute nach und nach belehren, ihnen nicht alles auf einmal zumuten, sonst lehnen sie es ab, weil es eine zu große Veränderung bedeutet! Sie ist zu ungeduldig, versteht die Ängste der Menschen nicht …«

»Ich weiß«, fiel ihm Pitt ins Wort. »Aber das spielt jetzt keine Rolle. Wenn Barton Hall gewusst hat, wo sie sich aufhielt, kann nur er selbst der Täter sein – oder jemand, dem er das mitgeteilt hat. Wissen Sie, wer das sein könnte?«

»Nein …«

»Es liegt durchaus in Ihrem Interesse, mir gegenüber aufrichtig zu sein, Mr. Smith. Hier geht es um mehr als Ihre Glaubwürdigkeit. Sofern Sie aus dieser Geschichte als freier Mann herauskommen und sich Ihre Ehre bewahren wollen, sollten Sie mit allen Kräften darauf hinwirken, dass Sophia Delacruz wohlbehalten nach Angel Court zurückkehren kann. Sollte Sie allerdings nicht mehr leben, und sollten Sie dabei Ihre Hand im Spiel haben, würden Sie gut daran tun, mir nicht noch einmal über den Weg zu laufen.«

Smith war sichtlich so entsetzt, dass er nichts mehr zu beteuern brauchte. Er saß auf seinem Stuhl, als würden ihn die Beine nicht tragen, und vielleicht war das ja auch der Fall.

Wortlos verließ Pitt den Raum und zog die Tür hinter sich zu.

Er sprach kurz mit Ramón und versicherte ihm, dass es keine weiteren schlechten Nachrichten gebe und durchaus Anlass zur Hoffnung bestehe. Er kam sich dabei wie ein Heuchler vor, doch der Mann war Sophia so aufrichtig ergeben, dass es grausam gewesen wäre, ihm Schmerzen zu verursachen, wenn sich das vermeiden ließ.

Pitt und Stoker saßen einander am Schreibtisch gegenüber, auf dem zahlreiche Berichte der örtlichen Polizei und der wenigen

Männer lagen, die er für den Fall abstellen konnte. Außerdem waren da noch mehrere Mitteilungen von Dalton Teague.

»Wollen Sie diesen Barton Hall damit konfrontieren, Sir?«, fragte Stoker, nachdem ihm Pitt von den Ergebnissen seines Besuchs in Angel Court berichtet hatte. »Da gibt es bestimmt noch was Finsteres, wovon wir nichts wissen. Hall ist ein aufgeblasener Wichtigtuer ohne Substanz. Auf keinen Fall würde der zwei Frauen deshalb aufschlitzen, weil er andere Vorstellungen von Religion hat als die. Es war ja nicht einmal seine Kusine Sophia ...« Er biss sich auf die Lippe und fuhr fort: »Oder zumindest wissen wir noch nicht, ob sie ebenfalls tot ist. Selbst wenn er Mord für eine moralisch vertretbare Handlungsweise hielte, wäre ihm das Risiko viel zu hoch.« Er verzog das Gesicht schmerzlich. Obwohl er einige Jahre jünger war als Pitt, arbeitete er schon sehr viel länger beim Staatsschutz als dieser. Davor hatte er in der Kriegsmarine gedient.

»Wer war es dann? Und worüber um alles in der Welt hat sie mit ihm sprechen wollen?«, sagte Pitt mehr zu sich als zu seinem Mitarbeiter.

Diesmal hatte Stoker keine Antwort bereit. Er begann sich mit den Papieren auf dem Tisch zu beschäftigen.

»Die Polizei hat auch nichts herausbekommen«, sagte er unglücklich. »Sie haben alle Bewohner der umliegenden Häuser befragt, Droschkenkutscher, Botenjungen, Ladenbesitzer. Keinem von ihnen ist etwas aufgefallen, niemand hat einen Fremden in der Gegend gesehen. Diejenigen, die mitbekommen hatten, dass die Frauen in dem Haus lebten, haben sie als zurückhaltend und höflich beschrieben.« Er schüttelte den Kopf. »Natürlich sind die wildesten Spekulationen im Umlauf. Die meisten sind unglaublich vulgär und reichen von Prostitution bis zur Teufelsanbeterei.«

Pitt machte sich nicht die Mühe, darauf einzugehen.

»Werden Sie Hall aufsuchen?«, fragte Stoker.

Pitt hatte sich noch nicht endgültig entschlossen. »Ist von Dalton Teague etwas Verwertbares gekommen?«, fragte er, statt die Frage zu beantworten.

So schnell folgten die Empfindungen auf Stokers knochigem Gesicht aufeinander, dass Pitt unmöglich erkennen konnte, was der Mann dachte.

»Nein, Sir«, sagte Stoker, nahm die Polizeiberichte an sich und wandte sich der Tür zu.

»Stoker!«, sagte Pitt in scharfem Ton.

Der Angesprochene blieb ruckartig stehen und drehte sich zu seinem Vorgesetzten um.

»Haben Teagues Leute überhaupt schon etwas unternommen?«

»Durchaus, Sir. Der hat so viele von denen rausgeschickt, wie ein Hund Flöhe hat.«

»Ihr Vergleich lässt mich Schlimmes ahnen«, gab Pitt trocken zurück. »Die sind Ihnen wohl überall im Weg?«

Mit einem breiten Lächeln erklärte Stoker: »Nein, Sir, das würde ich auf keinen Fall zulassen. Aber sie stellen einen Haufen Fragen über den Staatsschutz. Eigentlich finde ich es ganz in Ordnung, wenn sich jemand dafür interessiert, wer wir sind und was wir tun. Viele wollen das gar nicht wissen. In ihren Augen sind wir eine Landplage, schlimmer als die Polizei, weil sie nicht sehen, womit wir uns beschäftigen. Aber ich habe keine Zeit, ihre Fragen zu beantworten, und bin, ehrlich gesagt, auch nicht der Ansicht, dass sie alles über unsere Vorgehensweise wissen sollten, selbst wenn sie uns zu helfen versuchen.«

»Was wollen sie denn beispielsweise wissen?«, fragte Pitt, den eine leise Unruhe beschlich. Teague war im ganzen Land berühmt, allseits geachtet und äußerst wohlhabend, ein Mann, den man wegen seiner sportlichen Erfolge bewunderte. Er war ein Musterbeispiel für alles, was von einem englischen Gentleman erwartet wurde: ein Mann, der sein Privatleben streng vor der Öffentlichkeit abschirmte, der mit seinem Geld nicht knauserte, sich im Sport einsetzte und Erfolge scheinbar mühelos errang. Und bei ihm kam noch hinzu, dass er gut aussah, hochgewachsen war und äußerst elegant auftrat.

»Genaue Einzelheiten«, gab Stoker zurück und sah Pitt dabei aufmerksam an. »Alles auf die höfliche Tour. Wollen den Eindruck erwecken, als ob ihnen an dem liegt, was wir tun.« Wie sehr es ihm verhasst war, gönnerhaft behandelt zu werden, sah man an der angespannten Haltung seines Körpers. Befehle und gerechtfertigte Kritik nahm er widerspruchslos hin, aber Herablassung war ihm zuwider.

»Ungeschickt«, entschied Pitt. »Wollen helfen und wissen nicht, wie sie das anstellen sollen.«

Stoker machte ein sauertöpfisches Gesicht und verließ den Raum.

In einer Gaststätte aß Pitt verspätet zu Mittag: Brot mit Käse und eine Gewürzgurke. Auf seinem anschließenden Weg zur Hauptstraße, von wo aus er mit einer Droschke zu Barton Hall fahren wollte, tauchte plötzlich ein gut gekleideter Mann auf und begann, neben ihm her zu gehen. Es war Frank Laurence, der ihm höfliche Fragen stellte. Im Unterschied zu Pitt trug er nichts in den Taschen seines ausnehmend gut geschnittenen Anzugs mit sich herum, was diese ausbeulte, und er wirkte auch insgesamt deutlich gepflegter, während Pitt wieder einmal dringend zum Friseur gemusst hätte.

»Ich habe nichts weiter zu sagen«, teilte ihm Pitt ohne Einleitung mit.

»Versteht sich. Sie wissen nichts, und wenn Sie etwas wüssten, würden Sie es mir nicht sagen.«

Pitt fühlte sich von dieser Antwort getroffen, und ihm war klar, dass Laurence das beabsichtigt hatte. Er dachte nicht daran, den Köder zu schlucken, und gab lächelnd zurück: »Ganz recht, das würde ich nicht tun.«

»Ist Ihnen Mr. Teague von Nutzen?«, fuhr Laurence unverzagt fort. »Er verfügt über ungeheure Mittel. Seiner Familie gehört die halbe Grafschaft Lincolnshire.«

»Inwieweit soll mir das von Nutzen sein?«, erkundigte sich Pitt.

»Ist es natürlich nicht«, gab Laurence lachend zurück. »Aber man muss doch ungeheuer reich sein, wenn man die Hälfte einer Grafschaft besitzt. Es verleiht einem große Selbstsicherheit, wie Sie gewiss schon bemerkt haben. Er ist daran gewöhnt, dass andere es als Auszeichnung ansehen, ihm einen Gefallen tun zu dürfen. Einen Mann wie ihn auf seiner Seite zu wissen ist zweifellos von Vorteil.«

»Soll das ein Hinweis darauf sein, dass es von Nachteil wäre, ihn gegen sich zu wissen?«, fragte Pitt mit ruhiger und freundlicher Stimme, so, als sprächen sie über das Wetter.

Laurence lachte erneut. »Mein lieber Commander. Wenn Sie darauf angewiesen sind, dass ich Ihnen das sage, sind Sie nicht der richtige Mann für Ihren Posten.«

Pitt erwiderte nichts darauf.

»Hat Ihnen Mr. Teague erzählt, dass er Barton Hall schon ein halbes Leben lang kennt?«, sagte Laurence mit einem treuherzigen, leicht belustigten Blick. »Oder hat er Ihnen das vorenthalten?«

Während Pitt unwillkürlich zusammenzuckte, begriff er, dass Laurence genau auf eine solche Reaktion gewartet hatte. Er ärgerte sich, dass er ihm auf den Leim gegangen war.

»Sie haben es also nicht gewusst«, folgerte Laurence. »Die beiden kennen sich seit ihrer Schulzeit, um genau zu sein.

Dass er Ihnen das nicht gesagt hat, steht Ihnen ins Gesicht geschrieben.«

»Haben Sie das durch Ihre Recherchen herausbekommen?«

»Ach was. Wie der Zufall so spielt, war ich auf derselben Schule wie die beiden, natürlich ein paar Jahre später. Aber da hatte sich nicht viel geändert. Dieselbe Schulordnung, Sie wissen schon, und die gleichen Leute, die dagegen verstoßen. Jeder von uns hat seine Helden.«

»Und zu Ihren gehörte Teague?«, fragte Pitt. Das wunderte ihn, er wusste selbst nicht recht, warum.

Mit einem Mal war alle Belustigung aus den Augen des Journalisten verschwunden, und ein sonderbarer Zorn blitzte in ihnen auf.

»Wohl kaum. Ich war mehrere Klassen unter ihm und kannte ihn daher eigentlich nur vom Hörensagen. Aber niemand kann seine überlegene Art auf dem Cricketplatz vergessen.« Er zuckte leicht die Achseln. »Ich habe Cricket gehasst, ich war kein Mannschaftsspieler!« Er lächelte. »Aber ziemlich gut im Schach und Fechten.«

Pitt konnte sich das gut vorstellen. Ausfall und Parade, Zug und Gegenzug passten zum Wesen des Mannes und hatten sicher dazu beigetragen, seine natürlichen Anlagen zu vervollkommnen. Wäre Laurence nicht Journalist gewesen, hätte Pitt ihn gut leiden können.

»Ich kann Ihnen über Teague nichts sagen«, teilte er ihm mit. »Und wenn ich es könnte, würde ich es nicht tun, Mr. Laurence.«

Laurence lachte schallend. »Da haben Sie mit einem Satz den ganzen Unterschied zwischen uns beiden offengelegt, Mr. Pitt. Ich kann Ihnen eine Menge über Dalton Teague sagen und vor allem über Leute, die er gefördert, und solche, die er zugrunde gerichtet hat. Das werde ich auch nach und nach tun.«

Pitt sah ihn an und versuchte in seinem Gesicht zu lesen, aber der vorige Ausdruck war verschwunden, der üblichen Mischung aus Gewitztheit und Weltklugheit gewichen.

»Viel Glück bei Mr. Hall«, fügte Laurence hinzu. »Er ist interessanter, als Sie jetzt vielleicht annehmen. Schauen Sie ihn sich nur gründlich an.« Er wandte sich um und ging davon. Pitt würde auf dem Weg zu seinem Büro reichlich Gelegenheit haben, über das soeben Gehörte nachzudenken.

KAPITEL 7

Bevor sich Pitt zu Barton Hall aufmachte, den er in der Bank aufsuchen wollte, kehrte er nach Lisson Grove zurück, um zu sehen, ob es von Latham und den Untersuchungen im Fall Inkerman Road oder von den Männern, die er nach Spanien in Marsch gesetzt hatte, etwas Neues gab. Allerdings rechnete er nicht damit, dass sie viel in Erfahrung bringen würden. Je länger er darüber nachdachte, desto mehr fürchtete er, dass der Auslöser für das Verbrechen in Spanien lag. Vielleicht sollte er einen höheren Beamten in die spanische Botschaft schicken, um mit Hilfe einiger taktvoller Fragen in dieser überaus heiklen Angelegenheit Aufklärung zu erlangen.

Fünf Minuten später stand James Urquhart vor ihm, ein gut aussehender, umgänglicher Mann, der die Kunst beherrschte, in schwierigen Situationen die rechten Worte zu finden. Da er vor seiner Zeit beim Staatsschutz im diplomatischen Dienst tätig gewesen war, kamen Pitt seine speziellen Fähigkeiten in diesem Fall besonders recht.

»Ich denke, es ist an der Zeit, der spanischen Botschaft einen Höflichkeitsbesuch abzustatten«, begann Pitt. »Machen Sie keine großen Umstände, sondern versichern Sie den Leuten einfach, dass wir alles uns Mögliche tun, um Señora Delacruz zu finden und den oder die Mörder der beiden anderen Frauen zur Rechenschaft zu ziehen. Vielleicht ergibt sich die Gelegenheit, den Botschafter zu fragen, ob er uns mit einem Rat zur Hand gehen kann.« Er sah Urquhart aufmerksam an, um sich zu vergewissern, dass dieser begriff, wie heikel und zugleich dringlich die Angelegenheit war.

»Sehr wohl, Sir«, sagte Urquhart mit einem leichten Lächeln. »Ich glaube zwar nicht, dass uns die Leute da besonders nützlich sein werden, aber man kann es ja versuchen. Was genau müssen wir wissen?«

Pitt hatte gründlich darüber nachgedacht. »Was sie über Señora Delacruz wissen oder vermuten, aber offiziell nicht zu sagen bereit sind. Sie wissen schon: Hinweise, Mutmaßungen, vertrauliche Äußerungen, Dinge, die sie jederzeit dementieren würden.«

»Verstanden. Wird gemacht, Sir«, sagte Urquhart und ging.

Pitt trat ans Fenster und sah nachdenklich hinaus. Kurz darauf kam Stoker herein. Er wirkte bedrückt. »Tut mir leid, Sir, von Latham gibt es nichts Neues.« Er lehnte sich an Pitts Schreibtisch. »Gestützt auf die Angaben des Arztes und andere inzwischen bekannt gewordene Einzelheiten, hat er den Tatzeitpunkt ziemlich genau eingrenzen können«, fuhr er fort. »Einige Unbekannte, die man in der Nähe gesehen hatte, konnten als zwei Lieferanten und ein Klempner identifiziert werden, von denen keiner als Täter in Betracht kommt.« Er runzelte die Stirn. »Könnte die Sache einen politischen Hintergrund haben oder ein religiöser Fanatiker dahinterstecken?«

»Ersteres«, sagte Pitt. Er war selbst überrascht, wie sicher er sich war. »Obwohl es den Leuten durchaus zuzutrauen wäre, dass sie sich für ihre Zwecke eines religiösen Fanatikers bedienen.«

»Spanisch?«

»Die Politik oder der Fanatiker?«, fragte Pitt.

Stoker lächelte zum ersten Mal. »Beides. Wenn es ein Fanatiker war, muss er Spanier sein. Hierzulande hat niemand so viel religiöses Feuer im Blut.« In seiner Stimme schwang leises Bedauern mit.

Pitt war erstaunt. Von dieser Seite hatte er Stoker bisher noch nicht kennengelernt.

»Entschuldigung, Sir.«

»Dazu besteht kein Anlass«, gab Pitt sogleich zurück. »Sie haben recht. Hinter diesem abscheulichen Verbrechen steckt eine tiefe Leidenschaftlichkeit. Henrietta Navarro hat mir gesagt, dass Sophia allerlei reuige Sünder und Flüchtige aufgenommen hat: von der Gesellschaft ganz allgemein oder von der Kirche ausgestoßene Menschen. Warum hätte sie sich da nicht auch für Anarchisten einsetzen sollen, die nach einer Gräueltat vor der Justiz auf der Flucht waren, ob schuldig oder nicht? Einige dieser armen Teufel wussten vermutlich keinen anderen Ausweg.«

»Sieht ganz so aus, als hätte sie ab und zu ein gefährliches Spiel getrieben«, antwortete Stoker. »Aber was hat Hall damit zu tun? Wozu ist sie hergekommen?«

»Das weiß ich noch nicht«, räumte Pitt ein. »Ich gehe zu ihm. Er ist mir eine gute Erklärung dafür schuldig, warum er ihr das Haus in der Inkerman Road zur Verfügung gestellt hat, und außerdem will ich von ihm wissen, wem das außer ihm bekannt war.«

»Ich komme mit«, sagte Stoker und straffte sich.

»Ist nicht nötig.« Pitt schüttelte den Kopf.

»Sofern Anarchisten dahinterstecken, Sir, die die beiden Frauen ermordet und Sophia entführt haben, und Hall mit denen im Bunde steht …«

»Nichts weist auf einen solchen Zusammenhang hin.« Pitt trat an die Tür, um Stoker den Weg zu versperren. »Angesichts seines Berufs als Bankier würde ich eher das genaue Gegenteil annehmen. Das Bankwesen ist zu seinem Gedeihen auf eine festgefügte gesellschaftliche Ordnung angewiesen. Wer kann fester in der Gesellschaft verankert sein als dieser Mann? Kirche, Krone und Geld! Wenn Sophia Delacruz etwas für Aufrührer, Anarchisten oder auch nur für Notleidende übrig hat, dürfte es niemanden wundern, dass er sie ablehnt. Die beiden sind sozusagen natürliche Feinde.«

»Wie der Jäger und sein Beutetier!«, sagte Stoker und errötete über seine Freimütigkeit.

Pitt lachte zum ersten Mal seit Langem laut heraus, mehr vor Überraschung als aus Belustigung. »So ist es«, bestätigte er voll Mitgefühl. »Leider haben wir keine Möglichkeit, da einzugreifen.« Er ging zum Garderobenständer und nahm sein Jackett vom Haken.

Bevor er hineinschlüpfen konnte, klopfte es. Vor der Tür stand Brundage und einen oder zwei Schritte hinter ihm Dalton Teague. Brundage wirkte verlegen.

Ehe er etwas sagen konnte, trat Teague vor. »'n Tag, Commander.« Mit diesen Worten hielt er Pitt die Hand hin, sodass diesem nichts anderes übrig blieb, als sie zu ergreifen.

»Guten Tag, Mr. Teague.« Es schien überflüssig zu fragen, ob Teague etwas zu berichten habe. Das selbstzufriedene Leuchten in den Augen des Mannes strafte den aufgesetzten Ernst seiner Miene Lügen. Pitt hängte sein Jackett zurück an den Haken und forderte Teague auf, einzutreten.

»Danke.« Teague nahm in dem Ledersessel Pitt gegenüber Platz, schlug die langen Beine übereinander und lehnte sich bequem zurück. »Scheußliche Geschichte da in der Inkerman Road«, sagte er mit ernster Stimme. »Die Sache bekommt dadurch ein völlig anderes Gesicht. Die Presse fängt an, verrückt zu spielen, was nicht unbedingt hilfreich ist.« Mit einem bitteren Lächeln fügte er hinzu: »Aber das sehen die Zeitungsleute auch gar nicht als ihre Aufgabe an. Eher schon stehen sie auf der anderen Seite.«

»Ja, widerlich«, bestätigte Pitt. Er fragte sich, warum der Mann gekommen war.

»Vermutlich haben Sie den einen oder anderen Artikel von Frank Laurence gelesen? Er scheint in der Angelegenheit eine ernsthafte politische Bedrohung zu sehen, macht aber nicht wirklich klar, wie die genau aussehen soll. Vielleicht Krieg mit Spanien? Aber ihn interessieren nun einmal eher Spekulationen als Fakten. So war er schon immer.«

»Ach, kennen Sie ihn schon länger?«, fragte Pitt mit gleichmütiger Stimme, war aber höchst interessiert. Laurence hatte ihm gesagt, dass er Teague nicht ausstehen konnte. Beide hatten dieselbe Schule besucht, wenn auch zu unterschiedlichen Zeiten.

Teague zuckte leicht die Achseln. »Aus der Schule, Commander. Er hat sich nicht sehr verändert. Damals war er ein kleiner Mistkerl, der seine Nase in alles stecken musste, was ihn nichts anging, um dann eine große Sache daraus zu machen. Hat ein Gedächtnis wie ein Elefant.«

»Kennen Sie ihn gut?«

Teague riss die Augen übertrieben weit auf. »Großer Gott, nein. Er war ja viel jünger. Hat für die Schüler höherer Klassen dies und das erledigt. Das war so üblich – haben wir alle gemacht. Hat auch eine Weile für mich Sachen erledigt, und so habe ich ihn kennengelernt.«

Pitt konnte sich die Situation gut vorstellen. Er selbst hatte nie eine dieser Schulen besucht, wusste aber von anderen, wie es da zuging. Dort herrschte eine strenge hierarchische Ordnung mit Bräuchen, die nicht Jahrzehnte zurückreichten, sondern Jahrhunderte. Wer log – Teague oder Laurence? Und warum? Das Ganze wirkte schrecklich banal.

Pitt war sich bewusst, dass Teague ihn beobachtete. Er machte ein betont ausdrucksloses Gesicht, auch wenn ihm klar war, dass Teague merken würde, wie unnatürlich das war. Er musste unbedingt eine passende Antwort finden.

»Meinen Sie, er könnte an dieser Sache irgendein Interesse haben, das über seinen Wunsch nach einem packenden Artikel hinausgeht?«, fragte er. »Und natürlich nach Anerkennung dafür.«

Teague lächelte. »Commander, ich zweifle, dass Frank Laurence im Leben ein anderes Ziel kennt, als packende Artikel zu schreiben und Anerkennung dafür zu bekommen – alles andere lässt ihn kalt.«

»Können Sie mir etwas berichten, Mr. Teague?«, fragte Pitt gelassen.

»Aha, Zeit für den Bericht an den Mannschaftskapitän, was?« Teague lehnte sich wieder behaglich zurück. Zwar lächelte er, aber sein Blick war ausdruckslos. Der Mann war sichtlich auf der Hut. Pitt wusste nicht, ob er seine Bemerkung scherzhaft oder als Stichelei gemeint hatte.

»Sie gehören nicht zu den Leuten, die ihre Zeit vergeuden«, bemerkte Pitt.

Teague entspannte sich ein wenig und schlug die Beine in der anderen Richtung übereinander. »Bestimmt wissen Sie bereits, dass das Haus in der Inkerman Road, in dem die Frauen ermordet wurden, Barton Hall gehört. Das ist nicht besonders überraschend. Über gewisse Kontakte habe ich erfahren, dass Sophia und ihr Mann, Nazario Delacruz, in Spanien nicht nur mit Menschen, die vor den Behörden auf der Flucht waren, sympathisiert, sondern sie auch unterstützt haben sollen. Manche waren einfach reuige Straftäter, aber andere haben sich aus politischen Gründen dem Zugriff der Behörden entzogen. Ob man diese Leute zu Unrecht beschuldigt oder wegen ihres Kampfs gegen die Unterdrückung verfolgt hat – da enthalte ich mich jeden Urteils.«

»Und was wollten Sie mir in Bezug auf die Morde sagen?«, fragte Pitt betont harmlos.

»Sophia Delacruz steht grundsätzlich auf der Seite derer, die verfolgt werden, ganz gleich, aus welchem Grund oder ob zu Recht oder Unrecht«, sagte Teague und sah Pitt dabei aufmerksam an. »Manche, die sich für die Rechte der Armen eingesetzt haben, sind bewundernswert, andere nicht. Manche Anarchisten kennen kein anderes Ziel als Zerstörung. Ihnen ist möglicherweise jede Art von Gewalttätigkeit recht, selbst dieser neue elende Krieg. Sie verherrlichen das Chaos und hassen jeden, der besitzt, was sie nicht haben. Die staatlichen Organe machen zwischen Ersteren und Letzteren keine großen Unterschiede.«

Zwar drückte er damit genau das aus, was Pitt selbst dachte, und trotzdem wollte Pitt hören, was Teague zu sagen hatte und was er damit bezweckte. Während er dem Mann zuhörte, kam ihm ein beunruhigender Gedanke: Einen wie großen Teil dessen, was er da sagte, hatte er mittelbar oder unmittelbar durch seine Kontakte mit Pitts Leuten beim Staatsschutz erfahren? Trug er etwas Wesentliches zu den Ermittlungen bei, oder versuchte er, Pitt auszuhorchen? Was steckte dahinter? Wie viel hatte er mitbekommen, worüber er nicht sprach?

Während Pitt ihm zuhörte, versuchte er, sich darüber klar zu werden, ob Nazario Delacruz mit der anarchistischen Bewegung in Spanien in Verbindung stand. Konnte es sich um einen gegen Sophia gerichteten Vergeltungsakt der spanischen Regierung handeln? Oder wollte man ihren Mann, Nazario, auf diese Weise dazu bringen, dass er die Menschen ans Messer lieferte, denen zu helfen er geschworen hatte? All diese Gedanken waren Pitt schon vor Teagues Erscheinen durch den

Kopf gegangen. Die Frage lautete nach wie vor: War der Mann gekommen, um Informationen zu liefern oder um selbst etwas in Erfahrung zu bringen? Ganz von der Möglichkeit zu schweigen, dass er sich Pitts und des Staatsschutzes bediente, um persönliche Interessen zu verfolgen.

Er war nicht nur mit der Hälfte der englischen Aristokratie verwandt oder verschwägert, sondern auch ein entfernter Verwandter des amtierenden Premierministers. Verräter gab es selbst auf höchster Ebene. Zwar wagte Pitt nicht, Teagues angebliche Hilfe auszuschlagen, wohl aber konnte er Stoker den Auftrag geben, dass er die anderen Mitarbeiter im Staatsschutz anwies, Teague oder dessen Beauftragten, mit denen sie zusammenarbeiteten, nur Dinge zu sagen, die dem Interesse des Staatsschutzes nicht zuwiderliefen.

War es dafür unter Umständen bereits zu spät?

Wollte Teague womöglich die Verschwiegenheit der Mitarbeiter des Staatsschutzes auf die Probe stellen, der in Regierungskreisen keineswegs nur Freunde hatte? Den Kronprinzen, der Pitt als persönlichen Feind ansah, würde Pitts Entlassung aus dem Dienst ausgesprochen freuen. Es gab zahlreiche Männer, die sich nach Ansicht des Kronprinzen weit besser für das Amt eigneten, nicht nur in Bezug auf ihre Fähigkeiten, sondern weil sie die ungeschriebenen Regeln, wie Gentlemen miteinander umgingen, worüber nicht gesprochen werden durfte und wer wem welchen Gefallen wann schuldete, gleichsam mit der Muttermilch eingesogen hatten. Narraway hatte diese Regeln mit traumwandlerischer Sicherheit beherrscht. Pitt lernte noch, langsam, und das ging nicht ohne Fehler ab.

»Ich habe in Spanien einige Kontakte«, sagte Teague, »aus der Zeit, als ich mit meiner Jacht dort gesegelt habe. Aber es hat keinen Sinn, einen Gefallen einzufordern, um etwas zu erfahren, was man bereits weiß.« Er sah Pitt prüfend an.

»Beispielsweise sind Sie sich bestimmt über das derzeitige politische Klima in Spanien im Klaren …«

»Selbstverständlich«, erwiderte Pitt.

»Könnte Señora Delacruz dort mit Anarchisten in Verbindung stehen? Deckt sie möglicherweise jemanden, der nach den Morden in Barcelona untergetaucht ist, oder etwas in der Art?«

Pitt spürte Teagues Anspannung. Er hielt sich unnatürlich still, als wolle er seine Muskeln an einer unwillkürlichen Bewegung hindern, die ihn verraten könnte.

Pitts Gedanken jagten sich. Was sollte er darauf antworten? Da jemand wie Dalton Teague unmöglich etwas für Anarchisten übrig haben konnte, musste es einen anderen Grund für seine Wissbegier geben. Wohlverhalten der spanischen Regierung gegenüber? Äußerst unwahrscheinlich. Hatte es mit Spionen und dem vor Kurzem erklärten Krieg zwischen Spanien und Amerika zu tun?

»Möglich wäre es«, sagte er bedächtig. »Radikal genug dafür ist sie.«

»Aber Genaues wissen Sie nicht?«, fragte Teague eindringlich. »Smith hat Ihnen nicht gesagt, ob sie jemanden deckt?« Erneut suchte er eine Antwort in Pitts Augen. Dann schien ihm das mit einem Mal bewusst zu werden, und er senkte den Blick. »Sofern sie unpassenderweise Mitgefühl für die Anarchisten hätte, würde die Sache für uns noch viel unangenehmer.«

Es war Pitt nur allzu schmerzlich bewusst, wie unangenehm sie bereits war.

»Vielleicht hat sie die Leute ja verraten – oder die haben ihr das unterstellt. Wäre das Ihrer Kenntnis nach möglich?«

»Ich weiß nicht genug, um darauf zu antworten«, gab Pitt zurück. »Jedenfalls noch nicht.«

»Sagen Sie es mir, sobald Sie es wissen?«, fragte Teague mit einem Lächeln.

»Bis dahin werde ich gründliche Nachforschungen anstellen.«

Teague erhob sich, und Pitt stand ebenfalls auf. Diesmal hielt er dem anderen die Hand als Erster hin.

Da es für einen Besuch bei Barton Hall inzwischen zu spät war, ging Pitt nach Hause.

Das Abendessen war bereit, und die ganze Familie versammelte sich um den Tisch. Anschließend gingen sie ins Wohnzimmer. Die Kinder hatten ihre Hausaufgaben erledigt, und niemanden riefen irgendwelche Verpflichtungen.

Pitt war nach wie vor tief in Gedanken und nicht in der Stimmung, sich Jemimas besorgten Fragen zu stellen, doch ein mahnender Blick Charlottes machte ihm deutlich, dass seine Reaktion wichtig war. Wenn er jetzt versagte, würde sich das später nur schwer wieder ausbügeln lassen.

»Hast du inzwischen mehr über Señora Delacruz herausbekommen, Papa?«, wollte Jemima wissen.

»Noch nicht. Aber wir suchen nach ihr und folgen jedem Hinweis, der uns zu ihr führen könnte.« Er war sich darüber im Klaren, dass das recht lahm klang. Erneut sah ihn Charlotte mahnend an.

»Vielleicht ist sie ja tot«, gab Daniel zu bedenken.

Pitt war drauf und dran, ihm zu sagen, dass er den Mund halten solle, doch dann wurde er sich dessen bewusst, dass sie durchaus damit rechnen mussten. »Das wäre möglich«, erwiderte er deshalb, »aber höchstwahrscheinlich wird sie irgendwo gefangen gehalten, und wenn alle so richtig verzweifelt und in tiefster Sorge sind, wird jemand verlautbaren lassen, unter welchen Bedingungen man bereit ist, sie freizulassen.«

»Und wer würde dafür aufkommen müssen?«

»Natürlich die Leute in Angel Court«, sagte Jemima in schneidendem Ton.

»Haben die denn Geld?«, erkundigte sich Daniel überrascht. »Und wollen sie die Frau überhaupt wiederhaben? In der Zeitung stand, dass die das vielleicht gar nicht wollen.«

»Jemanden nicht haben zu wollen ist nicht dasselbe wie zuzulassen, dass so ein Mensch umgebracht wird, wenn man nicht zahlt«, warf Charlotte rasch ein. »Man würde also auch für jemanden zahlen, den man eigentlich nicht ausstehen kann. Letzteres ist bei den Leuten in Angel Court aber nicht der Fall – sie sind nur nicht mit allem einverstanden, was die Frau gesagt hat.«

Jemima sah ihren Vater an. »Hat sie mit allem recht, was sie in ihren Predigten sagt? Kann ein Mensch wirklich wie Gott werden?«

»Na hör mal!«, fuhr ihr Daniel in die Parade. »Niemand ist vollkommen. Die sagt den Leuten einfach, was die hören wollen: Egal wie viel Schlechtes man getan hat, es gibt immer einen Weg zurück. Wenn man sich genug Mühe gibt, kann man wie Gott werden. Die Unterschiede dauern nicht ewig, wir sind alle gleich!«

»Das hat sie nicht gesagt!«, widersprach ihm Jemima mit vor Zorn gehobener Stimme. »Außerdem wollen die Leute das bestimmt nicht hören! Jeder hält sich für was ganz Besonderes. Welchen Sinn hätte alles Streben, wenn jeder in den Himmel käme? Die wollen das nur, wenn sie andere davon ausschließen können. Hast du überhaupt zugehört?«

»Das ist keine Heilige, sondern einfach eine Frau, Jemima«, erklärte Daniel geduldig. »Sie weiß auch nicht mehr als andere.«

»Doch!«, widersprach seine Schwester. Sie wandte sich an Pitt. »Stimmt doch, Papa? Sie ist anders. Sie ist mutig und voll

Leidenschaft. Sie hat etwas gesehen, was anderen entgangen ist – nicht wahr?«

Es war Pitt klar gewesen, dass diese Frage kommen würde und er sie beantworten müsste; er hatte aber nicht so bald damit gerechnet. Er war noch nicht bereit. Wenn er nun seiner Tochter mitteilte, Sophia sei ein rechtschaffener Mensch, und sich dann herausstellte, dass sie spanische Terroristen unterstützte? In dem Fall würde das Mädchen nicht nur seinen Glauben an Sophia, sondern auch den an den Vater verlieren. Wenn er sagte, dass er es nicht wisse, würde das so klingen, als weiche er einer Antwort aus. Aber er wusste es tatsächlich nicht.

»Ich weiß nicht, was für ein Mensch sie ist«, sagte er nachdenklich. »Aber ohnehin solltest du die Worte eines Menschen nach dem beurteilen, was sie besagen, und nicht danach, aus wessen Mund sie kommen. Auch ein unvollkommener Mensch mit Fehlern kann die Wahrheit sagen.«

Daniel runzelte die Stirn. »Heißt das, sie sagt die Wahrheit, Papa? Oder dass du weißt, sie ist unvollkommen?«

»Das sind wir alle«, warf Charlotte ein. »Auch du, mein Schatz. Aber wir lieben dich trotzdem.«

Ohne auf sie zu achten, sah Daniel seinen Vater unverwandt an; offensichtlich erwartete er eine Antwort.

»Deine Mutter hat das zwar mit einem Lächeln gesagt«, erklärte Pitt, »aber ich denke, dass sie das in vollem Ernst gemeint hat. Übrigens ist es für euch Schlafenszeit. Ich weiß nicht, was mit Sophia Delacruz geschehen ist, aber ich tue, was ich kann, um das festzustellen und sie nach Möglichkeit zu retten und dafür zu sorgen, dass bestraft wird, wer auch immer die beiden Frauen in der Inkerman Road ermordet hat. Ich weiß nicht, was dahintersteckt – Religion, Politik, Geld oder einfach persönlicher Hass. Ich werde mir erst dann eine Meinung bilden, wenn ich das herausbekommen habe. Damit ist das Thema für heute Abend erledigt.«

Jemima holte Luft, als wolle sie etwas sagen, unterließ es dann aber und umarmte ihren Vater rasch, bevor sie Gute Nacht sagte und den Raum verließ.

»Die ist bestimmt todtraurig, wenn rauskommt, dass diese Sophia eine Schwindlerin ist«, sagte Daniel unglücklich. »Die Frau sollte den Leuten keine solchen Träume vorgaukeln. Das ist wirklich schlimm.«

»In dem Punkt hast du recht«, entgegnete Pitt. »Aber gib die Hoffnung nicht auf.«

Der Junge erhob sich träge. »Ich weiß nicht recht, ob ich viel für Religion übrig habe. Entweder ist sie langweilig oder gefährlich. Ich bin nicht sicher, ob langweilig da nicht besser ist.« Mit langsamen Schritten ging er zur Tür, wobei er Charlotte ganz leicht am Arm berührte, als er an ihr vorüberkam.

»So ungefähr ist das ganze Leben«, sagte sie leise.

»Langweilig oder gefährlich?«, fragte Pitt überrascht.

»Sicher oder riskant«, gab sie zurück. »Es kann schmerzen, wenn man Risiken eingeht, aber zumindest hat man es probiert. Manchmal ist es großartig.« Sie lächelte ihm zu, und er spürte, wie erneut Wärme den Raum erfüllte. Er erwiderte ihr Lächeln, ohne auf ihre Worte einzugehen.

Charlotte stand auf und verließ leise das Zimmer. Jemimas Kummer beunruhigte sie. Es lag mehr darin als die Sorge um die Sicherheit einer Frau, die sie ein einziges Mal als Rednerin erlebt hatte.

Sie ging nach oben und klopfte bei Jemima an. Sie hörte eine undeutliche Antwort und beschloss, sie als »Herein« zu deuten.

Das Mädchen saß gedankenverloren auf der Bettkante und hob beim Eintreten der Mutter den Blick.

Charlotte schloss die Tür hinter sich und setzte sich ans Fußende des Bettes.

»Wieso machst du dir solche Sorgen um Sophia Delacruz?«, erkundigte sie sich ohne Umschweife.

»Glaubt sie wirklich, was sie sagt, oder will sie nur Aufsehen erregen?«, fragte das Mädchen.

»Ich denke, es ist ihr damit ernst. Warum willst du das wissen?«

Jemima gab keine Antwort.

»Ist es wichtig, ob es wahr ist, wenn sie es ehrlich meint?«, fasste Charlotte nach.

»Niemand weiß, ob es wahr ist«, gab Jemima zurück und sah ihre Mutter an. »Das geht gar nicht. Wenn man es wüsste, gäbe es gar keinen Glauben.«

»Das stimmt«, gab ihr Charlotte recht. Sie mahnte sich zur Geduld. »Warum ist das wichtig?«

»Die Leute hassen sie, weil sie klug ist und offen sagt, was sie denkt. Manches von dem, was sie sagt, ist vernünftiger, als was die sagen.« Jemimas Gesicht war angstvoll verzogen.

Charlotte hätte sie gern getröstet, aber mit allgemein gehaltenen Äußerungen würde sie das nicht erreichen, und so antwortete sie einfach: »Ja.«

»Ist Papa wirklich überzeugt, dass ihr eigener Mann dahinterstecken könnte?« Jemimas Stimme war kaum hörbar.

»Ich glaube nicht«, sagte Charlotte, die nicht wusste, was sie von Jemimas Gedankengängen halten sollte. »Aber er darf die Möglichkeit nicht ohne Weiteres ausschließen. Es kommt vor, dass ein Mann seine Frau umbringt.«

»Weil die recht hat?«, fragte Jemima. »Weil sie nicht einfach den Mund hält und tut, was man ihr sagt? Und denkt, was alle anderen denken?«

Charlotte schluckte. »Mitunter. Aber es gibt auch eine Menge anderer Gründe dafür, dass Menschen sich streiten, habgierig, wütend oder eifersüchtig sind. Wieso denkst du gerade jetzt daran? Wir wissen doch gar nicht, was mit ihr passiert ist.«

»Sie ist schön, findest du nicht auch?«, fragte Jemima. Auf ihrem Gesicht lag ein Ausdruck von Verwirrung.

»Ja, in gewisser Hinsicht. Inwiefern spielt das eine Rolle?«

»Wahrscheinlich hat er sie zuerst geliebt, bis sie anfing, so gekonnt über ihren Glauben zu reden.«

»Möglicherweise liebt er sie nach wie vor.«

Jemima holte tief Luft und stieß sie langsam mit einem Seufzer wieder aus. »Erinnerst du dich an die Gesellschaft bei Lady Cromby?«

»Ich weiß, dass du hingegangen bist.«

»Ihr Sohn war da. Er war ganz reizend. Nein, das ist ein blödes Wort.« Jetzt standen Tränen in Jemimas Augen, und sie zwinkerte heftig, um sie zu vertreiben. »Er ist lustig, klug und – sieht sehr gut aus. Er mag mich. Das habe ich seinem Gesicht angesehen. Das konnte jeder sehen. Wir haben uns richtig vernünftig unterhalten. Er hat mich gefragt, was ich denke, und ich habe es ihm gesagt. Das hätte ich besser nicht tun sollen. Es war nicht das, was er dachte, aber ich hatte recht. Das war ein paar von den anderen auch klar. Er hatte mich gefragt, ob ich mit ihm ins Theater gehen wolle – natürlich mit Begleitung, wie es sich gehört. Am Ende des Abends hat er dann gesagt: ›Ich glaube, ich gehe besser doch nicht ins Theater, weil mir das Stück vermutlich nicht gefallen würde.‹« Sie verstummte, denn ihre Kehle war wie zugeschnürt, sodass sie kein Wort mehr herausbrachte.

»Das tut mir sehr leid«, sagte Charlotte mitfühlend. Sie versuchte etwas aufrichtig Gemeintes zu sagen, doch ihr fiel nichts ein.

Jemima tastete nach einem Taschentuch. »Ich habe so was schon mal erlebt, und es hat mir nicht so wehgetan. Aber ich kann ihn wirklich gut leiden. Annabelle hat mir hinterher gesagt, wenn ich klug wäre, würde ich einfach Ja und Amen zu dem sagen, was die Jungen von sich geben, weil ihnen das gefällt, auch wenn sie völlig im Unrecht sind. Dabei geht es doch gar nicht darum, wer recht hat. Es geht einfach darum, dass man die Möglichkeit hat zu denken, was man will, und darüber zu reden. Aber wenn einen nun niemand liebt? Muss ich jetzt ständig heucheln oder für immer allein bleiben?«

Erneut tastete sie nach ihrem Taschentuch. »Mir ist klar, dass es blöd von mir ist, wegen dieser einen Gesellschaft den Kopf hängen zu lassen. Aber muss ich mich wirklich immer dumm stellen und so tun, als wüsste ich nichts, obwohl ich genau weiß, worum es geht?«

Mit einem Schlag war Charlotte alles klar. Was konnte sie sagen, ohne die Wirklichkeit zu verdrehen? Sie erkannte sich deutlich in ihrer Tochter wieder. Sie konnte sich genau erinnern, wie sie in Jemimas Alter gewesen war. Ihre Freundinnen hatten eine nach der anderen geheiratet, nur sie nicht. Dabei hatte sie durchaus gut ausgesehen, genau wie Jemima, und ebenso wie diese hatte sie deutlich ihre eigene Meinung vertreten.

Aber gab es irgendwo einen zweiten Thomas Pitt, der Jemima lieben und heiraten würde? Und wie viel Schmerz würde sie leiden müssen, bis sie ihn fand?

Charlotte wählte ihre Worte mit Bedacht. »Du brauchst keineswegs anderen nach dem Mund zu reden. Bisweilen ist es allerdings klüger zu schweigen.«

»Ich hatte ihn um eine Erklärung gebeten«, gab sie zurück.

»Ach, mein Liebling!«, sagte Charlotte mit einem Seufzer. »Tu das nie. Er kann unmöglich erklären, was er nicht versteht. Wenn du darüber nachdenkst, wird dir auch klar, dass …«

»Hat man Señora Delacruz etwa deshalb umgebracht?«

»Wir wissen nicht, ob sie noch lebt oder nicht, und sofern sie tot ist, kennen wir weder die Täter noch deren Gründe.«

»Aber wird mich jemand lieben, wenn ich sage, was ich glaube, und es nicht das ist, was er glaubt?«, beharrte Jemima auf ihrer Frage.

»Es kann schon sein, dass dir die Liebe nicht ohne Weiteres über den Weg läuft, aber wenn du sie findest, wird sie echt und von Dauer sein. Auf jeden Fall ist es ratsam, gelegentlich seine Meinung für sich zu behalten. Du kannst mir glauben, ich habe reichlich Lehrgeld zahlen müssen, bis ich das begriffen habe. Nicht nur Männern gegenüber, sondern ganz allgemein. Es kann durchaus klug sein, den Mund zu halten, wenn man recht hat.«

Charlotte beugte sich vor, um Jemima zu umarmen, und entspannte sich, als sie spürte, wie diese die Umarmung erwiderte.

Am nächsten Morgen brachte die *Times* erneut einen ausführlichen Artikel aus der Feder von Frank Laurence. Er enthielt sich jeder Kritik daran, dass weder die Polizei noch, soweit bekannt, der Staatsschutz in der Frage weitergekommen war, wer die bedauernswerten Frauen in der Inkerman Road ermordet hatte oder was aus Sophia Delacruz geworden war. Er spekulierte nicht einmal über die Frage, ob sie noch lebte.

Nach einer Weile merkte Pitt verblüfft, worauf Laurence hinauswollte. Der Artikel war mit solch unverstellter Offenheit verfasst, dass es ihm vorkam, als könne er die Stimme des Mannes neben sich hören. Vor seinem inneren Auge sah er sogar den klugen und humorvollen Ausdruck auf dessen Gesicht.

»Sofern sie nicht mehr lebt, ist das eine Tragödie und zugleich ohne Frage eines der widerlichsten Verbrechen, die je in dieser Stadt begangen worden sind«, schrieb Laurence, und fuhr fort:

> Doch sofern sie gesund und munter ist und mit uns in Verbindung treten könnte, wenn sie das wollte, handelt es sich um Frevel. Es gibt viele Möglichkeiten, Menschen zu

betrügen, sie um ihr Geld, ihren Besitz, ihr Amt oder Lebensmöglichkeiten zu bringen, wenn nicht gar um den Ruhm, den sie sich erworben haben. Häufig geschieht das, indem man sie täuscht, sodass sie der eigenen Habgier zum Opfer fallen. Viele von uns lassen sich von der Aussicht verlocken, mehr zu bekommen, als ihnen zusteht. Ich habe es selbst erlebt! Ich bin der Versuchung erlegen. Im Kleinen habe ich den Köder geschluckt. Wem ist es nicht so ergangen? Es kann sich dabei um so unbedeutende Dinge handeln wie eine Wette, die man eingeht, weil man weiß, dass der Vorteil auf der eigenen Seite ist.

Doch sollte Sophia Delacruz uns getäuscht haben, hätte sie uns damit unsere Träume genommen, unser Vertrauen in die Kraft des Gebets missbraucht, die heiligsten Worte von den Lippen gläubiger Menschen. Wer in Todesangst schwebt, schreit zu Gott um Hilfe. Wie oft sind die letzten Worte eines Soldaten ein Gebet? Wie viele von uns, die von Schuld niedergedrückt werden, flehen im Gebet um Vergebung? Frauen, die ihre kranken Kinder pflegen, bitten Gott, dass er hilft, ihre Qual lindert, ihr Leben bewahrt. Wie viele von uns, die wie Kinder hilflos durch das Dasein taumeln, wenden sich an Gott, damit er ihren Lebensweg erleuchtet?

Und wir sehen zu Helden auf. Wir halten Ausschau nach denen, die einen Glauben an den Gott gefunden haben, den wir in der Finsternis um uns herum suchen. In ihnen erkennen wir Ehrenhaftigkeit und den Mut zu tun, was wir gern täten. Wir sehen Barmherzigkeit, Weisheit und vor allem Glauben. Wenn sie einen Weg finden können, ist es uns ebenfalls möglich. Gibt es etwas, was glücklicher macht und Menschen wirksamer heilt als Hoffnung?

Wie schwer wiegt die Sünde derer, die das Vertrauen argloser Menschen fordern und es dann zerstören? Wir alle sind in tiefster Seele Kinder, wenn wir uns ängstigen, allein sind und der Hilfe bedürfen.

Selbstverständlich darf man jede Lehre in Frage stellen, die eine wie die andere. Man darf sich damit auseinandersetzen und daran zweifeln. Doch solche Worte finden sich nicht auf den Lippen jener, die Hoffnung versprechen. Wer die Rolle des Helden für sich in Anspruch nimmt und das Vertrauen der Schutzbedürftigen genießt, hat mit ihnen ein Bündnis geschlossen. Wir erwarten keine Vollkommenheit, wohl aber ein ehrenhaftes Verhalten.

Hat Sophia Delacruz damit, dass sie dieses Versprechen nicht einhält, den Gott gelästert, an den zu glauben sie behauptet? Noch wissen wir es nicht. Wir beschäftigen uns mit dieser Frage, mühen uns Tag und Nacht, tun, was wir können, denn sie ist wichtig. Falls sie ihrem Versprechen treu geblieben ist, haben wir etwas Herrliches, was wir in Ehren halten dürfen. Wenn nicht, müssen wir einen Weg finden, die Wunde zu heilen, müssen ein anderes Licht suchen, dem wir folgen können. Vielleicht muss einer von uns selbst dieses Licht werden. Es braucht nicht immer ein anderer zu sein.

Pitts Ansicht nach wäre es fast besser gewesen, Laurence hätte sich wie die Autoren so vieler der reißerischen Blätter darauf beschränkt, das entsetzliche Verbrechen in der Inkerman Road in den grellsten Farben auszumalen. Selbst mit unverhohlenem Zorn auf eine selbstsüchtige Frau, die sich überheblich und in unangebrachter Weise äußerte, hätte er die Erwartungen eines Großteils der Leserschaft erfüllt. Diejenigen, die seine Meinung teilten, wären zufrieden gewesen, und die anderen hätten es nicht beachtet.

Doch Laurence wandte sich mit seinem Text an die Nachdenklichen, die Anständigen, Menschen, die in diesen verzweifelt unsicheren Zeiten Ausschau nach Vertrauen und Hoffnung hielten. Er griff die an, welche die Zuflucht der anderen waren, die Zuverlässigen, die nicht vorschnell urteilten.

Pitt legte die Zeitung zusammen und erhob sich vom Frühstückstisch. »Das hilft uns nicht weiter« war alles, was er dazu sagte.

In Lisson Grove teilte ihm Stoker mit, dass er für ihn eine Verabredung mit Barton Hall getroffen habe, doch bis dahin sei noch eineinhalb Stunden Zeit.

Pitt dankte ihm. »Gibt es etwas Neues aus Spanien?«, fragte er dann, ohne mehr als eine nichtssagende Antwort zu erwarten. Falls es etwas gäbe, hätte Stoker ihm davon vermutlich bereits berichtet.

»Nichts, was uns weiterhilft, Sir. Aber ich habe mich etwas genauer mit Laurence beschäftigt.« Stoker stand auf halbem Weg zwischen der Tür und dem Schreibtisch, als könne er sich nicht recht entscheiden.

Pitt ahnte Böses. »Warum? Was haben Sie herausbekommen?«

»Es ist sonderbar – er hat doch gesagt, dass er Teague mehr oder weniger nur vom Hörensagen kannte.«

»Ja«, bestätigte Pitt. »Und der hat gesagt, dass er ihn recht gut kannte. Einer von beiden hat also gelogen. Wissen Sie, wer und, sofern das wichtig sein sollte, warum?«

»Laurence, Sir.« Stoker stand nach wie vor steif in der Mitte des Raumes. »Er war ein heller Kopf, seinen Altersgenossen weit voraus. Er hatte den Spitznamen ›der kleine Klugscheißer‹, aber er war wirklich ein erstklassiger Schüler. Deutlich besser als Teague. Auf dem Sportplatz natürlich eine totale Niete. Erstaunlicherweise soll auch Barton Hall ein recht guter Schüler gewesen sein. Er hat sogar den einen oder anderen Preis für gute Leistungen gewonnen. Laurence übrigens ebenfalls, aber natürlich später.«

»So, so, Laurence hat also gelogen«, sagte Pitt zögernd. »Was könnte Teague über ihn wissen, wovon Laurence nicht will, dass wir es erfahren?«

Stoker runzelte die Stirn. »Ob Laurence in dieser Geschichte eine verdächtige Rolle spielt? Ich kann mir nicht vorstellen, inwiefern.«

»Ich auch nicht«, gab Pitt zu. »Auf jeden Fall kann er Teague nicht ausstehen. Möglicherweise will er nicht, dass wir den Grund dafür erfahren, aber wenn er erwartet, dass ich Teagues Ruf beschädige, um ihm einen Gefallen zu tun, verschwendet er seine Zeit«, sagte er verärgert. »Zwar ist mir der Mann nicht sonderlich sympathisch, aber ich habe auch nichts gegen ihn, und ich denke nicht daran, für Laurence die Kastanien aus dem Feuer zu holen. Haben Sie noch mehr über Barton Hall?«

»Ja, Sir, auf Ihrem Schreibtisch.« Mit diesen Worten verließ Stoker den Raum, und Pitt setzte sich, um die Dokumente zu lesen.

Pitt stieg aus der Droschke, entlohnte den Kutscher und ging dann hinüber zur Bank. Am oberen Ende der Marmortreppe begrüßten den Besucher eine Säulenreihe und ein Portal, die einem Renaissance-Palast Ehre gemacht hätten. Pitt betrat die Eingangshalle, wo ihn ein Lakai nach dem Zwecke seines Besuchs fragte. Nachdem Pitt ihm mitgeteilt hatte, dass er einen Termin bei Mr. Barton Hall habe, führte ihn der Mann über eine weitere Treppe und durch einen langen Korridor bis zu einer Tür und klopfte an.

Die Antwort erklang sogleich, und nachdem der Lakai Pitt die Tür geöffnet hatte, erhob sich Barton Hall hinter seinem Schreibtisch von eindrucksvoller Größe und deutete eine Verbeugung an.

Er sah aus wie jemand, der für diesen nüchternen und zugleich aufwendig eingerichteten Raum mit den in Leder gebundenen Büchern auf den Regalen, den Chippendale-Stühlen und dem riesigen Kamin im neoklassischen Stil geschaffen war.

»Guten Morgen«, grüßte er mit ausdrucksloser Stimme. Er war wie zu einer Abendgesellschaft gekleidet und hatte die Haare straff zurückgekämmt, sodass man sehen konnte, wo sie sich zu lichten begannen. Obwohl es erst halb zehn war, wirkte er müde.

»Guten Morgen, Sir«, erwiderte Pitt.

»Ich bin nicht sicher, inwiefern ich Ihnen behilflich sein könnte«, begann Hall. »Wenn mir das Geringste von diesen entsetzlichen Vorfällen bekannt wäre, hätte ich mich selbstverständlich an die Polizei gewandt. Ich kann nur vermuten, dass Sie Neuigkeiten über Sophia haben, die Sie mir persönlich mitteilen wollen. Das ist zwar ausgesprochen liebenswürdig, aber gänzlich unnötig. – Ganz gleich, auf welche Weise man mir die Mitteilung macht, es wird an ihrer Wirkung nichts ändern.«

Einen flüchtigen Augenblick lang hatte Pitt Mitleid mit ihm. Ganz offensichtlich hatte er Sorgen, aber dafür konnte es eine Vielzahl von Gründen geben, darunter ein schlechtes Gewissen oder die Befürchtung, dass sein Anteil an den Vorfällen entdeckt und womöglich in der Öffentlichkeit bekannt würde.

»Ich habe nichts Neues, Mr. Hall«, antwortete ihm Pitt. »Selbstverständlich ist die Polizei mit Nachdruck dabei zu ermitteln, wer für den schrecklichen Tod der beiden Frauen in der Inkerman Road verantwortlich ist, und auch wir setzen unsere Ermittlungen fort. Anlass dafür, dass ich noch einmal mit Ihnen sprechen möchte, ist mein Wunsch, mehr über Sophia Delacruz zu erfahren.«

»Ich wüsste wirklich nicht, was ich Ihnen sagen könnte«, erwiderte Hall schroff und bedeutete Pitt mit einer Handbewegung, er möge sich setzen. Er selbst nahm hinter dem Schreibtisch Platz, der wie eine mächtige Schranke zwischen ihnen stand. »Sie hat mir nichts gesagt, was auch nur den geringsten Hinweis darauf gegeben hätte, dass sie sich in Gefahr befand. Es hat in ihrer Gruppe immer wieder die Art von kleinlichem Gezänk über die Frage des Führungsanspruches gegeben, wie man es in einer aus übernervösen Menschen mit unterschiedlichstem Hintergrund bestehenden Gruppierung erwarten würde, die sich einer verrückten Idee verpflichtet hat.« Er rutschte unbehaglich auf seinem Sessel hin und her, als hätte er diesen am liebsten verlassen, um auf und ab zu gehen, was in Anwesenheit eines Besuchers aber unhöflich gewesen wäre.

»Ich würde gern mit der Frage anfangen, auf welche Weise sie Verbindung mit Ihnen aufgenommen hat, um Ihnen mitzuteilen, dass sie eigens aus Spanien herkommen würde, um mit Ihnen zu sprechen«, sagte Pitt. »Bestimmt haben Sie sich nach dem Grund dafür erkundigt.«

Hall zögerte gerade so lange, dass Pitt erkannte, dass er seine Antwort abwägte, bevor er sie gab.

»Finanzfragen sind gewöhnlich vertraulich, Mr. Pitt …«, begann er.

»Sie wollte Sie in Geldangelegenheiten konsultieren?«, fragte Pitt ungläubig.

»Natürlich nicht!«, fuhr ihn Hall an. »Aber es hatte mit Geld zu tun. Sie erklärte, es gehe um eine beträchtliche Summe, weigerte sich aber trotz allen Drängens, mir Genaueres darüber mitzuteilen. Sie bestand darauf, unter vier Augen mit mir darüber zu sprechen. Es ist mir nicht gelungen, sie zu einem Sinneswandel zu bewegen. Und wie Sie wissen, ist es zu keinem Treffen mit ihr gekommen.«

»Was habe ich unter einer ›beträchtlichen Summe‹ zu verstehen?«, erkundigte sich Pitt.

»Ich nehme nicht an, dass sie so naiv war, damit ein paar Tausend Pfund zu meinen«, gab Hall zurück. »Wie gesagt, ist es nie zu einer Begegnung gekommen, sodass ich nichts Genaueres weiß.«

»Trotzdem haben Sie Melville Smith das Haus in der Inkerman Road überlassen, damit es Señora Delacruz und zwei weiteren Frauen als Versteck dienen konnte. Vor wem mussten sie sich verbergen, Mr. Hall?«

Hall war jetzt sehr bleich. »Immerhin hatte sie mit ihren verrückten Predigten eine ganze Anzahl religiöser Eiferer aufgebracht«, antwortete er in scharfem Ton. »Was hatten Sie denn gedacht?«

»Dann waren Sie wohl am Abend ihres ersten und einzigen Auftritts vor Ort und sind zu dem Ergebnis gekommen, dass Angel Court für sie kein sicherer Aufenthaltsort war?«, fragte Pitt ungläubig. »Daraufhin haben Sie ihr das Haus in der Inkerman Road angeboten, und sie hat sich damit einverstanden erklärt. Waren Sie der Ansicht, dass sie Grund hatte, sich vor ihren eigenen Leuten zu fürchten? Warum? Was ist an jenem Tag vorgefallen, was Sie zu dieser Ansicht veranlasst hat? Und haben Sie irgendwelchen Außenstehenden etwas davon gesagt, dass sie Angel Court verlassen hat und wohin sie gegangen war?«

»Ich habe nicht mit ihr, sondern mit Melville Smith gesprochen.« Hall wusste erkennbar weder aus noch ein und suchte krampfhaft nach einer Antwort. »Ich … ich gebe Ihnen diese Auskunft nur äußerst widerwillig, Mr. Pitt. Die Sache geht den Staatsschutz nicht das Geringste an, aber der Betrag, den sie nannte, ging in die Millionen. Ich weiß nicht, ob sie maßlos übertrieben oder die Wahrheit gesagt hat. Da ich Smith nicht traue, wollte ich sie um ihrer eigenen Sicherheit willen an einem anderen Ort als bei ihm wissen. Smith ist ganz brauchbar, aber mehr auch nicht. Sein Ehrgeiz geht weit über seine Möglichkeiten hinaus. Sophia mag hysterisch sein, und sie neigte schon immer dazu, die Dinge unnötig zu dramatisieren, aber für den Fall, dass sie möglicherweise doch recht hat, musste ich sie schützen.«

»Worauf beziehen Sie sich mit ›recht haben‹, Mr. Hall?«

»Was weiß ich, Gott im Himmel!«, fuhr ihn Hall an. »Das ist es ja gerade – ich habe nicht die geringste Ahnung!«

Pitt setzte zum Sprechen an, aber Hall schnitt ihm das Wort ab. »Entschuldigung«, sagte er, »diese ganze schreckliche Geschichte bereitet mir tiefen Kummer. Die armen, törichten Frauen! Niemand, und sei er noch so einfältig, hat es verdient, auf diese Weise umzukommen.« Er sah Pitt an. »Ich sollte mich nicht über Sophia aufregen«, fügte er hinzu, was ihn sichtlich Mühe kostete. »Vielleicht war sie ebenso bekümmert wie die anderen.«

»Das ist sehr mitfühlend von Ihnen«, sagte Pitt, um das Schweigen zu füllen, das nach diesen Worten eingetreten war.

Hall zuckte die Achseln. »Man vergisst in seinem Zorn über das entsetzliche Geschehen leicht, dass diejenigen, die selbiges durch ihr Verhalten herausgefordert haben, kaum gewusst haben dürften, was sie taten.« Er saß mit nahezu vollständig geschlossenen Augen reglos da. »Es ist für Sophia eine denkbar schreckliche Zeit.« Seine Stimme bebte vor Erschütterung. »Man fragt sich, ob sie wirklich so töricht sein kann, nicht zu merken, welche Ängste sie in Menschen weckt, die sich ohnehin schon tief greifenden Veränderungen gegenübersehen und erkennen müssen, dass der Frieden und die Sicherheit, die sie gewohnt waren, nicht mehr gewährleistet sind. Die Welt ändert sich mit rasender Schnelligkeit, Mr. Pitt. Man könnte sagen, sie jagt sozusagen blind auf den Rand des Abgrunds zu.«

Zwar empfand Pitt Mitleid mit dem Mann, doch da er unter allen Umständen wissen wollte, in welche Richtung dessen

Gedanken gingen, musste er ihn unbedingt weitersprechen lassen.

Hall beugte sich leicht über den Schreibtisch vor. »Möglicherweise ist ihr nicht bewusst, wie gefährlich die Zeiten sind, weil sie in Spanien lebt und sich vor der Wirklichkeit in ihre religiöse Fantasiewelt zurückgezogen hat«, sagte er mit weit geöffneten Augen und gehobenen Brauen. »Sie war früher nicht unklug, aber Menschen ändern sich. Abgesehen von dem, was auf der Hand liegt, ist mir unbekannt, was für ein Mensch dieser Spanier ist, den sie geheiratet hat. Auf jeden Fall muss er von himmelschreiender Verantwortungslosigkeit sein, ein Mensch, dem Selbstbeherrschung fremd ist. Gott allein weiß, was seine politischen Überzeugungen sein mögen. Es würde mich nicht wundern, wenn er Anarchist wäre. Sie ist verrückt genug, auf einen solchen Mann hereinzufallen.« Er wartete auf Pitts Widerspruch.

Pitt nickte, als habe er verstanden.

Hall sah ihn bedeutungsvoll an. »Vermutlich ist Ihnen mehr als mir bewusst, wie sehr Anarchie und Aufruhr auf dem Kontinent an Boden gewinnen«, fuhr er mit grimmiger Miene fort. »Besonders in Russland ist das ganz und gar entsetzlich. Der Zar hat zwar allerlei Pläne für Friedenskonferenzen, weiß aber ganz offensichtlich nicht, was er tut. Seine führenden Militärs sagen lächelnd Ja und Amen zu allem und tun dann genau das, was sie schon immer getan haben: sie vergrößern ihre Streitkräfte so lange, bis sie uns allen überlegen sind.«

Diese Vorstellung jagte Pitt einen Schauer über den Rücken, auch wenn er annahm, dass Hall maßlos übertrieb. Dem Staatsschutz bereitete die Aufrüstung des Deutschen Reiches weit mehr Sorgen, das sehr viel näher lag und unübersehbar kriegslustig war. Die Rüstungsindustrie des Landes produzierte mit ihren Tanks stählerne Ungeheuer, die imstande waren, die bisher so erfolgreiche Kavallerie mühelos zu erdrücken. Und das war mitten in Europa.

»Der entscheidende Faktor ist Geld«, fuhr Hall mit bedeutungsschwerer Stimme fort. »Angriff und Verteidigung sind in gleichem Maße auf Geld angewiesen. Bei uns beruht beides in erster Linie auf der Marine. Die Amerikaner haben das inzwischen ebenfalls erkannt und angefangen, wie wild Kriegsschiffe zu bauen. Sie wollen nicht nur den gesamten Pazifik von San Francisco bis Manila beherrschen, sondern auch die ganze Karibik. Das ist der wahre Grund für den spanisch-amerikanischen Krieg um Kuba.«

Pitt machte keine Einwendungen. Ihm war nur allzu sehr bewusst, dass es dabei nicht um eine Befreiung Kubas von der spanischen Kolonialherrschaft ging. Soweit er gehört hatte, hatten die Kubaner nicht das Bedürfnis, von einer Großmacht im Falle einer Niederlage an die andere weitergereicht zu werden.

»Sieht ganz so aus, als hätten sich die Amerikaner den einen oder anderen Kniff von uns abgeschaut«, bemerkte er trocken.

Einen Augenblick lang sah Hall verständnislos drein, doch dann hatte er begriffen. »Ja, möglich«, räumte er zögernd ein. »Aber wichtiger für uns ist das Chaos auf dem europäischen Festland, sozusagen vor unserer Haustür. Wenn sich im Fall Dreyfus herausstellen sollte, dass das französische Militär einen Fehler begangen hat und die Regierung darüber stürzt, stehen wir am Rande eines Abgrunds. Wir müssen aufrüsten, uns auf den neuesten technischen Stand bringen. Wir glauben immer noch, Schlachten wie die von Trafalgar und Waterloo jederzeit erneut gewinnen zu können. Manche Menschen meinen, dass das moderne Kriegsgerät nie eingesetzt werden wird, weil es ein unglaublich hohes Vernichtungspotenzial besitzt. Es wäre schön, wenn das stimmte, aber selbstverständlich ist das ein Irrglaube.«

Pitt wusste nicht, womit er Hall hätte widerlegen können, und hätte er dergleichen Wissen besessen, hätte er es für sich behalten müssen. Schon möglich, dass Hall aus Informationen, die ihm die Banken anderer Länder geliefert hatten, so manches herausgelesen hatte, doch hatte er das mit Sicherheit nicht von der englischen Regierung oder ihren Geheimdiensten.

»Steht Sophia Delacruz oder ihr Verschwinden Ihrer Ansicht nach in irgendeiner Weise mit diesen Dingen in Verbindung?«, erkundigte er sich vorsichtig.

Hall seufzte und streckte sich ein wenig, um seine verkrampften Schultern zu entspannen.

»Sollte es sich so verhalten, steht dahinter vermutlich keine Absicht«, gab er achselzuckend zurück. »Ich halte sie nicht für niederträchtig, wohl aber für selbstsüchtig und in Bezug auf bestimmte Glaubensgrundsätze für nicht ganz normal. Aber ich denke, sie hat keine Vorstellung davon, wie schlecht England vorbereitet ist. Vielleicht hat dieser Delacruz sie für seine Zwecke benutzt? Er könnte Anarchist sein oder mit diesen Leuten sympathisieren.« Er hob die Brauen. »Ich hatte ihn eigentlich nur für verantwortungslos gehalten, egoistisch und unbeherrscht, was seine Begierden betrifft. Aber selbstverständlich könnte durchaus mehr dahinterstecken.«

Einen Moment lang war Pitt vollständig verwirrt, doch dann schoss ihm blitzartig ein erhellender Gedanke durch den Kopf. Mit einem Mal hatte er eine schreckliche Ahnung von dem, was Hall meinte. Wie konnte er nur so dumm gewesen sein, das nicht früher zu merken? Er sah einen winzigen Bildausschnitt vor sich, ganz, wie Narraway es gesagt hatte, und dachte wie ein einfacher Polizist und nicht wie der Leiter des Staatsschutzes.

Er sah erneut zu Hall, musterte dessen ernstes Gelehrtengesicht, die großen Hände, die streng wirkende förmliche Kleidung, die Anspannung seines Körpers in dem altmodisch und zugleich prächtig eingerichteten Raum, der Tradition, Ordnung und Sicherheit verkörperte.

»All das sind Möglichkeiten«, sagte er, »und wie Sie angemerkt haben, sind wir schlecht vorbereitet.«

Er merkte, wie es ihn kalt überlief, als sei es Januar und nicht Mai. Unwillkürlich musste er an den Roman über eine Invasion vom Mars denken, den H. G. Wells kürzlich veröffentlicht hatte und in dem das Militär den außerirdischen Invasoren hoffnungslos unterlegen war. Auch wenn das frei erfunden war, spiegelte es in gewisser Weise ein anderes Buch mit dem Titel *Die Schlacht bei Dorking*, das eine Invasion Englands durch einen Eindringling vom Kontinent schilderte. Verfasst hatte es Sir George Chesney mit dem Ziel, den Menschen vor Augen zu führen, dass England noch immer im Zeitalter seiner Siege über Napoleon lebte, ganz so, als habe sich seither nichts geändert, obwohl das etwa ein halbes Jahrhundert zurücklag. Doch war es Chesney nicht gelungen, die Mächtigen des Landes damit aus ihrer selbstzufriedenen Teilnahmslosigkeit herauszureißen.

Es war höchste Zeit, das Thema zu wechseln. Hall war es glänzend gelungen, das Gespräch von Sophia auf die Frage der Anarchie und der internationalen Politik zu lenken. Für alles, was die Bedrohung der Sicherheit des Landes betraf, war Pitt zuständig. Anarchisten erzeugten Terror, indem sie Bomben warfen, Attentate und Sabotageakte verübten. Bis zu diesem Stadium war Sophias Entführung bisher nicht gediehen.

»Es ist an der Zeit, dass Sie mir alles über Sophia Delacruz mitteilen, was Sie wissen«, sagte er gelassen. »Für taktvolle Verschwiegenheit und Familiengeheimnisse ist es mittlerweile zu spät.«

»Vermutlich lässt sich das in der Tat nicht länger vermeiden«, stimmte Hall seufzend zu und lehnte sich in seinem

Sessel zurück. »Es ist eine unangenehme Geschichte, die ich ungern erzähle.«

Pitt wartete.

»Sie war auf eine ganz eigene Weise schön«, begann Hall, »aber wild, nicht unbedingt das, was sich die meisten Männer wünschen. Denen ist eine eher gefällige Frau lieber, die bereit ist, sich anzupassen. Trotzdem hat man ihr mehrere Heiratsanträge gemacht, als sie um die zwanzig war. Einer der Kandidaten erschien ihrem Vater besonders geeignet.«

»Aber sie wollte nichts von ihm wissen?«, fragte Pitt, obwohl er die Antwort bereits wusste.

»So ist es«, sagte Hall. »Sie nannte keinen Grund für ihre Ablehnung. Stattdessen reiste sie als Gesellschafterin einer hochachtbaren älteren Dame zuerst nach Paris, dann nach Madrid und schließlich nach Toledo, wo die alte Dame, soweit man mir berichtet hat, gestorben ist.

Dort lernte sie einen Spanier kennen, der nur wenige Jahre älter war als sie selbst«, fuhr Hall fort. »Obwohl er verheiratet war und zwei Kinder hatte, machte er ihr den Hof, und das Ergebnis war noch katastrophaler, als man hätte erwarten können.« Er presste die Lippen zusammen, und seine Mundwinkel wiesen nach unten. »Seine Frau verließ die gemeinsame Wohnung und nahm die beiden kleinen Kinder mit. Dennoch ließ weder der Mann noch Sophia von der Affäre ab. Bald darauf hat die verlassene und völlig verzweifelte Frau sich und die Kinder ins Feuer gestürzt und auf die Weise ihrem Leben ein Ende bereitet.« Er hielt unvermittelt inne. Die Haut seines Gesichts, das fahl geworden war, spannte sich straff über den Knochen.

Eine Weile hörte man in dem Raum keinen Laut.

»Sind Sie sich da ganz sicher?«, fragte Pitt. Er stellte erstaunt fest, wie angewidert er war und wie sehr er wünschte, die Aussage widerlegen zu können. Unwillkürlich fiel ihm der

Artikel von Laurence ein, den er am Morgen in der *Times* gelesen hatte. Enttäuscht zu werden war immer schmerzlich, aber wenn es um den Verlust von Vertrauen ging, untergrub das die Grundlagen alles anderen, worauf sich Hoffnung und Glaube stützten. Er hatte in den Worten des Journalisten einen scharfen und sehr persönlichen Schmerz wahrgenommen. Jetzt spürte er selbst etwas Ähnliches, und ihm wurde schlagartig bewusst, dass ihm wichtig gewesen war, was Sophia gesagt hatte. Ihre Gedanken waren herrlich gewesen. Zwar hatte er sie sich nicht bewusst zu Eigen gemacht, doch insgeheim gewünscht, sie möchten wahr sein. Und ganz sicher hatte er gewollt, dass sie selbst daran glaubte.

Natürlich wusste er, was es bedeutete, sich zu verlieben. Er hatte sich zu einer Zeit in Charlotte verliebt, in der es unmöglich schien, dass sie ihre gesellschaftliche Stellung und ihr gesichertes Dasein aufgeben würde, um ihn zu heiraten und vom Einkommen eines einfachen Polizeibeamten zu leben.

Doch das hatte weder seine moralischen Grundsätze beeinflusst, noch hatte es ihn auf den Gedanken gebracht, etwas so Entsetzliches zu tun, wie Hall es von Sophia und ihrem Mann berichtet hatte.

Hätte er derlei auch nur erwogen, wenn Charlotte mit jemandem verheiratet gewesen wäre, den sie nicht liebte? Gott bewahre, natürlich nicht! Aber war er sich seiner Sache sicher? Konnte man sich in solchen Fragen je völlig sicher sein? Einem Menschen, den man nicht auf die Probe gestellt hatte, fiel es leicht zu urteilen. Er war Menschen begegnet, deren Verbrechen er mühelos verstehen konnte, auch wenn er nicht darüber hinweggehen durfte. Möglicherweise wäre ihm ein so entschiedenes Urteil schwergefallen, wenn es um seine eigenen Entschlüsse, seine eigenen Leidenschaften, seine eigene Einsamkeit gegangen wäre.

Hall, der ihn beobachtete, erkannte seine Reaktion.

»Es tut mir leid«, sagte er. »Offensichtlich haben Sie nichts von alldem gewusst. Überlegen Sie nur, was die Menschen, die an Sophias Lehre glauben, empfinden würden, wenn sie die Wahrheit erführen. Es dürfte nicht übertrieben sein zu sagen, dass ihre Täuschung gleichbedeutend mit Verrat ist. Ich hätte die Menschen davor bewahrt, wenn ich die Macht dazu hätte. Ich habe meine Kusine mit allen Mitteln von einer Reise nach England abzubringen versucht, aber sie hat darauf bestanden.«

Pitt wählte seine Worte mit Bedacht. Der Mord an den beiden bedauernswerten Frauen aus Sophias Gefolgschaft war ein ungeheuerliches Verbrechen. Sofern sie ein ähnliches Schicksal erlitten hatte, war es ohne Weiteres möglich, dass sich die Sache zu einem internationalen Zwischenfall mit gefährlichen und katastrophalen Folgen auswuchs. Er konnte sich gut vorstellen, was Laurence schreiben würde, wenn man ihren entstellten Leichnam fand.

»Wie wird sich Laurence verhalten, wenn man sie nicht findet?«, fragte er.

»Was?«, fragte Hall verblüfft.

»Heute stand in der *Times* ein packender Artikel von Frank Laurence über Enttäuschung und Verantwortlichkeit«, erläuterte Pitt. »Sie müssten den Mann kennen.«

Hall sah verwirrt drein.

»Sie haben dieselbe Schule wie er besucht«, erinnerte ihn Pitt.

»Tatsächlich?«

»Ja, Sie und Dalton Teague.«

Einen Augenblick lang war Halls Gesicht eine starre Maske, dann gewann er die Fassung zurück. Mit leicht verlegener Miene sagte er: »Ach so, ja, Teague, natürlich. Der Name Laurence sagt mir aber nichts. Es sei denn, der kleine Klugschwätzer hieß so, der für Teague Besorgungen erledigte und ihm praktisch jedes Wort vom Mund ablas. Von der Sorte gab es natürlich mehrere. Teague hielt sich praktisch für den lieben Gott persönlich. Wer die Kunst beherrscht, einen Cricketball aus dem Feld zu schlagen, ist nicht darauf angewiesen, die Wellen des Roten Meeres zu teilen.« Er straffte sich. »Entschuldigung, aber mir sind in der Schule die Sympathien der anderen nicht derart zugeflogen, ich galt eher als Streber.«

»Soweit ich weiß, waren Sie im Cricket ebenfalls ziemlich gut«, stellte Pitt leicht übertrieben fest.

Mit den Worten »Als Fänger ganz brauchbar, aber nichts weiter« tat Hall das Thema ab. »Gibt es sonst etwas, was ich für Sie tun kann? Ich habe in einer halben Stunde eine Besprechung mit dem Dekan der Paulskirche.« Er griff nach einem Papierstapel auf dem Tisch, als wolle er sich diesem erneut widmen.

»Nur eins noch«, sagte Pitt. »Wie es aussieht, hat Sophia vielen Gestrauchelten auf die eine oder andere Weise geholfen, vor allem solchen, die ihre Vergehen aufrichtig bereuten.«

»Möglich«, gab Hall zurück. Pitt sah, wie sich seine Hand um den Papierstapel so verkrampfte, dass die Knöchel weiß hervortraten. »Ich habe Ihnen ja schon gesagt, dass wir keinen Kontakt miteinander hatten.«

»Offenkundig war sie überzeugt, dass es für jeden Sünder, der wirklich bemüht war, sich zu bessern, einen Weg zurück geben konnte«, fuhr Pitt fort. »Solchen Reumütigen gewährte sie Zuflucht und sagte ihnen Vergebung zu.«

Hall schluckte. »Na so was.« Seine Stimme war ausdruckslos, so, als atme er kaum.

Unnachgiebig fuhr Pitt weiter fort: »Für sie war das Bestandteil ihres geistlichen Auftrags. Unmittelbar vor ihrer Abreise nach England kam ein Mann in Todesangst zu ihr. Augenscheinlich war sie überzeugt, dass eine Begegnung mit

Ihnen aus irgendeinem Grund wichtiger war als die Erlösung dieses Gequälten. Sie hat ihn Ihnen gegenüber wohl nicht erwähnt?«

»Nein. Bedauerlicherweise kann ich Ihnen in diesem Punkt nicht helfen, Commander. Sie entschuldigen bitte, aber ich habe wirklich viele unaufschiebbare Dinge zu erledigen. Barber wird Sie zum Ausgang begleiten.« Hall wandte sich um und nahm den Hörer des an der Wand befestigten Telefons ab. Pitt hörte, wie er mit belegter Stimme darum bat, mit einem bestimmten Anschluss verbunden zu werden.

Pitt öffnete die Tür des Büros und trat auf den Gang hinaus. Nach kurzem Zögern wandte er sich um und sah, dass Hall aschfahl geworden und der Telefonhörer beinahe seiner Hand entglitten war.

KAPITEL 8

Pitt saß am Frühstückstisch. Die Teetasse blieb unberührt, und der Toast in seiner Hand wurde kalt. Der an ihn persönlich adressierte Brief, den Charlotte soeben hereingebracht hatte, war mit der ersten Post gekommen. Der Umschlag enthielt ein in einer krakeligen Schrift beschriebenes Blatt. Sämtliche Zeilen fielen zum Ende hin ab, und im Text gab es kein einziges Komma.

Commander Thomas Pitt
ich habe die selbsternannte Prophetin Sophia Delacruz in meinem Gewahrsam. Im Augenblick ist sie sicher und nur wenig verletzt. Natürlich kann sich das zum Besseren oder Schlechteren ändern. Das hängt von Ihrem Geschick ab.

Sicher wissen Sie mittlerweile von den Umständen ihrer Eheschließung mit Nazario Delacruz sowie dem schrecklichen Tod seiner ersten Frau Luisa und der beiden kleinen Kinder. Sollten Sie tatsächlich diesbezüglich ahnungslos sein lässt sich die Sache leicht überprüfen.

Was Sie zu tun haben ist ganz einfach. Suchen Sie Nazario Delacruz in Toledo auf und lassen Sie ihn in genauen Einzelheiten aufschreiben auf welche Weise

Sophia ihn dazu verführt hat seine Angehörigen zu verraten und zu ihren Gunsten zu verlassen. Lassen Sie sodann den Bericht unter »Privatanzeigen« in der Times *veröffentlichen. Mir ist klar dass sich der Mann sträuben wird weil sie damit zum Gespött wird und alle die sie zuvor geliebt haben sie hassen und verachten werden. Ihre lachhafte religiöse Lehre wird zu Staub zerfallen.*

Andererseits wird das ihr Leben retten denn wenn das nicht geschieht wird sie auf äußerst unangenehme Weise sterben. Der Tod ihrer beiden Anhängerinnen war vergleichsweise rasch. Ihrer wird es nicht sein.

Natürlich liegt die Entscheidung nicht in Ihrer Hand sondern in der ihres Mannes. Sie müssen ihn vor die Wahl stellen. Ich verstehe dass das Zeit braucht und räume Ihnen daher genau zwei Wochen von dem Tag an ein an dem Sie den Brief bekommen. Wenn ich bis dahin Nazarios Schuldgeständnis nicht in der Times *gesehen habe und Sie dürfen mir glauben dass ich auf eine Fälschung nicht hereinfalle bekommt seine Frau das Martyrium nach dem sie so sehnlich zu lechzen scheint.*

Ich glaube nicht dass Sie das wünschen. Sie sind ziemlich zart besaitet und haben selbst Frau und Kinder!

Sehen Sie zu was Sie bei Nazario erreichen können. Dann werden wir sehen woran er sich wirklich gebunden fühlt!

Der Brief war nicht unterschrieben.

Pitt merkte, dass Charlotte ihn mit vor Besorgnis verzogenem Gesicht ansah. Er überlegte, was er ihr sagen sollte. Mit Schrecken kam ihm der Gedanke, wie es wäre, wenn er sich an Nazario Delacruz' Stelle befände. Der Mann hatte keine Möglichkeit, mit seiner Gattin in Verbindung zu treten. Es war nicht gut vorstellbar, dass ihm ihr Wesen und die Tiefe ihres Glaubens fremd waren. Wenn er den verlangten Brief schrieb, würde er damit alles zerstören, was sie erreicht hatte, und alle Menschen hintergehen, die an sie geglaubt hatten.

Auf der anderen Seite durfte Nazario nicht daran zweifeln, dass wer auch immer sie gefangen hielt, entschlossen war, sie auf entsetzliche Weise zu töten, wenn er dessen Forderung nicht nachkam. Damit war auch klar, warum der Betreffende die beiden anderen völlig harmlosen Frauen so grausam getötet hatte – er wollte damit einfach zeigen, dass es ihm mit seiner Drohung ernst war.

»Thomas!«, sagte Charlotte in eindringlichem Ton. Ihrer Stimme war anzuhören, dass sie Angst hatte.

Er gab ihr das Blatt, denn ihre Meinung war ihm wichtig. Er musste unbedingt wissen, wie sie Sophia einschätzte. Beim Staatsschutz waren keine Frauen beschäftigt.

Sie las den Brief aufmerksam, um sicher zu sein, dass sie alles richtig verstand. Als sie wieder aufsah, war ihr Gesicht kreideweiß.

»Weißt du etwas über ihn?«, fragte sie mit belegter Stimme.

»Natürlich nicht«, gab er leicht verlegen zurück. »Wir haben nicht die geringste Vorstellung davon, wer oder was dahintersteckt. Das Ganze ist völlig verworren. Die Handschrift ist grauenhaft und stellenweise kaum lesbar, aber alles ist richtig geschrieben. Außerdem schreibt er einige nicht alltägliche Wörter so, als bereite ihm das nicht die geringste Mühe. Hier zum Beispiel ›das Martyrium, nach dem sie so sehnlich zu lechzen scheint‹! Andererseits fehlen alle Kommas.«

»Ich meine nicht den, der das geschrieben hat!«, sagte sie in vor Hoffnungslosigkeit scharfem Ton. »Sophias Mann! Diesen … Nazario. Was wird er tun? Liebt er sie, oder ist er ein religiöser Fanatiker, der ihren Tod als Triumph ihres Glaubens hinnehmen würde?«

»Du meinst, er selbst könnte dahinterstecken?« Der Gedanke entsetzte ihn.

»Wäre das möglich? Falls es stimmt, dass er Frau und Kinder für Sophia verlassen hat, könnten dann nicht auch deren Angehörige auf Rache sinnen?«

»Warum hätten sie damit so lange warten sollen?«, fragte er sich und zugleich Charlotte. »Hätten sie Sophia dann nicht gleich umgebracht? Viele Leute hätten dafür Verständnis gehabt. Warum sollten sie das in London tun? Wir müssen mehr über sie in Erfahrung bringen.« Er holte tief Luft. »Was für eine üble Geschichte! Und warum hätten sie Sophias Anhängerinnen umbringen sollen? Die hatten doch nicht das Geringste damit zu tun.«

Mit gehobenen Brauen fragte Charlotte: »Du wirst doch nicht von bekümmerten Hinterbliebenen, die sich rächen wollen, erwarten, dass sie vernünftig handeln?« Als sie seinen Gesichtsausdruck sah, trat sie zu ihm und berührte sacht seine Wange. »Entschuldige. Du hast recht. Es ist eine üble Geschichte, einfach abscheulich. Außerdem kann es trotzdem mit Anarchisten zu tun haben. Wer auch immer das geschrieben hat, steht womöglich auf ihrer Seite. Wenn ich höre, in welcher Armut manche Menschen leben und wie ungerecht sie behandelt werden, kann ich das sogar nachfühlen!«

Pitt schwieg eine Weile, während er versuchte, sich an die kurzen Begegnungen mit Sophia Delacruz zu erinnern und sich ihr Gesicht vorzustellen. Sein Bemühen, sich ins Gedächtnis zu rufen, was sie über ihren Mann gesagt hatte, blieb ergebnislos. Offensichtlich hatte sie ausschließlich über ihren Glauben gesprochen. Allerdings hatte er sie auch danach gefragt. Keinen Augenblick lang hatte er angenommen, dass ihre Anhänger ihr gefährlich sein könnten, von ihrem Mann in Spanien ganz zu schweigen.

Andererseits hatte er die Sache auch nicht sonderlich ernst genommen, sondern lediglich als lästig betrachtet. Er hatte an die üblichen Gefahren gedacht, mit denen der Staatsschutz zu tun hatte, an die immer mehr anschwellende Welle von Gewalt in Europa und Amerika. Es hatte mehrere schwere politisch motivierte Attentate gegeben. Die allgemeine Unruhe konnte jederzeit und gegen jeden Beliebigen in Gewalttätigkeit umschlagen. Viele der Unruhestifter waren Extremisten, bei denen man nie wusste, wie sie reagieren würden, Idealisten, deren Vorstellungen, nüchtern betrachtet, nicht umsetzbar waren. Doch die Armut, gegen die sie aufbegehrten, tötete Millionen auf der ganzen Welt, ob in den Elendsquartieren Moskaus, den Hinterhöfen im Süden Neapels oder den amerikanischen Industriestädten wie Chicago, wo es immer wieder zu Krawallen kam.

Und was, wenn es sich hier um ein Komplott mit dem Ziel handelte, England in den spanisch-amerikanischen Krieg zu verwickeln, der von Tag zu Tag widerwärtiger wurde? Hatte man Sophia deshalb in London und nicht in Toledo entführt? In dem Fall hätte der abscheuliche Mord an den beiden anderen Frauen den Zweck gehabt, dafür zu sorgen, dass die Sache auf jeden Fall in die Schlagzeilen kam.

Spielte Nazario Delacruz eine aktive Rolle dabei, oder war auch er nichts als ein Opfer? Sofern er sich weigerte, Sophia auf die verlangte Weise anzuprangern, konnte das unvorhersehbare internationale Verwicklungen heraufbeschwören.

Zwar hatte Pitt den Wunsch gehabt, es möge Bewegung in den Fall kommen, damit er reagieren konnte, aber mit so etwas hatte er nicht gerechnet.

»Die Presse hat die Entführung breit ausgewalzt«, sagte er jetzt. »Jeder Beliebige kommt als Verfasser des Briefs infrage. Sie kann ohne Weiteres bereits tot sein.« Er spürte, wie sich Charlottes Körper verkrampfte und ihre Hand kalt wurde.

Er löste sich von ihr und sah sie an. »Es geht nicht einfach um die Frage, ob er zustimmt oder nicht.«

»Einfach? Der Mann soll darüber entscheiden, ob er der Vernichtung ihres Lebenswerks zustimmt, ihre Lehre unterminiert, der Himmel weiß wie viele Menschen enttäuscht – oder zulassen, dass man sie zu Tode foltert? Das soll einfach sein?«

»Selbstverständlich ist es das nicht. Aber sollen wir ihren Mann vor diese Entscheidung stellen, ohne zu wissen, ob der Verfasser des Briefs sie überhaupt in seiner Gewalt hat? Ob sie überhaupt noch lebt?«

Charlotte, nach wie vor kreidebleich, griff mit beiden Händen nach ihm. »Nein, entschuldige bitte. Aber es gibt doch eine gewisse Hoffnung – oder nicht? Und bitte behandle mich nicht wie ein Kind. Gibt es Hoffnung, Thomas?«

»Ich denke schon. Aber bevor ich die Sache Nazario Delacruz vortrage, muss ich wissen, ob die von dem Verfasser aufgestellten Behauptungen auf Wahrheit beruhen.«

»Und wie willst du das erreichen?«

»Indem ich Sophia sehe. Der Mann muss damit rechnen, dass ich das verlange.«

»Aber er hat dir keine Möglichkeit gegeben, ihm deinen Wunsch mitzuteilen«, gab sie zu bedenken.

»Wenn er will, dass ich tätig werde, schreibt er bestimmt noch einmal. Er hat sie aus einem bestimmten Grund in seine Gewalt gebracht. Er möchte etwas – immer vorausgesetzt, er hat sie tatsächlich entführt.«

Sie schluckte. »Willst du damit sagen, dass wir einfach warten sollen?«

»Nein. Ich denke, ich suche Frank Laurence auf. Er soll einen entsprechenden Artikel schreiben. Mal sehen, ob wir den Unbekannten damit aus der Reserve locken können.«

»Du kannst diesen Laurence gut leiden, nicht wahr, obwohl du das eigentlich nicht möchtest?«

»Ja, sozusagen gegen meinen Willen«, bestätigte er trübselig. »Außerdem wüsste ich gern, warum er mir, was seine Bekanntschaft mit Teague während ihrer gemeinsamen Schulzeit angeht, die Unwahrheit gesagt hat. Das verstehe ich nicht.«

»Vielleicht hat er nicht weiter darüber nachgedacht.«

Er schüttelte den Kopf. »Nein, niemand lügt grundlos. Er findet Teague widerwärtig, und ich möchte wissen, warum.«

»Sei vorsichtig, Thomas. Es könnte dich in Gefahr bringen.«

Sie führte das nicht weiter aus, aber ihm war klar, was sie dachte. Er stand noch nicht lange an der Spitze der Abteilung Staatsschutz, und es fiel ihm nach wie vor schwer, wie ein Politiker zu denken und die Dinge in einem größeren Zusammenhang zu sehen, als es für die Lösung eines normalen Kriminalfalls nötig war, bei der man auf die Konsequenzen keine Rücksicht hatte nehmen müssen. Im Rückblick erkannte er, dass es dabei eine Einfachheit gegeben hatte, die er schmerzlich vermisste.

»Das werde ich«, versprach er.

»Ich soll einen Artikel über Erpressung schreiben?«, fragte Laurence interessiert. Er sah Pitt über den Rand seines Bierkrugs hinweg an. Sie saßen in einer Gaststube voller Menschen, wo im allgemeinen Lärm niemand hören konnte, worüber sie sprachen. Gelächter und laute Rufe machten es erforderlich, dass sie sich über den Tisch zueinander beugten, um sich verständlich machen zu können.

»Nur ein Dummkopf geht auf die Forderungen von Erpressern ein, ohne einen Beweis dafür zu haben, dass das Opfer der Entführung noch am Leben ist«, erwiderte Pitt. »Vielleicht würde er mit uns Verbindung aufnehmen, wenn wir einfach abwarten, aber ich möchte ihm diese Entscheidung abnehmen. Außerdem weiß ich nicht, wie es ihr geht und ob sie durchhält, wenn ich warte und die Sache auf die lange Bank schiebe.«

»Warum sprechen Sie von ›durchhalten‹?«, fragte Laurence und beugte sich noch weiter vor. »Soll das heißen, sie ist verletzt oder wird gefoltert? Ich sage das ungern, Pitt, aber glauben Sie, dass die Leute es sich leisten können, sie lebend herauszugeben, selbst wenn Sie zahlen?«

Pitt spürte, wie ihn Kälte überlief. Er erkannte das ungeheuchelte Mitgefühl in Laurence' Augen.

»Nein«, räumte er ein. »Ohnehin wollen die Leute kein Geld.«

»Sondern was?«

»Das sage ich Ihnen, wenn es nötig ist, vorausgesetzt, es kommt dahin.«

»Jede Straße läuft in zwei Richtungen, Pitt«, gab Laurence zu bedenken. »Ich möchte eine Gegenleistung.«

Pitt erstarrte, während ihm mögliche Bedrohungen durch den Kopf gingen.

»Ich tue es«, versprach Laurence, »aber falls Sie sie aufsuchen, möchte ich dabei sein. Ich gebe Ihnen mein Wort, dass ich sie lediglich sehen möchte, nichts weiter.«

»Und dann schreiben Sie es in der *Times*, sodass alle Welt davon weiß«, sagte Pitt mit einem Anflug von Bitterkeit in der Stimme. »Nein.«

»Sie wollen, dass ich Ihnen helfe …«, setzte Laurence an.

»Ich kann mich auch an einen anderen wenden …«

»Schon gut, ich tue es. Ich kann es mir ja wohl nicht leisten, das auszuschlagen.«

»Wollen Sie es lieber nicht tun?«

»Doch, ich schreibe den Artikel«, sagte Laurence entschieden. »Ein interessantes Thema – Erpressung. Und Sie wollen mir wirklich nichts Näheres sagen?«

»Noch nicht, aber ich schulde Ihnen jetzt einen Gefallen.«
»Das kann man wohl sagen«, stimmte ihm Laurence zu.

Die Antwort kam bald. Ein Brief in der gleichen Handschrift wie der vorige traf in Pitts Büro in Lisson Grove ein.

Gut gemacht Commander!
Sehr vernünftig von Ihnen mein Angebot anzunehmen. Verständlich dass Sie sehen wollen ob sie am Leben ist. Jedenfalls jetzt noch. Kommen Sie heute Abend um sieben zum alten Krämerladen nahe beim Horseferry-Anleger. Ich denke Sie werden nicht den törichten Versuch unternehmen die Frau oder einen ihrer Begleiter festzunehmen. Falls doch würden nicht Sie die Folgen tragen müssen sondern sie. Muss ich Ihnen das in Einzelheiten ausmalen? Der menschliche Körper kann erstaunliche Schmerzen ertragen ohne durch den Tod erlöst zu werden.
Tun Sie was ich Ihnen mitgeteilt habe und Sie werden sehen dass sie noch lebt.

Schweigend sah Pitt lange nachdenklich auf das Schreiben, dann ging er zur Tür und rief Brundage.

Pitt und Brundage gingen raschen Schrittes und nahezu geräuschlos die schmale Straße entlang. Zwischen ihnen und der Themse gab es ausschließlich Lagerhäuser, und dahinter einige Läden und Mietskasernen.
»Hier geht es nach links«, sagte Brundage und ging Pitt durch eine Gasse voraus in die nächste Straße. Sie war noch verlassener, und von dem runden Dutzend Gaslaternen war lediglich eine unbeschädigt. Der Krämerladen lag ihr unmittelbar gegenüber.

»Das hat er raffiniert ausgesucht«, sagte Pitt angewidert, während er über das teilweise zerstörte Kopfsteinpflaster auf die andere Seite ging. Die Tür war wohl schon vor längerer Zeit aufgebrochen worden, und das verrostete Schloss hing lose am Rahmen. Er stieß die Tür auf und ging, gefolgt von Brundage, hinein, der sie anheben musste, um sie wenigstens einigermaßen hinter sich schließen zu können.

Die Fensterscheiben waren heil und ließen das Licht der Straßenlaterne herein.

Pitt sah sich um. Der Laden war leer. Vermutlich hatte man schon vor Monaten gestohlen, was an Waren noch da gewesen sein mochte. Am Boden lagen inmitten von Rattenkot außer einigen zerbrochenen Kerzen und den Überresten der Schachteln, in denen sie sich befunden hatten, Nägel und Schrauben.

»Passen Sie gut auf«, mahnte Pitt, »dass Sie sich keinen Nagel in die Schuhsohle treten.«

»Ja, Sir. Wirklich gut gewählt. Die können aus dem Dunkeln kommen und auch gleich wieder im Dunkeln verschwinden. Aber ein, zwei Sekunden lang werden wir alles deutlich sehen können – das wird gerade reichen, um sie zu erkennen … Und zu sehen, dass sie lebt.«

»Mehr brauchen wir nicht. Ohne sie gesehen zu haben, unternehme ich nichts«, gab Pitt zurück. Dann wartete er schweigend.

»Können wir wirklich nichts tun?«, fragte Brundage unruhig, während die Zeit verstrich. Es schlug sieben, weitere fünf Minuten vergingen, zehn. »Die kommen nicht«, stieß Brundage mit vor Zorn scharfer Stimme zwischen den Zähnen hervor. »Er hat uns zum Narren gehalten.«

»Möglich«, sagte Pitt. »Aber höchstwahrscheinlich spielt er nur seine Macht aus. Es macht ihm Spaß zuzusehen, wie wir warten und vor Wut schäumen. Nur Geduld.«

»Ich würde den Kerl gern am Galgen baumeln sehen«, knurrte Brundage.

»Ich arbeite daran. Übrigens baumeln die nicht, wenn der Henker seine Arbeit macht, wie es sich gehört. Sie fallen einfach.«

»Schade«, kommentierte Brundage.

Mit einem Mal erstarrte er und wandte sich dem Fenster zu. Von der Straße her ertönte Hufschlag. Brundage machte einen Schritt auf die Tür zu, und Pitt packte ihn mit kräftigem Griff am Arm. Unter seinen Fingern spürte er harte Muskeln.

»Wenn Sie Dummheiten machen, muss sie die Folgen tragen, nicht wir«, zischte er ihm zu.

Brundage hielt in der Bewegung inne.

Eine Droschke hielt unter der Straßenlaterne an. Pitt sah angestrengt hinaus, um zu erkennen, wer darin saß. Er sah zwei Personen, eine Frau auf der dem Haus zugewandten Seite und neben ihr einen Mann, der nur als Schatten zu sehen war.

Die Frau wandte sich ihnen mit einer unbeholfenen Bewegung zu. Ihr rechter Arm war bandagiert, ihre Finger waren gekrümmt, als könne sie sie nicht bewegen. Ihr dichtes Haar war unfrisiert und verfilzt. Sie richtete den Blick genau auf das Fenster, als könne sie durch die Scheiben sehen und die beiden Männer erkennen, die zu ihr herübersahen. Um eines ihrer Augen, das geschwollen war, lagen dunkle Flecken wie von Blutergüssen. Auf ihrem Gesicht sah man Blut, wie auch auf dem Kragen ihres Kleides. Lediglich die Art, wie sie die Hand hielt, und der flammende Blick ihrer nahezu schwarzen Augen zeigten, dass es sich um Sophia Delacruz handelte.

»Grundgütiger!« Brundage stieß heftig die Luft aus.

Pitt nahm wortlos die Hand von Brundages Arm. Ihnen beiden war klar, dass sie nichts unternehmen würden.

Der Kutscher knallte mit der Peitsche, und die Droschke fuhr mit einem Ruck an, während Brundage und Pitt wie angewurzelt dastanden, und es Pitt vorkam, als sei er zu Eis erstarrt.

Erst eine ganze Weile nach neun Uhr kehrte Pitt nach Hause zurück. Er berichtete Charlotte nichts von den näheren Umständen, sondern sagte ihr lediglich, dass er Sophia gesehen hatte und wisse, dass sie noch lebte. Zum Glück musste er nicht Jemima und Daniel gegenübertreten. Er war nicht sicher, ob er es vermocht hätte, seine Erschütterung und sein Entsetzen vor ihnen verborgen zu halten.

Er saß auf dem Sofa in seinem behaglichen Wohnzimmer. Die Fenstertüren zum Garten waren für die Nacht geschlossen. Obwohl es im Raum warm war und er den Duft der Blumen auf dem Beistelltisch riechen konnte, fühlte er sich nicht recht wohl.

»Ich muss jemanden nach Spanien schicken, damit ihr Mann erfährt, worum es geht«, sagte er zu Charlotte und überlegte gleichzeitig, wen er damit betrauen könnte, eine solche Botschaft zu überbringen und zu erreichen, dass Nazario Delacruz mit nach London kam und sich der unmenschlichen Entscheidung stellte.

Charlotte biss sich auf die Lippe. »Sei vorsichtig, Thomas. Die Sache könnte gefährlich werden. Wer auch immer sie festhält, muss sehr mächtig sein. Die Leute scheinen ziemlich viel über Sophias Leben in Spanien wie auch hier zu wissen. Obwohl sie mit Schwierigkeiten rechnete und ihre eigenen Leute auf sie aufgepasst haben, ist es ihnen in äußerst gerissener Weise gelungen, ihre Entführung einzufädeln.« Auch wenn sie taktvollerweise jeden Hinweis darauf unterließ, dass auch der Staatsschutz Sophia bewacht hatte, war er sich dessen voll Bitterkeit bewusst, und ihm war klar, dass auch sie daran dachte.

»Ich weiß nicht, ob Delacruz ein Anhänger ihrer Lehre ist oder sie einfach liebt«, sagte er bedächtig.

»Man weiß von keinem Menschen, was und woran er wirklich glaubt. Wir kennen uns nicht einmal immer selbst, bis der Augenblick gekommen ist, in dem wir uns dieser Frage stellen müssen.« Charlotte sah ihn liebevoll und ernst an. »Wer an sich selbst glaubt, kann nahezu alles vollbringen, was er sich vornimmt. Die anderen versuchen es gar nicht erst und sind damit von vornherein zum Scheitern verurteilt.«

»Die meisten Menschen haben gar keine richtige Religion«, sagte er mit plötzlicher Betrübnis. »Sie gehören gesellschaftlichen Gruppierungen mit einem moralischen Kern an, für den sie aber weder leben noch sterben würden. Und ganz bestimmt würden sie sich dafür nicht auf so entsetzliche Weise abschlachten lassen wie die armen Frauen aus der Inkerman Road – und Sophia …« Bei der Erinnerung an das, was er gesehen hatte, wurde ihm übel, und ihn überwältigte eine Welle des Mitleids.

Charlotte blieb reglos stehen und sah ihn unverwandt an.

»Ich spreche nicht von Sophia«, sagte sie und blickte ihm in die Augen. »Ich nehme an, dass sie eher sterben würde, als zu verleugnen, was ihr innerstes Wesen ausmacht. Nach dem, was sie gesagt hat – und ich habe ihr sehr aufmerksam zugehört –, nehme ich nicht an, dass sie unbedingt überzeugt ist, Gott werde sie retten. Was aber bliebe ihr, wenn sie alles verleugnete, woran sie glaubt? Ein sich lange hinziehendes Sterben aus Ekel vor sich selbst?«

Mit dieser Einschätzung, fürchtete Pitt, hatte Charlotte recht. In gewisser Hinsicht ähnelte sie Sophia Delacruz. Zwar lag dem wohl ein anderer Glaube zugrunde, aber sie war hitzköpfig und in Dingen, die ihr am Herzen lagen, voller Leidenschaft. Ungerechtigkeit ließ ihren Zorn so sehr aufflammen, dass sie ihre eigene Sicherheit darüber vergaß. Wenn man ihr das nähme und von ihr verlangte, das aufzugeben, um sich selbst zu schützen – was würde dann von ihr bleiben?

Würde er sie lieber tot sehen als innerlich zerfressen und seelisch zerstört? Es war sinnlos, so zu fragen, denn er würde immer nach einer anderen Möglichkeit suchen und sich bis zum letzten Augenblick an die Hoffnung klammern, sie zu finden. Danach würde er sich Vorwürfe machen. Vermutlich würde es Nazario Delacruz ebenso gehen, es sei denn, er war derjenige, der im Hintergrund die Fäden zog.

In dem Fall würde Sophia wahrscheinlich lieber sterben als gezwungen sein, das zu erfahren! Aber ihr Entführer hatte versichert, er werde dafür sorgen, dass sie über einen langen Zeitraum entsetzliche Qualen litt, und Pitt war überzeugt, dass er diese Drohung ernst meinte.

Charlotte hatte recht. Die meisten Menschen sahen in der Religion etwas für den Sonntag. Sie war wichtig, um in der Gesellschaft anerkannt zu werden, Teil eines größeren Ganzen zu sein, und sie war, zumindest in dunklen Stunden, insgesamt besser, als auf sich allein zurückgeworfen zu sein. Sie bot eine Möglichkeit, andere kennenzulernen und ihnen zu helfen, stellte eine weit stärkere moralische Grundlage zur Verfügung, als ihr so mancher zutraute.

»Willst du selbst mit Nazario Delacruz sprechen?«, fragte Charlotte.

»Ich kann jetzt unmöglich London verlassen«, gab er zurück. »Sie ist hier und ebenso ihr Entführer. Ich muss jemanden nach Spanien schicken, der einen vollständigen Überblick über die Situation hat und ziemlich gut Spanisch spricht.«

»Hast du solche Leute?«

»Ich habe schon die besten darauf angesetzt, möglichst viel über sie in Erfahrung zu bringen. Sie sind den Drohungen nachgegangen, die wir aus den Briefen kennen. Bisher hat sich gezeigt, dass das alles leeres Gerede ist. Ich werde versuchen, einen Diplomaten zu finden, dem ich die Sache anvertrauen kann«, erklärt er. »Vielleicht kennt Narraway einen.«

»Ein guter Gedanke«, antwortete sie und entspannte sich endlich ein wenig.

Vor Lady Vespasias Haustür kam sich Pitt aufdringlich vor. Er fühlte sich sonderbar gereizt, weil er nicht mehr wie früher jederzeit dort auftauchen und damit rechnen konnte, willkommen zu sein. Bisher war ihm gar nicht so recht klar gewesen, für wie selbstverständlich er das gehalten hatte.

Aber er brauchte Narraways Rat, und da die Sache keinen Aufschub duldete, war er bereit, notfalls jeden zu belästigen.

Lady Vespasias Dienstmädchen öffnete ihm, ließ sich aber dank ihrer guten Schulung keinerlei Erstaunen über seinen späten und zu allem Überfluss unangemeldeten Besuch anmerken.

Glücklicherweise waren Lady Vespasia und Narraway noch auf, und so wurde Pitt in den Salon geführt. Kaum hatte sich die Tür hinter dem Mädchen geschlossen, als sich Narraway besorgt erkundigte: »Was gibt es? Haben Sie Sophia Delacruz gefunden?«

»Ja und nein«, gab Pitt zur Antwort. »Ich habe einen Erpresserbrief mit den Bedingungen für eine Freilassung Sophias bekommen.« Er nahm ihn aus der Tasche und gab ihn Narraway zum Lesen. Mit leicht zitternder Stimme fuhr er fort: »Und ich weiß, dass sie jedenfalls vor wenigen Stunden noch gelebt hat. Aber man hat sie misshandelt und ihr vielleicht einen Arm gebrochen.«

Narraway las den Brief schweigend und reichte ihn dann, ohne Pitt zu fragen, an Lady Vespasia weiter.

»Ach je!«, sagte diese und legte das Blatt auf ein Tischchen neben eine kristallene Stielvase mit einer einzelnen pfirsichfarbenen Rose darin. »Du musst unbedingt darauf eingehen,

Thomas. Unglaublich raffiniert. Ich bin überzeugt, dass es dem Mann ernst ist. Möglicherweise hat er mit voller Absicht etwas verlangt, wovon er weiß, dass er es nicht bekommen wird.«

»Ja, es ist ihm damit ernst«, sagte Narraway. »Aber worauf will er hinaus? Haben Sie eine Vorstellung, wer das sein könnte, Pitt?«

»Nein. Unter Umständen ist es ein Anhänger von Sophias Glaubensrichtung. Ich weiß, dass Melville Smith schon länger die Absicht hatte, die Führung weitgehend an sich zu reißen. Vielleicht hat er sich eingeredet, auf diese Weise ihre Lehre etwas abmildern und dadurch eine größere Zahl von Menschen dafür empfänglich machen zu können …«

Der Anflug eines freudlosen Lächelns trat auf Narraways Züge.

»Seine Worte lassen diese Vermutung zu«, sagte Lady Vespasia. »Aber glaubst du wirklich, dass er, was jetzt geschieht, geplant hat?« Sie war höflich, wie das ihrer Art entsprach, aber ein Schatten tiefer innerer Bewegung lag in ihren Augen.

»Nein«, sagte Pitt, ohne im Geringsten zu zögern. »Henrietta hat den Mann als Opportunisten bezeichnet, und das deckt sich mit meiner Einschätzung. Ich bin überzeugt, dass Barton Hall bei ihrem Verschwinden die Hand im Spiel hatte und Smith ihn dabei unterstützt hat. Das Haus in der Inkerman Road gehört ihm.«

»Aber warum sollte er das tun?«, fragte Lady Vespasia in sachlichem Ton. »Etwa weil sie der Familie peinlich ist? Natürlich sähe er es lieber, wenn sie in Toledo geblieben wäre, ohne England mit ihrem Kreuzzug zu behelligen. Aber der Gedanke, dass er deshalb den grässlichen Doppelmord an ihren beiden so gut wie schuldlosen Anhängerinnen inszeniert haben könnte, erscheint mir völlig absurd. Irgendjemand setzt den Mann so unter Druck, dass er nicht ein noch aus weiß, Thomas. Du musst unbedingt herausbekommen, wer das ist und warum er das tut.«

»Und auf welche Weise das geschieht«, ergänzte Narraway. »Wo ist seine schwache Stelle?«

»Zuerst muss ich jemanden finden, der mit dem Brief zu Nazario Delacruz nach Toledo reist«, erklärte Pitt. »Oder wo sich der Mann sonst aufhält. Ich hoffe zu Gott, dass nicht er selbst der Drahtzieher hinter der ganzen Geschichte ist.«

Lady Vespasia zuckte sichtbar zusammen. Sie brauchte gar nicht in Worte zu fassen, was sie dachte, denn es ließ sich von ihrem Gesicht ablesen: das Bewusstsein von Liebe, das Vertrauen darauf – und dann dieser äußerste, entsetzliche Verrat. Es stand ihr deutlicher vor Augen, als das vor einem Jahr oder auch nur wenigen Monaten der Fall gewesen wäre.

Narraway sah sie an und richtete dann den Blick auf Pitt. »Ich fahre selbst«, sagte er. »Mein Spanisch ist zwar ziemlich eingerostet, aber doch ganz brauchbar. Außerdem könnte ich einen Spanier anheuern, der mir beisteht. Das habe ich auch früher schon getan. Doch das ist Ihre kleinste Sorge. Das Wenige, was wir wissen, lässt sich noch nicht zu einem Bild zusammensetzen. Wir verfügen über eine Menge Informationen, aber kaum etwas davon ergibt einen Sinn. Wir bewegen uns auf unsicherem Boden. Es muss zumindest einen alles entscheidenden Faktor geben, von dem wir noch nichts wissen. Was war der eigentliche Grund für Sophias Reise nach London?«

»Auf keinen Fall der Wunsch, hier ihre neuen Vorstellungen zu verbreiten«, sagte Lady Vespasia bestimmt, »wie interessant sie auch sind und wie tief sie auch von ihnen durchdrungen sein mag.«

»Sie ist Engländerin, sie ist hier geboren«, sagte Pitt.

»In dem Fall müsste ihr klar sein, dass sie hier mit ihren Predigten keinen Erfolg haben wird«, hielt Lady Vespasia dagegen. »Sie muss aus einem anderen Grund gekommen sein,

Thomas. Ging es darum, dass sie hierher kommen, oder darum, dass sie Spanien verlassen wollte?«

Narraway und Pitt sahen einander an.

»Was ist mit diesem Barton Hall?«, fragte Narraway. »Wissen Sie, ob er in dieser Geschichte mit drinsteckt oder ob die Morde rein zufällig in seinem Haus geschehen sind? Es kann von größter Bedeutung sein festzustellen, welche Rolle er in dieser Angelegenheit spielt.«

»Ich weiß, dass er entsetzliche Angst hat, aber nicht, wovor«, gab Pitt zur Antwort. »Als ich sein Büro verließ, habe ich sein Gesicht gesehen, während er telefonierte. Ich hatte ihm davon berichtet, dass Sophia Menschen auf der Flucht vor der Staatsgewalt geholfen hat, Menschen in Not, die ihre Taten bereuten.«

Lady Vespasia hob die Brauen. »Tatsächlich?«

Pitt rief sich Halls Gesichtsausdruck in Erinnerung. »Aber ich glaube eher, dass ihm in diesem Augenblick etwas klar geworden war, als dass er von Anfang an einen tückischen Plan gehabt hätte. Er wirkte auf mich wie jemand, dem jemand ganz überraschend den Boden unter den Füßen weggezogen hatte. Ich nehme an, dass er sich zwar von Sophias Sorgen belästigt fühlte, aber nicht wollte, dass ihr etwas zustieß oder jemand umgebracht würde. Man hat ihn benutzt …«

»Opportunismus?«, fragte Narraway. »Zufälle sind mir verdächtig. Hall ist sogar für einen Bankier übermäßig traditionsverhaftet. Er ist einer von denen, die vom Tag ihrer Geburt an immer nur getan haben, was sich gehört.«

»Soweit dir bekannt ist«, ergänzte Lady Vespasia mit einem feinen Lächeln. »Vielleicht kann er nur seine Abenteuer besser verborgen halten, als wir ihm zutrauen?«

»Du brauchst dich nicht in meine Irrtümer mit einzuschließen, meine Liebe«, erwiderte Narraway lächelnd. »Ich hatte, was das Getuschel in den besten Kreisen angeht, nie so aufmerksame Ohren wie du. Was hast du über Mr. Hall gehört?«

»Äußerst wenig«, sagte sie mit einer Stimme, in der Erstaunen lag. »Er ist Witwer und von einem untadeligen Ruf, den er vermutlich auch verdient hat. Seine Leidenschaften scheinen sich ausschließlich auf der geistigen Ebene zu bewegen. Er ist gebildet, ein Mann, der sein Fachgebiet gefunden hat und ihm treu geblieben ist. Ich halte ihn für rechtschaffen im üblichen Sinne der guten Gesellschaft. Er besitzt weder die Vorstellungskraft noch den Wunsch, aus diesem Rahmen auszubrechen.«

Narraway zuckte zusammen. »Ein gesellschaftliches Todesurteil in einem einzigen Satz!«

Zwar stimmte Pitt mit seiner Ansicht überein, doch war ihm bewusst, dass die größten Langweiler gelegentlich über die Stränge schlugen, wenn die Verlockung nur stark genug war. Er konnte den Ausdruck des Grauens in Halls Augen nicht vergessen. »Er hat entsetzliche Angst«, wiederholte er.

»Interessant«, sagte Narraway vor sich hin. »Ich frage mich nur, was dem Mann solche Angst einjagen mag. Mir fällt außer Geld nichts ein, aber es sieht nicht so aus, als ob Geld in dieser Geschichte eine Rolle spielte. Wissen Sie etwas über Nazario Delacruz?«

»Nicht das Geringste«, gestand Pitt. »Zu den Dingen, die Sie herausbekommen müssen, gehört die Frage, ob der Wahrheit entspricht, was Hall gesagt hat, dass der Mann um Sophias willen Frau und Kinder verlassen hat und dass die Frau sich und die Kinder umgebracht hat. Sind seine Angehörigen oder die seiner früheren Frau mit in die Sache verwickelt? Sie hätten allen Grund, Sophia zu hassen. Dennoch schiene mir diese Rache nicht nur übertrieben, sondern auch der Zeitpunkt dafür mehr als merkwürdig. Die Frau ist vor acht Jahren umgekommen. Wenn man bedenkt, dass die beiden anderen, Elfrida und Cleo, nichts mit Sophias Privatangelegenheiten zu tun hatten, muss man sich fragen, warum sie ermordet wurden, noch dazu auf so grässliche Weise.«

»Ich werde mich bemühen, möglichst viel herauszubekommen«, versprach Narraway.

»Wir«, korrigierte ihn Lady Vespasia.

Er sah sie unentschlossen an. Das Problem war weniger, was er sagen wollte, sondern wie er es sagen sollte. »Ich muss so schnell wie möglich dorthin, und die Reise wird nicht unbedingt komfortabel sein«, setzte er an. »Außerdem ist jemand, der es fertigbringt, zwei Frauen umzubringen, um seinen Standpunkt zu untermauern, äußerst gefährlich. Daher denke ich ...«

»... dass du es allein besser bewerkstelligen kannst?« Sie hob die silbernen Augenbrauen in einer Mischung aus Erstaunen und Belustigung, doch ihr Gesicht zeigte keine Nachgiebigkeit.

Pitt begriff, dass das eine Kraftprobe zwischen ihnen war, jetzt, nachdem sich das innere Band zwischen ihnen gefestigt hatte. Vespasia war es nicht gewohnt, dass jemand über sie bestimmte oder ihr sagte, was sie zu tun, und erst recht nicht, was sie zu lassen hatte. Hier ging es um mehr als Stolz und praktische Erwägungen; tiefe und vielschichtige Empfindungen spielten eine bedeutende Rolle. Sie war unübersehbar entschlossen, ihn zu begleiten, und trat ihm offen entgegen, um das deutlich zu machen.

Er wiederum musste nachgeben, ohne dass es danach aussah.

»Fürchtest du, ich könnte dir hinderlich sein?«, fragte sie freundlich. »Oder dass dich die Sorge um meine Sicherheit von deiner Aufgabe ablenken könnte?«

»Du lenkst mich immer ab«, erwiderte er mit einem Lächeln, in dem eine gewisse Befriedigung und sogar etwas wie Stolz lag.

Pitt, der schweigend zuhörte, wurde mit einem Mal bewusst, wie sehr Narraway, der sich zum ersten Mal in seinem langen und abwechslungsreichen Leben gebunden hatte, Vespasia lieben musste. Das war für ihn völlig neu und konnte ihn auf eine Weise verletzen, die er nie zuvor gekannt hatte. Genau aus dem Grund hielt dieses Gefühl für ihn eine Fülle von Fallgruben bereit.

Entschlossen legte Lady Vespasia ihren Stolz ab. »Die Sache ist so überaus wichtig, da sollten wir uns nicht darüber streiten«, sagte sie rasch. »Verglichen mit dem grässlichen Schicksal, das dieser Frau droht, wenn wir nicht umgehend handeln, sind weder deine noch meine Empfindungen von Bedeutung. Sofern ich dir von Nutzen sein kann, musst du mir gestatten, dich zu begleiten. Mein Spanisch dürfte besser sein als deins, und außerdem habe ich gute Bekannte in Madrid und Toledo. Sofern du allerdings früher aufbrechen musst, als ich kann, oder meine Anwesenheit dich in der Erfüllung deiner Aufgabe behindert, bleibe ich in London. Allerdings scheint es mir hier nicht unbedingt sicherer zu sein, ganz gewiss nicht für die arme Sophia.«

Narraway holte tief Luft und atmete mit einem vernehmbaren Seufzer aus. »Ich kümmere mich sofort um die Vorbereitungen. Sieh zu, dass du mit so wenig Gepäck wie möglich auskommst – ein mittelgroßer Koffer muss reichen. Und kleide dich eher praktisch als modisch. Wir werden eine ganze Weile in Zügen verbringen müssen und können keinesfalls eine Zofe mitnehmen.« Er sah ihr offen in die Augen, damit sie begriff, dass es keinen Sinn hatte, mit ihm über diese Dinge zu debattieren.

»Ich bin durchaus imstande, mich allein anzukleiden, Victor«, gab sie ihm mit einem Lächeln zu verstehen. »Auch früher habe ich schon Reisen unternommen, die mehr Aufregungen als Annehmlichkeiten boten.« Zu Pitt gewandt, fuhr sie fort: »Wir werden tun, was uns möglich ist. Ich mag gar nicht daran denken, wie sich Nazario Delacruz entscheidet, der Ärmste.«

Pitt erhob sich und dankte ihr.

KAPITEL 9

Am nächsten Nachmittag bestiegen Narraway und Lady Vespasia den Zug nach Dover. Sie hatten knapp zwei Wochen Zeit, um nach Toledo zu fahren, Nazario Delacruz von der Situation mit all ihren Verwicklungen in Kenntnis zu setzen und mit ihm nach London zurückzukehren, wo er sich der entsetzlichen erpresserischen Forderung stellen musste.

»Es dürfte nicht schwerfallen, ihn zu finden«, sagte sie, während sie es sich im Abteil bequem machten. »Toledo ist nicht besonders groß, und in jeder Kirche der Stadt wird man Sophia zumindest dem Namen nach kennen, wenn schon nicht persönlich.«

»Die Frage, ob und wie wir ihn finden, macht mir keine Sorge«, gab er zur Antwort, »wohl aber die, wie wir ihm die Sache so schonend wie möglich beibringen …«

Sie sah ihn offen an. »Es gibt keine Möglichkeit, sie ihm schonend beizubringen, mein Lieber. Und lügen darfst du auf keinen Fall – das wäre ganz und gar unverzeihlich.«

Schuldbewusst erklärte er mit leiser Stimme, obwohl sie allein im Abteil waren: »Es ist nicht meine Absicht, ihm Kummer und Seelenqualen zu ersparen. Es ist wichtig, dass er die Dinge klar sieht und seinen Verstand nicht von Gefühlen trüben lässt. Er muss zuhören und so klar wie möglich denken.«

Sie lächelte wehmütig. »Selbstverständlich. Und wie willst du dabei vorgehen?«

»Das ist mir noch nicht klar«, gestand er. »Aber bevor ich Verbindung mit ihm aufnehme, wüsste ich gern, wie viel von Barton Halls Bericht über seine erste Ehe und deren Ende der Wahrheit entspricht.«

»Angenommen, die arme Frau hat tatsächlich ihrem Leben aus Verzweiflung darüber ein Ende bereitet, dass ihr Mann sie verlassen hat. Damit wäre zwar klar, dass Sophia eine schwere Schuld auf sich geladen hat – aber ändert das etwas an dem, was wir sagen oder tun müssen?«, fragte sie.

»Nein, natürlich nicht. Aber es wirft möglicherweise ein gänzlich anderes Licht auf den Charakter des Mannes. Ich muss wissen, wie ich ihn einzuschätzen habe, ob ich ihm trauen, mich auf ihn verlassen kann oder nicht.«

Einen Augenblick lang sah sie beiseite. »Ich weiß«, sagte sie schließlich. »Du darfst die Möglichkeit nicht außer Acht lassen, dass er selbst in die Geschichte verwickelt ist. Unter Umständen ist er Sophias, wie allem Anschein nach schon seiner ersten Frau, überdrüssig geworden und ist bereit zuzulassen, dass jemand sie tötet, damit er frei ist.«

»Vespasia!«

Sie wandte sich ihm erneut zu und sah ihn an.

Das Sonnenlicht fiel auf ihr Gesicht und zeigte die Schönheit ihrer Züge, die hohen Wangenknochen und die geschwungenen Brauen. Doch es hob auch die feinen Linien hervor, die im Kerzenlicht gnädig verborgen bleiben.

»Du denkst, das ist brutal?«, fragte sie. »Natürlich ist es das. Aber Sophia tritt in der Öffentlichkeit auf, ist auf ihre Weise schön und kann sich gebildet ausdrücken. Er könnte sich anfangs zu ihr hingezogen gefühlt und im Laufe der Zeit an ihre Art gewöhnt haben, bis ihm schließlich ihre entschieden vertretenen Meinungen, ihr Lebenshunger und ihre dynamische Art zu viel geworden sind. Vielleicht hat er auch eine Jüngere gefunden, die fügsamer ist und sich leichter von ihm beeindrucken lässt. So etwas kommt vor.«

»Aber nur, wenn es keine wahre Liebe war, sondern bloße Vernarrtheit«, sagte Narraway voll Überzeugung.

»Das gehört zu den Dingen, die wir nach Möglichkeit herausbekommen müssen«, erklärte sie. »Es kann auch sein, dass sie ihm nach einem oder zwei Jahren auf die Nerven gegangen ist. Das geschieht mitunter bei Menschen, die überzeugt sind, eine Sendung zu haben. Ich habe einige von der Sorte kennengelernt.«

Draußen zogen die fruchtbaren Felder und Weiden der Grafschaft Kent vorüber, hier und da durch kleine Wäldchen unterbrochen. Es war nicht mehr weit bis zur Küste.

»Ich muss versuchen, möglichst viel über sie in Erfahrung zu bringen«, fuhr Vespasia fort. »Ich meine, über seine erste Frau, nicht über Sophia. Ich habe überlegt, wen ich in Spanien nach ihr fragen könnte. Die Einschätzung durch eine andere Frau könnte durchaus nützlich sein.«

»Woher kennst du Leute in Spanien, noch dazu in Toledo?«, fragte er verwirrt. »Wieso kannst du überhaupt Spanisch? Ich glaube nicht, dass du mir da etwas vorgeflunkert hast.« Sie hatte nie zuvor über Spanien gesprochen. Er merkte, dass es trotz ihrer engen Freundschaft und der vielen Dinge, über die sie sich miteinander unterhalten hatten, ganze Jahrzehnte ihres Lebens gab, über die er so gut wie nichts wusste.

»Das ist nicht sonderlich interessant«, sagte sie. »Ziemlich bald nach dem Tod meines ersten Mannes bin ich nach Spanien gegangen, weil ich dem Ewiggleichen der Londoner Gesellschaft entfliehen wollte, den ständig wiederholten

Äußerungen des Bedauerns und Ermunterns, den leicht zu durchschauenden Plänen anderer, mein Leben für mich neu zu ordnen.« Erneut sah sie beiseite, und Narraway erkannte Schmerz auf ihren Zügen. Er hätte sie gern berührt, fürchtete aber, das könne aufdringlich wirken.

»Ich kam mir vor, als wäre ich noch einmal glücklich davongekommen«, sagte sie leise, »und schämte mich, weil ich nicht glaubte, wie es meine Pflicht gewesen wäre, dass mein Leben vorbei sei, sondern den Eindruck hatte, es beginne erst. Ich spürte den unwiderstehlichen Drang, es anderswo anzufangen, wo mich niemand kannte. Womöglich sehe ich in Sophia einen winzigen Teil von mir selbst gespiegelt. Ich denke, dass auch sie auf der Flucht war.«

»Vielleicht besteht da in der Tat eine Ähnlichkeit«, sagte er lächelnd und mit einem plötzlichen Glücksgefühl. Offenbar hatte sie den Tod ihres Mannes nicht als einen so einschneidenden Verlust empfunden, dass er ihr gegenwärtiges Glück, sein künftiges Glück, trüben könnte.

Sie hob leicht die Brauen. »Ja … Ich werde also alte Bekannte aufsuchen und sehen, was ich nebenbei über Sophia, ihre Freunde, ihre Feinde und darüber erfahren kann, was Menschen über sie denken, in deren Augen sie keine Heilige ist. Wissen wir übrigens, wann sie ihr Erweckungserlebnis hatte?«

»Nein …«

»Dann werde ich versuchen, auch das in Erfahrung zu bringen.«

»Und ich werde zusehen, was ich über Nazario, seine erste Ehe und darüber herausbekommen kann, ob er eine neue Liebesbeziehung hat.«

»Ich hoffe, nicht«, murmelte Vespasia. »Ich möchte wirklich das Gegenteil annehmen. Über diesen Teil von Sophias Leben und ihren Mann wissen wir ausschließlich aus Barton Halls Bericht.«

Sie hatte recht, und während der Zug weiter seinem Ziel entgegenratterte, versuchte sich Narraway an alles zu erinnern, was er über Barton Hall wusste. Es war nicht sonderlich viel. Der Mann war Bankier, einer der unsichtbaren Männer, die die Zügel des Geldwesens so fest in Händen hielten, dass man sie selbst darüber ganz vergaß.

Sie gewährten ungeheure Darlehen und berieten Menschen bei der Vermögensanlage. Vermutlich kannten sie die Finanzkraft der meisten wichtigen Familien im Lande aufs Pfund genau, wussten, wem welche riesige Ackerflächen oder Grundstücke im Herzen Londons gehörten, auf denen Paläste oder die luxuriösen Wohnsitze bedeutender Ausländer standen. Solches Wissen war gleichbedeutend mit Macht.

Vor der Abreise aus London hatte sich Narraway noch einmal rasch eine Liste der Klienten von Halls Bank angesehen. Das waren in erster Linie die Säulen der Achtbarkeit, die Kirche und die Krone. Der Kronprinz lieh sich schon seit Jahren Geld, das er häufig nicht zurückzahlte, allerdings meist von Privatleuten, Freunden, die genug davon hatten und so unvorsichtig waren, es ihm zu geben. Das Geld- und Grundvermögen der anglikanischen Kirche ging in die Abermillionen. Sie investierte ihre Gelder in Unternehmungen, die empfindliche Gemüter als widerwärtig empfanden. Mancher hätte das als Schieber- oder Wuchergeschäfte bezeichnet, doch weil all das unter Ausschluss der Öffentlichkeit stattfand, blieb die Kirche von Skandalen verschont. Zweifellos war sie ein ausbeuterischer Gebäude- und Grundeigentümer, doch wusste Narraway nicht, welche Ausmaße das hatte. Sie investierte darüber hinaus in Kohlebergwerke, Schwerindustrie und Ackerland. Spielte bei ihren Aktivitäten auch eine nicht unbedingt seriöse Spekulation eine Rolle?

Wovor mochte der Bankier so große Angst haben, dass sein Anblick Pitt erschüttert hatte?

Die Antwort auf diese Frage musste in einem anderen Bereich von Halls Leben zu finden sein. Er war seit einigen Jahren Witwer und schien an diesem Zustand nichts ändern zu wollen. In der Freizeit beschäftigte er sich mit Dingen, die seiner gesellschaftlichen Stellung entsprachen, und nichts davon war anrüchig. Gab es womöglich ein finsteres Geheimnis um ihn? Narraway nahm das nicht an.

Auf der anderen Seite hatte er nichts von all dem Entsetzlichen und Unentwirrbaren um Sophia Delacruz vorausgesehen. Er hatte höchstens die bei Engländern übliche Verlegenheit angesichts einer öffentlichen Zurschaustellung von als ungehörig empfundenen Gefühlsäußerungen befürchtet. Die Religion pflegte man still und überwiegend privat auszuüben. Wer Zweifel hatte, formulierte sie schriftlich, ohne dass jemand das zu lesen bekam – und Frauen taten derlei schon gar nicht!

Der hochbegabte Hall hatte sein Studium in Cambridge mit erstklassigen Noten abgeschlossen. Die Fächer Geschichte und Nationalökonomie schienen wie geschaffen für den Mann, der demnächst, wie man munkelte, an die Spitze der Bank von England treten sollte. Narraway konnte sich nicht vorstellen, dass sich Hall bis über beide Ohren verlieben könnte und fähig wäre, den Sprung ins Ungewisse zu wagen.

Allerdings hatte er das von sich selbst auch nie geglaubt!

Er warf einen Seitenblick auf Vespasia, während er überlegte, zu welch kopflosen, unerwarteten Dingen er fähig gewesen wäre, wenn sie derlei von ihm verlangt hätte. Vermutlich wäre er vor nichts zurückgeschreckt. Andererseits hätte sie aber auch auf keinen Fall etwas Unrechtes verlangt. Was sie nicht von sich selbst forderte, erwartete sie erst recht nicht von anderen. Da lag die andere große Schwierigkeit, die ihn bedrückte. Sollte sich herausstellen, dass er im Rahmen der Reise nach Toledo auf Verbrechen oder Taten, die ins Aufgabengebiet des Staatsschutzes fielen, stieß, würde er sich genötigt sehen, Schritte außerhalb der Gesetze zu tun, die sich nur schwer rechtfertigen ließen.

Die Schändlichkeit eines solchen Verhaltens war Teil dessen, wofür er früher verantwortlich gewesen war; es war die schwerste Last, die Pitt inzwischen zu tragen hatte. Gerade weil Pitt das als Last empfand, eignete er sich Narraways Ansicht nach so gut für die Aufgabe. Seine Feinfühligkeit in Fragen der Moral bedeutete, dass ihm solche Entscheidungen nie leichtfallen würden. Er würde nie versuchen, sich zu rechtfertigen oder die Verantwortung anderen zuzuschieben. Er würde Fehler machen und lernen, damit zu leben. Jemandem, der die Fähigkeit besaß, sich leicht über Bedenken dieser Art hinwegzusetzen, durfte man solche Macht auf keinen Fall anvertrauen.

Narraway hatte das alles keineswegs ein für allemal hinter sich gelassen. Er hatte vieles getan, wovon er nicht wünschte, dass Vespasia je davon erfuhr. Mitunter waren ihm Entscheidungen schwergefallen, aber sie waren immer richtig gewesen. In anderen Fällen hatte er ursprünglich angenommen, alles Nötige zu wissen, doch war er sich inzwischen nicht mehr so sicher. Nie würde er sie fragen, was sie früher getan hatte, sie über alte Geheimnisse und ganz bestimmt nicht über frühere Liebhaber ausforschen. Er war sicher, dass es ihm lieber war, nichts darüber zu wissen. Es wunderte ihn ein wenig, zu merken, dass er eifersüchtig war.

Jetzt ging es um die Frage, ob er gezwungen sein würde, Entscheidungen zu treffen und Dinge zu tun, die bewirken konnten, dass Vespasia ihn in einem anderen Licht sah. Möglicherweise würde sie das nachvollziehen können, zumindest auf der Verstandesebene. Dennoch blieb die Frage, ob sie das bei einem Mann stören würde, mit dem sie eng zusammenlebte, dessen Namen sie angenommen hatte und mit dem sie daher nicht nur privat verbunden war, sondern auch in den Augen der Öffentlichkeit.

Es gab zwangsläufig Geheimnisse zwischen ihnen, Vertrauliches aus der Vergangenheit, was immer vertraulich bleiben würde. Doch bei einem gemeinsamen Aufenthalt in Spanien würde es sehr viel schwerer sein, solche Dinge für sich zu behalten. Das Schweigen darüber würde belastender sein, als wenn man darüber spräche.

Wie Dalton Teague hatte Hall das berühmte Eton College besucht, bevor er nach Cambridge gegangen war – ein untadeliger Hintergrund. War das der Grund, warum sich Teague jetzt für den Fall Sophia Delacruz interessierte – die Treue zur alten Schule und zur gemeinsamen Universität? Wahrscheinlich waren sie gleichzeitig dort gewesen, aber wohl kaum als Freunde. Hall hatte Hervorragendes geleistet, war aber von Haus aus ein Bücherwurm, weder ein charmanter Plauderer noch ein bemerkenswerter Sportsmann. Teague war das genaue Gegenteil gewesen – er sah gut aus, hatte eine bemerkenswerte Ausstrahlung und gehörte zu den besten Cricketspielern, die je die Farben Englands vertreten hatten. Jeder war überzeugt gewesen, er werde den Abschluss nicht schaffen, doch zur Überraschung aller hatte er die Prüfung mit einem durchaus achtbaren Ergebnis bestanden.

Andererseits gab es mitunter die sonderbarsten Freundschaften zwischen Menschen, die nicht zueinander zu passen schienen – ganz wie in der Ehe. Manchmal ging so etwas sogar erstaunlich gut.

Wieder sah er flüchtig zu Vespasia hin, die sich ihm mit einem Mal zuwandte. Als sie ihn lächelnd ansah, empfand er ein geradezu lächerliches Glücksgefühl. Fast hätte er die

Hand nach ihr ausgestreckt, um sie zu berühren, doch dann ging ihm auf, wie sentimental das wirken müsste, als seien sie zwanzig! Als er spürte, wie ihm die Röte ins Gesicht stieg, wandte er sich dem Fenster zu und sah auf die vorüberziehende Landschaft hinaus.

Sie schifften sich am späten Nachmittag ein. Auf dem Deck genossen sie den blauen Himmel des Frühsommertages. Das Sonnenlicht brach sich in den aufschäumenden Wellen der Hecksee, und Möwen folgten der Fähre mit gewagten Flugmanövern. Mitunter sah es so aus, als ahmten sie mit ihrem Flügelschlag das regelmäßige Auf und Ab der Wogen nach. Die kühle Brise milderte die Hitze der Sonne, war aber nicht stark genug, um Vespasias Frisur durcheinanderzubringen, als sie vom Heck aus zusahen, wie die weißen Klippen der englischen Küste allmählich am Horizont versanken. Der Gedanke, dass ihr Auftrag schwierig und dringend war, drückte ihre Stimmung.

»Wie schätzt du es ein, dass sich Dalton Teague in die Suche nach Sophia einmischt, Victor?«, fragte Vespasia. »Ich kann mir beim besten Willen nicht vorstellen, dass er mit dem, was sie vorträgt, in irgendeiner Weise einverstanden ist. Schließlich richtet sich alles, was sie sagt, gegen Vorrechte von Geburt und Reichtum und damit gegen ihn. In ihren Augen ist alles, was einem Menschen gegeben ist, kein Recht, das ihn von Geburt an aus der Masse der anderen heraushebt, sondern eine Verpflichtung, ihnen zu dienen.«

»Das hat die Aristokratie ursprünglich auch getan, und die besten Köpfe des Adels sehen das nach wie vor so«, gab er zurück. »Teague ist mit einer ganzen Reihe der alten Familien verwandt – auf jeden Fall mit den Salisburys und dem Herzog von Devonshire.«

»Ich weiß«, sagte sie, ohne den Blick von der weiß schäumenden Hecksee zu nehmen.

Natürlich wusste sie das. Immerhin war auch sie mit den meisten dieser Familien durch verwandtschaftliche Beziehungen verbunden. Sie hatte ihren Titel ererbt und nicht erheiratet. Jetzt, da er sie weit besser kannte, sie für ihn auf allen Ebenen Wirklichkeit war, in Freud und Leid, seit er ihr Herz erkundet hatte, zeigte sich, was für ein Trugbild die sogenannte gute Gesellschaft war. Er zog es vor, vieles von dem zu vergessen, was er darüber erfahren hatte.

Lange bevor er Leiter der Abteilung wurde, hatte er mit Anfang vierzig beim Staatsschutz in der Anfangszeit der irischen Unruhen in einigen der komplizierteren Fälle ermittelt, bei denen es um Intrigen und persönliche Treuebeziehungen gegangen war. Zu jener Zeit hatte der charmante Teague auf dem Höhepunkt seiner sportlichen Laufbahn gestanden. Narraway hatte die Schwächen des Mannes erkundet und sie sich zunutze gemacht, um ihm eine gefährliche Falle zu stellen, und sie zuschnappen lassen. Er hatte damit sein Ziel erreicht, aber neben Unbeteiligten hatten auch sie beide Blessuren davongetragen. Nach wie vor dachte er nur mit Unbehagen an die hinreißende Affäre mit Violet Mulhare, die letztlich tragisch ausgegangen war. War das der Grund für seine Abneigung gegen Teague, dass selbiger sich einfach davongemacht hatte? Es sprach viel für einen Menschen, wenn er wenigstens Schuldgefühle empfand, wenn er anderen Qualen verursacht hatte.

Vespasia sollte am besten nichts davon erfahren, doch das würde voraussetzen, dass er sie belog, ob mit Worten oder durch Stillschweigen. Vielleicht war es für den Fall Sophia Delacruz wichtig, vielleicht auch nicht.

»Vermutlich hast du recht mit dem, was du über Teague sagst. Auf keinen Fall dürfte er mit Sophias Ansichten übereinstimmen«, sagte er nachdenklich. »Auf den ersten Blick würde ich meinen, dass er wie üblich im Licht der Öffentlichkeit stehen möchte. Er tritt als der Held auf, der mit seinem Geld und seiner Macht einem Menschen in großer Not helfen will. Dass er ihren Glauben nicht teilt, lässt dann seine Handlungsweise noch edelmütiger erscheinen.«

Vespasia sah ihn mit einem spöttischen Lächeln an. »Du kannst ihn wirklich nicht ausstehen, wie? Allerdings überrascht mich das in keiner Weise.«

Mit einem Mal kam ihm der fürchterliche Gedanke, Teague könne einer ihrer Verehrer gewesen sein, wenn nicht gar ihr Liebhaber. Seine Abneigung gegen den Mann verwandelte sich augenblicklich in abgrundtiefen Hass.

Dann merkte er, wie albern das war, und er nahm sich zusammen. Er selbst hatte, wie jeder normale Mann seines Alters, Affären gehabt und war in einigen Fällen sogar leidenschaftlich verliebt gewesen. Erst später hatte er im Rückblick seine Selbsttäuschung erkannt. Ihm war aufgegangen, dass sich hinter dem schönen Schein der Liebeserlebnisse eine prosaische Wirklichkeit verbarg, und auch die nur vorübergehend vertriebene Einsamkeit wurde danach umso beklemmender.

»Ich erwarte nicht, dass du ihn magst, mein Lieber«, sagte sie freundlich, während sie zusah, wie die Möwen mit eleganten Bewegungen über dem Wasser dahinschossen. »Alles in allem schätze ich ihn als Opportunisten ein. Er folgt keinen Überzeugungen außer denen, die ihm gerade nützlich sind.«

»Meinst du, dass auch Pitt ihn so sieht?«, fragte er.

»Thomas ist nicht so einfältig, wie du zu fürchten scheinst«, gab sie zurück. »Die Oberen beeindrucken die dienende Klasse nicht annähernd so sehr, wie sie sich das einbilden.«

»Die dienende Klasse?«, wiederholte er ungläubig. Er hatte Pitt bisher nicht als dieser Schicht zugehörig gesehen.

Sie lächelte nachsichtig. »Seine Mutter war Wäscherin auf einem Herrensitz in einer der an London grenzenden Grafschaften. Ich glaube, er gehörte Sir Arthur Desmond. Ein anständiger Mensch, wenn auch mit Schwächen und Eigenheiten. In den Jahren, die Thomas bei der Polizei war, hat er immer wieder gesehen, dass Ehrlichkeit und Charakter bei weit mehr Reichen und Mächtigen zu wünschen übrig lassen, als die meisten von ihnen meinen. Mir machen weder Teagues Reichtum noch seine Herkunft Sorgen, wohl aber seine Leistungen auf dem Cricketplatz. Wer dort wie er im Sonnenschein voll Anmut in weißen Flanellhosen auftritt, wird in den Augen von Millionen zum Halbgott. Das veranlasst die Menschen zu der Annahme, dass für so jemanden die Grenzen nicht gelten, die unsereinem gesetzt sind.«

Narraway dachte eine Weile darüber nach und sah in die Ferne, wo von den Kreidefelsen nichts mehr zu sehen war. Sie hatte recht. Das war der entscheidende Punkt, in dem sich Teague von anderen Reichen in gehobener gesellschaftlicher Stellung unterschied.

»Warum hast du etwas gegen ihn?«, wollte sie wissen.

»Ich weiß nicht. Ein völlig grundloses Misstrauen«, erwiderte er. Sogleich ging ihm auf, dass sie erkennen würde, wie er ihr damit auswich. »Er ist mir vor langer Zeit in einem Fall über den Weg gelaufen. Das ist mindestens zwanzig Jahre her. Er hatte am Rande damit zu tun.«

Sie hielt ihr Gesicht nach wie vor halb abgewandt und sah den Möwen zu. »Mir ist klar, dass viele Dinge geheim bleiben müssen, Victor. Ich erwarte nicht, dass du mir Vertrauliches mitteilst – ich möchte lediglich wissen, ob sich Thomas in einer Gefahr befindet, von der er nichts ahnt. Es kommt nicht auf die Vergangenheit an, sondern auf die Gegenwart. Könnte der Grund, aus dem du Dalton Teague nicht über den Weg traust, auf die eine oder andere Weise mit etwas zu tun haben, was sich auf Thomas auswirken kann?«

Man hörte nichts als die Wellen, die gegen den Rumpf der Fähre schlugen, und gelegentliche Möwenschreie.

»Der Fall liegt, wie gesagt, lange zurück«, begann er schließlich. »Ich habe mich dabei nicht einwandfrei verhalten. Ich liebte eine gewisse Violet Mulhare, jedenfalls dachte ich das damals. Ich habe mich Teagues bedient und sie dann beide ertappt. Er hat sie im Stich gelassen, mit dem Ergebnis, dass er davonkam und sie gefasst wurde, wie auch der Mann, hinter dem ich her war. Teague hat mir hinterher gesagt, er habe die Sache von Anfang an durchschaut.«

Vespasia schwieg.

»Ich weiß«, sagte er, »ich habe beide benutzt.«

»Hast du Teague geglaubt?«, wollte sie wissen.

»Nein. Ich bin überzeugt, dass er gelogen hat. Er ist im letzten Augenblick auf die richtige Seite übergelaufen, als ihm klar wurde, dass ich sie beide den Behörden übergeben würde. Aber ich kann es nicht beweisen.«

»Natürlich nicht«, sagte sie. »Dafür ist der Mann viel zu vorsichtig.«

War es ihr wichtig, ob er Violet geliebt hatte oder nicht? Er sah zu ihr, doch sie schien nicht zu reagieren. Für ihn war es auf eine Weise wichtig, die er nicht erklären konnte. Genau genommen, müsste das inzwischen gleichgültig sein. Vielen Menschen war es in der Vergangenheit so ergangen, als sie spontaner und weit oberflächlicher waren als jetzt.

Langsam wandte sie sich ihm zu und sah ihm in die Augen. Er hatte ein unbehagliches Gefühl. Er war es nicht gewohnt, so verletzlich zu sein.

»Vermutlich schätzt du Teague richtig ein«, sagte sie freundlich. »Ich habe ihn nicht gut gekannt und mich mit voller

Absicht von ihm ferngehalten. Ich hatte den Eindruck, ihn damit ungerecht zu behandeln, doch nach dem, was du gerade gesagt hast, habe ich wegen meiner Voreingenommenheit kein schlechtes Gewissen mehr. Vielleicht war mein Instinkt besser, als ich angenommen hatte.«

Lady Vespasia warf einen letzten Blick auf den blassen weißlichen Schimmer in der Ferne, der beim niedrigen Stand der Sonne kaum noch wahrgenommen werden konnte. Die lange Abenddämmerung des Frühsommertages ging in die Nacht über. Sie würden in den frühen Morgenstunden in Frankreich an Land gehen und den ersten Zug nach Süden nehmen.

Vespasia wollte an Deck bleiben, bis völlige Dunkelheit eingetreten war und die ersten Sterne sichtbar wurden. Das hatte nichts damit zu tun, dass sie sich nicht ausruhen oder nicht mit Victor allein in der kleinen Kabine sein wollte. Nein, das würde ihr sehr gefallen. Die Zeit ihrer ersten Ehe und ihrer Mutterschaft lag so lange zurück, dass es ihr vorkam, als sei es ein gänzlich anderes Leben gewesen. Noch länger zurück lag die Zeit in Rom, als sie während der 48er Revolution an der Seite ihres Geliebten Mario Corena auf den Barrikaden gekämpft hatte und überzeugt gewesen war, nie wieder so lieben zu können.

Ihre erste Ehe war von Zuneigung getragen gewesen, aber Leidenschaft hatte es darin nicht gegeben. In den vielen Jahren danach war es zu verschiedenen Liebesaffären gekommen. Es hatte ihr genügt, sie zu genießen und keine unheilbaren Wunden davonzutragen, wenn sie vorüber waren. Weitere Gedanken hatte sie sich darüber nicht gemacht.

Anfangs hatte sie in Victor Narraway einen Verbündeten in den verzweifelten Kämpfen gesehen, die Pitt durchstehen musste. Im Laufe der Zeit dann hatte sie freundschaftliche

Gefühle für ihn entwickelt. Vielleicht lag darin der Unterschied, der den Ausschlag gab. Er war kein Liebhaber, dessen Feuer nachgelassen hatte, bis er eine Art Freund geworden war, sondern sie waren Gefährten in einer gemeinsamen Sache gewesen, und daraus war etwas geworden, was alles in seinem Leben grundlegend verändert hatte. Er hatte sich dem gestellt und jede Beklommenheit unterdrückt. Ihr waren seine Befürchtungen bewusst, obwohl er sie tief in sich verborgen gehalten hatte.

Sie blickte auf ihr Leben zurück, die wichtigen und minder wichtigen Liebesbeziehungen, die guten Zeiten und die Qualen. Mit Mario Corena war ihr außer in den hektischen Kämpfen der Jugend keine gemeinsame Zeit vergönnt gewesen. Sie würde nie wissen, wie sehr sie diesen Mann in ihrer Vorstellung idealisiert hatte.

Victor Narraway war handfest, geistreich, entschlossen, zynisch in Dingen dieser Welt und hatte ein erstaunlich verwundbares Herz. Trotz all seiner Erfahrung im Kolonialheer in Indien, mit der Regierung, im Geheimdienst und beim Staatsschutz mit den vielen Intrigen und vertraulichen Aktivitäten, wusste er nur wenig über das Wesen von Frauen. So hielt er Vespasia für seelisch deutlich weniger robust, als sie war, für idealistischer, einen Menschen, der nichts von den niederträchtigen Tatsachen des Lebens wusste. Das hing mit dem Mythos zusammen, demzufolge Frauen sanfter waren als Männer, reiner und empfindlicher. Sie würde sehr umsichtig vorgehen müssen, um ihm diese Illusionen nach und nach zu nehmen. Manche Träume gab man nur sehr schwer auf.

Narraway hatte eine Weile schweigend neben Vespasia an Deck gestanden und in der zunehmenden Dunkelheit auf das Wasser geblickt, als sie sich ihm erneut zuwandte und das

Gespräch noch einmal aufnahm: »Warum interessiert sich Teague deiner Ansicht nach so sehr für diesen Fall, Victor?«

»Das weiß ich nicht«, erwiderte er. »Aber mit Sicherheit hat er einen Grund. Er will etwas.«

»Rache?«, fragte sie ohne erkennbare Gemütsbewegung.

»Nein. Dazu liegt die Sache viel zu lange zurück.« Doch noch während er das sagte, begriff er, dass der zeitliche Abstand für den Mann unerheblich war. Womöglich wartete Teague schon lange auf eine geeignete Gelegenheit. Er würde Narraway selbst nichts antun, wohl aber mit voller Absicht dem Mann schaden, der an dessen Stelle getreten war, seinem Freund und Schützling. Damit würde er ihn viel schmerzlicher treffen und dafür sorgen, dass er sich obendrein schuldig fühlte. Darin lag eine Eleganz, die haargenau Teagues Wesen entsprach.

»Wirklich?«, fragte sie.

»Ja«, sagte er und bemühte sich, dabei sicherer zu klingen, als er war. Er war entschlossen, in diesem Fall bis zum Ende zu kämpfen. Weder durfte er zulassen, dass Sophia Delacruz hingeopfert wurde, noch, dass der Mord an den beiden Frauen ungesühnt blieb. Vor allem aber durfte er nicht zulassen, dass sich Teague an Pitt für etwas rächte, was ihm Narraway seiner Ansicht nach angetan hatte.

Wortlos trat Vespasia ein wenig näher zu ihm und hängte sich bei ihm ein.

Gleich nach der Ausschiffung bestiegen sie den Zug nach Süden. Es war eine weite Reise bis Madrid, und von dort fuhren sie weiter nach Toledo. Es war eine herrliche von einer Ringmauer umgebene Stadt, die nicht erst aus der Zeit von Spaniens weltumspannender Herrschaft stammte, sondern ihren Glanz schon im Mittelalter ausgestrahlt hatte. Damals hatte in Spanien die Toleranz unangefochten geherrscht: Christen, Moslems und Juden hatten in unmittelbarer Nachbarschaft gelebt und Seite an Seite gearbeitet, Wissen sowie die Wunderwerke der Kunst uneingeschränkt geteilt und alle miteinander in gleichem Maß vom Ruhm der Stadt gezehrt. Doch nach dem Fall Granadas und der Vertreibung der Mauren 1492 wurden auch die Juden aus dem Lande gejagt, und die Macht der Inquisition nahm zu. Fortan galt es als Sünde, sich von anderen zu unterscheiden, und Dinge in Frage zu stellen war verboten.

Ein Hotel hatten sie schon von London aus gebucht. Sie hatten sich bemüht, alle Eventualitäten zu bedenken, damit möglichst wenig dem Zufall überlassen blieb. Jetzt lehnten sie sich bequem in der Droschke zurück, die sie zu ihrem Hotel brachte, und genossen die Fahrt durch die Straßen der Altstadt. Viele der Bauten waren durch die Jahrhunderte unverändert geblieben.

Was sie sah, rief Erinnerungen in Vespasia wach, und die Jahre schienen dahinzuschwinden, während sie das gleiche Hochgefühl wie bei ihrem ersten Aufenthalt dort empfand, als sie gekommen war, um Neues und Aufregendes zu erleben. Immerhin war ihr das zum Teil gelungen, und sie hatte eine herrliche Zeit verbracht.

Jetzt war sie glücklicher als ihrer Erinnerung nach je zuvor, selbst in den aufregenden Tagen der Jugend. Zwar war sie mit ihrem Mann hergekommen, um nach Möglichkeit eine Tragödie zu verhindern, doch das tat ihrem tiefen Seelenfrieden keinen Abbruch.

Das Hotel war ausgezeichnet, und nach einem frühen Abendessen suchten sie ihr Zimmer auf.

»Ich habe eine Mitteilung von Pitts Mitarbeiter«, sagte Narraway. »Er ist einer ganzen Reihe der Drohbriefe nachgegangen, dabei aber auf nichts weiter als über Sophia Delacruz verärgerte Menschen gestoßen, die darüber hinaus keine

Interessen von Bedeutung verfolgen, für die sie sich Gehör verschaffen wollen. Er hat alle gefunden, die ihre Briefe namentlich gezeichnet haben. Von denen gibt es in England noch mehr. Es scheint den Leuten genügt zu haben, sich schriftlich Luft zu machen.«

Er seufzte. Vespasia wollte wissen, wie es weitergehen würde. Er stand mit dem Rücken zum Licht, aber ein Stück weit vom Fenster entfernt, von dem aus der Blick auf die Altstadt fiel.

»Ich glaube nicht, dass die Sache mit Sophias überspannten religiösen Ansichten zu tun hat«, fuhr er in sachlichem Ton fort. »Wie sehr sie auch damit manche vor den Kopf gestoßen hat, würden sich diese wohl kaum dazu hinreißen lassen, Menschen wie Cleo Robles und Elfrida Fonseca zu ermorden.«

Vespasia runzelte die Stirn. »Wollte man nicht mit dieser scheußlichen Tat erreichen, dass wir annehmen, man werde sie auf die gleiche Weise umbringen, wenn ihr Mann nicht ihrer Sendung ein Ende bereitet, indem er sie öffentlich anprangert? In meinen Augen hat das durchaus mit Religion zu tun, allerdings ist es die des Teufels.« Sie holte Luft. »Das sind melodramatische Worte, nicht wahr? Es tut mir leid. Aber ich denke, du unterschätzt ebenso wie Thomas, welche Macht der Glaube der Menschen hat, sie seien im Universum von Bedeutung. Zu Zehntausenden sind sie dafür gestorben.«

»Das ist mir bewusst«, gab er sanft zurück und trat einen Schritt näher auf sie zu. »Aber hinter der Sache steckt mehr. Pitt sagt, dass Barton Hall entsetzliche Angst hat. Dahinter steckt etwas Greif- und Messbares und nicht etwa die Sorge, einen Kampf auf dem Gebiet der Religion zu verlieren. Da er Pitt nicht zu sagen wagt, worum es dabei geht, kann es nur etwas Rechtswidriges sein oder ein Skandal, der ihn oder jemanden, der ihm wichtig ist, zugrunde richten würde.«

»Er fürchtet um seinen Ruf«, stimmte sie zu. »Oder es ist eine ungeheure Geldsumme im Spiel. Da er Investitionen im Auftrag der Kirche und einiger Mitglieder der königlichen Familie tätigt, wäre er dann in der Tat ruiniert.«

»Gerade deshalb fürchte ich, dass da eine Verbindung zu etwas weit Schwerwiegenderem besteht und dass er weiß, worum es dabei geht.«

»Würde deiner Ansicht nach die Ermordung Sophias die Revolution auslösen, an deren Rand wir zu stehen scheinen? Oder besteht da eine Beziehung zu dem Krieg zwischen Spanien und Amerika?«

»Das weiß ich nicht«, gab er zu. »Aber sei auf jeden Fall vorsichtig. Möglicherweise liegen die Dinge nicht so einfach, wie ich angenommen hatte.«

Weder er noch sonst jemand wusste, dass sich Vespasia mit einigen der Schriften selbst ernannter Revolutionäre beschäftigt hatte. Sie waren voll flammenden Zorns über die zahlreichen Ungerechtigkeiten in der Gesellschaftsordnung und die Macht derer, die den Menschen außer ihrer Würde und Hoffnung oft genug auch das Leben nahmen – und sie empfanden tiefes Mitleid mit den Opfern. Sie waren fest überzeugt, dass ein neues Zeitalter beginnen und die Menschheit zum Naturzustand des Gutseins zurückkehren würde, wenn es keine Regierung gäbe. Um das zu erreichen, wäre nur eine einzige von Leidenschaft getragene Gewalttat nötig, die alle mit dem erforderlichen Mut erfüllen würde. Keiner dieser Umstürzler hatte eine Erklärung dafür geliefert, warum die blutigen Kriege der Vergangenheit keine solche Neugeburt der Menschheit bewirkt hatten.

Auch wenn Vespasia den Zorn und Schmerz verstand, den sie empfanden, war sie überzeugt, dass sie sich wahnhaften

Illusionen hingaben, vielleicht weil die Ungerechtigkeit, deren Zeugen sie wurden und unter der sie womöglich selbst leiden mussten, ihren Verstand getrübt hatte.

Sophia Delacruz war nicht von Zorn erfüllt, sondern voller Hoffnung. So jedenfalls hatte es ausgesehen. Hatte sich Vespasia in diesem Punkt getäuscht? Lag der Schlüssel vielleicht bei ihrem Mann Nazario, den sie vermutlich liebte?

Wenn das, was Barton Hall Pitt mitgeteilt hatte, auf Wahrheit beruhte, bestand zwischen den beiden ein Band der Selbstsucht, welche andere in eine Tragödie gestürzt hatte. Dann wären eine Frau und zwei Kinder infolge eines Ehebruchs umgekommen, weil sie verlassen worden waren. Konnten so ausgesprochen herzlose Taten den Boden für Glück bereiten oder gar für eine auf Treue gegründete Bindung?

Genügte Zerknirschung als Sühne für ein solch entsetzliches Handeln? Sophia selbst hatte gesagt, die Reue eines Menschen, der die durch die Sünde erworbenen Vorteile nicht aufgab, sei unvollständig. Es gab eine natürliche Gerechtigkeit, die verlangte, dass man auf die eine oder andere Art Wiedergutmachung leistete. Zwar waren Worte wichtig, doch wenn das Handeln sie gleichsam zunichtemachte, waren sie Heuchelei und eine zusätzliche Kränkung.

Vespasia hoffte inbrünstig, für Sophias Handeln eine Begründung zu finden, die zu ihren Worten passte. Allerdings sah man sich mitunter erst durch die bittere Erkenntnis dessen, was man getan hatte, zur Umkehr genötigt und vergab anderen erst, weil man begriffen hatte, wie sehr man auf die Verzeihung anderer angewiesen war.

Vespasia musste offen sein und sich für alles bereithalten, was sie in Erfahrung bringen würde.

Narraway brach früh am nächsten Morgen auf. Er teilte Vespasia lediglich mit, dass er nicht wisse, wie lange er fortbleiben werde, doch bestehe keineswegs ein Grund zur Beunruhigung, wenn er bis zum Einbruch der Dunkelheit nicht zurück sei.

Er stand nahe der Tür zum Gang, von dem die Treppe nach unten in die Halle des überaus komfortablen Hotels führte, in dem vor allem besser gestellte Touristen abstiegen. Er hatte entschieden, dass sie in einem kleineren Hotel mehr auffallen würden als dort. Weder er noch Vespasia hatte den Wunsch, dass man sie für Hochzeitsreisende hielt, obwohl sie das womöglich waren.

Sie fühlte sich befangen. Es erschien ihr absurd, dass sie so großes Glück in einer Situation empfand, in der sich Menschen üblicherweise befanden, die auch nicht annähernd so alt waren wie sie. Dennoch nahm sie an, dass nur wenige von ihnen dieses Glück so hoch schätzten wie sie oder sich so intensiv dessen bewusst waren, wie kostbar es war und wie leicht schon ein wenig Eigensucht oder Gedankenlosigkeit es zerstören konnte.

Sie sah Victor an. Sie hätte ihn gern berührt, vielleicht geküsst, aber würde er das angesichts dessen, dass er versuchte, grässliche Morde aufzuklären und künftige Gewalttaten zu verhindern, als unpassend und unangebracht ansehen? Unter Umständen würden sie Entscheidungen treffen müssen, an deren Ende Leid und Kummer standen, ganz gleich, was sie taten.

Doch einen Augenblick nicht genutzt zu haben konnte zu andauerndem Bedauern führen, mochte eine Unterlassung sein, die sich nie wiedergutmachen ließ. Ihr Entschluss stand fest.

Mit – wie stets – hoch erhobenem Haupt ging sie zu ihm hinüber und berührte ihn sanft. Wie sie so neben ihm stand, sah man, dass sie beinahe gleich groß waren. »Viel Glück«, flüsterte sie und küsste ihn auf die Wange.

Einen Augenblick lang nahm er sie fest in beide Arme. Als er sie losließ und sich zum Gehen wandte, sah sie das Lächeln auf seinen Zügen und die Rührung, die ihn fast zu überwältigen schien.

Als er fort war, nahm sie sich die Ausgaben der Lokalzeitung der letzten Tage vor und ging aufmerksam die Gesellschaftsspalte durch. Vielleicht tauchte darin ja ein Name auf, den sie von früher kannte. Als Nächstes musste sie sich einen Vorwand überlegen, um mit der betreffenden Person, sobald es ging, auf eine Weise zusammenzutreffen, die nach einem Zufall aussah. Dem Brief des Erpressers zufolge blieb ihnen nur ein kleiner zeitlicher Spielraum für die Aufgabe, Nazario Delacruz aufzuspüren, ihm klarzumachen, worum es ging, und ihn nach England zu begleiten. Noch wichtiger aber, und das bedrückte sie am meisten, war die Frage, wie lange Sophia ihre Lage ertragen konnte. War es nicht möglich, dass ihre Entführer sie durch ihre Torturen töteten, ohne dass Absicht dahinterstand? Vielleicht dachten sie auch überhaupt nicht daran, sie lebend freizulassen.

Während sie alles in Gedanken durchging, kamen Vespasia die Hindernisse immer unüberwindbarer vor. Obendrein konnte voreiliges Handeln die ohnehin geringe Aussicht gefährden, das Richtige zu tun, die passenden Worte zu finden und Nazario richtig einzuschätzen. Es war unvorstellbar, welch ungeheure Qual die Entscheidung für den Mann bedeuten musste, vor die er da gestellt wurde. Doch das Mitleid, das sie empfand, durfte sie nicht von den wenigen nützlichen Dingen ablenken, die sie tun konnte.

Nach längerem Zeitungsstudium fand sie genau das, was sie gesucht hatte.

Obwohl sie von der langen Reise ermüdet war und die Hitze des Landesinneren ihr zusetzte, zog sie am Nachmittag eins der wenigen modischen Kleider an, die sie mitgebracht hatte. Es war in einem für ihre Verhältnisse recht warmen Farbton gehalten und schmeichelte ihr sehr.

Um halb sechs stieg sie am Tor eines im klassischen Stil gehaltenen Parks, in dem eine frühe Abendgesellschaft stattfand, aus der gemieteten Kutsche.

Sie trat mit hoch erhobenem Kopf und so vollendeter Eleganz und Selbstverständlichkeit ein, dass niemand auf den Gedanken kam, sie könne nicht zu den geladenen Gästen gehören.

Nach einer halben Stunde gegenseitiger Komplimente, höflicher und nichtssagender Worte und der Erwähnung bekannter Namen sah sie sich endlich der Dame gegenüber, der ihr Besuch galt.

Dorothea Warrington war keine Schönheit, aber reich und von einer gewissen Eleganz. Sie besaß einen scharfen Verstand und eine bemerkenswerte Haarfülle und machte aus beidem das Beste. Sie stand reglos nahe dem Springbrunnen in der Mitte des Parks und machte große Augen, als sie Lady Vespasia auf sich zukommen sah.

»Guten Abend, Dorothea«, sagte diese mit einem gewinnenden Lächeln. »Ich wusste gar nicht, dass Sie immer noch in Spanien sind, aber ich muss sagen, es bekommt Ihnen bestens. Ich habe Sie nie in so blendender Form gesehen. Neben Ihnen sehen wir anderen ganz und gar unbedeutend aus.«

Dorothea, die von klein auf unter ihrer nahezu südländisch dunklen Hautfarbe litt und sich aus Gründen, über die man nicht sprach, aus der Londoner Gesellschaft zurückgezogen hatte, fühlte sich mit einem Schlag besser. Sie musterte die Besucherin von Kopf bis Fuß, wobei ihr weder der helle Ton ihrer Haut noch die stolze Kopfhaltung entging.

»Wie reizend von Ihnen«, gab sie mit dem Anflug eines Lächelns zurück. »In der Tat haben Sie recht – ich genieße das Leben hier in vollen Zügen.« Das war eine faustdicke Lüge. Sie hasste es, aber immerhin wusste in Toledo niemand von ihren Londoner Skandalen. »Sicher sind Sie um diese Jahreszeit wegen des Klimas hergekommen?« Während sie das sagte, musterte sie ihre Besucherin mit scharfem Blick und überlegte, welche Katastrophe Lady Vespasia veranlasst haben mochte, sich auf der Höhe der Londoner Saison an einen vergleichsweise kleinen Ort wie Toledo zu flüchten, wo niemand sie kannte. Zwar hätte man das in ihren Augen aufblitzende Interesse mit einigem Wohlwollen als Besorgnis deuten können, doch es war unverhüllte Neugier.

Genau damit hatte Lady Vespasia gerechnet und sich darauf vorbereitet.

»Eine meiner Patentöchter hat sich verliebt, leider in einen denkbar unpassenden Mann«, sagte sie mit einem angedeuteten anmutigen Achselzucken, als sei das nicht weiter von Bedeutung.

»Wie bedauerlich«, sagte Dorothea und trat einen Schritt näher.

»Das kann man wohl sagen.« Lady Vespasia unterdrückte das Bedürfnis zurückzuweichen. »Verständlicherweise liegt ihrer Mutter sehr daran, der Sache ein Ende zu bereiten, ohne dass es zu einem Skandal kommt. Das hat sie der Tochter auch klargemacht, mit einem äußerst bedauerlichen Ergebnis.«

»Ach je«, murmelte Dorothea und fuhr sich mit der Zunge über die Unterlippe. »Junge Leute sind bisweilen so unbesonnen. Aber wenn man zu lieben glaubt …« Sie ließ den Satz unbeendet, in der Hoffnung, Vespasia werde ihr weitere Einzelheiten mitteilen.

»So ist es.« Vespasia brachte die Worte nur mit Mühe heraus. Sie hatte ganz vergessen, wie widerlich Dorothea sein konnte. Seit sie, mit Schande bedeckt, die Gesellschaft hatte verlassen müssen, genoss sie es, wenn andere das gleiche Schicksal erlitten. »Ich sehe, dass Sie mich verstehen. Ich dachte, vielleicht kann ich sie auf den rechten Weg zurückführen. Zumindest wird sie auf mich hören, wenn ich eine Möglichkeit habe, unter vier Augen mit ihr zu sprechen. Sie weiß, dass mir ihr Wohl am Herzen liegt und ich nicht darauf aus bin, sie um jeden Preis fügsam zu machen.« Vespasia fragte sich, ob sie die Lügengeschichte noch weiter ausspinnen sollte, und beschloss nach einem Blick auf Dorothea, der Sache noch deutlicher den Anschein des Vertraulichen zu verleihen: »Auch ich war früher das eine oder andere Mal verliebt und habe mir hinterher gewünscht, ich hätte auf wohlmeinende Ratschläge gehört.«

Dorothea hob die schwarzen Brauen. »Das war bei uns allen so«, sagte sie in nachdenklichem Ton, »und es ist nicht immer gut ausgegangen.« Damit bezog sie sich womöglich auf den unerfreulichen Anlass für ihr spanisches Exil. »Kann ich da unter Umständen etwas für Sie tun? Ich kenne hier ziemlich viele Leute …«

»Vielleicht«, nahm Lady Vespasia das Angebot an. »Es ist allerdings … nun ja, ziemlich dringend …«

Dorothea war förmlich begeistert, ihre Augen leuchteten.

»Sagt Ihnen der Name Sophia Delacruz etwas?«

Dorothea hielt den Atem an. »Natürlich! Jeder kennt sie. Um Himmels willen, Ihr Patenkind wird doch nicht auf diesen lachhaften Kult hereingefallen sein? Hat sie sich etwa in einen aus der Sekte verliebt? Dann müssen Sie unbedingt tun, was Sie können.«

»Wissen Sie Genaueres über sie?«, fragte Lady Vespasia mit Unschuldsmiene und sah sie mit ihren herrlichen silbergrauen Augen an.

»Persönlich kenne ich sie natürlich nicht, habe aber dies und jenes gehört. Sie ist mehr als überspannt. Es ist mir richtig unangenehm, dass sie aus England stammt, wie man sich erzählt. Aber da sie einen Spanier geheiratet hat, gehört sie nicht mehr wirklich zu uns.«

Lady Vespasia bemühte sich, ihren Widerwillen nicht zu zeigen, und fragte: »Was für ein Mensch ist sie? Könnte es sinnvoll sein, sich an sie zu wenden?«

Dorothea spreizte ihre dürren Finger. »Wohl kaum. Sie ist eine Fanatikerin, kennt nichts als ihre Religion und hört auf niemanden. Sie würde Ihnen die absurdesten Dinge sagen, niemand kann sich mit ihr über irgendetwas einigen. Jedenfalls habe ich das gehört; ich bin ihr, wie gesagt, nie begegnet.« Mit einer theatralischen Handbewegung fügte sie hinzu: »Ich kann diese Begeisterung für abstrakte Vorstellungen nicht ausstehen. Geschmacklos, finden Sie nicht auch? Nichts ist schlimmer als Leute, die einem ständig auf die Nerven gehen. Was kann man mit denen anfangen?«

»Am besten macht man einen möglichst großen Bogen um sie«, gab Lady Vespasia sofort zurück. »Leider sind nicht immer alle einer Meinung darüber, wer dazu zu zählen ist und wer nicht. Ist die Frau wirklich so schlimm?«

»Das weiß ich nicht«, gab Dorothea zu. »Wenn Sie es genau wissen wollen, könnten Sie die Leute um sie herum fragen.«

»Die dürften aber doch eher voreingenommen sein?«

»Probieren Sie es doch bei der Opposition«, schlug Dorothea vor.

»Opposition?«

Mit einem Achselzucken, das nicht ganz so elegant ausfiel, wie beabsichtigt, erläuterte Dorothea: »Nun, meine Liebe, nicht alle sind von ihr begeistert, Sie verstehen? Sie hat eine ziemlich anrüchige Vergangenheit, finden Sie nicht?«

Lady Vespasia nahm an, dass sie sich damit auf Nazarios erste Frau und deren tragisches Schicksal bezog, gab sich aber unwissend für den Fall, dass etwas anderes gemeint war. Selbst wenn sie mit ihrer Vermutung recht hatte, konnte ein weiterer Bericht darüber, so geschmacklos und boshaft er sein mochte, unter Umständen von Nutzen sein.

»Ich sehe schon, Sie wissen nichts darüber«, sagte Dorothea erfreut. »Die Geschichte ist unheimlich und melodramatisch zugleich, wenn man sich für so etwas begeistern kann. Das konnte Nazario Delacruz offensichtlich. Sie sieht überhaupt nicht wie eine Engländerin aus – schwarze Augen und stolz wie eine Spanierin! Sie sollten sie gehen sehen …«

»Wer?« Lady Vespasia tat unwissend, um sich nicht zu verplappern.

»Na, Sophia natürlich! Und dabei hatte er eine so reizende Frau, Luisa, vielleicht eine Spur verzogen. Und wohl auch langweilig. Aber das gilt auch für mindestens die Hälfte der Frauen in London …«

Allmählich gewann Lady Vespasia den Eindruck, dass sie einen hohen Preis für diese Wissensbröckchen bezahlte, von denen nicht sicher war, dass sie ihr nützen würden.

»So ist es«, pflichtete sie Dorothea bei. »Leider ziehen die interessanteren oft fort. Man fragt sich unwillkürlich, ob das miteinander zusammenhängt …«

Dorothea dachte einen Moment misstrauisch über diese Äußerung nach und entschied dann, dass es als wunderbares Kompliment gemeint sei.

»Sie stammte natürlich aus den ersten Kreisen der Stadt«, fuhr sie fort. »Es hat mich immer wieder überrascht, dass sich die Angehörigen nicht an Nazario und Sophia gerächt haben. Vielleicht haben sie das noch vor. Ich täte das auf jeden Fall. Sie etwa nicht?«

Das war keine rhetorische Frage, und so beschloss Vespasia, sie zu beantworten: »Vielleicht, vorausgesetzt, ich brächte den Mut auf. Aber ich denke, ich würde auf jeden Fall abwarten, bis ich eine wirklich gute Gelegenheit dazu hätte und sicher sein dürfte, nicht dabei ertappt zu werden.«

»Meinen Sie nicht, dass die Polizei Verständnis dafür hätte?«, fragte Dorothea. »Oder zumindest die Geschworenen oder der Richter?«

»Ich weiß nicht. Möglicherweise würde das davon abhängen, was für private Rachepläne die selbst so haben. Auf jeden Fall wäre es mir lieber, keine Erklärungen über die Tragödie in meiner Familie abgeben zu müssen, nur um zu vermeiden, dass man mich wegen der Rache für – was auch immer bestraft.«

Dorothea schien wohlig zu erschaudern. »Ich bin ja so froh, dass Sie nach Toledo gekommen sind. Jetzt, da Sie hier sind, wird das Leben viel interessanter sein.«

»Wie heißen die Verwandten dieser Luisa?«, erkundigte sich Lady Vespasia.

Dorotheas Augen weiteten sich. »Sie wollen die doch nicht etwa aufsuchen? Das wäre … äußerst gewagt.«

Damit meinte sie in Wahrheit »unverfroren und unpassend«, hätte aber ein solch taktloses Verhalten begeistert begrüßt.

»Aber keineswegs«, hielt Lady Vespasia dagegen. »Als Sie gesagt haben, wie sehr es Sie überrascht hat, dass sich diese Leute nicht an den beiden gerächt haben, habe ich mich unwillkürlich gefragt, ob es dafür einen Grund gibt.« Ihr entging nicht, dass Dorothea sie voll begierigen Interesses ansah. »Das erscheint doch ungewöhnlich, finden Sie nicht auch?«

»Ja, jetzt, wo Sie das sagen. Was wohl dahinterstecken mag? Die Sache liegt schon Jahre zurück. So lange könnte ich auf keinen Fall warten. Ich höre mich einmal unauffällig um und gebe Ihnen Bescheid.«

»Und wie heißen die Leute?«, fragte Lady Vespasia.

»Ich gebe Ihnen Bescheid«, wiederholte Dorothea erhaben. »Hatte ich das nicht schon gesagt?«

Lady Vespasia dachte nicht daran, ihr auf den Leim zu gehen, aber womöglich hatte sie diese Behandlung verdient. Wäre die Angelegenheit nicht so wichtig gewesen, hätte sie sich selbst ebenso sehr verachtet, wie sie Dorothea verachtete. Stattdessen zwang sie sich zu einem Lächeln und sagte: »Ich wüsste gern mehr über Sophia selbst. Aber ich nehme nicht an, dass Sie mir da weiterhelfen können …«

»Ich …«, setzte Dorothea mit leichtem Erröten an, »kenne flüchtig eine Nonne in einem der Klöster vor den Toren der Altstadt. Wenn Sie wünschen, bringe ich Sie zu ihr.«

»Vielen Dank, Dorothea«, nahm Lady Vespasia das Angebot an und log, ohne zu zögern: »Sie waren schon immer sehr großzügig.«

Dorothea stutzte verblüfft, weil sie fürchtete, das könne sarkastisch gemeint sein, sagte aber nichts.

Kurz nach acht Uhr am nächsten Morgen hielt Lady Vespasias Mietkutsche vor den hohen Klostermauern an. Das in seiner Schlichtheit schön wirkende Gebäude war vermutlich einige hundert Jahre alt.

Lady Vespasia stieg aus, nannte an der Pforte ihren Namen und bat, mit Schwester María Magdalena sprechen zu dürfen, von der sie sich Hilfe erhoffe. Sie erwähnte Sophia Delacruz und erklärte, die Sache sei äußerst dringend.

Fünf Minuten später wurde sie durch ein großes Eichentor in die Stille von Säulengängen geführt, in denen Sonnenstäubchen tanzten. Die Füße jener, die hier gegangen waren, hatten die Bodenplatten ungleichmäßig abgenutzt und die Treppenstufen in der Mitte leicht ausgehöhlt.

Man führte sie in einen Raum, durch dessen schmiedeeisernes Fenstergitter das Sonnenlicht in Mustern hereinfiel. Sie nahm auf einem der beiden Stühle Platz und gab sich der Stille ihrer Umgebung hin, bis Schwester María Magdalena leicht hinkend hereinkam.

Sie war klein, hatte ein freundliches Gesicht und schien etwa in Lady Vespasias Alter zu sein. In ihren humorvoll blickenden Augen lag der Ausdruck tiefen Friedens.

»Lady Vespasia Narraway«, sagte sie mit einem Lächeln und deutete eine sonderbar anmutige Verbeugung an. »Wie ich gehört habe, wollen Sie etwas über Sophia Delacruz wissen. Ich kann Ihnen nur sagen, was ich selbst weiß, und ich habe keinen Anlass, etwas anderes als Gutes über sie zu sagen, auch wenn ich ihren Glauben nicht teile. Das kann ich nicht. Aber ich achte sie wegen ihrer aufrechten Haltung und ihres wahrhaftigen Wesens. Es betrübt mich sehr, zu hören, dass sie sich in großen Schwierigkeiten befindet, und ich werde alles tun, was ich kann, um ihr zu helfen.«

»Danke. Soweit ich gehört habe, kennen Sie sie persönlich?«

»O ja«, gab die Ordensschwester zurück. »Sie hat uns oft besucht. Dieser Ort gefiel ihr wegen seiner Weltabgeschiedenheit. Wir haben uns miteinander unterhalten und waren uns über all die unbedeutenden Dinge des Alltags einig.« Sie lächelte. »Nur eben nicht in der Frage, wer wir sind, woher wir kommen, wohin wir gehen, oder auch nur, warum es uns gibt.« Das Lächeln ließ ihr ganzes Gesicht leuchten. »Aber auch die kleinen Dinge zählen, nicht wahr?«

Spontan entschied sich Lady Vespasia, der stillen Nonne gegenüber, die so weise urteilte, ehrlich zu sein. »Leider befindet sich Señora Delacruz in einer überaus bedenklichen Lage. Ich hoffe, dass wir, wenn ich mehr über sie erfahre, die Möglichkeit haben, das Allerschlimmste zu verhindern. Viel mehr kann ich Ihnen nicht sagen, sondern lediglich, was in London allgemein bekannt ist: Man hat sie entführt und zwei ihrer Anhängerinnen auf äußerst grausame Weise getötet.«

Ein Ausdruck von Schmerz, aber weder Entsetzen noch Ungläubigkeit, trat auf das Gesicht der Nonne. Einen Augenblick lang fragte sich Lady Vespasia, ob sie ihre Worte nicht richtig verstanden hatte. An ihrem Spanisch, davon war sie überzeugt, konnte es nicht liegen.

»Ach«, sagte Schwester María Magdalena gefasst, »in der Welt gibt es so viel Bosheit und so viele Tragödien. Ich werde tun, was ich kann, um zu helfen. Sophia ist ein ungewöhnlich aufrichtiger Mensch.« Der Anflug eines Lächelns trat auf ihre Lippen. »Vielleicht wäre es klüger, das nicht zu sagen, aber ein Irrtum in der Lehre ist eine Kleinigkeit, verglichen mit der Aufrichtigkeit oder der Zuneigung eines Menschen zu einem anderen. Ihr fehlte es nie an Mut, und gerade das wird möglicherweise ihr Verderben sein. Neue Wege zu bahnen ist nie einfach, wohin auch immer sie führen.«

»Hat man sie wegen ihrer Glaubensgrundsätze sehr angefeindet?«, erkundigte sich Vespasia.

Die Nonne lächelte. »Hier, in Toledo? Sie kennen unsere Geschichte nicht – wozu auch, wo Sie selbst auf eine so reiche historische Tradition zurückblicken können. Früher, vor den Zeiten der Angst und der Überzeugung, es gebe nur einen richtigen Weg, waren wir für unsere Toleranz berühmt. Das war, bevor man die meisten derer, deren Ansichten von den unseren abwichen, vertrieben und die wenigen, die blieben, verfolgt hat. Damals haben Wissenschaften und Künste eine Blütezeit erlebt, niemand empfand Unterschiede als Bedrohung, sondern sah darin den Pfad zu höherer Weisheit. Angst ist etwas Entsetzliches, Lady Vespasia, eine Krankheit, die sich wie eine Feuersbrunst von einem Kopf zum anderen verbreitet und einen Großteil des Besten in uns verbrennt.

Wir hören nicht mehr zu und greifen den anderen an, statt zu überlegen.

Doch zurück zu Ihrer Frage: Hier und in dem alten Toledo haben wir ihre Vorstellungen als zwar sonderbar, aber auch als interessant empfunden. Sie haben mich dazu gebracht, einige meiner eigenen Glaubensgrundsätze neu zu bewerten. Seither sehe ich dies und jenes in einem anderen Licht als zuvor, und zumindest einer dieser Gedanken erschien mir als besonders wertvoll. Wir Menschen lieben Gewissheit und glauben sie zu erkennen, wo es sie eigentlich nicht gibt.«

»Ihrem Gesicht ist anzusehen, dass Sie keine Angst haben«, sagte Lady Vespasia ruhig.

»Damit haben Sie recht. Ich bin mir bestimmter Dinge gewiss, auf die es ankommt. Güte und Ehrenhaftigkeit sind immer etwas Gutes. Unsere Zweifel und Ängste, unser Bestreben, zu urteilen und zu verdammen, recht zu behalten, was auch immer es andere und letztlich auch uns selbst kostet, sowie unser Bedürfnis nach Sicherheit sind nicht dazu geeignet, uns zu einer korrekten Vorstellung von Gott zu führen. Wir sollten Stille in unsere Seele einkehren lassen, in der Gewissheit, dass Gott nie wankelmütig und grausam ist und nie unrecht hat. Unser Verstand lässt alles ins Wanken geraten. Selbst die klügsten unter uns sind letztlich Kinder, und den weisesten ist das auch bewusst.«

»Gehörte Sophia zu den weisesten?«, fragte Lady Vespasia.

»Du meine Güte, nein! Gewiss zu den tapfersten, und auf ihre Weise auch zu den edelsten. Unaufhörlich war sie bemüht, jedem, der wahrhaft Reue empfand, auf dem Weg zurück ins Licht zu helfen. Eine solche Handlungsweise ist Gott wohlgefällig.«

»Überrascht es Sie nicht, dass man sie entführt hat?«

Die Nonne dachte eine Weile nach, dann sagte sie, ihre Worte sorgfältig abwägend: »Sie ist im Zuge ihres Wirkens mit den verschiedensten Menschen zusammengekommen. Wie ich gehört habe, hat sie niemals jemanden abgewiesen, eine ganze Reihe aber sind aus eigenem Entschluss davongegangen. Manches in ihrer Lehre war schroff, anderes sehr gütig. Sie hat niemandem Essen oder ein Obdach verweigert, wenn sie die nötigen Mittel besaß.« Sie biss sich auf die Lippe und kam nach einigem Zögern zu einem Entschluss. »Einmal hat ein Mann sie aufgesucht, kurz nachdem ein äußerst brutaler Mord begangen worden war. Ein Mann war mit durchschnittener Kehle und aufgeschlitztem Leib aufgefunden worden. Was der Flüchtige zu Sophia gesagt hat, weiß ich nicht – sie hat es mir nicht gesagt, und ich habe sie selbstverständlich nicht danach gefragt. Jedenfalls hat er wohl in Todesangst bei ihr Unterschlupf gesucht. Die Sache hat sie sehr mitgenommen, und sie hat mir anvertraut, dass sie um sein Leben und seine Seele fürchtete.«

»Das hat sie Ihnen gesagt?«, fragte Lady Vespasia verblüfft.

»Nur, weil sie meine Hilfe benötigte; sonst wäre ihr kein Wort über die Lippen gekommen. Er habe ihr, sagte sie, eine schwere Untat gebeichtet. Auch wenn keine Gewalt dabei im Spiel war, sei damit unabsehbarer Schaden angerichtet worden. Sie hat mich gebeten, für ihn eine Zuflucht zu suchen, wo ihn keine der Mächte finden konnte, die ihm nach dem Leben trachteten. Sie hat mir ihr Wort gegeben, dass es in seiner Beichte nicht um den Mord gegangen sei, und erklärt, gleichwohl hänge seine Angst damit zusammen.«

»Und Sie haben ihr geglaubt?«, fragte Lady Vespasia, während ihr neue Gedanken durch den Kopf wirbelten. Lag bei diesem Flüchtigen der Schlüssel zu Sophias Entführung? Und bedeutete der Begriff »Mächte«, dass Sophias Entführung doch einen politischen Hintergrund hatte?

»Ja, und das tue ich nach wie vor. Ich habe sie nie irgendeiner Art von Lüge schuldig gefunden. Sie ist der aufrichtigste Mensch, den ich kenne, und ich sage das mit Bedacht – mitunter ist ihre Aufrichtigkeit geradezu schmerzlich. Selbstverständlich weiß ich nicht, ob der Mann sie getäuscht hat.«

»Aber Sie haben ihm Obdach gewährt?«, fragte Vespasia, um einen gleichmütigen Klang ihrer Stimme bemüht. »Ist er noch hier?«

»Nein. Bei uns war er nur einige Tage, bis Sophia selbst eine Möglichkeit gefunden hat, ihn zu schützen. Ich habe sie nicht weiter danach gefragt, und sie hat mir darüber auch nichts gesagt. Ich nehme an, dass sie Geld aufgetrieben hat, um ihn anderswo unterzubringen, aber das ist eine bloße Vermutung.«

Lady Vespasia dachte über das Gehörte nach. Ihr war klar, dass die Nonne mehr nicht sagen würde. Sofern sie über das Gesagte hinaus etwas wusste, sah sie es wohl als ihre Pflicht an, es für sich zu behalten.

»Ich danke Ihnen«, sagte sie schließlich. »Es scheint durchaus möglich, dass ein Zusammenhang zwischen der Errettung jenes Mannes und ihrer gegenwärtigen Lage besteht. Gibt es noch etwas, was Sie mir sagen können, beispielsweise, wie lange das zurücklag, als sie nach England abreiste?«

»Weniger als einen Monat«, gab die Nonne zurück. »Deshalb hielt ich es für zulässig, Ihnen davon zu berichten, obwohl mich Sophia um Vertraulichkeit gebeten hatte. Tun Sie bitte, was Sie können, um ihr zu helfen. Mit dem, was sie glaubt, lästert sie zwar nach der Lehre meiner Kirche Gott, oder zumindest sieht es so aus, aber sie ist ein guter Mensch, und allein darauf kommt es mir an. Sie hat wie jeder andere

Mensch Anspruch darauf, ein Kind Gottes zu sein. Sie ist, ob zu Recht oder Unrecht, überzeugt, diesem Mann geholfen zu haben, wer auch immer er ist und welche Sünde auch immer er ihr gebeichtet hat.«

»Das werde ich tun«, versprach Lady Vespasia. Sie stand auf und dankte der Nonne erneut. »Ganz bestimmt«, bekräftigte sie noch einmal.

KAPITEL 10

Pitt stand in Inspektor Lathams kleinem Büro, auf dessen Schreibtisch neben Stapeln von Berichten zwei halb volle emaillierte Teebecher standen. Im Aschenbecher lag eine vom vielen Rauchen geschwärzte brennende Pfeife, der ein angenehmer warmer Geruch entströmte.

»Ich habe es Ihnen bereits gesagt Sir«, erklärte Latham, dessen Geduld zu Ende ging, in scharfem Ton. »Der Polizeiarzt hat angegeben, dass der Tod der beiden am frühen Abend eingetreten ist, nahezu mit Sicherheit im Abstand von wenigen Minuten. Es war ein schöner, warmer Tag, Fliegen waren durch die geöffneten Fenster hereingekommen. Widerlich, aber das hilft, die Tatzeit einzugrenzen – wahrscheinlich kurz vor Einbruch der Dunkelheit. Um diese Jahreszeit ist die Abenddämmerung lang, der Himmel war an jenem Abend klar. Es war noch so hell, dass niemand Angst haben musste, an die Tür zu gehen, wenn jemand klopfte, aber schon so dunkel, dass die Nachbarn in ihren Häusern waren. Hätte jemand den Täter gesehen, hätte er vielleicht angenommen, er sei bei den Frauen zum Abendessen eingeladen. Zweimal wurde eine Droschke vorm Haus gesehen – wobei es möglich ist, dass es beide Male dieselbe war.«

»In welchem zeitlichen Abstand?«

»Ich bitte Sie, Sir, kein Mensch sieht bei so was auf die Uhr, wenn es ihn nicht gerade selbst betrifft. Das können ebenso gut ein paar Minuten wie eine Stunde gewesen sein, oder die Droschke ist zwischendurch gar nicht weggefahren! Die Leute in der Nachbarschaft haben sich gerade von ihrem Schrecken erholt. Wenn Sie jetzt wie die verdammten Burschen von Mr. Teague da herumtrapsen und immer noch mehr Fragen stellen, verärgern Sie damit nur anständige Bürger und bekommen von Leuten, die dumm wie Bohnenstroh sind, sich aber gern reden hören, einen Haufen haarsträubender Geschichten aufgetischt. Ich verstehe nicht, warum Sie diesen Teague hinzugezogen haben. Wenn eine Aufgabe lösbar ist, können wir die selber lösen. Manche Täter fasst man nie. Halb England hat den Frauenmörder Jack the Ripper gejagt, aber niemand hat ihn gefasst.«

Er holte tief Luft und unterdrückte seinen Zorn mit Mühe. »Machen Sie doch lieber Jagd auf die Sprengstoffattentäter oder was Sie sonst so zu tun haben und lassen uns den Fall hier klären. Beim kleinsten Hinweis, dass die Politik da mit hineinspielt, holen wir Sie sowieso. Können Sie bitte dafür sorgen, dass dieser Teague seine Finger von der Sache lässt? Ich habe nichts gegen Helden – aber die sollen ihre eigenen Taten vollbringen und uns unsere Arbeit tun lassen.«

»Ich habe ihn nicht darum gebeten, Inspektor«, sagte Pitt matt. »Bei Sophia Delacruz gibt es einen politischen Hintergrund, und sie ist nach wie vor verschwunden.«

»Ist die nicht so eine Art Laienpredigerin?« Latham schüttelte den Kopf. »Ich selber hab mit so was nichts zu tun. Ich geh sonntags in die Kirche und kümmere mich um meine eigenen Angelegenheiten. Warum soll ich mich mit dem Pfarrer anlegen?«

»Manche Leute würden sich sogar mit Gott anlegen«, sagte Pitt seufzend. »Zusätzliches Beweismaterial ist wohl nicht aufgetaucht?«

»Sie kennen alles, was wir haben. Tatwaffe war ein scharfes Messer. Sonderlich viele davon haben wir in der Küche nicht gefunden. Es ist unklar, ob er eins von denen benutzt und mitgenommen hat oder ob da von Anfang an nicht viele waren und er seins mitgebracht hat.«

»Wissen Sie sicher, dass es ein einzelner Mann war?«, unterbrach ihn Pitt.

»Sieht jedenfalls danach aus«, gab Latham zurück. Er griff nach der inzwischen erkalteten Pfeife und hielt sie in der Hand, als freue es ihn, das glatte Holz zu spüren.

Pitt runzelte die Stirn. »Würden Sie alleine losziehen, um zwei Frauen umzubringen und eine dritte zu entführen? Sophia Delacruz hätte sich nicht nur heftig gewehrt, sondern den Täter wahrscheinlich sogar angegriffen, um die beiden anderen zu retten. Auf keinen Fall wäre sie weggelaufen, und ganz bestimmt hätte sie geschrien. Nein, da muss noch jemand beteiligt gewesen sein.«

»Ich habe darüber nachgedacht, Sir«, sagte Latham. »Wenn ich vorhätte, so was Grässliches zu tun, würde ich keinem Menschen was davon sagen, weil man mich sonst bis an mein Lebensende erpressen könnte. Außer, ich würde ihn dann auch noch umbringen. Stimmt doch, oder? Aber dann hätte ich Sorge, dass er auch auf diesen Gedanken kommen und mich vorher umbringen würde.«

Pitt nickte.

»Also würde ich allein hingehen«, fuhr Latham ruhig und mit größerer Sicherheit fort, als er merkte, dass Pitt keine Einwände mehr erhob. »Ich würde mir die Sache von draußen ansehen. Im Haus würde Licht brennen, sodass ich wüsste, wo sich die Frauen aufhielten. Dann würde ich warten, bis eine nach oben ginge.«

Pitt stellte sich den Garten vor. Ja, nahe den Büschen am Rand des Grundstücks konnte sich ein Mann, vielleicht mit einem Hund, wohl längere Zeit aufhalten, in Ruhe seine Pfeife rauchen, ohne Verdacht zu erregen.

»Klingt einleuchtend«, sagte er. »Haben Sie Hinweise gefunden?«

»Ja. Der Boden ist ziemlich trocken, aber an einigen Stellen kann man deutlich sehen, dass jemand am Gartenweg des Nachbarhauses längere Zeit in der Nähe der Büsche gestanden haben muss. Auch ein Hund war in letzter Zeit da. Man kann einen ganzen Tag lang da stehen, ohne dass es jemandem auffällt. Sieht ganz natürlich aus.« Latham sog kurz an seiner kalten Pfeife. »Natürlich können wir nicht feststellen, ob der das war, aber möglich wäre es ohne Weiteres.« Er legte die Pfeife beiseite. »Wäre ich der Täter, hätte ich die Örtlichkeit schon vorher ausgekundschaftet, um mich mit dem Tagesablauf und den Gewohnheiten der Frauen vertraut zu machen. Dann hätte ich am fraglichen Abend gewartet, bis eine nach oben gegangen und eine andere allein in der Küche war. Ich hätte die in der Küche rasch erledigt, mir die zweite geschnappt, solange die dritte oben war, und darauf geachtet, dass die dritte unbedingt an mir vorbei musste, wenn sie herunterkam, damit sie nicht davonlaufen konnte.«

»Da muss man aber sehr schnell sein«, sagte Pitt nachdenklich. »Die Blutspuren lassen vermuten, dass er die in der Küche zuerst umgebracht und die andere, als sie zu fliehen versuchte, auf der Treppe nach oben erwischt hat. Ich verstehe nur nicht, warum sie nicht auf die Straße hinausgelaufen ist.«

»Die Haustür war abgeschlossen sowie oben und an der Seite verriegelt«, erläuterte Latham. »Die Frau war nicht groß genug, um den oberen Riegel zurückschieben zu können. Und der Täter befand sich zwischen ihr und der Hintertür.«

Er konnte sich die Szene vorstellen, und ihm drehte sich fast der Magen vor Mitleid um. »Die dritte war noch immer oben. Die armen Geschöpfe.« Lathams Worte klangen bitter. »Die Frau in der Küche muss ihn durch die Hintertür reingelassen haben. Er selbst hätte die Haustür bestimmt nicht hinter sich verriegelt.«

»Das würde bedeuten, dass die Frauen damit rechneten, er würde über Nacht bleiben«, sagte Pitt. »Dann müsste es einer aus ihren Reihen gewesen sein.«

»Denkbar. Womöglich haben sie sogar geglaubt, er sei zu ihrem Schutz gekommen. Der kleine Spanier kann es aber nicht gewesen sein – der wäre auch nicht an den oberen Türriegel gekommen.«

»Wohl aber Melville Smith«, sagte Pitt. »Allerdings hat der ein felsenfestes Alibi – er kann für den ganzen Abend belegen, was er getan hat und wo er war. Hätte jemand zurückkommen und die Tür später verriegeln können?«

»Warum zum Teufel sollte jemand dahin zurückkehren?«, fragte Latham. »Zuerst hatte ich gedacht, dass es einfach ein Irrer war, der nichts mit den Frauen zu tun hatte. Aber durch die Erpressung bekommt die Sache ein anderes Gesicht. Jetzt weiß ich nicht mehr, was ich denken soll, außer dass nur ein vollständig Verrückter diese Art von Gewalttat an Fremden verüben würde. Da ist die Annahme schon logischer, dass der Täter sie gekannt und gehasst hat und obendrein um jeden Preis etwas Bestimmtes haben wollte, was auch immer das gewesen sein mag. Also hat er getan, was nötig war, um es zu bekommen. Wir haben uns alle genau angesehen, die mit ihr ins Land gekommen sind, und dabei nichts so – Persönliches entdeckt. Sie verbürgen sich einer wie der andere füreinander. Wieso auch nicht? Falls einer von ihnen mit der Sache zu tun hat, stecken sie entweder alle unter einer Decke oder haben Grund, den Täter zu decken. Wenn Sie mich fragen, sind die alle nicht ganz normal. Aber so wie die sind viele einsame Menschen oder solche, die sich nie ganz irgendwo einfügen konnten. Wer die beiden Frauen auch waren, so etwas haben sie nicht verdient.«

Pitt erhob keine Einwände, dankte Latham und ging.

Draußen war es kühl und windig. Menschen hasteten vorüber, und die eine oder andere Frau hielt die Krempe ihres Hutes fest, damit er nicht davonflog.

Pitt war tief in Gedanken und dankbar, dass sich Latham als so kollegial erwiesen hatte. Nicht immer arbeiteten Polizeibeamte reibungslos mit dem Staatsschutz zusammen. Sie witterten Kompetenzstreitigkeiten und fürchteten, man bürde ihnen die Last der Nachforschungen auf, während andere den Ruhm dafür einheimsten.

Als er die Hauptstraße erreicht hatte, sah er mit einem Mal Frank Laurence neben sich.

»Sie sind wohl ziemlich ratlos, was?«, sagte Laurence in munterem Ton. »Hat der Entführer noch keine Bedingungen gestellt? Das sieht gar nicht gut aus. Sie nehmen doch nicht etwa an, dass jemand sie versehentlich umgebracht hat? Sie hat mir ganz den Eindruck einer Frau gemacht, die sich heftig zur Wehr setzen würde.«

Pitt fuhr zu ihm herum. Er hatte das Bedürfnis, dem Mann das unverschämte Grinsen auszutreiben.

»Das ist eine ernste Angelegenheit!«, sagte er aufgebracht. »Sophia Delacruz ist keine Spielfigur, die Sie nach Belieben auf dem Brett hin und her schieben können, um mehr Exemplare Ihrer verdammten Zeitung zu verkaufen. Sie ist wie jeder von uns ein Mensch mit Träumen und Überzeugungen, mit Freunden und Angehörigen, die sie lieben!«

Laurence riss zwar verblüfft die Augen auf, ließ sich aber keineswegs aus dem Konzept bringen. Pitt begriff zu spät, dass Laurence mit seiner Äußerung hatte erreichen wollen, dass er die Beherrschung verlor. Wer wütend war, beging Fehler, sagte mehr, als er eigentlich wollte.

»Sie fürchten ja tatsächlich, dass sie tot ist!«, sagte Laurence. »Waren die Forderungen des Erpressers zu hoch?«

»Ich habe nie gesagt, dass Forderungen gestellt worden wären«, fuhr Pitt ihn an und machte sich daran, mit raschen Schritten die Straße zu überqueren.

»Das brauchen Sie auch gar nicht, mein Bester – es steht in Ihrem Gesicht geschrieben.« Laurence hielt mit ihm Schritt. »Will er Geld? Viel? Vielleicht ist der edle Mr. Teague bereit, es aufzubringen? Dann wäre er wirklich ein Held, wie? Ich sehe die Schlagzeilen schon vor mir: ›Dalton Teague rettet spanischer Heiligen mit einer Riesensumme das Leben, obwohl er in völligem Widerspruch zu jedem Wort steht, das sie sagt!‹ Hat er sie womöglich selbst entführt, um sie offiziell freikaufen zu können? Auf die Weise würde er das viele Geld heimlich in die eigene Tasche zurückzahlen. Oder meinen Sie, dass er eine Versicherung hat, die dafür aufkommen würde?«

»Schreiben Sie es doch einfach, dann werden Sie schon dahinterkommen«, schlug Pitt sarkastisch vor. »Allerdings würde Teague Sie daraufhin selbstverständlich zugrunde richten.«

»Sie haben recht, genau das würde er tun«, gab Laurence mit einem schiefen Lächeln zurück. »Übrigens wäre ich da nicht der Erste. Das sollten Sie bedenken, Mr. Pitt. Sehen Sie sich seinen Werdegang und das, was aus denen geworden ist, die sich gegen ihn gestellt haben, einmal genau an.«

»War das bei Ihnen so?«, erkundigte sich Pitt. Warum mochte Laurence der Mann so sehr verhasst sein? »Haben Sie sich gegen ihn gestellt und dafür büßen müssen? Geht es Ihnen darum?«

»Es geht um Sophia Delacruz und darum, wer die beiden Frauen umgebracht hat«, entgegnete Laurence. »Oder etwa nicht?« Mit einem leichten Achselzucken fuhr er fort: »Oder geht es um Terrorismus, den Krieg zwischen Spanien und Amerika und darum, ob alle da mit hineingezogen werden, bis ein Weltkrieg daraus wird? Und falls ja – auf welcher Seite steht dann England?«

Pitt überlegte, ob er ausweichend auf diese Frage reagieren sollte, und kam zu dem Ergebnis, dass das keinen Sinn hätte. Gleich ihm wusste auch Laurence, dass diese Sorge hinter allem stand.

»Haben Sie etwas zu sagen, was uns weiterhelfen könnte?«, fragte er stattdessen.

»Das habe ich in der Tat«, erwiderte Laurence. »Sie könnten sich einmal die Beziehung zwischen Teague und Barton Hall näher ansehen. Die beiden kennen einander weit besser, als sie Ihnen gesagt haben. Angesichts der Umstände ist das doch ein sonderbares Versäumnis.«

»Das haben Sie schon früher angesprochen«, sagte Pitt. »Die beiden haben zur selben Zeit dieselbe Schule besucht. Sie übrigens auch, was Sie mir bei unserem vorigen Gespräch über das Thema so nicht verraten haben, während Sie bei jeder sich bietenden Gelegenheit über Teague reden.«

Laurence hob fragend eine Braue. »Waren Sie je Mitglied einer Sportmannschaft Ihrer Schule, Pitt? Oder an der Universität? Kennen Sie das Zusammengehörigkeitsgefühl, das dabei entsteht? Ist Ihnen klar, auf welch einen hohen Sockel Sportmannschaften da gestellt werden, vor allem solche, die so gut wie immer gewinnen? Kennen Sie das Gefühl, einer von denen zu sein, die ›dazugehören‹?« Sein Gesicht verfinsterte sich. »Oder wie es sich anfühlt, wenn man ein ›Streber‹ ist, einer, der beim Cricket den Ball nicht trifft, keinen *run* erzielt?« Seine Worte klangen bitter. »Trotzdem kann man die Abschlussprüfung bestehen, nicht wahr? Man kann Mathematikaufgaben lösen, Aufsätze schreiben, sogar Geschichtslektionen verstehen und sich merken. Hat nicht der Herzog von Wellington gesagt, die Schlacht bei Trafalgar sei auf den Sportplätzen von Eton gewonnen worden?«

Er sah spöttisch zu Pitt. »So manches wird auf den Sportplätzen unserer Schulen gewonnen und verloren – denken Sie daran!« Mit einem angedeuteten Gruß wandte er sich ab und ging davon, während Pitt auf dem Bürgersteig stehen blieb und versuchte, Ordnung in seine wirren Gedanken zu bringen. Er konnte es nicht näher bestimmen, aber da war etwas, was mit Teague und Spanien zu tun hatte, und Laurence wollte unübersehbar, dass er das aufdeckte.

Noch im Lauf der nächsten Stunde wurde Pitt erneut an Dalton Teague erinnert. Bei seiner Rückkehr ins Büro nach Lisson Grove sah er, dass Stoker vor Wut schäumte. Sein knochiges Gesicht war bleich, und er war so aufgebracht, dass er sich weigerte, Platz zu nehmen.

»Seine verdammten Leute sind überall!«, sagte er, kaum dass Pitt zur Tür hereinkam. »Inzwischen frisst ihm auch Russell aus der Hand, für ihn existiert nur noch Teague. Er hört einfach nicht mehr auf mich! Und was ist dabei herausgekommen? Er hat sich auf den Weg nach Nottingham gemacht, um einer falschen Fährte zu folgen. Die Frau da war eine verdammte Zigeunerin und genauso wenig Sophia Delacruz wie ich.«

Auch zuvor schon war der Staatsschutz gelegentlich Fährten gefolgt, die sich als unergiebig erwiesen hatten. Einige davon waren auf Teagues Anregungen zurückgegangen, aber die von ihnen selbst verfolgten waren nicht besser gewesen.

»Weiß die Presse davon?«, fragte Pitt, während er an Stoker vorüberging und sich an den Schreibtisch setzte. Als er den Stapel Berichte sah, ging ihm auf, wie viel Arbeit wegen Sophia Delacruz' Verschwindens liegen blieb. Er konnte sich kaum noch an die Einzelheiten im Zusammenhang mit der Sabotage in den Londoner Fabriken erinnern. Dalton Teagues Einmischung trug ebenso wie seine Erklärungen der Presse gegenüber dazu bei, dass der Fall ständig im Bewusstsein der Öffentlichkeit präsent war und die Gerüchteküche wild brodelte.

War Teague die Marionette eines anderen, der weit klüger war als er? Dieser Gedanke war Pitt in letzter Zeit immer wieder gekommen. Spielten die Drahtzieher im Hintergrund mit dem Bedürfnis dieses eleganten Mannes von bester Abkunft, beweihräuchert zu werden? War das Ganze ein Trick, auf den Pitt hereinfiel?

Und versuchte Laurence, ihn auf etwas Wichtiges in Bezug auf Teague hinzulenken?

Die Unruhe im Lande war, verglichen mit der im übrigen Europa, gering. Selbst in den Vereinigten Staaten gab es mit einem Mal öffentliche Proteste, die auf ein allgemeines Unbehagen zurückgingen. Eine neue Schicht von Armen in den Städten verlangte Rechte, an die bis dahin niemand gedacht hatte. Dabei war es zu Gewaltanwendung in beträchtlichem Ausmaß gekommen. Braute sich so etwas auch im eigenen Land zusammen, ohne dass Pitt das merkte, weil er sich zu sehr mit Polizeiaufgaben beschäftigte, sich – wie früher in der Bow Street – mit einem einzigen Problem herumschlug und dabei das große Ganze aus den Augen verloren hatte? Narraway hatte ihn vor so etwas gewarnt.

Jetzt war Narraway in Spanien, ohne dass Pitt etwas von ihm gehört hatte.

»Russell ist ein guter Mann«, sagte er. »Sagen Sie ihm, er soll keinen Blödsinn machen, und dann sehen Sie sich einmal die Berichte hier an.« Er wies auf den Schreibtisch. »Ich gehe noch einmal zu Teague und sage ihm, dass er sich zurückhalten soll.«

»Das tut er bestimmt nicht«, sagte Stoker. »Der ist wie ein hartmäuliges Pferd, das nicht mehr auf das Gebiss reagiert. Ich weiß nicht, was Sie da zu erreichen hoffen.«

»Ich rechne nicht damit, ihn umstimmen zu können«, gab Pitt mit einem verkniffenen Lächeln zurück. »Ich möchte etwas mehr über ihn in Erfahrung bringen, festzustellen versuchen, was er weiß und was seine wahren Absichten sind.«

Stokers Augen weiteten sich. »Meinen Sie etwa, er könnte etwas mit dem Verschwinden der Frau zu tun haben, Sir? In dem Fall würde er auch wissen, wer die beiden anderen umgebracht hat. So was machen Anarchisten, aber ich kann mir den Mann nicht als einen von denen vorstellen. Das ist doch ein in der Wolle gefärbter Aristokrat. Würde mich nicht wundern, wenn sein Stammbaum bis in die Zeit der normannischen Eroberung zurückreicht.« Stokers Gesicht drückte Abscheu aus.

»Das gilt im Prinzip für uns alle, Stoker, nur dass seine Vorfahren wahrscheinlich hoch zu Ross ins Land gekommen sind, während unsere zu Fuß und noch dazu auf der falschen Seite gekämpft haben«, bemerkte Pitt. »Nein, ich glaube keine Sekunde, dass er bewusst gemeinsame Sache mit den Anarchisten macht. Teague vertritt ausschließlich seine eigenen Interessen, und einen solchen Menschen kann man benutzen.«

»Allerdings, Sir!« Stoker saß bereits am Schreibtisch und ging die Papierstapel durch, kaum dass Pitt die Tür erreicht hatte.

Dort wandte Pitt sich um. »Noch eins, Stoker.«

»Sir?«

»Versuchen Sie festzustellen, ob Verbindungen welcher Art auch immer zwischen Teague und Spanien bestehen.«

»Glauben Sie, da gibt es welche?«, fragte Stoker überrascht.

»Ich weiß nicht. Frank Laurence hat etwas gesagt, was mich so etwas vermuten lässt.«

Pitt fand Teague im Gesellschaftsraum eines der besseren Klubs. Ein Kristallglas mit Sherry in der Hand, lehnte sich Teague, die lang ausgestreckten Beine übereinandergeschlagen, behaglich im Sessel zurück und hob den Blick zu Pitt, als dieser zu ihm trat.

»Wie schön, Sie zu sehen, guter Mann«, sagte er mit einem flüchtigen Lächeln. »Setzen Sie sich doch. Darf ich Ihnen ein Glas Sherry bringen lassen? Den halbtrockenen kann ich durchaus empfehlen.«

Pitt begriff sehr wohl, dass die Formulierung dieser Frage bewusst offen ließ, ob Teague ihn einlud oder er selbst für das Getränk würde zahlen müssen. Er gehörte keinem Herrenklub an, obwohl ihm Narraway dringend nahegelegt hatte, einigen davon beizutreten. Das war weniger eine Frage des gesellschaftlichen Ansehens, es ging dabei eher darum, wer wem vertraute, wen man gelten ließ und wen man als Außenseiter ansah. Dort herrschte eine Art ständiger hintergründiger Beobachtung, man musste die Kunst beherrschen, aus dem Gedächtnis Zusammenhänge herzustellen, den tieferen Sinn zu verstehen, ohne dass je etwas genau benannt wurde. Es genügte eine in einem bestimmten Ton gemachte beiläufige Äußerung, eine gehobene Augenbraue, etwas blieb betont ungesagt, zwei Personen vermieden es, den Raum zur selben Zeit zu verlassen, um den Anschein zu vermeiden, sie hätten etwas miteinander zu tun.

»Nein, danke«, sagte Pitt. »Für mich ist das zu früh am Tag.«

Teague lächelte, doch sein Blick war eiskalt. »Wie recht Sie haben«, sagte er. »Sicher müssen Sie noch viel aufarbeiten und sich um einen Haufen anderer Dinge kümmern. Schließlich leben wir in einer immer gefährlicheren Situation.« Er löste seine Beine voneinander und schlug sie andersherum erneut übereinander. »Ich muss zugeben, dass ich erst ganz allmählich dahinterkomme, welch gewaltige Aufgabe der Staatsschutz zu erfüllen hat. Wie in aller Welt schaffen Sie es nur, sich über all das auf dem Laufenden zu halten? Das Ganze ist ja geradezu chaotisch! Tausende Menschen in ganz Europa sind von Unruhe erfasst und suchen nach einer Möglichkeit, gegen die Staatsgewalt vom Leder zu ziehen. Die können Sie doch unmöglich alle im Auge behalten. Woher wissen Sie, wer sich nur am Klang der eigenen Stimme berauscht und wer eines Tages tatsächlich eine Bombe wirft?« Mit leicht schräg gelegtem Kopf machte er ein betont interessiertes Gesicht.

»Die meisten von denen gehen mich nichts an«, gab Pitt lächelnd zurück, während er so lässig wie möglich ihm gegenüber Platz nahm. »Die Leute wollen eher die Vertreter ihrer eigenen Regierung in die Luft jagen und nicht die der unseren.«

»Ist das Ihr Ernst«, fragte Teague ungläubig, »dass die Sie nichts angehen?«

Pitt begriff, dass der Mann schon bald seine leichtfertige Antwort gegen ihn verwenden würde, wenn er nicht auf der Hut war. »Wir halten die Augen offen«, erwiderte er gleichmütig und hielt Teagues Blick stand. »Wir geben anderen Regierungen Hinweise, wenn uns Dinge zur Kenntnis kommen, die sie wissen müssen, und sie halten es uns gegenüber ebenso.«

»Und woher wissen Sie, ob die Ihnen die Wahrheit sagen?«

»Überhaupt nicht. Wir heften solche Mitteilungen ab und bilden uns unser eigenes Urteil.«

Teague hob die Brauen. »Da müssen Sie ja ein Gedächtnis wie ein Elefant haben, wenn Sie die zahllosen Listen im Kopf behalten und daraus einen Zusammenhang herstellen können. Etwas in der Art hat mir einer Ihrer Leute gesagt. Man kann doch aus den meisten Angaben jedes beliebige Bild herleiten. Um das richtige zu finden, muss man schon sehr klug sein.« Bei diesen Worten wirkte er leicht schläfrig im Sonnenlicht, das zum Fenster hereinfiel, vielleicht sogar angetrunken, doch entging Pitt weder, dass seine Hand den Stiel des Glases eisern festhielt, noch, dass seine Augen ihn unter den trägen Lidern scharf musterten.

»Im Laufe der Zeit erkennt man bestimmte Muster«, antwortete er. »Oft sorgt ein bestimmtes Element, das nicht in das Gesamtbild des Puzzles passt, dafür, dass man es richtig zuordnet.«

»Hochinteressant«, murmelte Teague. Er hob die Hand, um den Klubdiener herbeizuwinken, der schon im nächsten Augenblick neben ihm stand.

»Haben Sie einen Wunsch, Mr. Teague, Sir?«

»Ja, Hythe, danke. Commander Pitt hat noch zu tun. Können wir eine Kanne Tee haben?« Zu Pitt gewandt, erkundigte er sich: »Möchten Sie lieber grünen oder schwarzen?«

»Schwarzen, vielen Dank.« Eine oder zwei Tassen Tee wären ihm gerade recht, aber auch wenn er keinen Tee gewollt hätte, wäre eine Ablehnung ungehörig gewesen.

»Sehr wohl, Sir. Ich bringe ihn sofort.« Mit einer Verbeugung ging der Diener davon.

»Ich selbst trinke auch lieber schwarzen«, erklärte Teague. »Zurück zu dem Vergleich mit dem Puzzle, der mir sehr treffend erscheint. Genauer gesagt, zu dem Teil, das nicht dazu passt, weil man ein falsches Gesamtbild vor dem inneren Auge hat. Wie ich gesehen habe, scheinen Ihre Leute allerlei Stücke zusammenzutragen, die auf den ersten Blick zu nichts passen, aber wenn ich Sie richtig verstehe, übergehen die nie eines davon – jedenfalls die klügeren unter ihnen nicht. Dieser Stoker scheint mir ein guter Mann zu sein, ruhig, zuverlässig, aufmerksam und treu. Ich kann mir gut vorstellen, dass es von Vorteil ist, so jemanden an seiner Seite zu haben, wenn es hart auf hart kommt. Gibt es solche Situationen?«

»Äußerst selten. Und dann ist es gewöhnlich ein bisschen zu spät.« Pitt versuchte, sich ebenso lässig zurückzulehnen wie Teague. Zwar würde er nie dessen Eleganz erreichen, doch verstand er es sehr wohl, den Anschein größter Gemütsruhe zu erwecken.

»Auch wenn Schnelligkeit und Kraft nie der Intelligenz überlegen sind, gibt es doch bestimmt Gelegenheiten, bei denen es zum Kampf kommt.« Teague sah Pitt fest an. Seine Augen changierten zwischen Grün und Blau. »Beispielsweise die Fakten, die Sie sammeln.« Er zählte sie einzeln an seinen langen Fingern ab. »Sophia Delacruz ist eine schöne Frau, deren ungewöhnliche Leidenschaft sie geradezu von innen heraus glühen lässt. Sie ist mit einem Spanier verheiratet, der in Toledo lebt. Sie hat eine verschrobene und absurde Lehre ins Leben gerufen, an die sie zu glauben scheint und an der um jeden Preis festzuhalten sie entschlossen ist. Sie hat sich gegen ihre Angehörigen aufgelehnt und sie wie auch ihre Heimat verlassen, weil sie sich nicht in eine aufgezwungene Ehe fügen wollte. Sie hat sich in einen verheirateten Mann verliebt. Seine Frau hat ihre Kinder und sich selbst umgebracht. Sophia ist nach England gekommen, um ihren sonderbaren Glauben zu predigen. Sie bringt Unruhe in die bürgerliche Gesellschaft. Ihr einziger Verwandter hier im Lande, ein entfernter Vetter, ist Barton Hall. Sie behauptet, sich mit ihm versöhnen zu wollen, sucht ihn aber, wie es aussieht, nicht einmal auf. Sie mäßigt ihre radikalen Predigten nicht. Es kommt zu Morddrohungen gegen sie, von denen man zumindest die eine oder andere ernst nehmen muss. Ist bis hierhin alles richtig?«

»Ja.« Pitt konnte keine Einwände gegen diese Darstellung erheben, und so fragte er: »Welches Bild machen Sie sich aus all diesen Fakten?«

»Ich bin überzeugt, dass wir noch nicht alle haben«, sagte Teague, ohne ihn dabei aus den Augen zu lassen. »Was ist der wahre Grund für ihre Rückkehr nach England? Hall ist ihr herzlich gleichgültig, und dieser macht sich ebenso wenig etwas aus ihr. Bei Licht besehen, fühlt er sich durch sie in der Öffentlichkeit bloßgestellt. Die Wahrscheinlichkeit, dass sich die beiden versöhnen, ist umso größer, je mehr Abstand sie voneinander halten. Das ist ihr doch wohl bewusst?«

»In dem Fall muss ein für eine Verständigung notwendiges Element der wahre Grund für ihre Rückkehr sein«, folgerte Pitt. Ihm war bewusst, dass Teague ihn aufmerksam musterte, bereit, seine Schlüsse aus jedem Zögern, jedem gesagten oder ungesagten Wort zu ziehen.

»Das war Ihnen selbstverständlich längst klar«, gab Teague mit einem kaum wahrnehmbaren Lächeln zurück. »Lassen Sie uns überlegen, wie das fehlende Teil aussehen könnte. Ich würde sagen, dass es genau in die Mitte passt. Was meinen Sie?«

»Ja«, stimmte Pitt zu, »es würde mich wundern, wenn es anders wäre.« Er überließ Teague bewusst die Führung, weil er wissen wollte, worauf der Mann hinauswollte.

»Ist Ihnen schon einmal aufgefallen, wie sich ein Raum mit dem Licht verändert?«, fuhr Teague fort. »Schatten fallen an anderen Stellen als vorher, und mit einer veränderten Blickrichtung ändert sich das Aussehen von allem, was sich in einem Raum befindet.«

Die Auffassungsgabe des Mannes erstaunte Pitt und bereitete ihm ein leichtes Unbehagen. Eine solche Gleichsetzung war ihm noch nicht in den Kopf gekommen, und er begann, mit diesem Gedanken zu spielen.

Teague lächelte jetzt ganz offen. »Sie haben das Licht auf Sophia gerichtet. Und was, wenn Sie es jetzt auf Barton Hall richten?« Er belauerte Pitt so aufmerksam wie eine Katze ein Mauseloch.

Pitt überlegte einen Augenblick. Es ging nicht um die Frage, wie er Hall einschätzte, sondern darum, welchen Eindruck von seiner Einschätzung er Teague vermitteln wollte, wenn nicht gar darum, was ihn dieser in Bezug auf Hall glauben machen wollte! Das war eine Gelegenheit, den Lichtstrahl auf Teague zu richten, ihm unauffällig auf den Zahn zu fühlen. Eine Blöße wie jetzt würde sich der Mann womöglich nie wieder geben.

»Ich sehe in Hall einen Mann, der entfernt mit einer äußerst schwierigen Frau verwandt ist«, begann Pitt. »Als ihr einziger Angehöriger hier im Lande ist er gegen seinen Willen in ihre Angelegenheiten mit einbezogen. Da er ihre Glaubensgrundsätze auf das Schärfste missbilligt, ist es ihm überaus peinlich, dass sie diese in seinem Land offen predigt.«

Teague lächelte nachsichtig. »Das ist doch nichts Neues, Mr. Pitt. So verhält sie sich doch offensichtlich schon seit Jahren.«

»Nicht in England.« Plötzlich sah Pitt eine Lücke und stieß sogleich hinein. »Es ist das erste Mal, dass sie hergekommen ist und sozusagen unter seiner Nase Massen von Zuhörern mobilisiert hat.«

Teagues Lächeln wurde breiter. »Und Sie nehmen an, er hat sich so darüber aufgeregt, dass er sie hat entführen lassen?« In seiner Stimme lag ein leiser Tadel, so, als hätte ihn ein Lieblingsschüler enttäuscht. »Und was hätte er damit erreicht? Dass sie jetzt Millionen bekannt ist, und nicht nur ein paar Hundert? Dass sie nicht mehr als die Unruhestifterin gesehen wird, die den Menschen ihre althergebrachten Glaubensgewissheiten nimmt, sondern als bedauernswertes Opfer, als ein Mensch, dem man das Recht verweigert, zu glauben, was er für richtig hält, und darüber zu reden?«

Er beugte sich mit großer Eindringlichkeit vor. »Barton Hall ist kein Dummkopf, Pitt, sondern ein hochintelligenter Mann, der rasch und folgerichtig denken kann. Mag sein, dass seine Vorstellungskraft nicht sonderlich ausgeprägt ist, aber er verfügt durchaus über einen gewissen Weitblick, hat ein Auge für Details, besitzt Urteilskraft und kann, wenn es darauf ankommt, auch mutig sein. Immerhin trägt er die Verantwortung dafür, dass ein großer Teil des Vermögens von Kirche und Krone richtig angelegt wird! Können Sie sich vorstellen, dass er etwas tun würde, dessen Schwachsinnigkeit sich schon auf den ersten Blick erschließt?«

Pitt zwang sich, seine Erregung aus seiner Stimme herauszuhalten. »Sie scheinen ihn ja gut zu kennen, Mr. Teague.«

»Das kann man wohl sagen! Mann Gottes, wir sind miteinander zur Schule gegangen! Wahrscheinlich habe ich ihn besser gekannt als seine Angehörigen. Er war ein Streber, aber er hatte auch was auf dem Kasten! Er hat Prüfungen mit links bestanden, für die andere wie verrückt pauken mussten.« Er schürzte die Lippen ein wenig, als wäre er über so etwas erhaben. »Ich nicht, aber die meisten anderen. Manchmal haben wir miteinander um die Wette gelernt und uns gegenseitig geholfen … Sie wissen schon.« Ihm war durchaus bekannt, dass Pitt nicht studiert hatte, schon gar nicht an einer Elite-Universität wie Cambridge. Was er nicht wusste, war, dass Pitt, bevor sein Vater verurteilt und nach Australien deportiert worden war, zusammen mit dem Sohn des Gutsbesitzers, für den seine Mutter arbeitete, Privatunterricht bekommen hatte.

Pitt lächelte und sagte berechnend: »Ja, ich weiß. Mich hat zusammen mit Sir Arthur Desmonds Sohn ein Privatlehrer unterrichtet, aber im Großen und Ganzen ist die Situation dieselbe. Ein vielleicht nicht immer ganz freundschaftlicher Wettstreit. Es war zugleich ein Ansporn und eine Hilfe.«

Unwillkürlich riss Teague die Augen auf. Einen Moment lang wirkte er fassungslos, was äußerst selten vorkam.

»Dabei haben wir einander sehr gut kennengelernt, und das unter Umständen auf eine Weise, die anderen nicht möglich gewesen wäre«, fuhr Pitt fort. »Ich hätte Ihrer Meinung über Hall mehr Aufmerksamkeit zuwenden müssen.« Er lächelte und wartete schweigend.

Teague hatte die Fassung noch nicht zurückgewonnen und wusste nicht sogleich, was er antworten sollte, kam aber rasch zu einem Ergebnis. Daran war er gewöhnt. Jemand, auf den ein Cricketball zugeflogen kam, musste sich im Bruchteil einer Sekunde entscheiden, wie er ihn schlagen sollte.

»Meine Schuld«, sagte er in bedauerndem Ton. »Ich hätte Sie informieren müssen. Das Ausmaß von Halls Verantwortung in dieser Sache ist mir erst vor ganz kurzer Zeit aufgegangen. Ich habe mich ausschließlich damit beschäftigt, rechtzeitig herauszubekommen, wo sich Sophia Delacruz befindet, solange sie noch lebt. Gott allein weiß, was die Ärmste durchmachen muss!«

»Verfügen Sie über Anhaltspunkte, dass sie nicht mehr am Leben sein könnte?«, erkundigte sich Pitt.

Teague holte tief Luft. »Das nicht! In keiner Weise. Wenn der oder die Täter ihren Tod gewünscht hätten, hätten der oder die sie ohne Weiteres zusammen mit den beiden anderen im Haus in der Inkerman Road umbringen können. Aber warum sollte man sie am Leben halten, wenn man damit nicht einen bestimmten Zweck verfolgen würde? Falls Lösegeld verlangt würde, würde das nur gezahlt werden, wenn Beweise dafür vorlägen, dass sie noch lebt – oder nicht?«

»Natürlich«, gab ihm Pitt recht.

»Aber niemand hat Lösegeld verlangt?«

Ohne zu zögern, gab Pitt zurück: »Keinen roten Heller … Jedenfalls bislang. Vielleicht spielen die Leute Katz und Maus mit uns, bis wir die Sache als so ausweglos ansehen, dass wir einen Fehler begehen?«

Teague sah ihn an. »Möglich. Aber der Augenblick wird kommen, da sich die Gegenseite rühren muss, und ich denke, dass das nicht mehr lange dauert. Können wir es uns leisten, auf Zeit zu spielen? Was ist, wenn denen die Sache aussichtslos erscheint und sie die Nerven verlieren?«

»Dann würden sie Sophia umbringen und verschwinden«, gab Pitt zurück. »Aber Sie haben meine Frage in Bezug auf Hall noch nicht beantwortet. Was sehen Sie noch, wenn Sie den Lichtstrahl auf ihn richten?«

Teague antwortete umgehend: »Einen Mann, der sich weiter auf eine Sache eingelassen hat, als ihm bewusst war, und jetzt merkt, dass sie ihm zum Verhängnis werden kann.« Obwohl er das mit völlig gleichmütiger Stimme sagte, schwang eine sonderbare Empfindung darin mit, die Pitt unmöglich hätte zuordnen können. Zum Teil war es wohl Schmerz, doch hätte sich nicht sagen lassen, ob ein alter oder ein neuer. »Er hat schreckliche Angst und weiß nicht, wohin.« Er sah Pitt unverwandt in die Augen.

»Ich bin ganz Ihrer Meinung«, sagte Pitt nach kurzem Zögern. Mit einem Widerspruch hätte er sich verraten. Teague wusste, dass Pitt nicht so töricht war. Dass ihn der Mann auf gesellschaftlicher Ebene verachtete, war Pitt bewusst, aber wenn Pitt ihm Anlass gab, auch in Bezug auf seine geistigen Fähigkeiten auf ihn herabzusehen, würde er sich selbst damit sehr schaden. Wie die Dinge lagen, spielte Teague mit ihm und genoss es. Pitt musste auf Teagues Weise und in dessen Tempo mitspielen, um Dinge in Erfahrung zu bringen, zu merken, wo er etwas ausließ, und die richtigen Schlüsse daraus zu ziehen, in der Hoffnung, dass der Mann dabei versehentlich etwas preisgab, was er eigentlich für sich behalten wollte. Pitt setzte eine harmlose Miene auf. »Das bedeutet aber doch nicht, dass seine Angst etwas mit Sophias Verschwinden zu tun hat oder seine Schuld darüber hinausgeht, dass er Melville Smith das Haus in der Inkerman Road überlassen und uns in Bezug darauf belogen hat.«

Pitt sah, wie Verstehen in Teagues Augen aufblitzte, die sich ganz leicht weiteten. Zum ersten Mal zögerte er mit seiner Antwort. Schließlich schlug er erneut die Beine mit seiner üblichen Eleganz betont beiläufig übereinander.

»Stimmt«, sagte er dann. »Möglicherweise besteht da gar kein Zusammenhang. Ich bin überzeugt, dass Sie sich längst mit seinem beruflichen Hintergrund vertraut gemacht haben. Es kann gut sein, dass seine Sorgen in dieser Richtung zu suchen sind und Sophia nichts als ein Nebenthema ist. Das würde erklären, warum er weder Zeit gefunden noch auch nur nach einer Möglichkeit gesucht hat, gleich nach ihrer Ankunft mit ihr zusammenzutreffen. Für einen Bankier gehört die Religion zu den Grundwerten der Gesellschaft. Daran darf nichts in Frage gestellt und schon gar nichts geändert werden. Bankmenschen verabscheuen jede Art von Veränderung. Für sie besteht die wirkliche Welt aus Geld und Vertrauen. Hall möchte im Zusammenhang mit dem Verschwinden seiner Kusine nicht herzlos erscheinen, es ist aber nicht der Anlass für seine Angst. Steht es in Ihrer Macht, den wahren Grund zu erforschen?« Einen Moment lang legte sich ein Schatten auf sein Gesicht, der Pitt nicht entging.

»Nicht ohne Weiteres, aber ich kann mich darum kümmern, sofern es schwerwiegende Gründe gibt.« Pitt beobachtete Teague genau, das Gesicht, die langen Hände, die im Schoß lagen, die Anspannung seines so anmutig im Sessel ausgestreckten Leibes. »Sollte ich das Ihrer Ansicht nach tun?«

Teague sog die Luft ein und stieß sie langsam wieder aus. »Ich denke, es wäre unklug, es zu unterlassen, Mr. Pitt.«

Als Sir Walter Pitt am Spätnachmittag zu sich kommen ließ, hatte Pitt über Barton Hall nur wenig mehr in Erfahrung gebracht, als ohnehin allgemein bekannt war.

»Was zum Teufel haben Ihrer Ansicht nach Halls Bankgeschäfte mit dem Verschwinden dieser Frau zu tun?«, schnaubte Sir Walter. »Ist Ihnen klar, was Sie da tun?«

»Durchaus, Sir«, gab Pitt ernst zurück. Sir Walter war der Sache unübersehbar überdrüssig und vermutete zweifellos, dass Pitt den Fall nicht würde lösen können. Also spielte Pitt jetzt seine Trumpfkarte aus. »Mir ist bekannt, dass Halls Bank beträchtliche Vermögensanteile der englischen Kirche und der Krone verwaltet, weshalb ihr Ruf untadelig sein muss.«

»So ist es«, bestätigte Sir Walter. »Schon der Versuch, da etwas in Frage zu stellen, wäre gleichbedeutend mit der Unterstellung, dass es da Unregelmäßigkeiten geben könnte. Auf der ganzen Welt leben Banken von dem Vertrauen, das jeder in sie setzt. Das Ganze ist ein riesiges Kartenhaus. Ein Debakel in einer einzigen Bank kann den Ruf aller schädigen. Dann kommt es zur Panik …«

»Ich möchte verhindern, dass es je zu einer solchen Unterstellung kommt«, sagte Pitt mit fester Stimme, darauf bedacht, seine Besorgnis nicht deutlich werden zu lassen. »Bevor die Leute anfangen, darüber zu reden.«

»Worüber denn, um Gottes willen? Hören Sie mit Ihren Andeutungen auf, Pitt, und sagen Sie mir klipp und klar, worauf Sie hinauswollen.«

»Mr. Dalton Teague hat angeregt, so unauffällig wie möglich die eine oder andere Erkundigung einzuziehen, Sir. Angesichts des hohen Ansehens, das er genießt und seiner langen Bekanntschaft mit Mr. Hall, erschien es mir unangebracht, dieser Anregung nicht zu folgen.«

»Ach, ich verstehe. Nur zu, wenn die Dinge so liegen. Ich sorge dafür, dass Sie die erforderliche Vollmacht bekommen. Aber Hall sollte tunlichst nichts davon erfahren. Gehen Sie so diskret wie möglich vor, Pitt. Schon das leiseste Gemunkel könnte eine ganze Reihe bedeutender Familien in den Ruin stürzen. Ein einziges Wort genügt, um einen Ansturm auf eine Bank auszulösen. Seien Sie darauf bedacht, nicht allzu fest mit Ihren großen Füßen aufzutreten!« Während er trübselig lächelte, waren die Schatten der Erschöpfung auf seinem Gesicht unübersehbar.

»Versteht sich, Sir«, versprach Pitt. »Ich werde keinerlei Fußabdrücke hinterlassen.«

Wie sich zeigte, ließ sich dieses Versprechen nicht halten. Bevor er Halls Bank mit den erforderlichen Dokumenten aufsuchte, kehrte er in sein Büro zurück, wo er erneut die in Angel Court sichergestellten Briefe und Papiere Sophia Delacruz' durchging und sich Notizen machte. Mit ihnen ging er zur Bank und arbeitete dort dank der ihm von Sir Walter verschafften Vollmachten bis spät in die Nacht die Unterlagen über die durch Hall getätigten Investitionen durch, während der Wachmann ungeduldig vor Halls Büro auf und ab schritt. Vom Licht der Gaslampe waren Pitts Augen müde, als er endlich auf etwas stieß, was der Ansatz zu einer Lösung sein konnte.

Hall hatte ungeheure Beträge für Landkäufe in der kanadischen Provinz Manitoba aufgewendet. Das meiste Geld gehörte der anglikanischen Kirche. Auf den ersten Blick wirkte die Investition ganz normal – die Kirche besaß bereits an anderen Orten viel Land, aus dem sie gewaltige Einnahmen bezog. Erst mehrere schwer zu entziffernde handschriftliche Notizen zeigten Pitt, dass sich Hall geradezu verzweifelt bemühte, einen ähnlichen Betrag aus anderen Quellen zu beschaffen, offenbar um diese Aufwendungen auszugleichen.

Pitt wandte sich erneut der Investition in Kanada zu, suchte nach Vertragsurkunden, Erträgen aus dem eingesetzten Kapital. Er fand weder eine Rendite noch Hinweise darauf, dass eine solche in der absehbaren Zukunft zu erwarten war. Bestand da ein Zusammenhang mit Sophias Rückkehr nach London und ihrem Wunsch, mit Hall zusammenzutreffen? Hoffte sie von einer Bodenspekulation zu profitieren, oder wollte sie eine Katastrophe verhindern?

Pitt hoffte, dass sie Hall nicht wegen eines schweren Fehlers zu einer Handlungsweise verleiten wollte, zu der er sich unter normalen Umständen nicht bereit erklärt hätte, aber er durfte diese Möglichkeit nicht ausschließen. Hatte sie ihm helfen, ihn warnen, erpressen oder zugrunde richten wollen?

Ganz gleich, was es war, es konnte sie jetzt das Leben kosten.

Pitt machte sich Notizen, die außer ihm niemand verstehen würde, legte alle Unterlagen und Dokumente ordentlich an ihren Platz zurück und teilte dem Wachmann mit, dass er gehen wolle.

Der Mann warf ihm einen misstrauischen und zugleich vorwurfsvollen Blick zu.

»Vielen Dank«, sagte Pitt in freundlichem Ton. Er sah keinen Grund, die Wahrheit zu sagen, denn sie würde zu diesem Zeitpunkt mehr Schaden anrichten als nutzen. »Es sieht ganz danach aus, dass sich das, was ich suche, nicht hier befindet. Ich bin Ihnen verbunden, dass Sie es mir ermöglicht haben, das festzustellen. Gute Nacht.«

»Gute Nacht, Sir«, gab der durch diese Worte ein wenig besänftigte Mann zurück. »Das freut mich. Sie müssen verstehen, Sir. Unsere Kunden sind überaus wichtige Persönlichkeiten. Es wäre schlimm, wenn die beunruhigt würden – dann würden sie ihr Geld womöglich einer anderen Bank anvertrauen.«

»Gewiss«, stimmte Pitt zu. Er spürte die schwere Last seines Wissens, als er in die milde Nacht hinaustrat und ihm mögliche Folgen durch den Kopf gingen, an die er nie zuvor gedacht hatte. Vielleicht hatte Narraway recht, und es ging tatsächlich um Geld. Für Anarchisten, die eine Regierung stürzen wollten, wären ein Skandal, der zum Untergang einer Bank führte, und die darauf folgenden Zusammenbrüche, die alles vernichteten, weit wirkungsvoller als einzelne Attentate, ganz gleich, wer dabei umkam.

KAPITEL 11

Lady Vespasia beendete ihren Bericht über das, was ihr Schwester Maria Magdalena mitgeteilt hatte. Während Narraway ihr zugehört hatte, ohne sie zu unterbrechen, hatte sich seine Miene immer mehr verfinstert. Als er schließlich sprach, geschah das mit mehr Bewegung in der Stimme, als sie erwartet hatte.

»Dahinter steckt etwas ganz Wichtiges, wovon wir nichts wissen«, sagte er eindringlich. »Je mehr ich über diese Sophia Delacruz höre, desto mehr sehe ich mich genötigt, ihren Glauben ernst zu nehmen. Zwar halte ich ihn nicht für richtig, aber ganz offensichtlich tut sie das. Ich bin überzeugt, dass sie eher bereit wäre zu sterben, als ihn aufzugeben.« Er holte tief Luft, den Blick fest auf Vespasias Gesicht gerichtet. »Die Frage, was wir tun sollen, wird mit jeder neuen Tatsache, die wir erfahren, schwieriger.«

Sie saßen auf dem Balkon ihres Hotelzimmers, von dem aus der Blick auf einen kleinen Platz fiel. Die Abendsonne warf lange Schatten auf die Pflastersteine. Der Abend war windstill, und die Blätter hingen reglos an den Bäumen. Ein gut aussehender junger Mann stolzierte mitten über die Straße, als gehöre sie ihm, und trat in den Graveurladen gegenüber von dem Hotel. Stahl aus Toledo hatte einen weltweiten Ruf.

»Sie weiß etwas, und um an diese Information heranzukommen, wird man sie zu Tode foltern«, fuhr Narraway fort. »Die Wurzeln des Geheimnisses liegen, wie es aussieht, hier in Spanien. Jemand hat ihr etwas gebeichtet.«

»Würde es uns etwas nützen, wenn wir wüssten, worum es dabei geht?«, fragte Vespasia.

»Möglich. Vor allem aber müssen wir wissen, wer das war«, gab er zurück. »Die Einzelheiten könnten von Bedeutung sein.«

»Vielleicht hat ja der Mann, von dem Schwester Maria Magdalena sprach, die Unwahrheit gesagt und selbst denjenigen umgebracht, den man tot aufgefunden hat – oder er wusste, wer der Täter war.«

Narraway runzelte die Stirn. »Ich nehme an, dass Sophia ihn in dem Fall dazu gebracht hätte, seine Tat zu bereuen und sich der Polizei zu stellen, allein schon, damit kein anderer verdächtigt würde.«

»Könnte das irgendwie mit Nazario zusammenhängen? Bist du sicher, dass es sich nicht um einen Racheakt der Angehörigen seiner ersten Frau handelt? Es ist schrecklich, das eigene Kind durch Selbstmord und die Enkel gleich mit zu verlieren. Es ist doch möglich, dass die Angehörigen, ob zu Recht oder Unrecht, annehmen, er habe alle drei umgebracht?«

»Es gibt da noch vieles, was ich herausbekommen muss«, gab er zu.

Vespasia sah ihn im schwindenden Tageslicht an. Seine Haut wirkte noch dunkler als sonst, seine Augen schwarz. Man hätte ihn ohne Weiteres für einen Spanier halten können. Nur weil sie ihn gut kannte, sah sie die Besorgnis in seinen Zügen. »Woran denkst du?«

Mit einem trübseligen Lächeln erwiderte er: »Ich habe keinen Grund, Nazario für schuldig zu halten, aber wir dürfen diese Möglichkeit nicht aus den Augen lassen.«

»Geben die Angehörigen seiner ersten Frau, Sophia, die Schuld?« Vespasia fürchtete zwar die Antwort, musste die Frage aber stellen. Warum würde es sie schmerzen, wenn es sich so verhielt? Bewunderte sie selbst die Frau so sehr, über die sie all das erfahren hatte, dass es einen Traum oder eine Hoffnung zunichtemachen würde, wenn sie Schuld auf sich geladen hätte? Verzieh Sophia anderen so bereitwillig, weil ihr die Notwendigkeit bewusst war, Vergebung zu erlangen? War Vespasia nicht selbst bisweilen an anderen schuldig geworden, sodass sie kein Recht hatte, ein Urteil zu fällen oder enttäuscht zu sein?

Sie merkte, dass Narraway sie mit größerer Aufmerksamkeit ansah, als ihr in diesem Augenblick recht war. Ihr war bewusst, dass er viel Ungesagtes verstand, und sie fühlte sich verletzlich, da sie merkte, dass ihr so sehr an seinem Urteil lag.

»Nein«, sagte er ein wenig überrascht. »Es war mir nicht möglich, den Grund dafür zu finden. Ich wüsste gern mehr, aber wir haben keine Zeit. Ich gehe gleich morgen zu Nazario.«

Das allerdings war weit schwieriger, als er angenommen hatte. Auf Nachfrage in der alten Abtei, in der Nazario und Sophia lebten, wurde ihm zögernd mitgeteilt, dass er die letzten Tage in einem Kloster weit außerhalb der Stadt zugebracht hatte, um den Menschen eines Dorfes in der Nähe zu helfen. Allem Anschein nach tat er das regelmäßig. Da niemand wusste, wann er nach Toledo zurückkehren würde, blieb Narraway nichts anderes übrig, als ein Pferd und einen Führer zu mieten, um das Kloster aufzusuchen.

Er kehrte ins Hotel zurück, um Vespasia sein Vorhaben mitzuteilen. Sie war beunruhigt, offenbar machte sie sich Sorgen um ihn.

»Meine Liebe«, sagte er freundlich, »ich habe meine Laufbahn bei der Kavallerie in Indien begonnen und fühle mich auf einem Pferd ausgesprochen wohl. Ich bin sogar in die Schlacht geritten, den Säbel in der einen und die Zügel in der anderen Hand. Da werde ich es wohl schaffen, auf einigermaßen guten Wegen flott voranzukommen.« Er beugte sich vor und berührte leicht ihre Wange, wobei er die Augen schloss, um ihr zu zeigen, dass er ihr Erröten nicht sehen und sie nicht noch mehr in Verlegenheit bringen wollte. Ihm war bewusst, wie wenig sie einander kannten.

Sie suchte nach Worten, und da sie keine fand, erwiderte sie seine sanfte Berührung und biss sich auf die Lippe, während sie ihm nachsah, als er ging.

Narraway genoss den Ritt aus der Stadt zum Kloster, obwohl dieser mehrere Stunden dauerte. Er hatte lange auf keinem Pferd gesessen, und so war ihm bewusst, dass ihn am Ende des Ritts alle Muskeln schmerzen würden. Sein kräftiges Tier, das der Hand ebenso willig gehorchte wie dem Schenkeldruck, schien den Weg zu kennen.

Nach einer Weile ließ er die Zügel locker, um sich in Ruhe umsehen zu können. Obwohl die Landschaft um ihn herum in keiner Weise der in Indien ähnlich sah, erinnerte ihn etwas an die dort verbrachte Zeit. Es lag wohl am Licht, der sich dem Blick öffnenden Weite, den Schatten am Horizont, der Luft, die ihm über das Gesicht strich, vor allem aber dem Auf und Ab im Sattel, der Notwendigkeit, sich aufrecht zu halten, dem Geruch nach Erde, Staub und den Pflanzen am Wegesrand.

Er gestand sich ein, dass es ihm durchaus recht war, den Augenblick noch ein wenig hinausschieben zu können, da er Nazario Delacruz gegenübertreten und ihm die Forderung mitteilen musste. Ebenso war er froh, sich nicht sogleich ein Urteil über den Mann bilden zu müssen. Nach all den Jahren war das Bedürfnis, andere einzuschätzen, geradezu ein instinktives geworden, doch je länger seine Zeit beim Staatsschutz zurücklag, desto weniger sagte ihm das zu. Sich eine Fehleinschätzung leisten zu können bedeutete Freiheit. Selbst ein schwerer Schnitzer wäre jetzt höchstens peinlich. Die ganze Verantwortung ruhte inzwischen auf Pitts Schultern. Wer die Macht besaß, hatte zugleich eine Verpflichtung. Nicht die Gesellschaft verlangte, dass man sich ihr auf keinen Fall entziehen durfte, sondern das eigene Gewissen.

Mitunter stieg der Weg steil an, und es war ganz natürlich, dass man hintereinander ritt. Doch wo es möglich war, sich nebeneinander zu halten, versuchte Narraway mit dem Führer ins Gespräch zu kommen.

»Sucht Señor Delacruz das Kloster häufig auf?«

»Ja.«

»Wie oft – jeden Monat?«

Der Führer zuckte lächelnd die Achseln. »Kann schon sein.«

»Warum?«

»Dort leben gute Menschen.« Der Mann bekreuzigte sich geistesabwesend. »Sie kümmern sich um Arme und Kranke.«

Ob Sophia den Flüchtigen dort versteckt hatte, den sie schützte? Ob sich Nazario gerade jetzt um ihn kümmerte?

»Auch um Sünder?«, fragte Narraway. Er wusste die spanischen Worte für »Unterschlupf suchende Gesetzesflüchtige« nicht. Und wenn er sie gewusst hätte, hätte ihn der Mann womöglich für einen Beauftragten der spanischen Regierung gehalten, wenn nicht gar für einen Spitzel oder Denunzianten.

Der Mann zuckte die Achseln und sah vor sich hin. Ganz offensichtlich wich er einer Antwort aus. Die Unterhaltung war zu Ende.

Als sie ihr Ziel endlich erreichten, war es schon dunkel. Fern von den Lichtern der Stadt sah man so viele Sterne am Himmel, dass Narraway die Milchstraße über der dunklen Linie des Horizonts erkennen konnte.

Das Kloster lag auf einer Anhöhe, seine Mauern wirkten wie die einer Festung. Der Weg wurde immer steiler, und die Pferde fielen in Schritt. Als Narraway abstieg, um sein Tier am Zügel zu führen, merkte er, wie steif seine Gelenke waren. Er war froh, dass es dunkel war, sodass niemand es sehen konnte. Andererseits wäre sein Führer kaum so ungehobelt gewesen, sich darüber zu äußern.

Der Mann schlug mit dem schweren Eisenring an das Eichentor und sagte, als es geöffnet wurde, was er über Narraway und dessen Vorhaben wusste. In seiner Stimme lag unüberhörbar ein warnender Ton. Narraway konnte genug Spanisch, um zu verstehen, dass der Führer dem Bruder Pförtner mitteilte, was Narraway ihn auf dem Weg gefragt hatte.

Der Mönch läutete eine an der Mauer angebrachte Glocke. Schon bald darauf erschien ein weiterer Bruder und brachte die Pferde fort.

Narraway und der Führer wurden hineingeführt, und man bot ihnen eine Mahlzeit und eine Unterkunft an. Bevor Narraway annahm, teilte er dem Abt mit, dass er gekommen sei, um mit Nazario Delacruz über eine große Gefahr zu sprechen, die seinen Angehörigen drohe. Der Mann müsse sofort und vertraulich davon in Kenntnis gesetzt werden.

Der Abt hatte nichts dagegen einzuwenden, und schon zehn Minuten später saß Narraway an einem Tisch, dessen Platte vom jahrhundertelangen Gebrauch ganz glatt war, Nazario gegenüber.

»Was kann ich für Sie tun, Señor?«, erkundigte sich dieser höflich. Er hatte einen etwas dunkleren Hautton, war schlank, drahtig und in etwa von Narraways Statur, vielleicht sogar zwei oder drei Fingerbreit größer.

Narraway verabscheute, was er tun musste, aber es gab keine andere Möglichkeit. Wenn er Ausflüchte machte, würde er damit den unvermeidlichen Schmerz nur vergrößern. Er musste vermeiden, daran zu denken, wie es wäre, wenn er sich in der gleichen Zwangslage befände wie jener Mann, und sich stattdessen daran erinnern, dass Nazario Frau und Kinder für Sophia im Stich gelassen und damit mittelbar deren Tod bewirkt hatte. Unwillkürlich fragte Narraway sich, ob dahinter absichtliche Grausamkeit oder einfach Charakterschwäche und ein Übermaß an Nachgiebigkeit gegen sich selbst gesteckt hatten.

Selbstverständlich war in keiner Weise ausgeschlossen, dass der Mann, ob mittelbar oder unmittelbar, für Sophias Entführung verantwortlich war. Narraway musste sich zur Ordnung rufen, weil er statt »Entführung« beinahe »Tod« gedacht hätte.

Er musste den Mann auf eine Art und Weise informieren, die es ihm ermöglichte, aus dessen Reaktion gegebenenfalls die richtigen Schlüsse zu ziehen.

»Ich heiße Narraway«, stellte er sich vor. »Ich war früher Leiter des britischen Staatsschutzes, der sich um …«

»Ich weiß, womit sich der beschäftigt«, fiel ihm Nazario ins Wort. Obwohl ihn Narraway auf Spanisch angesprochen hatte, antwortete er in flüssigem Englisch. »Was wollen Sie in Toledo? Falls es hier Revolutionäre gibt, weiß ich nichts davon. Und bevor Sie mich weiter fragen: Ich will auch nichts davon wissen.«

»Soweit mir bekannt ist, hat das, weshalb ich hier bin, nichts mit Revolution zu tun«, entgegnete Narraway. »Aber es erscheint mir interessant, dass Ihnen das als Erstes in den Sinn kommt.«

Das Gesicht des Mannes verfinsterte sich. »Sie sind vom britischen Staatsschutz. Womit könnte es da sonst zu tun haben? Und was wollen Sie mit ›soweit Ihnen bekannt ist‹ sagen?«

Narraway wollte ihm schon klarmachen, dass er aus dem Dienst ausgeschieden war, überlegte es sich dann aber anders.

»Es tut mir außerordentlich leid, Ihnen das sagen zu müssen, Señor Delacruz, aber Ihre Gattin ist entführt worden.« Er merkte erstaunt, dass sein Mund völlig trocken war. »Wir wissen nicht, von wem. Wir haben alles unternommen …« Er hielt inne, als er die Fassungslosigkeit auf dem Gesicht des Mannes sah, auf die nahezu im selben Augenblick ein entsetzter Ausdruck des Verstehens folgte. »Haben Sie eine Vorstellung, wer das gewesen sein könnte?«

Nazario schüttelte den Kopf, als könne er kein Wort herausbringen.

»Aber Sie verstehen?«

»Natürlich«, gab Nazario in scharfem Ton zurück. »Ich kann ja Englisch.«

»Das ist mir klar«, sagte Narraway freundlich. »Aber Sie scheinen weder erstaunt zu sein noch zu zweifeln.«

»Nein. Es hat häufig Drohungen gegen sie gegeben. Bisher hatten die keine ernsthafteren Folgen als ein gewisses Unbehagen unsererseits. Das ist jetzt aber anders, nicht wahr?« Seine Stimme zitterte ein wenig, und er sah Narraway fragend an. »Ihr Gesichtsausdruck zeigt mir, dass es etwas Ernsteres ist. Was ist genau geschehen? Machen Sie bitte keine Ausflüchte. Sie sprechen von meiner Frau. Stecken Anarchisten dahinter?«

»Wir wissen nicht, wer oder was dahintersteckt«, gab Narraway offen zurück. »Zwei der Frauen, die sie begleitet hatten, wurden ermordet.« Aufmerksam ruhte sein Blick auf Nazarios Gesicht.

»Wer?«

»Cleo Robles und Elfrida Fonseca.«

Tiefer Kummer verzerrte Nazarios Züge, und es gelang ihm nur mit Mühe, die Fassung zu bewahren. »Aber Sie denken, dass Sophia noch am Leben ist?« In seinen Augen lagen verzweifelte Hoffnung und eine noch größere Angst als zuvor. Ganz offensichtlich wusste er weit mehr, als er zugeben wollte.

»Ich bin dessen nahezu sicher. Genaues weiß ich nicht, sonst würde ich es Ihnen sagen.« Mit einer Intensität, die er lieber nicht empfunden hätte, stellte Narraway sich das Entsetzen des Mannes vor. Durch seine Liebe zu Vespasia, seine tiefe Bindung an sie, hatte er seine einstige Fähigkeit eingebüßt, Befragungen wie eine Art Spiel durchzuführen, das es zu gewinnen galt. Hatte er als Ausgleich dafür womöglich ein neues Verständnis gewonnen? Das brauchte er, so schmerzhaft es sein würde.

»Was wissen Sie?«, bedrängte ihn Nazario. Er bewahrte mit Mühe seine würdevolle Haltung, bemühte sich, nicht vor diesem Fremden zusammenzubrechen, der zu allem Überfluss Engländer war. Es war allgemein bekannt, wie gefühlskalt dieser Volksstamm war.

»Man hat einen Freikauf angeboten«, sagte Narraway. »Den Leuten war klar, dass wir Beweise verlangen würden, bevor wir darauf eingehen. Vor rund einer Woche hat sie noch gelebt.«

Nazario beugte sich vor. »Wie viel verlangen die Leute? Ich habe nur wenig Geld, genug zum Leben, aber nichts darüber hinaus. Doch ich kenne Menschen, die ich bitten kann.« In seiner Stimme lag ein Funke Hoffnung. »Wie viel, Mr. Narraway?«

Narraway fühlte sich nicht wohl angesichts dessen, was er dem Mann ihm gegenüber sagen musste. Alle Gewissheit, allen inneren Frieden würde er mit seinen Worten zerstören. Es war, als risse man jemandem die Kleider vom Leibe, bis dieser nackt und bloß dastand. Doch wenn er seine Aufgabe jetzt nicht erfüllte, würde er niemandem nützen. Die Leute brauchten Hilfe, kein Mitleid.

»Es geht nicht um Geld«, gab er zurück. »Señor Delacruz, ich bin auf Ihre Mitwirkung angewiesen, Ihre Aufrichtigkeit und Ihre Klarsicht. Die Dinge liegen äußerst kompliziert. Sie kennen einige der Menschen, die in die Angelegenheit verwickelt sind, aber möglicherweise nicht alle. Glauben Sie mir, dass ich nicht mit Ihren Gefühlen spielen will, wenn ich Ihnen alles Punkt für Punkt schildere. Ich versuche, von Ihnen möglichst viel zu erfahren. Meiner Einschätzung nach ist Wissen die einzige Waffe, die uns zu Gebote steht.«

»Wissen?«, fragte Nazario mit belegter Stimme. »Was für Wissen? Ich sage Ihnen alles, was ich weiß. Was brauchen Sie?«

»Ich werde Ihnen berichten, was bisher geschehen ist, soweit wir es verstehen, und bitte Sie, mir zu erklären, was Sie können.«

Er trug die Fakten in schlichten Worten vor, ohne die Angelegenheit durch die Nennung weiterer Namen zu komplizieren.

»Man hat uns schon vor Ankunft Ihrer Frau in England mitgeteilt, dass es möglicherweise Drohungen gegen sie geben würde. Daraufhin haben wir Vorkehrungen getroffen, die uns sinnvoll erschienen. Doch dann ist sie verschwunden, zusammen mit den beiden anderen Frauen. Die beiden hat man in einem Haus in der Inkerman Road, nur gute drei Kilometer von Angel Court entfernt, wo sie Unterschlupf gefunden hatten, auf brutale Weise abgeschlachtet.«

Nazario regte sich nicht.

»Anfangs hatten wir vermutet, es könnte sich um eine Aktion handeln, mit der man Aufsehen erregen wollte …« Er sah, wie sich das Gesicht des Mannes vor Wut verfinsterte, und merkte, dass es Nazario die größte Mühe kostete, sich zu beherrschen.

»Melville Smith hat zugegeben, dass er ihnen bei der Suche nach der Bleibe in der Inkerman Road geholfen hat«, fuhr Narraway fort. »Nicht um selbst bekannt zu werden, wie er sagte, sondern um Ihre Gattin zu beschützen. Das dürfte der

Wahrheit entsprechen, auch wenn seine Beweggründe wohl nicht ganz uneigennützig waren, denn er hat von der Situation profitiert.«

»Melville möchte die Lehre vereinfacht sehen«, sagte Nazario mit einer Stimme, der man die Anspannung anhörte, »mehr Anhänger gewinnen, indem er den Zugang zu ihr erleichtert – und sie damit verfälscht. Das geht schon seit Jahren so, und Sophia war stets dagegen. Trotzdem kann ich mir nicht vorstellen, dass er so weit gehen würde, sie zu töten …«

»Wir uns auch nicht«, stimmte Narraway ihm zu. »Das Haus, von dem ich sprach, gehört Barton Hall, der, soweit mir bekannt ist, der wahre Anlass für die Reise Ihrer Gattin nach England war …« Er sah Nazario abwartend an.

»Ja«, erwiderte Nazario und senkte den Blick. »Hall ist ein entfernter Vetter von ihr.« Er sah wieder auf, Verzweiflung lag in seinen Augen. »Sie war nicht bereit, mir zu sagen, warum sie zu ihm wollte, lediglich, dass es unumgänglich sei. Ich bat sie, hierzubleiben oder sich zumindest von mir begleiten zu lassen, aber sie sagte, ich sei hier unabkömmlich, was in gewisser Weise stimmt, und dass sie die Sache allein erledigen müsse. Sie hat behauptet, wenn ich sie begleitete, würde das mehr Aufsehen erregen und damit die Gefahr vergrößern.« Seine Kiefermuskeln spannten sich an, und an seiner Schläfe begann eine Ader zu klopfen. »Ich hätte mich von ihr nicht überreden lassen dürfen!« Er war unübersehbar wütend auf sich selbst und sah erneut beiseite, als habe Narraway denselben Vorwurf geäußert und als könne er ihm daher nicht ins Gesicht sehen.

Das war der richtige Augenblick, um Nazario in die Zange zu nehmen, und Narraway nutzte ihn, ohne zu zögern. »Warum, Señor Delacruz? Worin bestand die zusätzliche Bedrohung? Dies ist nicht der richtige Moment, um andere zu decken! Immerhin haben die Leute zwei Begleiterinnen Ihrer Gattin umgebracht, um uns zu zeigen, dass sie es ernst meinen. Sie haben sie aufgeschlitzt und ihnen die Eingeweide herausgerissen, um uns klarzumachen, dass sie nicht nur zu allem fähig, sondern auch zu allem bereit sind.«

Nazario war kreidebleich, als sei alles Blut aus ihm gewichen. Narraway fürchtete schon, zu weit gegangen zu sein. Ein von Entsetzen gelähmter Zeuge war zu nichts zu gebrauchen.

»Señor Delacruz ...«, sagte er in freundlicherem Ton. »Die Leute haben Ihre Gattin lebend entführt, weil ihnen daran liegt, sie im Austausch gegen bestimmte Handlungen Ihrerseits freizugeben. Wenn sie nicht mehr lebt, können sie nicht erwarten, von Ihnen etwas zu bekommen. Sie, Señor, müssen eine Reihe schrecklicher Entscheidungen treffen. Dafür brauchen Sie einen möglichst kühlen Kopf ...«

»Was für Entscheidungen?«, fragte Nazario, hob den Kopf und funkelte Narraway an. »Was meinen Sie damit? Ich tue alles, was verlangt wird. Wollen Sie andeuten, dass ich mich weigern könnte? Was für ein Mensch sind Sie nur?«

Fast hätte Narraway gelächelt, aber es gelang ihm, das zu unterdrücken. »Einer, der gleichfalls mit einer mutigen und charaktervollen Frau verheiratet ist, die nie erwarten oder gar verlangen würde, dass ich etwas Unrechtes tue, um sie zu retten. Auf keinen Fall wäre sie mir dankbar für eine Entscheidung, die ihrer Überzeugung nach auf Feigheit gründet, ganz gleich, wie ich die Sache ansehen würde.«

»Ich verstehe nicht ...«, sagte Nazario mit sich überschlagender Stimme. Er stand kurz davor, die Beherrschung zu verlieren. »Hören Sie um Gottes willen auf, in Rätseln zu reden, und sagen Sie mir, was ich tun soll! Wer sind die Entführer? Wissen Sie es? Hat es mit Ihrer Regierung zu tun? Möchte man einen anderen an Sophias Stelle haben?«

»Nein.« Narraway merkte, dass er den Mann unnötig auf die Folter spannte. »Unsere Regierung hat nicht das Geringste damit zu tun«, gab er zurück. »Der Entführer will, dass Sie nach England kommen und Ihre Gattin öffentlich als Schwindlerin bezeichnen, die Sie in der Absicht verführt hat, Sie Ihrer ersten Frau und Ihren Kindern zu entfremden, und damit die unmittelbare Ursache für deren Feuertod war. Sie sollen erklären, dass Sie beide gemeinsam diese Tatsachen verschleiert haben, um der Schande zu entgehen. Natürlich würde damit alles wertlos, wofür Ihre Gattin über die Jahre hinweg gekämpft und gepredigt hat, aber Sie würden damit ihr Leben retten.«

Mehrere Sekunden lang herrschte ein entsetztes, quälendes Schweigen.

»Und wenn ich das nicht tue?«, fragte Nazario schließlich.

»Dann wird sie unter Umständen auf ähnliche Weise wie Cleo und Elfrida umkommen.« Narraway war bei diesen Worten regelrecht übel, und er fürchtete, Nazario würde zusammenbrechen. »Es tut mir leid«, brachte er mit erstickter Stimme heraus.

»Was Sie da gesagt haben, stimmt nicht«, entgegnete Nazario so langsam, als sei ihm das Englische fremd und er müsse sich seine Sätze mühsam zusammensuchen. »Luisa und ich hatten uns schon getrennt, bevor Sophia nach Toledo kam. Natürlich waren wir nicht geschieden, denn die römisch-katholische Kirche, der wir damals angehörten, erlaubt das nicht. Eine Annullierung konnten wir nicht bekommen, weil es keine Gründe dafür gab.« Er hielt inne, offensichtlich unter dem belastenden Eindruck der Erinnerung.

Narraway unterbrach ihn nicht und versuchte auch nicht, ihn zu drängen, und das nicht aus Berechnung, um ihn beobachten zu können, sondern aus Anstand dem Leid des Mannes gegenüber.

»Luisa zog mit unseren Kindern in ein kleines Haus, das ihren Eltern gehörte«, fuhr Nazario fort. »Ich habe nicht versucht, sie zurückzuhalten. Zum einen wegen der Kinder, aber auch, weil ich keine Möglichkeit zu einer Versöhnung sah. Inzwischen bin ich überzeugt, dass Luisa geistig gestört war. Das war mir damals nicht klar geworden – vielleicht wollte ich es auch nicht merken. Ich ging darin auf, für andere da zu sein, meist hier im Kloster, lebte aber weiter in Toledo.«

»Und Sophia?«, fragte Narraway.

»Sie kam gerade zu jener Zeit als Gesellschafterin einer wohlhabenden Dame nach Toledo. Als diese krank wurde, habe ich mich um sie gekümmert.«

»Sind Sie denn Arzt?«, unterbrach ihn Narraway.

»Ich habe ein Medizinstudium abgeschlossen«, bestätigte Nazario nickend. »Da mir mein Vater so viel hinterlassen hat, dass ich davon leben konnte, ohne praktizieren zu müssen, habe ich Menschen unentgeltlich medizinische Hilfe geleistet. Im Hause jener Dame lernte ich Sophia kennen, und wir freundeten uns miteinander an.«

Sein Gesicht verdüsterte sich. »Aber Luisa hat diese Freundschaft für etwas anderes gehalten. Sie glaubte wohl, ich hätte eine unzüchtige Beziehung zu einer Frau, die ich lieben gelernt hatte – und das im Hause einer Sterbenden, mit der diese Frau eine tiefe Freundschaft verband und die ihr vermutlich näherstand als ihre eigene Mutter.« Seine Stimme klang gequält. »Luisa hat mich eines solchen Verhaltens für fähig gehalten und wollte mich überreden, fortzugehen, gerade als die Ärmste in den letzten Zügen lag. Dazu war ich nicht bereit.«

Narraway wartete schweigend.

Nazario holte tief Luft und stieß sie langsam wieder aus. »Luisa war so fest von meiner Untreue überzeugt, dass das zur fixen Idee wurde. Sie drohte damit, sich und unsere Kinder umzubringen. Es bekümmert mich zutiefst, dass ich das angesichts ihres hysterischen Verhaltens nicht ernst genommen habe. Sie hat ihre Drohung wahrgemacht. Zuerst hat sie die Kinder getötet – sicherlich so, dass sie rasch starben und nichts davon mitbekamen –, dann hat sie das Haus angezündet und sich die Pulsadern aufgeschnitten.«

Die Sekunden vergingen.

»Der Polizeiarzt hat mir das gesagt, aber dem Beamten der Untersuchungsbehörde gestattet, es als Unfall hinzustellen. Luisa stammte aus einer hoch angesehenen alten und mächtigen Familie von beträchtlichem Wohlstand, aus der zahlreiche Priester hervorgegangen sind und sogar ein Kardinal. Wenn bekannt geworden wäre, dass es sich in Wahrheit um Selbstmord handelte, eine schwere Sünde, und Luisa obendrein ihre eigenen Kinder getötet hatte, hätte das für die Angehörigen eine unerträgliche Schande bedeutet.« Jetzt liefen Nazario Tränen über das Gesicht, ungeachtet seines Versuchs, sie zurückzuhalten.

»Also wurde das im Kirchenbuch als tragischer Unfall eingetragen, und sie bekamen ein christliches Begräbnis. Als ich Sophia geheiratet habe, gab es natürlich Leute, die gesagt haben, Luisa sei aus Kummer gestorben. Das stimmt möglicherweise sogar, aber der Grund dafür war nicht meine Beziehung zu Sophia. Ich habe mich keiner Sünde schuldig gemacht und Sophia erst recht nicht. Aber um meiner Kinder und auch um Luisas willen lasse ich die Leute in ihrem Glauben.«

Er lächelte bitter. »Natürlich könnte man auch sagen, dass Luisas Angehörige mir gar keine andere Möglichkeit gelassen hätten. Aber Sophia fühlte mit Luisa, obwohl sie einander nie begegnet sind. Sie liebte mich, und daher war ihr bewusst, dass auch eine andere Frau mich hätte lieben können. So ist sie nun einmal. Sagen Sie mir, Mr. Narraway – wie könnte ich sie da umkommen lassen?«

Narraway wusste keine Antwort auf diese Frage, und es wäre kränkend gewesen, nach einer zu suchen.

»Oder öffentlich behaupten, sie sei eine Hure, die mich von meiner rechtmäßig angetrauten Gattin und meinen Kindern fortgelockt hat? Sie hat ihre sterbende Gönnerin gepflegt, die sie liebte wie ein Kind die Mutter, und ist erst in meine Arme und mein Bett gekommen, nachdem sich Luisa mit eigener Hand den Tod gegeben hatte und wir durch das heilige Band der Ehe verbunden waren. Wie könnte ich ihren Namen da beschmutzen? Sagen Sie es mir!«

»Das kann ich nicht«, erwiderte Narraway aufrichtig. »Ich weiß nicht einmal, was ich selbst in Ihrer Situation tun würde.«

»Nein?«, fragte Nazario. »Würden Sie nicht sagen, ›es muss eine dritte Möglichkeit geben, und ich werde mein Leben dafür einsetzen, sie zu finden‹?«

»Doch«, gab Narraway kaum hörbar zurück, wobei er Vespasias Züge vor seinem inneren Auge sah. »Das würde ich.«

Es klopfte, und Nazario erhob sich, um die Tür zu öffnen. Der Abt trat ein, und ein Blick auf die beiden Männer zeigte ihm deren Schmerz und Erschöpfung.

»Brüder, ich denke, dass es an der Zeit ist, euch Ruhe zu gönnen. Vielleicht meditiert ihr ein wenig, aber auf jeden Fall solltet ihr schlafen. Mit dem inneren Frieden gewinnt ihr neue Kraft.« Er wandte sich an Narraway. »Wir haben Ihnen einen Raum hergerichtet.« Er wies auf die Tür. Es war Narraway mehr als recht, aufstehen und ihm folgen zu können.

Am nächsten Morgen stand er lange nach Sonnenaufgang auf und erkundigte sich nach dem Weg zum Refektorium, wo die meisten Mönche beim Frühstück saßen. Man hieß ihn willkommen und führte ihn zu einem separaten Tisch, auf dem neben zwei Gedecken ein Zinnkrug mit Tischwein, Brot, ein Teller mit dünnen Schinkenscheiben, Oliven und Kräuterbutter standen. Nazario saß allein dort. Er wirkte ermattet, und die tiefen Ringe um seine Augen zeigten, dass er so gut wie nicht geschlafen hatte.

Er hob den Blick, als Narraway den schweren Stuhl unter dem Tisch hervorzog, um sich zu setzen. Nach eine Weile brach Nazario das Schweigen. »Ich habe den größten Teil der Nacht darüber nachgegrübelt«, begann er. »Ich bin zu der Überzeugung gelangt, dass gewisse Ereignisse Sophia den Gedanken eingegeben haben, es könne sinnvoll oder nötig sein, mit Barton Hall zu reden. Sie hat mit mir nicht darüber gesprochen, weil ihr klar war, dass ich Einwände gegen ein so riskantes Unternehmen erheben würde. Gott weiß, wie froh ich wäre, wenn ich mich mit dieser Einschätzung geirrt hätte.« Er hielt inne und nahm einen tiefen Schluck von dem Wein.

»Am besten berichte ich Ihnen die ganze Geschichte, damit Sie selbst entscheiden können, was davon möglicherweise in Beziehung zu dem Geschehenen steht. Sie haben gesagt, dass das Haus, in dem man Cleo und Elfrida umgebracht hat, Barton Hall gehört. Ich hatte dem anfänglich keine Bedeutung beigemessen, und vielleicht hat es ja auch keine.«

»Sagen Sie es mir trotzdem«, ermunterte ihn Narraway. Vielleicht würde er jetzt etwas über den Gesetzesflüchtigen erfahren, den Sophia beschützt hatte.

Nazario dachte schweigend eine Weile nach und begann dann: »Vor einer Weile, etwa zwei Wochen bevor Sophia nach England aufgebrochen ist, hat ein Mann sie aufgesucht, der sich in einer äußerst schwierigen Notlage befand. Vergleichbares kam des Öfteren vor, da sie für ihr Mitgefühl bekannt ist. Er berichtete ihr, er habe zusammen mit einem Bekannten, von dem er nur den Vornamen Alonso nannte, eine Gaunerei von unvorstellbarem Ausmaß verübt. Die sei ihnen wider Erwarten so gut gelungen, dass sie in Lebensgefahr gerieten, als sie bekannt wurde. Tatsächlich hat man diesen Alonso erstochen und mit aufgeschlitztem Unterleib in der Nähe von Toledo am Rande einer viel befahrenen Straße gefunden, wo man ihn auf jeden Fall entdecken musste.«

Er sah Narraway an und richtete den Blick dann wieder auf seinen Teller.

»Es hat keinen Sinn, jemanden als Warnung für andere zu töten, wenn man die Leiche nicht findet«, fuhr er fast im Flüsterton fort. »Juan Castillo, der andere an der Gaunerei Beteiligte, begriff den Sinn der Botschaft und fürchtete um sein Leben. Ihm war klar, dass er der Nächste sein würde. Auf keinen Fall wollte er sterben, ohne zuvor gebeichtet und eine Absolution erhalten zu haben, die ihm den Seelenfrieden sicherte. Er suchte Sophia auf und vertraute ihr an, was er getan hatte. Ich weiß nicht, worin diese Gaunerei bestand, denn sie hat mir selbstverständlich nichts davon gesagt.«

»Wie ist es diesem Castillo ergangen?«, erkundigte sich Narraway.

»Das ist mir nicht bekannt. Sophia hat ihm ein Versteck besorgt, und soweit ich weiß, war er dort in Sicherheit. Jedenfalls war sie überzeugt, dass er noch lebte, als sie nach England gereist ist.«

»Sie wissen nicht, wo?« Es war Narraway klar, dass die Antwort »nein« lauten würde, aber er musste die Frage stellen.

»Ich habe nicht die geringste Vorstellung. Sie war nicht bereit, das preiszugeben. Übrigens hat die Polizei weder Hinweise darauf gefunden, wer Alonso ermordet haben könnte, noch aus welchem Grund das geschehen ist und ob Castillo daran beteiligt war oder nicht. Doch nach Ihrer Beschreibung der Art, wie Cleo und Elfrida zu Tode gekommen sind, fürchte ich, dass da eine Verbindung besteht.«

»Und Sie haben auch keine Vorstellung davon, worum es bei diesem Gaunerstück ging?« Narraway musste der Sache so gründlich nachgehen, wie es ihm nur möglich war. Immerhin konnte Sophias Leben davon abhängen, wenn nicht gar noch mehr.

Nazario zögerte.

Diesmal ließ ihm Narraway keine Zeit. »Auch wenn sie Ihnen nichts darüber gesagt hat, müssen Sie sich doch etwas zusammengereimt haben«, drang er in ihn. »Wir kämpfen im Dunkeln und brauchen jeden noch so kleinen Hinweis, um Licht in die Sache zu bringen.«

»Es ging um Geld – um eine ungeheure Menge Geld.«

»Wie sahen die genauen Umstände aus? Sie haben von einer ›Gaunerei‹ gesprochen, das lässt eher auf ein Betrugsmanöver als auf Raub schließen. Wollte sie darüber mit Barton Hall sprechen? Besteht da eine Verbindung?«

»Das vermute ich. Vielleicht hätte er da eingreifen können? Ich kann mir keinen anderen Grund dafür denken, dass sie ihn aufsuchen wollte. Sie haben sich vor Jahren auf eine Weise zerstritten, die keine Aussöhnung zulässt. Keiner der beiden wird sich ändern, und sie würde auf keinen Fall wünschen, dass er heuchelt. Was *er* will, weiß ich nicht – ich bin ihm nie begegnet.«

»Aber sie hat gesagt, dass sie unbedingt jetzt zu ihm musste?«

»Sie hat mir gesagt, es sei sinnlos, darüber zu reden, und erst recht, darüber zu streiten. Ihr Gesichtsausdruck zeigte mir, dass sie Angst vor dieser Reise hatte, doch ihr blieb keine ehrenhafte andere Möglichkeit, als sie anzutreten.«

»Sie hatte also Befürchtungen?«

Mit einem bitteren Lächeln erwiderte Nazario: »Sie würden das nicht fragen, wenn Sie sie gekannt hätten. Ich denke, schon, aber bestimmt hat sie dabei nicht an so etwas wie Mord gedacht. Nach allem, was sie über Barton Hall gehört hatte, hätte sie ihm so etwas auch nicht zugetraut. Es muss etwas geschehen sein, was sie nicht vorausgesehen und nicht einmal in ihren wildesten Vorstellungen für möglich gehalten hatte. Allerdings ahne ich nicht, was das sein könnte.«

»Hat sie möglicherweise gewusst, wer Alonso getötet hatte und versuchen würde, es mit Castillo ebenso zu machen?«

»Sie meinen, dass das dieselben Leute sind, die Cleo und Elfrida auf dem Gewissen haben?« Nazario riss die Augen weit auf. »Warum sollten die dann Sophia entführen, statt sie ebenfalls umzubringen? Das ergibt doch keinen Sinn. Sophia hatte nichts mit dem Betrugsmanöver zu tun, ganz gleich, worum es dabei ging. Das wäre Ihnen klar, wenn Sie sie gekannt hätten – und die beiden anderen Frauen hätten sich zu so etwas auch nie im Leben hergegeben.«

»Dann muss sie irgendein Geheimnis hüten. Unter Umständen geht es um Castillos Versteck«, folgerte Narraway, »und damit um den Schlüssel zu der Gaunerei.«

»Und welche Rolle soll Hall dabei spielen? Auf wessen Seite steht er?«

»Vermutlich auf seiner eigenen«, antwortete Narraway bedrückt. »Sie sagten, dass es bei der Gaunerei um viel Geld ging. Der Mann ist ein Bankier, dem beträchtliche Vermögenswerte anvertraut sind. Da liegt der Verdacht nahe, dass es eine Verbindung gibt.«

»Sind Sie sicher, dass Sophia nicht mit ihm gesprochen hat?«

»Nein, überhaupt nicht«, gab Narraway seufzend zu. »Es ist durchaus möglich. Wenn ich nur wüsste, was aus diesem Castillo geworden ist.«

»Das wüsste ich auch gern. Er ist zu Sophia gekommen, weil er wollte, dass sie ihm Seelenfrieden verschaffte. Sie hat ihm alles gegeben, was sie konnte, und ich habe sie dafür bewundert. Aber ich bin nicht bereit zuzulassen, dass sie das ihr Leben kostet.«

»Dann kommen Sie mit mir nach England, und wir werden sehen, wie wir mit dieser Zwangslage fertigwerden.«

Nazario war aschfahl geworden. »Ich kann nicht zulassen, dass man sie tötet und ausweidet … Aber ich kann auch nicht sagen, dass sie eine Hure ist und die Verantwortung für

Luisas Tod trägt. Es würde ihr ganzes Wesen zerstören, alles, woran sie glaubt und was sie andere gelehrt hat.«

»Das ist mir bewusst«, gab ihm Narraway recht. »Man hat Sie da vor eine unmögliche Entscheidung gestellt. Wir müssen versuchen, einen dritten Weg zu finden. Dafür aber brauchen wir alle Fakten. Uns bleiben noch einige Tage. Die Leute erwarten erst eine Antwort, wenn wir in England sind. Ich bin überzeugt, dass sie wissen werden, wann das der Fall ist. Nehmen Sie sich die Zeit, alle Möglichkeiten zu durchdenken, fasten und beten Sie, oder was auch immer Sie tun wollen.«

Ohne zu antworten, legte Nazario das Gesicht in die Hände. Narraway sah, dass seine Schultern zuckten. Offenbar gelang es ihm nicht, sein Schluchzen länger zu unterdrücken.

Narraway erhob sich still und ging davon, um ihn nicht zu stören.

Narraway ritt mit Nazario durch die Nacht nach Toledo, das sie im Morgengrauen zu erreichen hofften.

Der Ostwind kühlte ihnen das Gesicht, und endlos dehnte sich der von Sternen übersäte Himmel über ihnen. Der langsam im Südosten aufgehende Dreiviertelmond warf ihre Schatten schwarz wie Tusche auf den Weg.

Sie ritten schweigend, und das war Narraway recht. Da Nazario vor ihm ritt, wäre eine Unterhaltung schwierig gewesen, und ohnehin gab es nichts zu sagen. Er nahm an, dass Nazario seinen Erinnerungen nachhing – er jedenfalls hätte das getan. Er hätte jeden Glücksmoment noch einmal durchlebt und sich an die geringsten Kleinigkeiten erinnert: das Sonnenlicht auf Vespasias Zügen, während sie sich ihm lächelnd zuwandte, die sanfte Berührung ihrer Hand in einem Augenblick besonderer Schönheit, in dem Worte nur gestört hätten, wie ein Stein, der ein Spiegelbild im still daliegenden Wasser auslöscht.

Bei jedem Sonnenuntergang änderte sich das Bild von einer Sekunde zur anderen, bis es schließlich verschwand. Aber es würde immer wieder einen neuen geben. Obwohl der nächste Frühling ebenso schön sein würde wie der jeweils gegenwärtige, konnte man kaum je den Blick von den Blüten der Bäume abwenden oder von den Teppichen blauer Glockenblumen, die dalagen, als sei der Himmel auf die Erde gefallen, so dicht an dicht, dass man Blüten zertreten würde, wohin auch immer man den Fuß setzte.

Wie konnte ein Mensch lieben und die Notwendigkeit ertragen, damit aufzuhören? Gab es immer einen letzten Tag, ein letztes Mal, eine letzte Berührung?

Wie eine plötzliche schmerzliche Sehnsucht stieg in ihm der Wunsch auf, Sophia möge mit ihrer Vorstellung von der Ewigkeit recht haben. Alles, was weniger versprach, war unerträglich. Jetzt, da er liebte, kämpfte er mit der gleichen Verzweiflung gegen die Vorstellung, wieder allein zu sein, wie ein Ertrinkender nach Luft rang.

Vielleicht war Sophia eine Fantastin, aber ihre Vision war ein so herrlicher Traum, dass er wünschte, sie wäre wirklich. Ihm war klar, warum sie eher bereit war zu sterben, als sich von ihr loszusagen. Die darin liegende Kraft sollte unbedingt überleben. Aber wie viel Zeit blieb ihnen, bis der Mann, der sie in seiner Gewalt hatte, das begriff?

Als sie über die letzte Hügelkuppe kamen, während sich die Sonne leuchtend im Osten über dem Horizont erhob, war Narraway so müde, dass sein ganzer Körper schmerzte. Trotzdem ließ ihm der Anblick der sich vor ihnen ausbreitenden großartigen jahrhundertealten Stadt mit ihren Erinnerungen an ein menschlicheres Zeitalter den Atem stocken.

Auch das letzte Wegstück legten sie in wortlosem Einverständnis schweigend zurück. Als sie vor Nazarios Haus voneinander schieden und Narraway sein Hotel aufsuchte, begannen die Straßen sich zu beleben. Er ließ sein Pferd dem Stallknecht und begab sich aufs Zimmer.

Vespasia lag angekleidet und mit leicht aufgelöster Frisur auf dem Bett und schlief, als habe sie sich der Erschöpfung nicht vollständig überlassen wollen. Er blieb im Türrahmen stehen und sah sie an. Der Schlaf hatte jede Spur von Besorgnis aus ihren Zügen getilgt, und tiefer Friede lag in ihnen. Das ließ sie jünger und zugleich zerbrechlicher aussehen.

Der lange Ritt und die emotionale Belastung durch Nazarios Schmerz hatten Narraway ermüdet. Gern hätte er sich neben sie gelegt und im Schlaf Vergessen gesucht, und sei es auch nur für wenige Stunden. Doch ihm war bewusst, wie ungepflegt er wirken musste, wie er so nach Staub, Leder und Pferdeschweiß roch.

Er sah sie schweigend noch einen Augenblick lang an, dann ging er ins Bad, wo er sich entkleidete, wusch und rasierte. Anschließend kehrte er ins Zimmer zurück und legte sich auf das Bett.

Als er mit schmerzendem Kopf und so steifen Gliedern aufwachte, dass er bei jeder Bewegung zusammenzuckte, kam es ihm vor, als seien erst wenige Minuten vergangen. Vespasia stand, eine Tasse Tee in der Hand, frisch angekleidet vor ihm, das zu Locken gedrehte Haar mit Nadeln hochgesteckt. In ihren silbergrauen Augen sah er eine Mischung aus Besorgnis und Belustigung, und er begriff, dass sie ihn durch eine Berührung geweckt hatte.

»Entschuldige«, sagte sie mit freundlicher Stimme. »Wir dürfen keine Zeit verlieren.« Sie stellte den Tee auf das Tischchen neben dem Bett. »Trink und erzähl! Was für ein Mensch ist dieser Nazario? Bestimmt hat ihn die Sache in tiefster Seele getroffen. Was müssen wir als Nächstes tun, um ihm zu helfen?«

»Zuallererst muss ich aufstehen …« Er machte Anstalten, das Bett zu verlassen, und verbiss sich die Schmerzen.

»Musst du nicht.« Sie drückte ihn sanft, aber nachdrücklich, auf die Kissen zurück. »Erst trinkst du deinen Tee und erzählst mir, was du herausbekommen hast. Niemand kann Bäume ausreißen, wenn er erschöpft ist – nicht einmal du, mein Lieber.«

Er sah sie an und holte Luft, um zu widersprechen. Dann ging ihm auf, dass sie nicht nur recht hatte, sondern auch wusste, dass ihm das ebenfalls klar war.

Er trank in kleinen Schlucken. Der Tee hatte genau die richtige Trinktemperatur. Narraway war froh, dass Vespasia sich aller Anspielungen auf Kavallerieattacken des Heeres in Indien enthielt. Schließlich lag die Sache auch lange zurück.

Er berichtete ihr, was Nazario gesagt hatte. Damit sie sich ein eigenes Urteil bilden konnte, unbeeinflusst von seinen Empfindungen, fügte er nur hier und da kleine Kommentare über seinen Eindruck von dem Mann ein.

Sie wartete, bis er fertig war.

»Nun?«, fragte er.

»Du glaubst ihm offenbar.«

»Ja. Trotzdem werde ich versuchen, so viel wie möglich von alldem bestätigt zu bekommen. Das geht ausschließlich hier in Toledo. Es wird uns einige Tage kosten, aber das ist unwichtig. Die Leute werden nichts unternehmen, solange wir uns nicht bei ihnen gemeldet haben. Meiner festen Überzeugung nach wollen diejenigen, die dahinterstecken, etwas von uns. Die Leute werden Sophia nur dann umbringen, wenn feststeht, dass sie ihr Ziel nicht erreicht haben.«

Vespasia sah ihn entsetzt an, widersprach ihm aber nicht. Das war äußerst beunruhigend. Vespasia war jederzeit bereit zu kämpfen, wenn sie die geringste Aussicht sah zu gewinnen.

»Am besten schläfst du noch einige Stunden«, sagte sie. »Ich werde versuchen, so viel wie möglich herauszufinden. Ich habe einige Kontakte geknüpft und müsste es schaffen, zumindest einen Teil des von Nazario Gesagten bestätigt zu bekommen. Ich werde mich bemühen, mehr über die Engländerin in Erfahrung zu bringen, um die sich Sophia gekümmert hat. Bestimmt hatte die Frau Dienstboten, und die bekommen mehr mit, als man denkt.«

»Sei vorsichtig, Vespasia. Diese Leute …«

»Das versteht sich von selbst, Victor«, sagte sie munter. »Ich werde am Empfang sagen, dass man dir in ein paar Stunden etwas zu essen bringt. Wenn ich bis zum Abendessen nicht zurück bin, kannst du von mir aus nach mir suchen lassen.«

»Vespasia!«, rief er, als sie an der Tür war.

Sie wandte sich zu ihm um. Aufs Neue überwältigte es ihn, wie schön sie immer noch war. Unwillkürlich hielt er den Atem an.

»Du wirst mir nicht folgen«, sagte sie lächelnd. »Vergiss nicht, dass du im Nachthemd bist. Das würde lächerlich aussehen. Bis heute Abend.« Sie nickte ihm liebenswürdig zu und ging hinaus.

»Verdammt«, fluchte er vor sich hin, doch er war so müde, dass ihn der Schlaf übermannte, bevor er einen weiteren Gedanken fassen konnte.

KAPITEL 12

Völlig aufgewühlt kehrte Pitt von der Bank nach Hause zurück. Er hatte jedes Zeitgefühl verloren, während er Barton Halls Unterlagen durchgegangen war, denn die hatten ihn mit Informationen derart überflutet, dass er erst spät ein gewisses System entdeckt hatte, mit Querverbindungen zwischen den Geldströmen, die hierhin und dorthin flossen.

Anfangs hatte es für ihn so ausgesehen, als hätten die ungeheuren Investitionen in Grund und Boden bereits Erträge abgeworfen, die weit über das hinausgingen, was der größte Optimist hätte erwarten dürfen. Doch nach wiederholter gründlicher Sichtung der Unterlagen hatte er begriffen, dass die eingegangenen Gelder aus gänzlich anderen Quellen stammten und die von ihm vermutete Verbindung zwischen Kapital und Ertrag nicht bestand.

Aber nach wie vor war ihm nicht klar, was Barton Hall in so große Angst versetzt hatte, dass er geradezu panisch von einem Tag auf den anderen ungeheure Beträge aufgebracht und sich dann so große Mühe gegeben hatte, Vorgänge zu verschleiern, die gegen kein Gesetz verstießen.

Außerdem war da noch der Gedanke, den Pitt vergeblich von sich zu weisen versuchte, ob hier womöglich Landesverrat im Spiel war. War das Geld in ausländische Rüstungsvorhaben investiert worden? Deutschlands Schwerindustrie stand im Begriff, die englische zu überrunden, und die Deutschen rühmten sich dessen ganz offen. Was nur mochte Hall zu verbergen haben?

Die Droschke hielt an. Pitt entlohnte den Kutscher, dankte ihm mechanisch und ging die Stufen zur Tür seines Hauses empor.

Charlotte war aufgeblieben, um auf ihn zu warten, als sei es ganz normal für ihn, so spät nach Hause zu kommen, und als bereite ihr das weder Sorgen noch Unannehmlichkeiten. Sie legte ihr Nähzeug beiseite, gab ihm einen raschen Kuss und ging in die Küche.

Er zog die Schuhe aus und setzte sich vor die Glut im Kamin. In London konnte es auch Mitte Mai abends noch empfindlich kühl sein.

Keine zehn Minuten später kam Charlotte mit einem Tablett zurück, auf dem sich außer einer Kanne Tee auch ein Teller voll belegter Brote und einer mit einem großen Stück Kuchen befand. Sie stellte es vor ihn auf den Tisch und goss für sie beide Tee ein. Die Brote und der Kuchen waren für ihn. Erst jetzt merkte er, dass er Hunger hatte.

Er dankte ihr, lehnte sich zurück und genoss es, einen Moment Pause zu haben, ehe er weiter nachdenken musste. Obwohl die Fenstertüren zum Garten geschlossen und die Vorhänge zugezogen waren, hing noch ein Hauch von dem Geruch nach Blumen und gemähtem Gras in der Luft. Es wäre ein idealer Augenblick gewesen, um alles von sich zu schieben, sich der friedlichen Stille zu überlassen und sich nach und nach ganz zu entspannen. Doch ihm war klar, dass er, wenn er das täte, gleich nach dem Essen einschlafen würde. Dann würde ihm bis zum Tagesanbruch keine Zeit mehr bleiben, seine Gedanken zu ordnen. Aber das konnte er sich nicht erlauben.

Er merkte, dass Charlotte ihn ansah. Lächelnd lehnte er sich noch ein wenig mehr zurück. Gern hätte er ihr berichtet, was er entdeckt hatte, wie früher, als er einfacher Polizeibeamter war und Verbrechen mitunter abscheulich waren, sich aber doch immer bestimmten Tätern zuordnen ließen. Diese Zeit lag wie eine Insel des Lichts in der Vergangenheit. Als Leiter des Staatsschutzes musste er sich um anonyme Taten kümmern, bei denen alles anders war, und es hätte keine Befriedigung oder Hilfe bedeutet, sich mit ihr darüber auszutauschen. Dieser Fall jetzt lag allerdings gänzlich anders. Der Mord an den beiden Frauen war ebenso grauenhaft wie die Folter, der man Sophia anscheinend unterzogen hatte, und möglicherweise stand die Zukunft ganzer Länder auf dem Spiel, wenn sich der Verdacht bestätigte, der sich bei seinem Aktenstudium herausgeschält hatte. Amerika und Spanien waren dabei womöglich nur der Anfang.

Dass er sich bei seiner Amtsübernahme nicht über die ungeheure Verantwortung für die Völkergemeinschaft im Klaren gewesen war, gehörte zu den Schwächen, die er bei einem anderen verachtet hätte. Es fiel ihm schwer, mit dieser Last umzugehen, besonders jetzt, da er müde war und es ihn verwirrte, dass es auf der einen Seite eine Überfülle von Fakten gab, während auf der anderen Seite die Leere gähnte.

Früher hatte er gern Charlotte nach ihrer Meinung über andere Menschen gefragt, insbesondere wenn es sich um Frauen oder um Angehörige der höheren Gesellschaftsschicht handelte, aus der sie stammte und mit der er nicht vertraut war. Natürlich hatte sie sich mitunter in Fälle eingemischt, was sie bisweilen in beträchtliche Gefahr gebracht hatte, doch war sie meist mit so großem Scharfsinn an die Sache herangegangen, dass er den einen oder anderen Fall ohne sie gar nicht hätte lösen können.

Seit er beim Staatsschutz arbeitete, hatte sich das alles geändert. Da ein großer Teil der Informationen der Amtsverschwiegenheit unterlag, war er bei seiner Arbeit sehr viel einsamer. Ihm fehlte in vielen Fällen neben dem Ausgleich durch die Meinung eines anderen auch der andere Blickwinkel, der sich von einem abweichenden Standpunkt aus ergab.

Schließlich brach Charlotte das Schweigen. »Was glaubst du, hat Sophias Entführung mit ihren Predigten zu tun, oder sind die in dem Zusammenhang unerheblich, und es geht in Wirklichkeit um revolutionäre Bestrebungen in gewissen Ländern Europas? Das würde wohl schlimmer als im Jahre '48, nicht wahr? Mehr und größere Kanonen, womöglich sogar Tanks?«

»Ich weiß nicht«, räumte er ein. »Ich würde gern sagen, dass das nicht sein kann, aber es ist durchaus möglich. Ich fürchte, wir können die Unruhen nicht viel länger eindämmen, sofern es nicht bald zu ziemlich grundlegenden Reformen kommt. Gewalttätigkeit ist ansteckend. Sollte auf dem europäischen Kontinent ein Krieg ausbrechen, gibt es da viel zu viele Menschen, die praktisch nichts zu verlieren haben. Nebenbei gesagt, könnte es auch in Afrika dazu kommen. Gerade jetzt sieht es ganz danach aus, dass der spanisch-amerikanische Krieg weite Kreise ziehen wird.«

»Ist Sophia in irgendeiner Weise darin verwickelt?«, fragte Charlotte unglücklich. »Ich meine, mit Absicht?«

»Nein, das halte ich für ausgeschlossen ...« Er hatte ihr nicht gesagt, dass er die übel misshandelte Sophia in der Droschke gesehen hatte.

»Und glaubst du, dass sie noch lebt?«, fuhr sie fort, inzwischen etwas gefasster.

»Unmittelbar bevor Narraway und Tante Vespasia nach Spanien gefahren sind, war sie noch am Leben«, erwiderte er. »Wie es jetzt aussieht, weiß ich nicht. Ich ... Ich habe keine Vorstellung davon, wie lange man sie noch am Leben lässt. Mit

Sicherheit werden ihre Entführer sie töten, sobald sie ihnen gesagt hat, was sie von ihr wissen wollen. Meiner Vermutung nach hängt das Ganze damit zusammen, dass sie jemanden deckt. Ich weiß allerdings nicht, wen oder warum.«

Charlotte saß reglos da. Ihr Gesicht wirkte sogar im Schein der Gaslampen an der Wand bleich.

Hatte er ihr zu viel gesagt?

»Es tut mir leid.« Er streckte die Hand mit einer Geste der Entschuldigung aus. »Es war nicht nötig, dass ich dir …«

Sie legte ihre Hand auf die seine und sah ihn durch ihre Tränen an. »Wie kann ich Jemima schützen oder ihr etwas erklären, wenn du mich in Unwissenheit lässt?«, fragte sie. »Sie vergeht vor Angst, Thomas. Sie ist fest davon überzeugt, dass niemand eine Frau lieben wird, die offen ihre Meinung sagt oder sich für ihre Ziele einsetzt. Sie denkt, man würde sie achten, fürchten, hassen, bewundern, doch kein Mann würde sie je heiraten wollen.«

Es war absurd, schmerzlich und doch nur allzu leicht zu verstehen. Alle Heldinnen der Geschichte waren letztlich allein gewesen. Welche Sechzehnjährige war bereit, sich damit abzufinden, dass sie, aus welchem Grund auch immer, gleichsam vom Leben ausgeschlossen sein sollte?

»So sieht sie Sophia nun einmal: als tapfere Frau, die von ihrem Mann im Stich gelassen wurde, weil er ihres Mutes und ihrer Kämpfe überdrüssig war«, fuhr Charlotte fort. »Und damit hat sie ja auch beinahe recht.«

»Ich weiß nicht«, sagte Pitt. »Vielleicht.«

»Ich glaube, das gehörte zu dem, was Sophia gesagt hat. Wer vor dem Leben Schutz sucht, verliert alles – das Gute zusammen mit dem Schlechten.«

Sie rückte dicht an ihn heran und legte ihren Kopf auf seine Schulter. Pitt schloss sie in seine Arme und drückte sie fest an sich.

Am nächsten Tag fing Frank Laurence Pitt wieder einmal ab.

»Guten Morgen, Commander!«, begrüßte er ihn und fasste neben ihm Tritt. Sie kamen an einem Zeitungsjungen vorbei. Ein neuer Skandal hatte Sophias Verschwinden von der Titelseite verdrängt.

»Ich habe Ihnen nichts zu sagen, Mr. Laurence«, war Pitts Gegengruß.

»Ganz gegen meine besseren Instinkte mache ich mir etwas aus dem Schicksal von Sophia Delacruz«, gab Laurence zurück. »Vielleicht ist sie ja furchtbar unvernünftig und würde mir letzten Endes schrecklich auf die Nerven gehen, wenn ich sie kennen würde. Sie würde versuchen, mich zu ihrer Art von Religion zu bekehren. Wissen Sie, ich finde es bemerkenswert, dass sie allem Anschein nach gar nicht darauf hofft, von ihrem Gott errettet zu werden. Ich bin nicht einmal sicher, dass sie das von Ihnen erwartet. Dass sie den Mut hatte zu tun, was auch immer es sein mag, macht sie noch bemerkenswerter. Sie haben wohl noch nicht herausbekommen, worum es dabei geht, nicht wahr?«

Es war Pitt klar, dass er nur seine eigene Verzweiflung eingestehen würde, wenn er jetzt gegen Laurence vom Leder zöge, und so nahm er sich mit Mühe zusammen.

»Ich glaube Ihnen«, sagte er gefasst. »Also, was gedenken Sie zu tun, um sie wieder in die Schlagzeilen zu bringen?«

Laurence zuckte zusammen. »Nicht ich, Commander. Mr. Teague. Er wird etwas tun, um die Sache am Kochen zu halten. Sie dürften kaum auf mich angewiesen sein, um das zu wissen.«

Pitt blieb stehen. »Sie hassen Teague aus tiefstem Herzen, wie? So sehr, dass Sie es überflüssigerweise für richtig halten, mich in Bezug auf ihn zu belügen. Vorher war es mir gleich, wie Sie zu ihm stehen, jetzt aber frage ich mich nach Ihren Beweggründen.«

Laurence sah unbehaglich drein. Einen Augenblick lang vermied er es, Pitt anzusehen, dann hob er zögernd den Blick, als überlege er, ob er ihm jetzt die Wahrheit sagen sollte.

Pitt stieß die Luft aus und wandte sich ab, als wolle er weitergehen.

»Sie haben recht«, sagte Laurence rasch. »Ich weiß Dinge über ihn, die ich nicht beweisen kann. Deshalb wollte ich sie Ihnen nicht sagen. Ich bin Ihnen in dem Punkt ausgewichen, weil ich vermeiden wollte, über das Thema zu reden.«

»Wenn es mit dem Fall nichts zu tun hat, liegt mir nichts daran. Wer grundlos lügt, setzt sich dem Verdacht aus, dass er leichtfertig mit der Wahrheit umgeht. Solche Leute erfinden etwas, um sich und was sie sagen interessant zu machen …«

Laurence errötete, was Pitt verblüffte, denn er hatte ihn aufrichtiger Empfindungen für unfähig gehalten. Ganz offenbar meinte der Mann es ehrlich, und er litt darunter. So frei er auch sonst mit den Fakten umgehen mochte, schien ihm Redlichkeit in bestimmten Zusammenhängen etwas zu bedeuten.

»Ich weiß, dass diese Dinge stimmen«, sagte Laurence ruhig. »Wenn ich sie beweisen könnte, hätte ich den Mann schon vor Jahren zugrunde gerichtet.« Einen kurzen Augenblick lang war auf seinem Gesicht eine Mischung aus Wut und äußerster Gequältheit zu erkennen.

Pitt glaubte ihm und fragte sich, was da in der Schulzeit geschehen sein musste, dass es an einem Mann wie Laurence mit all seiner Weltläufigkeit, seiner Intelligenz und seinem trockenen Humor so tief fraß.

»Es geht um Betrug«, sagte Laurence und sah Pitt dabei offen in die Augen. »Wer beim Sport und im Spiel betrügt, hat einen Charakterfehler, aber Betrug bei Prüfungen, die über die gesamte spätere berufliche Laufbahn entscheiden, wiegt weit schwerer. Es ist eine in die Zukunft gerichtete Lüge gegenüber allen, die auf die mit dieser Prüfung bescheinigten Fähigkeiten vertrauen. Und es ist eine Untat gegenüber den Prüfern, die mit ihrer Ehre dafür einstehen, dass der Betreffende das erforderliche Wissen und Können bewiesen hat. Man geht zu einem Arzt, sieht seine Diplome an der Wand und vertraut darauf, dass er befähigt ist, einem Medikamente zu verschreiben oder gar den Leib aufzuschneiden. Ebenso verlässt man sich bei einem Architekten darauf, dass ein von ihm geplantes Haus standfest ist; bei einem Anwalt, der sich für das Recht oder das Leben seines Mandanten einsetzen soll, darauf, dass er die Gesetze kennt und imstande ist, das Erforderliche zu leisten.« Er machte eine knappe Handbewegung. »Entsprechendes gilt für alle Berufe.«

Zwar hatte Pitt über diese Frage noch nicht groß nachgedacht, doch gab er dem Mann spontan recht. Man brachte solchen Leuten dieses Vertrauen ganz selbstverständlich entgegen.

»Sie wissen, wer betrogen hat?«, fragte er.

»Selbstverständlich.«

»Woher? Warum haben Sie es nicht gemeldet, wenn Sie es gesehen haben?«, fragte Pitt. »Hatten Sie Sorge, man würde Ihnen nicht glauben? Oder Angst vor Vergeltung?« Er fragte das in ruhigem Ton, doch war ihm bewusst, dass er Laurence mit diesen Worten tief traf, und er wunderte sich. Der Mann war aufrichtig empört und hatte mit der offenen Sprache seiner Artikel bewiesen, dass er in keiner Weise feige war. Oder gab es da ein Schweigegelöbnis, an das er sich halten musste?

»Nein, Commander«, sagte Laurence so leise, dass Pitt einen Schritt näher trat, um sicher zu sein, dass er ihn hören konnte. »Ich hatte keine Angst, obwohl ich dazu wahrscheinlich allen Grund gehabt hätte. Damals sah ich nur die merkwürdigen Freundschaften und verstand dieses eigenartige Geflecht aus gegenseitig erwiesenen Diensten und Gefallen nicht und fragte mich, wie so etwas möglich war. Vor allem begriff ich nicht, wieso ein fleißiger, aber unsportlicher Junge vom Schlage Halls, den die anderen lieblos ›Streber‹ nannten, für die erste Kricketmannschaft der Schule aufgestellt wurde. Er war dafür denkbar ungeeignet, blieb aber in der Mannschaft, während man Jungen überging, die weit besser spielten als er …«

Pitt hatte schon eine Antwort auf der Zunge, schluckte sie aber herunter, weil er aus früheren Fehlern gelernt hatte, dass man mit Ungeduld Worte erstickte, die, wie sich später zeigte, Licht auf die Angelegenheit geworfen hätten, um die es ging.

Mit einem schiefen Lächeln, in dem tiefes Bedauern lag, erklärte Laurence: »Ein Lehrer hat es mitbekommen und den Fehler begangen, die Sache anzusprechen. Jedenfalls hat er mir das gesagt, und ich glaube es ihm bis auf den heutigen Tag.«

»Ich habe keinen Skandal in Bezug auf Hall gefunden«, gab Pitt zurück, »und wir haben uns den Mann gründlich angesehen.«

»Es hat keinen gegeben«, sagte Laurence bitter. »Jener Lehrer hat mir gesagt, das Direktorium habe sich seinen Bericht höflich angehört, ihm aber keinen Glauben geschenkt. Bevor er seine Beweise vorlegen konnte, brach Feuer aus. Seine Papiere verbrannten, und er erlag einer Rauchvergiftung. Niemand schöpfte Verdacht. Man erklärte, er habe wohl einen Zigarrenstummel in den Papierkorb fallen lassen, ohne zu merken, dass dieser noch glomm.« Die Stimme des Journalisten klang so erstickt, als müsse er nach all den Jahren noch gegen die Tränen kämpfen.

Mitgefühl mit dem Mann überwältigte Pitt. In diesem Augenblick war Laurence ihm ausgesprochen sympathisch. Den Kummer über den Tod des Lehrers, den Laurence offenkundig empfand, hätte auch er empfunden. Auch die hilflose Wut verstand er gut, die in dessen Innern brannte und nach Gerechtigkeit wie auch nach Rache schrie.

»Hall also?«, fragte er.

Laurence hörte die Empörung in Pitts Stimme, erkannte vielleicht sogar das Mitgefühl in seinem Blick und merkte, dass er zumindest in diesem Moment nicht allein war. Doch das verflog, und die erbarmungslose Spottsucht kehrte zurück.

»Wer sonst?«

»Für wen?«

Das Lächeln des Journalisten wurde breiter. »Ich bin klug genug, Ihnen das nicht zu sagen«, gab er zur Antwort. »Das müssen Sie schon selbst herausbekommen. Sofern Sie das nicht schaffen, habe ich dem Staatsschutz einen Gefallen getan, denn in dem Fall sind Sie zu dessen Führung unfähig.«

»Ich könnte mir vorstellen, dass er für mehrere betrogen hat«, hielt ihm Pitt entgegen, ohne auf das Lächeln des Mannes zu achten. »Das gibt Anlass zu erschreckenden Schlussfolgerungen.«

»So ist es.« Laurence nickte. »Die damit verbundene Macht ist erschreckend, jedenfalls rein theoretisch. Es ist sonderbar, wie einen die Zwecklosigkeit ehrlichen Handelns, die man in der Schule sieht, das ganze Leben hindurch verfolgen kann, nicht nur in der eigenen Erinnerung, sondern, was weit gefährlicher ist, auch im Gedächtnis anderer.«

»Aber Sie denken an eine bestimmte Person. Sie wären nicht hergekommen und hätten mich auf der Straße abgefangen, um eine allgemeine, wenn auch ungeheuerliche, Anschuldigung zu machen.«

»Da haben Sie recht«, stimmte ihm Laurence zu. »Jetzt kommt es auf Ihre hochgepriesenen detektivischen Fähigkeiten an. In dieser Beziehung sollen Sie ja überragend sein. Ich weiß nicht mehr, wer das gesagt hat, muss es aber irgendwo mal gehört haben.«

»Bestimmt nicht in letzter Zeit«, sagte Pitt mit einem Anflug seiner eigenen Bitterkeit in der Stimme.

Sie gingen eine Weile nebeneinanderher, dann sagte Laurence mit einer sonderbaren Mischung aus Wohlbehagen und Abscheu: »Können Sie sich das Spannungsverhältnis zwischen den beiden vorstellen – dem Betrüger und dem, der in seiner Schuld steht? Die gegenseitige Abhängigkeit, die im Laufe der Jahre zu abgrundtiefem Hass verkommt? ›Ich war ärmer als du, besaß weder deine Anmut noch deine Geschicklichkeit und war vor allem nicht so beliebt wie du, und so habe ich mir mit Betrug deine Anerkennung erkauft, meine überlegenen geistigen Gaben dazu benutzt, mir deine Freundschaft zu kaufen!‹« Ein leichter Schauder, geboren aus bitterem Mitgefühl und Ekel, überlief ihn. »›Du hast von dir aus nichts dazu getan, mir aber die Gelegenheit gegeben. Ich habe sie ergriffen und bin so zu dem geworden, der ich bin.‹«

Wieder gingen sie einige Schritte. Dann sprach Laurence erneut. »Und jetzt der Standpunkt des anderen: ›Ich konnte mit meiner Anmut und Geschicklichkeit so gut wie jeden dazu bringen, mich zu mögen. Mein Verstand hat aber nicht gereicht, um die verdammten Prüfungen zu bestehen. Ich musste dir mein Versagen zeigen, um mir mit Hilfe deiner Klugheit den Schulabschluss zu ermogeln. Während ich in Talar und Barett oben stand, hast du zugesehen und gewusst, dass ich es nicht verdient hatte – du hattest den Abschluss für mich erworben! Mein ganzes Leben lang werde ich dich ansehen und mich fragen, wem du es gesagt hast, wer mich deswegen verlacht hat.‹«

Seine starken Empfindungen ließen seine Stimme erstickt klingen. »Können Sie sich das vorstellen, Pitt? Können Sie den fauligen Gestank dieses Hasses nicht förmlich riechen, der die Eingeweide zerfrisst wie Säure?«

Bezog sich Laurence damit auf einen weiteren Mord, oder ging da womöglich die an den nach wie vor so beliebten Schauerromanen geschulte Fabulierfreude mit dem Journalisten durch?

Laurence wartete auf eine Antwort.

»Ja, ich kann es mir vorstellen. Zusammen mit einer Menge verschiedener Konsequenzen, eine widerlicher als die andere. Sie sagen, er hat bei Prüfungen für mehrere Jungen betrogen. Wissen die voneinander? Oder hat jeder von ihnen angenommen, er sei der einzige?«

»Darüber habe ich mir noch gar keine Gedanken gemacht«, gab Laurence überrascht zu. »Möglicherweise haben sie so etwas vermutet. Man entwickelt ein Gespür dafür, wer etwas auf dem Kasten hat und seine Gaben nutzt und wer einfach unbegabt ist – oder klug, aber faul. Doch das sind reine Spekulationen. Warum wollen Sie das wissen?« Er warf einen neugierigen Seitenblick auf Pitt. »Meinen Sie, dass die einander decken würden? Das bezweifle ich. Eher würden sie wohl lügen, dass sich die Balken biegen, und sich wohlweislich von jedem fernhalten, der darüber Bescheid wissen könnte. Wenn ich etwas wüsste, würde ich mich schön hüten, das zu zeigen – jedenfalls so lange, bis ich mich absichern und dann vernichtend zuschlagen könnte. Alte Jägerregel: Ein angeschossenes Tier kann den Schützen angreifen. Also tötet man es entweder, oder man lässt es in Ruhe.«

»So etwas sieht Ihnen gar nicht ähnlich, Laurence«, sagte Pitt mit einem leisen Lächeln. »Ich hatte Sie immer für einen furchtlosen Kämpfer im Dienste der Wahrheit gehalten.«

»Dieser beißende Spott passt nicht zu Ihrem Wesen, Commander«, gab Laurence in seinem üblichen munteren Ton zurück, der allerdings etwas gezwungen klang. »Sie wissen sehr wohl, dass das keine Ammenmärchen sind, und ich sehne mich ebenso wenig wie Sie danach, in meinem Sessel bei lebendigem Leib verbrannt zu werden. Ich will nicht, dass Sie meinen Mörder vor Gericht bringen, sondern ich möchte leben und meine – ›Rache‹ ist so ein gemeines Wort, finden Sie nicht auch? – genießen. Wie auch immer, ich will überleben und würde es auch begrüßen, wenn Sophia Delacruz trotz ihrer leichten Verrücktheit lebend zu uns zurückkehrte. Die Welt braucht ein paar Verrückte, und sei es nur, um die Langeweile zu vertreiben, die von den unheilbar Vernünftigen ausgeht. Ist es überhaupt ein Zeichen von geistiger Gesundheit, wenn jemand stets etwas Vorhersagbares tut? Bisweilen habe ich diesbezüglich meine Zweifel.«

»Also töten oder in Ruhe lassen«, sagte Pitt nachdenklich vor sich hin. »Aber wer einen Dummen findet, der für ihn die Kugeln abfeuert, läuft keine Gefahr.«

Laurence lachte. »Sie sind ja ein Zyniker, Commander, und keinesfalls so arglos, wie ich gedacht hatte. Ja, ich fände es tatsächlich gut, wenn Sie für mich die Kugeln abfeuerten, und ehrlich gesagt wäre es mir am liebsten gewesen, wenn Sie das nicht gemerkt hätten. Aber nur, weil Sie besser zielen können als ich.«

»Meinen Sie?«, fragte Pitt skeptisch. »In dem Fall müssen Sie mir aber schon etwas aufrichtiger sagen, in welche Richtung ich meine Flinte halten soll.«

»Ich weiß, dass Sie erst schießen, wenn Sie sich ganz sicher sind«, sagte Laurence im Ton felsenfester Überzeugung. »Das ist mein Vorteil. Ich vertraue Ihnen.« Er lächelte plötzlich äußerst charmant, wandte sich dann ab und entfernte sich mit überraschend schnellem Schritt.

Pitt setzte seinen Weg in Richtung Lisson Grove fort, war aber dabei so tief in Gedanken, dass er es mehrfach erst im letzten Augenblick merkte, wenn er im Begriff stand, in eine falsche Straße einzubiegen.

Wie aufrichtig war Laurence gewesen? War Pitt nicht inzwischen klug genug, keinem Journalisten zu glauben, schon gar nicht einem, der die Fakten so unverhohlen zu verdrehen verstand wie Frank Laurence?

Doch der Mann hatte eine Art von Ehrlichkeit gezeigt, die ihm Pitt trotz aller gegenteiligen Erfahrungen und seiner warnenden inneren Stimme abnahm. Alles, was er gesagt hatte, ergab einen Sinn. Natürlich war er viel zu gerissen, um etwas Unglaubwürdiges von sich zu geben. Auf jeden Fall würde Pitt Brundage beauftragen, alle öffentlich bekannten Tatsachen nachzuprüfen. War zu der Zeit, als Hall Schüler der Oberstufe und Laurence in der Unterstufe war, ein Lehrer bei einem Feuer in seiner Unterkunft umgekommen? Hatte der Mann, immer vorausgesetzt, es gab ihn, Laurence unterrichtet, und hatte er mitbekommen können, dass Hall bei der Prüfung jemandem auf eine Weise geholfen hatte, die sich als Betrug bezeichnen ließ?

Auch wenn er dazu neigte, Laurence zu glauben, wäre es mehr als töricht gewesen, sich nicht genau zu erkundigen.

Sofern der Junge, der betrogen hatte, Beweise dafür besaß und aufbewahrt hatte, verlieh ihm das eine große Macht, den oder die anderen zu erpressen. Allerdings würde er, sofern er den Nutznießer seines Betrugs in den Ruin trieb, sich selbst damit ebenfalls zugrunde richten. Jener hatte allen Grund, dafür zu sorgen, dass sein Wohltäter entweder ein möglichst kurzes oder ein langes und erfolgreiches Leben hatte. Sofern sich der Lehrer, dem die Sache bekannt geworden war, geweigert hatte, sich bestechen zu lassen, hatte er dabei vermutlich nicht an die Möglichkeit gedacht, dass man ihn umbringen könnte. Vielleicht hatte das auch eine Warnung an die Adresse des Betrügers sein sollen, und sie hatte sich als entsetzlich wirksam erwiesen.

Ganz wie der Mord an Cleo und Elfrida. Plötzlich fiel es Pitt wie Schuppen von den Augen. Es war eine grässliche Parallele. Beim bloßen Gedanken an das, was er im Haus in der Inkerman Road gesehen hatte, würgte es ihn.

Barton Hall war als Nachfolger des Leiters der Bank von England im Gespräch. War das der Preis, um den er spielte? Sogleich fragte sich Pitt, was das mit Aufruhr in Spanien zu tun haben und wie Sophia davon erfahren haben könnte.

Ihm fiel zu dem Thema nichts ein, was irgendeinen Sinn ergab. Hall war so englisch wie Tee und Teegebäck, wenn auch nicht annähernd so appetitlich.

Was konnte der Landerwerb in Kanada für die anglikanische Kirche und zum kleineren Teil für die Krone damit zu tun haben? Wahrscheinlich nichts. Auf keinen Fall bestand da eine Beziehung zu Sophia.

Als Pitt sein Büro betrat, wartete Brundage bereits auf ihn. Er sah unbehaglich drein. Pitt hatte eine bange Vorahnung.

»Was gibt es, Brundage?«, fragte er.

»Mr. Teague möchte mit Ihnen sprechen«, gab dieser zurück. »Er ist schon eine Weile hier und hat gesagt, er wolle Ihnen persönlich berichten.«

Pitt fluchte. Er war nicht in der Stimmung, mit Teague zu reden, und teilte das Brundage mit.

»Er besteht darauf, mit Ihnen zu sprechen«, war dessen prompte Antwort. Sein gewöhnlich freundliches Gesicht wirkte angespannt, die Schatten um seine Augen waren tiefer als sonst. »Ich nehme an, dass er hören will, was Sie zu sagen haben, Sir. Sicher will er eher etwas aus Ihnen herausfragen als selbst etwas sagen – glaube ich –, Sir.« Brundage machte ein besorgtes Gesicht, als fürchtete er, die Grenze des Erlaubten überschritten zu haben.

Pitt lächelte. »Davon bin ich überzeugt. Bevor ich mit ihm spreche, möchte ich Ihnen einen Auftrag erteilen.« Er berichtete ihm in knappen Worten, was er von Laurence erfahren hatte.

»Stimmt das, Sir?«, fragte Brundage verblüfft. »Das könnte ja bedeuten …« Er hielt inne, von den widerlichen Möglichkeiten entsetzt, die sich vor seinem inneren Auge auftaten.

»Genau das sollen Sie ermitteln«, sagte Pitt. »Ach, und noch eins.«

»Sir?« Brundage nahm Haltung an.

»Gehen Sie um Himmels willen so unauffällig wie möglich vor.«

Mit einem breiten Lächeln und einem kaum erkennbaren Nicken verließ Brundage den Raum.

Teague wartete im Nachbarzimmer. Die Verbindungstür war abgeschlossen wie immer, wenn Pitt nicht da war. Pitt betrat den Raum über den Gang. Als sich Teague bei seinem Eintreten mit einer lässigen Bewegung erhob, sah Pitt, dass er zum ersten Mal, seit er ihn kannte, müde wirkte. Nie würde er das Haus ungepflegt oder unordentlich verlassen, dafür sorgte sein Kammerdiener. Doch auf seinem Gesicht lagen Schatten, die eine übermäßige Anspannung vermuten ließen. Er hielt Pitt die Hand hin.

»Das muss für Sie ganz entsetzlich sein«, sagte er. Es klang auf eine Weise mitfühlend, die Pitt lieber nicht gehört hätte.

»Es ist unangenehm«, räumte er ein und nahm Teagues Hand flüchtig. Dann schloss er die Verbindungstür zu seinem Büro auf und ließ Teague eintreten.

Kaum hatten sie sich gesetzt, als Teague begann: »Ich habe nie angenommen, dass Sophia Delacruz aus freien Stücken verschwunden ist. Aber natürlich musste man der Sache nachgehen. Wie hätten wir dagestanden, wenn sich herausgestellt hätte, dass es sich um nichts weiter als eine schmuddelige und niederträchtige Affäre handelte.« Teague ließ Pitt keine Sekunde aus den Augen. »Mitunter habe ich mich gefragt, ob nicht so mancher angebliche Heilige des Bildes überdrüssig war, das die Öffentlichkeit von ihm hatte, und sich danach sehnte, auszubrechen und sich so zu verhalten wie andere Menschen. Dürfen Heilige lachen? Oder Fehler machen wie wir alle? Oder leben sie unter der strengen Auflage, sich stets richtig, gerecht, anständig und nüchtern zu verhalten?«

»Ich hoffe nicht«, sagte Pitt impulsiv und bereute sogleich seine Voreiligkeit, als er Teague lächeln sah. »Bedeutet Heiligkeit das?«, fragte er. »Nichts, was ich in der Natur je gesehen habe, ist so selbstgerecht oder zutiefst widersinnig.«

Teague lehnte sich mit einem Seufzer im Sessel zurück. »Ich kenne die Frau nicht, würde es ihr aber nicht verübeln, wenn sie das Bedürfnis gehabt hätte, aus alldem auszubrechen, doch deutet alles, was ich ermittelt habe – und das ist eine ganze Menge –, darauf hin, dass es nicht ihre Entscheidung war, fortzugehen, weder vor dem Mord an ihren beklagenswerten Anhängerinnen noch danach. Sie kann London nicht verlassen haben, sonst hätte einer der vielen von mir auf die Suche angesetzten Männer etwas von ihr gesehen oder gehört. Vermutlich befindet sie sich in einem Umkreis von höchstens zwei Meilen von der Inkerman Road entfernt.«

Mit einem Mal ging es Pitt nicht mehr darum, eine notgedrungen höfliche Unterhaltung möglichst rasch hinter sich zu bringen, sondern er hörte aufmerksam zu und achtete dabei nicht nur auf Teagues Worte, sondern auch auf dessen Züge, die kräftigen Hände, die müßig im Schoß lagen, und die Anspannung in seinen Schultern.

»Wieso das?«, fragte er, so gleichmütig er konnte.

»Ein Ergebnis sorgfältiger Erkundungen«, gab Teague mit nahezu ausdrucksloser Stimme zurück. »Ich kann viele Männer aufbieten, Commander, und zwar nicht nur irgendwelche Dienstboten, sondern altgediente Mitarbeiter und Sportfreunde, keine flüchtigen Alltagsbekanntschaften. Mir helfen bereitwillig Männer, die ich aus meiner Schulzeit kenne, Leute aus der Liga – ich habe in den Zwanzigern für Surrey gespielt, in sämtlichen Grafschaften um London herum. Mannschaftskameraden, Gegner, Platzwarte, Leute, die in Kricket vernarrt sind. Immerhin geht es um das Schicksal einer für ihre Verhältnisse ordentlichen Frau, die außerdem Gast in unserem Land ist. Meine Leute haben überall herumgefragt, Bekannte von Bekannten, Sie verstehen schon. Das ist etwas anderes, als wenn die Polizei Leute befragt. Nirgendwo das geringste Zeichen von ihr. Zu Fuß kann sie nicht fortgegangen sein, und bestimmt hat sie sich gewehrt. Meinen Sie nicht auch?« Er sah Pitt aufmerksam an, beobachtete ihn ebenso gesammelt wie dieser ihn.

»Davon bin ich überzeugt«, erwiderte Pitt. »Sie glauben also, dass man ihr schon zum Zeitpunkt ihrer Entführung Verletzungen zugefügt hat?«

Teagues Lider zuckten. »Warum sagen Sie ›schon zum Zeitpunkt ihrer Entführung‹? Nehmen Sie an, dass man ihr danach etwas angetan hat? Haben Sie etwas darüber gehört oder selbst in Erfahrung gebracht?«

Pitt überlegte. Sollte er dem Mann die Wahrheit sagen? Teague kannte Hall seit frühester Jugend, ja, seit der Kindheit. Vermutlich konnte er über ihn manches sagen, was bei der Einschätzung von Halls nächstem Schachzug äußerst nützlich sein mochte. Möglicherweise wusste er sogar etwas über andere Häuser in Halls Eigentum, wo dieser Sophia vielleicht gefangen hielt.

Andererseits hatte er möglicherweise Kenntnis von dem Betrug, von Halls Anteil daran, wenn er nicht sogar selbst daran beteiligt war. Pitt hielt das zwar für wenig wahrscheinlich, aber unmöglich war es nicht. Die Position, die sich Teague im Leben erarbeitet hatte, belegte seine Intelligenz hinreichend. Doch mitunter waren äußerst intelligente Menschen faul, vor allem dann, wenn ihnen der Sport wichtiger war als die Schule, wenn sie lieber den Helden spielen und sich auf dem Platz in der Bewunderung anderer sonnen wollten, als im stillen Kämmerlein zu büffeln.

Teague wartete, wobei er Pitt nach wie vor beobachtete.

»Ich wünschte, ich wüsste Genaueres«, gab Pitt zurück. »Aber wie Sie schon gesagt haben, hat sie sich höchstwahrscheinlich gewehrt. Offen gestanden, muss ich mit der Möglichkeit rechnen, dass sie nicht mehr lebt.«

Teagues Kiefermuskeln spannten sich an, und er fuhr sich mit der Zunge über die Lippen. »Haben Sie etwa schon aufgegeben?« In seiner Stimme lag eine kaum wahrnehmbare Geringschätzung, eine gewisse Enttäuschung darüber, dass Pitt ihn seiner Meinung nach im Stich gelassen hatte.

»Es handelt sich um eine Möglichkeit. Ich habe nicht gesagt, dass es wahrscheinlich ist. Ich vermute, dass ein bestimmter Zweck hinter ihrer Entführung steckt.«

Teague hob die Brauen. »Tatsächlich? Ins Blaue hinein geraten oder eine Schlussfolgerung?«

»Letzteres.« Mit einem angedeuteten Lächeln fügte er hinzu: »Und eine Hoffnung. Wie Sie gesagt haben – sie ist eine bemerkenswerte Frau.«

»Worauf gründen Sie Ihre Schlussfolgerung?«, wollte Teague wissen.

Pitt kam zu einer Entscheidung. Seine Muskeln schmerzten vor Anspannung, weil er fürchtete, vorschnell zu handeln. »Darauf, dass wir ihre Leiche nicht gefunden haben, während die beiden anderen Frauen auf äußerst brutale Weise an Ort und Stelle umgebracht wurden. Wie ich schon gesagt habe, ich denke, der Entführer hat mit ihrer Entführung eine bestimmte Absicht verknüpft.«

Nach kurzem Nachdenken fragte Teague gedehnt: »Welche … Absicht, Commander? Will er Geld?« Er ließ Pitt nach wie vor nicht aus den Augen.

Dieser dachte nicht im Traum daran, Teague von der Forderung in Kenntnis zu setzen.

»Das glaube ich nicht«, sagte er. »Jedenfalls ist bisher keins verlangt worden. Falls das der Zweck der Entführung wäre, warum würde er dann so lange keine entsprechende Forderung stellen?«

Teague dachte einen Augenblick lang darüber nach. »Um den Druck zu erhöhen?«, schlug er vor. »Bestimmt sind ihre Anhänger verängstigt, und je länger das dauert, umso schlimmer wird es.«

»Verängstigt hat sie der Tod der beiden anderen Frauen«, sagte Pitt. »Ich denke, hätte man Geld von ihnen verlangt, hätten sie sofort gezahlt.«

»Damit könnten Sie recht haben.« Teague deutete ein Nicken an. »Was könnte der Entführer sonst wollen? Vielleicht, dass sie ihrem Glauben abschwört? Öffentlich?«

Pitt sah ihn ausdruckslos an. »Meinen Sie, dass sie das tun würde?«

Teague überlegte eine Weile. Dann zeigte sich ein leichtes Lächeln auf seine Lippen. »Warum hätte man in dem Fall die beiden anderen umgebracht? Das ergibt keinen rechten Sinn. Sicher wäre es wirkungsvoller gewesen, die ebenfalls zu entführen und ihr zu sagen, dass man ihre Anhängerinnen töten würde, wenn sie sich weigerte, sich öffentlich von ihrem Glauben loszusagen.«

Pitt nickte. »Das ergibt sehr viel mehr Sinn«, pflichtete er ihm bei. »Wir vermuten, dass der Entführer einen Plan hatte. Ich hoffe, dass es sich so verhält, bin aber nicht sicher.«

Teague schwieg.

Pitt wartete und musterte ihn nach wie vor aufmerksam.

»Ich habe etwas über die Frau in Erfahrung gebracht«, sagte Teague nach einer Weile. »Aus einigen ihrer Predigten, wenn man die so nennen kann, und aus dem, was ihre Kollegen über sie sagen. Ich nehme an, Sie haben davon erfahren, dass Melvin Smith gleichsam in ihrem Namen ziemlich anders geartete Botschaften aussendet?«

»Ja …«

»Sehr stark abgeschwächt. Ich vermute, dass er es gut meint. Trotzdem hintergeht er sie damit.«

»Ich bezweifle, dass er das so sieht«, gab Pitt zurück. »Aber was wollten Sie sagen?«

Erneut ruhte Teagues Blick auf Pitt, als wolle er dessen Gedanken lesen.

»Dass sie jedem ohne Ansehen der Person vergibt und dass Gott in diesem Punkt achtsamer sein würde«, erwiderte Teague. »Deshalb frage ich mich, ob sie vielleicht irgendwelche Verbindungen eingegangen ist, die Smith für strafrechtlich fragwürdig oder, genauer gesagt, politisch bedenklich hält.«

»Anarchisten?«, sagte Pitt, der überzeugt war, dass Teague das meinte.

»Wäre das unmöglich?«

»Nicht im Geringsten«, räumte Pitt aufrichtig ein. »Mir war der Gedanke auch schon gekommen.«

»Dann könnten doch die hinter der Entführung stecken. Nur erschließt sich mir nicht, warum, wenn sie ihnen Mut zugesprochen oder ihnen vergeben hat.«

»Mir auch nicht. Allerdings sind unterschiedliche Gruppen bisher durchaus auf unterschiedliche Weise vorgegangen.«

»Aha.« Teague sagte nicht, ob ihm das bewusst war oder nicht. »Smith schien überzeugt zu sein, dass sie nach England gekommen war, um mit Barton Hall zu reden. Weiß er, worum es dabei ging?«

»Er sagt Nein«, gab Pitt zurück. »Haben Sie eine Vorstellung davon?« Er überlegte kurz, ob er erwähnen sollte, dass ihm Teagues und Halls enge Beziehung zu Schulzeiten bekannt war, unterließ es dann aber.

Als hätte er das kurze Aufblitzen in Pitts Augen gesehen, reagierte Teague mit einer vorsichtigen Frage: »Wie gut kennen Sie den Zeitungsmann Frank Laurence?«

»Wir sind uns über den Weg gelaufen. Warum fragen Sie?«

»Er ist nicht immer sehr zuverlässig, wenn es um die Wahrheit geht«, erklärte Teague. »Ihm ist es wichtig, sich einen Namen zu machen, und er scheut sich nicht, Dinge zu behaupten, deren Richtigkeit sich nicht nachweisen lässt. Ich komme auf ihn zu sprechen, weil ich annehme, dass er vermutet, Barton Hall sei in die Entführung verwickelt«, fuhr Teague fort. »Hall ist äußerst ehrgeizig, wie Sie vielleicht wissen. Er möchte liebend gern Leiter der Bank von England werden. Ein Mann wie Frank Laurence würde ihn, wenn er einen Vorteil für sich dabei herausschlagen kann, in seinem Blatt ebenso bereitwillig vernichten wie bei diesem Vorhaben unterstützen.«

Pitt holte Luft, um zu widersprechen, unterließ es dann jedoch.

»Ein gefährlicher Giftzwerg.« Nach wie vor beobachtete Teague sein Gegenüber. »Maßlos ehrgeizig, aber bei aller Unverfrorenheit dürfte er weder genug Verstand noch genug Macht haben, um so etwas wie diese Entführung zu inszenieren.«

»Welchen Grund sollte er denn dafür haben?«, wollte Pitt wissen und ließ die Frage so klingen, als nehme er die Möglichkeit ernst.

»Keine Ahnung«, sagte Teague achselzuckend. »Jemand könnte ihn dafür bezahlt haben.«

»Wer? Etwa Barton Hall?«

»Warum nicht?« Teague erhob sich langsam und hielt Pitt erneut die Hand hin. »Ich denke nicht daran, aufzugeben, muss aber sagen, dass ich etwas entmutigt bin. Die Ärmste muss am Ende ihrer Kräfte sein.«

Pitt nahm die angebotene Hand und spürte die Kraft, mit der Teague die seine drückte. »Ich fürchte, Sie haben recht«, sagte er. »Vielen Dank, Mr. Teague.«

Als Teague gegangen war, setzte sich Pitt und ging in Gedanken alles durch, was der Mann gesagt hatte. Offenbar hatte er Pitt aushorchen wollen, erkunden wollen, was er wusste, und feststellen wollen, ob er nach wie vor entschlossen war, Sophia Delacruz zu retten oder sich geschlagen gab. Er, und nicht Pitt, hatte den Namen Hall ins Spiel gebracht, fast so, als seien sie sich einig, dass er verdächtig war.

Außerdem schien Teague ebenso eifrig darauf bedacht zu sein, Laurence in ein schlechtes Licht zu setzen, wie diesem daran lag, Teague in Misskredit zu bringen. War das Zufall – oder konnte es von Bedeutung sein?

Am Abend des nächsten Tages wurde Pitt ein Schreiben überbracht, das die erfolgte Rückkehr Narraways und Vespasias nach London vermeldete und Pitt bat, den Boten zu Lady Vespasias Haus zu begleiten, damit sie miteinander reden konnten.

Pitt ließ den Boten höchstens zehn Minuten warten.

Während er schweigend in die Kutsche stieg, jagten sich seine Gedanken in dem Versuch zu erraten, was die beiden zu berichten hatten. Am Ziel der Fahrt dankte er dem Kutscher und ging zum Eingang. Lady Vespasias Mädchen öffnete die Tür, bevor er hatte klopfen können.

Narraway stand mit vor Erschöpfung bleichem Gesicht am Kamin. Lady Vespasia saß in ihrem üblichen Sessel, und auf dem Sofa sah Pitt einen dunkeläugigen schlanken Spanier, dessen gequälter Ausdruck ihn vermuten ließ, dass es sich um Nazario Delacruz handelte.

Auf dem Tisch standen Tee und ein Teller mit frisch gemachten belegten Broten. Narraway stellte Pitt vor und überließ dann dem Spanier das Wort.

Mit leiser Stimme und vielen Unterbrechungen berichtete Nazario, wie Sophia reumütige Straftäter aufgenommen hatte. Besonders eindringlich schilderte er den Fall eines Mannes, der beim Anblick seines Mittäters zusammengebrochen war, den man ermordet und nahe einer Straße hatte liegen lassen. Die Tat war auf ähnliche Weise erfolgt wie der Mord an Cleo und Elfrida.

»Sie hat ihn aufgenommen und ihm Schutz versprochen«, fügte Narraway hinzu. »Sie hat ihn versteckt, unter der Bedingung, dass er seine Tat bereute und alles tun würde, um das Geschehene wiedergutzumachen, soweit das möglich war.«

»Was hatte er getan?«, fragte Pitt Nazario.

»Das weiß ich nicht. So etwas hat sie mir nie gesagt. Wohl aber weiß ich, dass er schreckliche Angst hatte, als Nächster ermordet zu werden. Er hat Sophia aufgesucht, weil er die Höllenstrafe fürchtete und nicht sterben wollte, ohne gebeichtet zu haben. Sie bestand darauf, dass er eine Wiedergutmachung für seine Tat leistete, hat aber nicht gesagt, worum es ging.«

»Und unmittelbar danach hat sie erklärt, sie müsse nach London, um mit Barton Hall zu sprechen«, ergänzte Narraway.

»Barton Hall«, wiederholte Pitt.

»Ja«, sagte Narraway.

Sogleich erinnerte sich Pitt, wie er in Halls Bank Kenntnis von den ungeheuren Beträgen bekommen hatte, die ausgegeben und teilweise anderweitig ersetzt worden waren. Er musste daran denken, was Narraway über Vertrauensverlust und den

Zusammenbruch von Banken gesagt hatte, die wie Dominosteine eine nach der anderen fielen, sobald eine ins Wanken geriet.

Er sah Narraway an und fand in dessen Blick die Bestätigung, dass Sophia im Anschluss an den Bericht des Verbrechers die gewaltige Finanzmanipulation durchschaut hatte, die bewirken würde, dass eine Bank nach der anderen zusammenbrechen würde, mit dem Ergebnis, dass eine ganze Volkswirtschaft unterging.

Pitt wandte sich an Nazario, der ihm antwortete, bevor er seine Frage hatte stellen können: »Ich werde umgehend Angel Court aufsuchen, über alles nachdenken und beten. Morgen sage ich Ihnen dann, wie ich mich entschieden habe.«

Mit einem Nicken erklärte Pitt sein Einverständnis, und auch von den beiden anderen erhob keiner Einwände.

KAPITEL 13

Als Pitt am nächsten Morgen in Lisson Grove eintraf, war er noch müde. Es war am Vorabend spät geworden, und die rasche Abfolge der Ereignisse hatte ihm ebenfalls zugesetzt. Er fühlte sich übernächtigt und ein wenig steif.

Stoker brachte ihm einen Becher Tee an den Schreibtisch.

Pitt dankte ihm und forderte ihn auf, Platz zu nehmen. Nachdem er einen kleinen Schluck genommen hatte, teilte er seinem Mitarbeiter in knappen Worten mit, was er von Nazario gehört hatte, wobei er deutlich machte, wie entsetzlich die Lage war. Er brauchte Stoker nicht eigens darauf hinzuweisen, dass Nazario weder sprunghaft und misstrauisch war noch auf eigene Faust nach einer Lösung suchte.

»Armer Teufel«, sagte Stoker, als Pitt geendet hatte.

»Das kann man wohl sagen«, pflichtete Pitt ihm bei. »Ich hätte die Geschichte mit der Bedrohung von Anfang an ernst nehmen müssen.«

Stoker widersprach ihm nicht. Stattdessen sagte er seinerseits: »Ich habe mir, wie gewünscht, Barton Halls Investitionen in Kanada genauer angesehen.« Kopfschüttelnd fuhr er fort: »Es lässt sich nicht der geringste Hinweis darauf finden, dass er das Geld für sich selbst verwendet haben könnte. Er wohnt in dem Haus, in dem er geboren wurde, ist Mitglied in mehreren Klubs in der Stadt, zum Teil schon seit Jahren. Lebt ziemlich sparsam. Hat einen guten Schneider, was man aber in seiner Position erwarten würde. Kein Mensch würde jemandem sein Geld anvertrauen, der herumläuft, als könne er sich keinen anständigen Anzug leisten. Er hält sich keine Kutsche, macht keine aufwendigen Geschenke. Seine Frau ist gestorben, und soweit sich sagen lässt, hatte er seit ihrem Tod keine Damenbekanntschaften.

Darüber hinaus habe ich Erkundigungen eingezogen, ob er sich an Glücksspielen welcher Art auch immer beteiligt, alte Schulden abtragen muss oder gar erpresst wird. Nichts, aber auch nicht das Geringste.« Stoker machte einen entmutigten Eindruck. »Mir fällt nichts ein, was er mit dem Geld gemacht haben könnte, Sir. So etwas habe ich noch nicht erlebt. Ich habe Darlington gefragt, der sich, wie Sie wissen, in Finanzdingen auskennt, aber der konnte mir auch nicht weiterhelfen.«

»Danke«, sagte Pitt mit düsterer Miene. »Bleibt also die Frage, wieso er so ein Geheimnis aus der Sache mit den Investitionen in Kanada macht, worüber er so verzweifelt ist und wozu er noch mehr Geld braucht. Möglicherweise hat das ja auch nichts mit Sophia Delacruz zu tun, aber wir können es uns nicht leisten, darüber hinwegzugehen.«

»Nein, Sir. Sie hat gesagt, dass sie seinetwegen nach England gekommen ist. Aber warum nur? Könnte es sein, dass sie ihn wegen der alten Betrugsgeschichte aus der Schulzeit erpresst? Aber nicht einmal dann könnte ich mir vorstellen, dass er die beiden Frauen auf diese bestialische Weise umgebracht hat. Er sieht mir in jeder Hinsicht wie wie ein Bankmensch aus, der genauso viel Fantasie hat wie eine Kanne Vanillesoße.«

Unwillkürlich musste Pitt lächeln. Alles in Bezug auf Barton Hall schien so, wie man es erwarten würde. »Für Menschen, die am liebsten unsichtbar wären, gibt es nichts Besseres, als so zu wirken.«

»Kann gut sein. Eins allerdings ist mir aufgefallen, Sir. Er reist ziemlich viel. Meist aufs Festland, insbesondere nach Paris. Natürlich kann er von da aus reisen, wohin er will.«

»Interessant«, kommentierte Pitt, sah sich aber außerstande, an etwas anderes zu denken als an Nazario Delacruz und an den Augenblick, als er aus dem alten Krämerladen die Droschke mit Sophia gesehen hatte, deren Gesicht voller Blut und Blutergüsse war.

»Setzen Sie einen Mann darauf an, der versuchen soll, etwas darüber in Erfahrung zu bringen. Aber wir können unmöglich auf seinen Bericht warten. Wir müssen damit rechnen, dass Sophia vielleicht nur noch ein oder zwei Tage bleiben, wenn sie überhaupt noch am Leben ist. Nazario muss sich in den nächsten Stunden entscheiden …«

»Die Leute haben uns doch mehr Zeit eingeräumt, Sir …«

»Darauf wollen wir uns nicht verlassen. Die foltern sie zu Tode, wenn auch möglicherweise sozusagen aus Versehen«, sagte Pitt. Seiner Stimme war die Verzweiflung anzuhören.

»In Ordnung, Sir«, stimmte ihm Stoker mit grimmiger Miene und bleichem Gesicht zu. »Auf jeden Fall setze ich jemanden darauf an.«

Am frühen Nachmittag suchte Pitt Angel Court auf. Sie durften keine Zeit mehr verlieren. Alle dort waren verzweifelt, da es nach wie vor keine Spur von Sophia gab und niemand wusste, wie sehr man sie misshandelt haben mochte oder ob sie überhaupt noch lebte. Nach wie vor waren alle in tiefer Trauer über den entsetzlichen Tod ihrer beiden Gefährtinnen. Man erholte sich nicht ohne Weiteres von Kummer oder einem Schock, ganz davon zu schweigen, wie schwer es fiel, in einer solchen Situation die Kraft zum Glauben zu bewahren.

Pitt hatte am Vorabend Nazario darauf vorbereitet, dass Smith zwar weiterhin predigte, den Nachdruck von Sophias Botschaft aber stark abgeschwächt hatte. Das schien ihn zwar enttäuscht, aber nicht überrascht zu haben. Pitt vermutete, dass die beiden Männer schon lange nicht einer Meinung waren.

Niemals sahen zwei Menschen Sachverhalte und Fragen der Führung auf genau die gleiche Weise. Auch Pitt leitete den Staatsschutz nicht so, wie es Narraway vor ihm getan hatte. Vermutlich hätte er das auch nicht einmal getan, wenn es ihm möglich gewesen wäre, denn die Pflichttreue gegenüber der Aufgabe war wichtiger als die gegenüber dem Vorgänger, selbst wenn man ihn bewunderte oder mit ihm befreundet war.

Wenn Melville Smith Sophias Ansichten für falsch hielt, hätte er also besser getan, was der Glaube von ihm verlangte, statt ihr nachzueifern. Und genau das war geschehen.

Vorüber an dem steinernen Engel mit den gewaltigen Flügeln trat Pitt in den Hof. Auf seinem Weg über die Pflastersteine zur Tür sah er, wie die alte Frau die Kräuter in ihren Trögen goss. Sie warf einen neugierigen Blick zu ihm hinüber und wandte sich ab, sobald sie ihn erkannt hatte. Sie sah noch verhärmter aus als beim vorigen Mal. Der Schmutz schien in ihre Hände, die die Gießkanne hielten, förmlich eingewachsen zu sein.

Pitt bedauerte sie. Sie schien von der Gemeinschaft ausgeschlossen zu sein, obwohl sie vermutlich über Sophias Schicksal ebenso sehr trauerte wie alle anderen. Er überlegte, ob er ihr einige tröstende Worte sagen sollte, doch dann kam ihm der Gedanke, dass sie möglicherweise kein Englisch sprach und er sie nur verlegen machen würde, wenn sie ihn nicht verstand. Außerdem kehrte sie ihm den Rücken zu, während sie sich über die Pflanzen beugte und hier und da

Blätter abknipste. Die Gießkanne hatte sie neben sich abgestellt.

Noch ehe Pitt zum Klopfer gegriffen hatte, wurde die Tür geöffnet. Henrietta sah ihn an und bedeutete ihm wortlos, einzutreten. Sie sah aus, als habe sie wenig geschlafen. Ihr dichtes Haar war straff nach hinten gekämmt, was ihre Wangenknochen besonders betonte. Die Augen lagen tief in ihren Höhlen, als sei sie krank, doch noch immer konnte man sehen, dass sie vor nicht allzu langer Zeit schön gewesen war. Nachdem sie die Tür fest geschlossen hatte, führte sie ihn nach hinten. Ohne sich umzusehen, ob er ihr folgte, ging sie ihm mit ungelenken Bewegungen und kaum hörbaren Schritten über die alten Dielen von Tür zu Tür voraus und brachte ihn in einen Raum, in dem Melville Smith und Ramón Aguilar ihn bereits erwarteten. Nazario Delacruz stand zwischen ihnen. Alle drei sahen unbehaglich drein. Nazario war angespannt und bleich. Seinem Gesicht und seinen mutlos herabhängenden Schultern waren die Trostlosigkeit seiner Lage und seine Erschöpfung anzusehen.

Er nickte bei Pitts Eintreten. Es war eher ein Zeichen des Wiedererkennens als ein Gruß.

Ramón empfand unübersehbar Angst, vermutlich aber eher um Sophia als um sich selbst. Er sah Pitt an, lächelte flüchtig und wandte sich dann erneut Nazario zu, von dem er Anweisungen zu erwarten schien, jetzt, da er wieder bei ihnen war.

Melville Smith vermied es, Pitt anzusehen. Er wirkte unnatürlich und gezwungen. Der Ausdruck von Schuldbewusstsein auf seinen Zügen mochte darauf zurückgehen, dass Sophia zu einem Zeitpunkt verschwunden war, da er seiner Ansicht nach die Verantwortung für sie trug. Er tat Pitt leid. Was das anging, täuschte sich der Mann. Niemand trug die Verantwortung für Sophia, wahrscheinlich nicht einmal ihr Mann.

Nazario ergriff als Erster das Wort. »Ich werde heute Abend sagen, was zu sagen ist.« Es klang, als gebe er eine Erklärung ab, und Pitt sah, wie Smith und Ramón Aguilar erstarrten. Dass keiner der beiden damit einverstanden war, ließ sich mit Händen greifen, aber sie sagten nichts dagegen. Pitt nahm an, dass sie ihren Standpunkt bereits deutlich gemacht hatten.

Smith blickte zu Pitt hin und wartete erkennbar auf dessen Reaktion.

»Ich denke, wir sollten unter vier Augen darüber reden, Mr. Delacruz«, gab Pitt zurück. »Sie dürfen jedem sagen, was Sie für richtig halten, und können sich auch beraten lassen, von wem Sie wollen. Doch es gibt einige Dinge, auf die ich Sie hinweisen möchte.« Er wandte sich an Smith. »Dürften wir Ihr Arbeitszimmer benutzen, Sir?«

Smith zögerte, nicht etwa, weil er eine Entscheidung hätte treffen müssen, sondern weil er nicht bereit war, den letzten Rest seines Einflusses aufzugeben.

Nazario antwortete für ihn. »Selbstverständlich. Kommen Sie.« Er wandte sich zum Gehen, ohne sich zu vergewissern, ob Pitt ihm folgte.

In Smiths Arbeitszimmer schloss er die Tür, setzte sich auf einen der beiden Stühle am Schreibtisch und bot Pitt den anderen an.

»Was wollen Sie mir sagen, Commander?«

»Haben Sie inzwischen mit den Leuten über das gesprochen, was von Ihnen erwartet wird?« Pitt musste das wissen, bevor er weitersprach.

Nazario hob die schwarzen Brauen. »Nein. Ich möchte nicht, dass sie erfahren, was der Mann über Sophia sagt. Jedes Wort ist gelogen, wie ich bereits zu Mr. Narraway gesagt habe. Melville Smith wäre das möglicherweise gleichgültig, aber es würde Ramón tief treffen, so etwas zu hören und daran denken zu müssen, dass jeder Beliebige davon erfährt und es womöglich für wahr hält.« Ein Ausdruck von Güte trat auf sein Gesicht. »Er ist ein argloses Gemüt, ein Mensch, der niemandem ein Leid antun kann. Er hatte eine Schwester, die er sehr liebte und die wegen einer sehr menschlichen Leidenschaft, welche die katholische Kirche einer Frau nicht vergibt, nicht mehr im Zustand der Gnade ist. Darüber grämt er sich nach wie vor. Diese Sache würde ihn unnötig verletzen und vielleicht zu einem nicht sonderlich ausgewogenen Urteil veranlassen, das er anschließend bereuen würde. Ich werde nicht zulassen, dass ein anderer den Kopf für etwas hinhalten muss, was ich tue.«

»Bewundernswürdig«, sagte Pitt, so freundlich er konnte. »Aber ist es auch klug?«

»Ob es klug ist?« Nazarios Stimme überschlug sich fast. »Was heißt da klug, Mr. Pitt? Was würden Sie denn an meiner Stelle tun? Sind Sie zu einer klugen Entscheidung gelangt?«

»Sie haben ein Recht, mir Vorhaltungen zu machen, weil ich das nicht von Anfang an verhindert habe«, sagte Pitt, peinlich berührt. »Aber wir können es uns jetzt nicht leisten, miteinander darüber zu streiten. Ich möchte, dass wir das Richtige tun. Es ist mir gleichgültig, von wem der Einfall kommt oder auf welche Weise wir es schaffen, ich möchte nur, dass wir hinterher sicher sind, das Beste uns Mögliche getan zu haben.«

Nazario lehnte sich ein wenig zurück, als habe sein Körper die Kraft zum Zorn verloren. »Sie wollen wissen, was ich beschlossen habe. Die Zeit drängt, das verstehe ich. Daher werde ich heute Abend predigen. Nicht die rückgratlose neue Lehre des Mr. Smith, sondern die herrliche und feurige Wahrheit, die Sophia verkündet hat. Ich weiß, warum ich das tue. Es wäre also sinnlos, mich davon abbringen zu wollen. Ich kenne Sophia, Mr. Pitt. Sie würde es genauso machen. Sie wäre bereit, für ihre Lehre zu sterben, wenn sie nicht für sie leben dürfte …

Pitt sah ihn unverwandt an und dachte an das blutige Gesicht in der Droschke, das er einen flüchtigen Augenblick lang im Schein der Gaslaterne gesehen hatte.

»Sind Sie sicher? Ich habe Ihnen die Wahrheit gesagt, als ich Ihnen erklärte, dass die Leute sie, ohne zu zögern, auf denkbar brutale Weise umbringen werden …«

Ein Schauder überlief Nazario. Er schien sich noch weiter in sich zurückzuziehen, sodass es aussah, als sei er geschrumpft. »Das ist mir klar. Ganz gleich, was geschieht, ich werde Ihnen nicht vorwerfen, mich getäuscht zu haben. Ich nehme an, Sie lieben Ihre Frau? Ja, ich sehe es an Ihrem Gesicht, dass Sie die Frage für überflüssig halten, weil es darauf nur eine mögliche Antwort gibt.«

»Ja, es gibt nur die eine«, stimmte ihm Pitt zu. Er sagte nicht, dass er auch seine Kinder liebte. Während er an Jemima und Daniel dachte, überfluteten ihn Erinnerungen an alle Jahre ihres Lebens. Ihm kam in den Sinn, dass Nazarios Kinder für diesen auf alle Zeiten verloren waren, und es war ihm unmöglich, sich den unaufhörlichen Schmerz vorzustellen, den es bedeuten musste, sie nicht aufwachsen sehen zu können. Nie würden sie junge Erwachsene sein, nie ein eigenes Leben führen, Liebe empfinden und eigene Kinder haben können. Millionen Menschen verloren Angehörige, und in jedem Fall ging es dabei um einen besonderen Menschen, den kein anderer ersetzen konnte.

Nazario lächelte leise, als könne er die Gedanken von Pitts Gesicht ablesen. »Auch ich liebe meine Frau, Mr. Pitt, und zwar um ihrer selbst willen, nicht wegen dessen, was sie mir gibt. Ich möchte sie gern gesund und wohlbehalten zu Hause haben, und es ist mir gleichgültig, was andere über sie denken.« Mit einem Mal beugte er sich vor und sagte mit eindringlicher Stimme: »Doch was sie über sich denkt, ist mir unendlich wichtig. Soll ich ihr Wesen zerstören, weil ich Annehmlichkeiten meines Lebens höher stelle als sie? Wäre das Liebe? Es wäre Eigenliebe, aber nicht Liebe, die ihr gilt.«

Pitt sah ihn an und versuchte den verborgenen Sinn hinter Nazarios Worten zu erfassen. Offensichtlich wollte er ihm mit dieser Feststellung etwas eröffnen, und Pitt hinderte ihn nicht daran.

»Glauben Sie an Gott, Mr. Pitt?«, fragte Nazario unvermittelt.

Damit brachte er Pitt aus dem Konzept.

»Nicht an einen, der eingreift, um Ihre Frau zu retten«, gab er zur Antwort. So schwer es ihm fiel, er musste dem Mann reinen Wein einschenken, musste dafür sorgen, dass er die Wahrheit nicht nur erfuhr, sondern auch glaubte. »Man hat sie bereits gefoltert! Ich habe sie gesehen, zwar nur flüchtig, aber deutlich. Ihr Gesicht war schrecklich zugerichtet. An Stellen, die ich nicht sehen konnte, war es möglicherweise noch schlimmer. Wie sie dasaß, sah es aus, als ob ihr Arm und ihr Rücken fürchterlich schmerzten. Gott wird ihr nicht helfen!« Pitt hörte die Wut und die Angst in seiner eigenen Stimme. Ihm war bewusst, dass er nicht nur Sophias geschwollenes und verfärbtes Gesicht vor sich sah, sondern auch das bleiche Antlitz seiner Mutter, das die Spuren des vergeblichen Kampfes gegen eine Krankheit trug, die er als Kind nicht verstanden hatte. Hatte sie angenommen, der Gott, an den sie glaubte und den sie Sonntag für Sonntag durch ihren Kirchgang verehrte, würde sie retten?

»An einen solchen Gott glauben nur Kinder, Mr. Pitt«, sagte Nazario gefasst. »Kinder, die nicht begreifen können, dass der Weg lang und steinig ist, voller dunkler Schatten, die umso dunkler sind, je heller und strahlender das Licht leuchtet.

Wenn wir bereit sind, es zuzulassen, macht uns das zu einem aufnahmebereiten Gefäß, das am Ende alle Freude in sich zu fassen vermag, die es gibt. Das ist Sophia bewusst. Ich weiß, dass sie mitunter zweifelt oder gar verzagt. Jeder denkende Mensch kennt solche Augenblicke. Dann kommt es auf die Kraft der Zuversicht an, den Glauben an das Gute, selbst wenn uns das in solchen Situationen nicht möglich erscheint.«

»Sie wollen also zulassen, dass man sie tötet?«, brachte Pitt mit Mühe heraus. Er war verärgert darüber, mit welcher Selbstgefälligkeit Nazario das hinzunehmen schien. Nicht er würde sterben, und das vermutlich auf eine so entsetzliche Weise, dass man sie sich kaum vorzustellen vermochte. Wäre er seiner selbst auch dann so sicher, wenn er gesehen hätte, wie Cleo und Elfrida zugerichtet waren? Sollte er es ihm beschreiben? Das Blut, die Fliegen, die tiefe Demütigung – ganz zu schweigen von den Qualen, die sie erlitten haben mussten.

»Nein«, unterbrach Nazario seine Gedanken. »Ich versuche zu erreichen, dass Sie verstehen. Den Gott, der sie retten könnte, haben Sie ins Spiel gebracht, nicht ich. Ist das der, von dem Sie glauben, dass er Sie so tief verletzt hat?«

Pitt war wie vor den Kopf geschlagen. »Das habe ich nicht gesagt.«

»Es steht in Ihrem Gesicht geschrieben. Irgendwann in Ihrem Leben hat Sie der Gott, von dem man Ihnen erzählt hat, enttäuscht. Ich denke, deshalb haben Sie die Rolle übernommen, Dinge so in Ordnung zu bringen, wie sie Ihrer Ansicht nach sein müssten.«

Pitt wollte aufbegehren, erkannte dann aber, dass Nazario nicht ganz unrecht hatte. Er lächelte. »Sind Sie der Ansicht, dass ich mir einbilde, Gottes Werk tun zu können?«, fragte er ungläubig.

»So etwa. Vielleicht nach und nach, wie es sich jeweils ergibt. Ihnen gefällt der Gedanke vermutlich nicht, aber so ist es.«

Auch damit hatte Nazario recht. Seit dem Tod seiner Mutter hatte Pitt den Glauben abgelehnt, von dem sie überzeugt gewesen war, weil ihr Gott zugelassen hatte, dass sie sterben musste. Er hatte versucht, mit Hilfe kleiner Gewissheiten nach und nach zu diesem Glauben zurückzukehren. Aber das war fruchtlos geblieben, weil kein Vertrauen damit verbunden war, kein Glaube an eine Macht jenseits der seinen.

»In meinem Beruf tue ich, was ich meiner Überzeugung nach tun muss«, gab er zurück. »Wie die meisten Menschen.«

»Sie haben meine Frage, ob Sie an Gott glauben, nicht beantwortet. An einen Gott welcher Art auch immer.«

»Ich weiß es nicht«, erwiderte Pitt ungehalten. »Aber darauf kommt es auch gar nicht an. Rechnen Sie mit einem göttlichen Eingreifen? Sind Sie bereit, das Leben Ihrer Frau dafür aufs Spiel zu setzen?«

»Natürlich nicht«, blaffte ihn Nazario an. »Aber ich weiß, was ich glaube, und versuche verzweifelt, mich daran zu klammern, obwohl alles in mir danach schreit, sie zu retten, denn das möchte ich jetzt mehr als alles andere. Ich würde mich diesen Leuten zur Verfügung stellen, wenn sie mich an ihrer Stelle haben wollten, aber damit würden sie ihr Ziel nicht erreichen. Ich weiß nicht, was Sophia denen offenbar nicht verraten will.«

»Wenn Sie es wüssten«, fragte Pitt rasch, »würden Sie es dann sagen?«

Nazario setzte sich ein wenig auf seinem Stuhl zurecht. »Ich bin froh, dass ich diese Wahl nicht zu treffen brauche«, sagte er leise. »Sophia deckt jemanden, aber zugleich bewahrt sie damit auch die Werte, an die sie glaubt, nicht nur in diesem Leben, sondern für die Ewigkeit. Glauben Sie an die Ewigkeit, Mr. Pitt? Gibt es für Sie ein Immerdar, das zählt? Ist Herzensgüte für Sie etwas Wirkliches oder ein zweckdienliches Gedankenkonstrukt, mit dessen Hilfe das Leben erträglich wird, etwas, womit wir da einen Sinn zu sehen versuchen, wo es keinen gibt?«

Pitt gab ihm keine Antwort. Wieder dachte er in erster Linie an seine Mutter, die er geliebt hatte. Inzwischen hatte er begriffen, dass sie lange krank gewesen war und das vor ihm geheim gehalten hatte, um ihn vor der Angst zu bewahren, er könne sie verlieren. Sie hatte für ihn eine Sicherheit geschaffen, eine Zeit des Glücks, auf das kein Schatten der Angst fiel, weil ihr sein Wohlergehen wichtiger war als ihr eigenes. Das hatte sie nicht getan, weil sie ihm nicht vertraute, sondern weil sie ein größeres Vertrauen in ihren Glauben an Gott und an die Liebe setzte. Jetzt, da er selbst Kinder hatte, verstand er sie.

Er hatte sich nie mit dem Gedanken anfreunden können, dass man Menschen auf Zeit lieben könnte, solange sie um einen waren, und diese Liebe sich in nichts auflöste, wenn sie nicht mehr da waren. Aber war das Treue, oder spiegelte sich darin lediglich sein eigenes Bedürfnis? Er war nicht bereit gewesen, darüber nachzudenken, denn er hätte keine Antwort auf die Frage gehabt. Ein Verlust schmerzte zu sehr, als dass man die Gefahr auf sich nehmen konnte, nach seinen Gründen zu forschen, Ausschau nach einer dauerhaften Wiederherstellung zu halten, ohne etwas zu finden. Aus diesem Grund gab er Jemima keine Antwort, wenn sie ihn fragte, woran er glaube. Er hatte sie enttäuscht, weil er es nicht wusste und auch nicht herauszubekommen versuchte, nicht einmal ansatzweise. Mit Daniel verhielt es sich ebenso. Jetzt schälte sich die Antwort nach und nach heraus. Seine Mutter hatte ihm nicht die Möglichkeit verweigert, ihr zu helfen, sondern sich an den Gott gewandt, an den sie glaubte, und ihr Kind beschützt, so gut sie konnte. Er hatte das damals nicht verstanden.

»Ist es für Sie einfacher, nicht hinzusehen?«, erkundigte sich Nazario, fast als sei er Pitts Gedankengang gefolgt und habe begriffen, worum es ging. »Für mich nicht. Ich muss hinsehen, bis ich etwas erkenne, selbst wenn es sich mit jedem Tag ein wenig verändert. Alles hat einen Sinn. Ich bin nicht bereit zuzulassen, dass alles Schöne und Mutige für immer dahinschwindet, jeder Augenblick der Zärtlichkeit, jede aus Liebe geschehene Tat. Ganz gleich, was ich finde oder nicht finde, ich werde immer wieder hinsehen. Wenn ich verleugne, was Sophia geglaubt hat, verleugne ich ihr ganzes Leben.«

Einen Augenblick lang empfand Pitt genau das gleiche Bedürfnis und denselben Mut, hinzusehen. Dann fiel ihm ein, was vor ihnen lag. »Dann wollen Sie sie also sterben lassen«, sagte er behutsam, doch noch während er sprach, wurde ihm klar, dass weder er noch Nazario das im Sinn hatte.

»Ich habe Ihnen doch schon gesagt, was ich tun werde«, antwortete Nazario. »Ich werde heute Abend ihre Lehre verkünden.«

Mit einem Mal merkte Pitt, wie sich Kälte in ihm ausbreitete. Er sah alles so lebhaft vor sich, als geschähe es in dem Augenblick.

»Es wird sehr heftige Reaktionen geben«, sagte er rasch. »Nehmen Sie den Kopf aus den Wolken, und sehen Sie sich in der wirklichen Welt um. Sie werden damit Gefühle aufwühlen, sowohl bei denen, die Angst vor ihr haben, als auch bei denen, die sich an ihre Lehre klammern und unbedingt wollen, dass sie gerettet wird. Vielleicht kommt es zu Tumulten. Menschen werden, hysterisch schreiend, nach vorn stürzen, werden andere aus dem Weg drängen und vielleicht sogar mit Gegenständen um sich werfen. Das wird für diejenigen, die Ihre Frau in ihrer Gewalt haben, der ideale Vorwand sein, um den letzten Schritt zu tun. Überlegen Sie es sich gut!«

»Das tue ich.« Nazario saß wie zuvor zusammengesunken auf dem Stuhl und sprach wieder ruhig. »Sie ist vor so vielen

Tagen entführt worden, Mr. Pitt. Wenn die Leute sie nicht schon umgebracht haben, werden sie es bald tun. Vermutlich wollen sie wissen, wo sie Juan Castillo versteckt hält, den letzten Mann, der bei ihr Erlösung und eine Möglichkeit gesucht hat, seinen Fehler wiedergutzumachen und in Frieden zu sterben. Sie wird es ihnen nicht sagen; eher geht sie in den Tod. Ich nehme an, dass sie den Leuten das bereits bewiesen hat, wenn schon nicht Ihnen. Und sofern sie es denen verriete, würden sie sie dennoch umbringen. Das ist ihr sicherlich bewusst.«

»Sie wissen, wen sie versteckt!«, sagte Pitt verblüfft und zugleich aufgebracht. »Warum in Gottes Namen decken Sie den Mann? Wer ist es? Hat das in irgendeiner Weise mit Politik zu tun, und dient die Religion lediglich als Vorwand?«

»Ich weiß nicht, womit es zu tun hat!« Nazario fuhr von seinem Stuhl auf. »Aber ich nehme an, dass ich den Grund kenne. In gewissem Sinne hat es mit Religion zu tun, aber nur insoweit, als alles in dieser Welt von Gott ist. Glaube ist nicht etwas, was man am Sonntag mit Worten bekennt und für den Rest der Woche vergisst. Der Glaube zeigt sich in der Art, wie wir leben, ganz gleich, was wir sagen. Sophia ist überzeugt, dass es keine Finsternis gibt, aus der man nicht ins Licht zurückkehren kann, wenn man den festen Willen dazu hat. Sie glaubt unverbrüchlich daran und lebt seit Jahren danach. Castillo ist zu ihr gekommen, um ihre Hilfe zu erbitten. Er hat ihr etwas gebeichtet, und selbstverständlich hat sie mir nicht anvertraut, worum es dabei ging, außer dass der Mann, der mit ihm zusammen an irgendeiner Art Verschwörung beteiligt war, ermordet wurde. Man hat ihm die Eingeweide herausgerissen und ihn als Warnung an seinen Mittäter am Straßenrand liegen lassen.« Aus Nazarios Gesicht schien alles Blut gewichen. »Mir ist bewusst, wozu die Leute imstande sind, Mr. Pitt. Behandeln Sie mich nicht, als wäre ich ein Fantast, bei dem Traumbilder die Wirklichkeit des Schmerzes überlagern.«

Er sah Pitt ernst an. »Der Glaube soll uns Hoffnung geben, nicht aber unser Bild von der Welt so verzerren, dass wir weder die Finsternis sehen noch die Notwendigkeit erkennen, uns zu bemühen. Wir müssen uns der Wahrheit stellen, ob sie nun bitter oder erfreulich ist. Wenn Sie das nicht verstehen, haben Sie Sophia nicht richtig zugehört. Ich predige heute Abend, Mr. Pitt. Sie können mich nicht daran hindern. Ich habe mir nichts zuschulden kommen lassen, und das wissen Sie auch. Ich werde alle Gesetze Ihres Landes achten, aber ich werde versuchen, meine Frau zu retten, sofern sie noch lebt, und ich werde das auf meine Weise tun.«

Pitt sah die Entschlossenheit in seinen dunklen Augen und begriff, dass es Zeitverschwendung wäre, ihn von seinem Vorhaben abbringen zu wollen. Er hatte keinen Einfluss mehr auf die Art und Weise, wie Nazario Delacruz aus seiner Zwangslage herauszukommen versuchte. Er musste sich eingestehen, dass er selbst nicht gewusst hätte, was er an dessen Stelle getan hätte. Er konnte nur Gott danken, dass er nicht in seiner Haut steckte.

»Nun?«, fragte Charlotte, als Pitt am Nachmittag nach Hause zurückkehrte. Er war müde, seine Füße schmerzten, und er hätte nichts lieber getan, als den Abend im Kreis seiner Angehörigen zu verbringen und ihnen zuzuhören, was auch immer sie zu erzählen hatten, solange es dabei nur nicht um Politik, Religion oder Sophia Delacruz ging. Doch von einem Abend im häuslichen Frieden konnte keine Rede sein. Er hatte bereits einige Stunden lang gemeinsam mit Stoker und Brundage Vorbereitungen für eine Art Polizeischutz des Saales getroffen, in dem Nazario auftreten wollte.

Obwohl ihm jetzt nichts anderes zu tun blieb, als zu warten, ging er unwillkürlich in Gedanken immer wieder alle Möglichkeiten durch. Während er seinen Hut in der Diele an den Haken hängte und Charlotte in die Küche folgte, setzte er sie in knappen Worten vom Stand der Dinge in Kenntnis.

In der Küche war es warm, und es roch nach köstlichem Essen. Der kleine Uffie wedelte bei Pitts Eintreten freudig mit dem Schwanz. Er näherte sich ihm nicht, weil er wusste, dass er eigentlich in der Küche nicht erwünscht war, und so zu tun, als sei er nicht da, war die sicherste Methode, doch bleiben zu dürfen.

Pitt setzte sich auf den Stuhl, der dem Hund am nächsten stand, und kraulte ihn, woraufhin der Schwanz vernehmlich auf den Fußboden klopfte.

»Hallo, Uffie«, sagte Pitt. »Du hast es gut, und ich hoffe, dass du das zu würdigen weißt. Jeder erzählt dir seine Sorgen, und keiner erwartet eine Antwort von dir.«

Charlotte verstand den Hinweis so, wie er gemeint war, kümmerte sich aber nicht darum. »Was wird Nazario tun?«, wollte sie wissen.

In diesem Moment kam Minnie Maude mit einem großen Apfelkuchen aus der Speisekammer. Sie ließ ihren Blick von Pitt zu Uffie wandern und sah dann zu Charlotte. Als niemand etwas sagte, stellte sie den Kuchen auf den Tisch und ging hinaus. Uffie, auf dessen Kopf Pitts Hand lag, blieb ruhig sitzen.

»Heute Abend predigen«, beantwortete Pitt Charlottes Frage. »Es ist mir nicht gelungen, ihn davon abzubringen. Ich nehme an, dass er einen bestimmten Plan hat, aber er wollte mir nichts darüber sagen.«

Charlotte saß reglos da. Ihr Gesicht war bleich. »Ach, Thomas, glaubst du, er will zulassen, dass man sie zur Märtyrerin – für die Sache des Glaubens macht?«

Insgeheim hatte Pitt schon Ähnliches gedacht, dem aber keinen Raum gegeben. Jetzt blieb ihm keine Wahl.

»Das nehme ich nicht an. Falls aber doch, wüsste ich nicht, ob dahinter politische oder religiöse Motive stehen. Er spricht von einem gewissen Castillo, aber wir wissen nichts über diesen Mann – und auch niemand in Spanien, zu dem wir Kontakt haben. Castillo muss natürlich nicht sein wirklicher Name sein.«

»Aber Sophia ist doch nach England gekommen. Haben die Leute einen bestimmten Grund, sie ausgerechnet hier umzubringen? Könnte es mit dem spanisch-amerikanischen Krieg zusammenhängen? Wir haben in früheren Jahrhunderten eine ganze Reihe von Kriegen mit Spanien geführt, und in einigen davon ging es um Fragen der Religion. Manche Leute haben ein langes Gedächtnis, wenn sie bestimmte Ziele verfolgen.«

»Es könnte alles Mögliche sein«, sagte er matt. »Aber meiner Meinung nach hängt die Sache mit ihrem Wunsch zusammen, mit Barton Hall zu sprechen. Das wäre die politische Ebene. In seiner Bank ist von ansehnlichen Beträgen nicht so recht klar, wofür die verwendet werden. Es sind wirklich ungeheure Summen.«

»Treuhandvermögen?«, fragte sie zweifelnd. »Oder Schwarzgeld von Steuerhinterziehern?«

»Ich weiß es nicht. Auf jeden Fall foltert jemand Sophia, entweder weil er wissen will, wo sie diesen Castillo verborgen hält, oder es dient ihm als Vorwand für seine eigenen finsteren Zwecke, die da lauten könnten: Man will sie zur Märtyrerin machen, um der von ihr verkündeten Religion mehr Auftrieb zu geben. Man will sie aus dem Weg räumen, weil man die Absicht hat, die Lehre abzumildern, denn damit ließe sich eine deutlich größere Anhängerschaft gewinnen. Es könnte auch einfach sein, dass jemand sie aus persönlichen Gründen loswerden will …« Er verfolgte den widerlichen Gedanken nicht weiter, weil ihm bewusst war, dass er damit Charlotte verletzen würde.

»Geld, Politik, Religion und sexuelle Leidenschaft«, sagte sie mit trübseligem Spott in den Augen. »Das ist ziemlich nebulös, findest du nicht auch?«

Er war zu müde, als dass er sich hätte konzentrieren können, aber er musste sich dazu zwingen, folgerichtig zu denken. »Allem Anschein nach will man von ihr wissen, wo sie Castillo versteckt hat. Der Mann muss im Mittelpunkt des Ganzen stehen. Angefangen hat alles, als sie ihn bei sich aufgenommen und ihm ein Versteck besorgt hat. Er hat etwas Strafbares getan, und Sophia will, dass er Wiedergutmachung leistet und sich auf diese Weise rehabilitiert. Nachdem dieser Castillo bei ihr aufgetaucht war, hat sie erklärt, sie müsse unbedingt nach England und mit Barton Hall reden.«

»Und weißt du, ob sie mit ihm gesprochen hat? Auch wenn sie nicht bei ihm war, gibt es ja immerhin noch das Telefon. Er hat doch bestimmt eins.«

»Ich weiß nicht. Er sagt, sie hat nicht mit ihm gesprochen, aber möglich wäre es natürlich trotzdem.«

»Du verdächtigst ihn, nicht wahr? Könnte er nicht derjenige sein, der sie foltert, um herauszubekommen, wo sich Castillo aufhält?«

»Aber warum? Der Mann ist Engländer, Bankier, hat den Ehrgeiz, an die Spitze der Bank von England zu treten. Was könnte er mit einem Spanier zu tun haben, der irgendeine Straftat begangen hat, vielleicht als Terrorist, als Anarchist oder was weiß ich? Teague und Laurence kennen Hall noch aus der Schulzeit. Alle Unterlagen in der Bank sind vollständig. Ich habe alles gründlich nachprüfen lassen. Laurence sagt, dass Hall und Teague in der Schule schon mit etwa elf oder zwölf Jahren so eine Art Freunde waren. Er kann keinen der beiden ausstehen, aber was er über sie sagt, stimmt im Großen und Ganzen.«

»Ist er denn mit ihnen zur Schule gegangen?«

»Er war auf derselben Schule wie sie, aber mehrere Klassen unter ihnen. Er sagt, Hall hat betrogen, um anderen durch die Prüfung zu helfen, war aber nicht bereit, mir zu verraten, wem Hall geholfen oder wie er das angestellt hat. Er hasst Hall deswegen, aber auch, weil der Einzige, der Beweise für den Betrug hatte, bei einem Brand umgekommen ist. Laurence ist fest überzeugt, dass das Mord war.«

Mit bekümmertem Blick sah sie ihn an. »Und verhält es sich so? Steckt das dahinter, benutzt man Sophia? Sollte das die Wahrheit sein?«

»Das glaube ich nicht, weiß aber auch keine andere Lösung. Es gibt zu viele Möglichkeiten.«

Er hörte ein leises Geräusch an der Tür. Erst nahm er an, Minnie Maude sei zurückgekehrt, doch als er sich umwandte, sah er, dass es Jemima war. Sie schien verwirrt und betrübt zu sein. Offensichtlich hatte sie die emotionalen Untertöne der Unterhaltung ihrer Eltern mitbekommen und war beunruhigt, obwohl sie von den Fakten nichts wusste.

»Ist sie tot, Papa?«, fragte sie.

»Ich weiß nicht«, gab er aufrichtig zurück. »Ihre Entführer haben so entsetzliche Bedingungen für ihre Freilassung gestellt, dass ich nicht sagen kann, ob ihr Mann bereit ist, darauf einzugehen.«

»Hat er denn genug Geld?«

»Die Leute wollen kein Geld. Ihr Mann soll ihre Lehre öffentlich widerrufen. Alles sei Lug und Trug gewesen, Sophia in Wahrheit eine abgefeimte Betrügerin, die überdies den Tod seiner ersten Frau und ihrer Kinder auf dem Gewissen habe.« Er hörte, wie Charlotte scharf die Luft einsog, und sah, wie ein gequälter Ausdruck auf Jemimas Gesicht trat. Falls

Nazario die Bedingungen der Entführer erfüllte, würde das alle Welt erfahren, auch Jemima. Wenn sie es jetzt von ihrem Vater hörte, war sie möglicherweise auf den Schock vorbereitet und würde merken, dass er ihr vertraute.

Jemima holte tief Luft. »Und du weißt nicht, ob er das tun wird?«

»Er hat einen Plan, will mir aber nicht sagen, wie der aussieht. Vermutlich befürchtet er, dass ich versuchen würde, ihn an der Ausführung zu hindern. Allerdings hat er gesagt, er denke nicht daran, durch falsche Behauptungen zum Verräter an ihr zu werden. Er wird also nicht sagen, sie sei selbstsüchtig oder habgierig.«

Nach kurzem Überlegen fragte sie: »Würdest du allem abschwören, was du für richtig hältst, um dein Leben zu retten?«

Wie abscheulich schnörkellos sie das formuliert hatte, als ob das so einfach wäre! Mut oder Feigheit? Leben oder Ehre?

»Hoffentlich nicht«, gab er ihr zur Antwort. »Aber ich bin nicht sicher, was ich täte, wenn es um dich oder deine Mutter ginge – oder um Daniel. Ich liebe euch sehr.«

Sie lächelte, und plötzlich traten ihr Tränen in die Augen. »Ich weiß, Papa. Vielleicht ist das anders, wenn man jemanden nicht mag oder gar nicht kennt. Menschen, die lieber sterben, als zu sagen, dass sie nicht an Gott glauben, nennt man Märtyrer, nicht wahr?«

»Ich nehme an, dass man für alles zum Märtyrer werden kann«, sagte er. »Es muss nicht unbedingt Gott sein.«

»Aber Gott ist doch das Höchste, oder? Weil man nicht weiß, ob es ihn wirklich gibt.«

»Dazu kann ich nichts sagen«, gestand er. »Aber ich nehme an, dass meine Mutter das vielleicht gewusst hat …«

»Kann man denn etwas wissen, was gar nicht stimmt?«

Aus dem Augenwinkel sah er, dass sich Charlotte auf die Lippe biss.

»Man kann annehmen, dass es so ist.« Er holte tief Luft. »Aber ich bin eigentlich überzeugt, dass sie es wohl wirklich gewusst hat, auf ihre eigene Art.«

»Gibt es denn verschiedene Arten, wie man etwas wissen kann?«

»Aber ja. Manches ist ziemlich kompliziert. Man kommt nur langsam dahinter, Schritt für Schritt, und auch nur, weil man es so unbedingt wissen will, dass man es immer wieder versucht.«

»Aha, wie in der Mathematik«, sagte sie mit einem Anflug von Humor. »Oder beim Geigespielen? Das ist wahnsinnig schwer. Da muss man ganz genau wissen, wohin man greifen muss, um den richtigen Ton zu erzeugen, sonst klingt es schrecklich.«

»Du hast es genau erfasst.« Er nickte. »Es ist schwierig, man macht Fehler, aber am Ende klingt es wunderbar.«

»Ich möchte es aber vor dem Ende«, sagte sie in ernsthaftem Ton.

»Ich hätte nicht ›Ende‹ sagen sollen«, verbesserte er sich. »Sofern es einen Gott gibt wie den, an den meine Mutter geglaubt hat, gibt es kein Ende.«

Pitt suchte den Veranstaltungsort früh auf, um Stoker und Brundage bei den Vorbereitungen für Nazarios Auftritt zur Hand zu gehen. Nicht nur galt es, Tätlichkeiten vorzubeugen oder selbige zu verhindern, sie mussten auch Vorkehrungen für den Fall einer Panik treffen, bei der Menschen zu Schaden kommen könnten.

»Meinen Sie wirklich, dass es in Ausschreitungen enden wird, Sir?«, fragte Brundage. In seiner Stimme lag Zweifel. »Will er sich womöglich auf die Weise dafür an uns rächen, dass es zu alldem gekommen ist?« Er sah beklommen drein. Pitt erkannte an seinem Gesichtsausdruck, dass er sich immer noch

Vorwürfe machte, weil es dem Staatsschutz nicht gelungen war, die Entführung zu verhindern.

»Sie ist im vollen Bewusstsein der damit verbundenen Gefahr hergekommen, und als sie anfing, sich Sorgen zu machen, haben ihre eigenen Leute ihr geraten, sich im Haus in der Inkerman Road zu verstecken«, sagte Pitt geduldig. »Sie ist freiwillig mitgegangen! Weder hat sie sich bei Nacht und Nebel davongemacht, noch ist jemand da eingebrochen. Wahrscheinlich ist das Ganze in aller Stille vor sich gegangen. Unser Auftrag lautete, sie vor Übergriffen zu schützen, nicht aber, sie in Angel Court gefangen zu halten! Wenn uns die Leute dort nicht belogen hätten, wäre unter Umständen nach wie vor alles in bester Ordnung.«

»Schon sonderbar, dass uns Hall nichts über das Haus in der Inkerman Road gesagt hat«, meinte Brundage. »Ob der uns etwa auch nicht über den Weg getraut hat? Oder hatte er womöglich einen anderen Grund? Er hat zwar gesagt, dass er nicht mit ihr zusammengetroffen ist, aber was ist eine solche Aussage wert? Ach, übrigens, wie viel ist eigentlich der Grund und Boden in Kanada wert, den er gekauft hat? Sie hatten mich beauftragt, mich darum zu kümmern, aber es ist nichts dabei herausgekommen. Weiter im Osten und Westen gibt es Bodenschätze, sogar Gold, aber auf dem Land, das Hall gekauft hat, gibt es nichts dergleichen.«

Mit einem Mal erstarrte Pitt. Gold – aber nicht dort. War es das? Hall hatte sich hereinlegen lassen und ein Vermögen für Ländereien ausgegeben, auf denen man angeblich Gold finden konnte, wenn nicht gar Diamanten! In Kalifornien war 1849 Gold entdeckt worden, und in den Minen von Kimberley in Südafrika hatte man reiche Vorkommen von Gold und Diamanten gefunden.

Und Sophia wusste von dem Gaunerstück, das Castillo zusammen mit dem in der Nähe von Toledo tot am Straßenrand aufgefundenen Mann ausgeheckt und durchgeführt hatte.

Kein Wunder, dass sich Castillo versteckt hielt! Hall würde ihn in Stücke reißen, wenn er ihn in die Finger bekäme. Und ebenso würde er Sophia die ausgesuchtesten Qualen zufügen, um ihr die Aussage abzupressen, wo sich der Mann befand, damit er ihn zum Schweigen bringen konnte, um jeden Preis.

Hall schaffte kein Geld für sich beiseite – er versuchte, den Verlust so lange zu vertuschen, bis ihm eine Möglichkeit einfiel, wie er ihn hinwegerklären konnte. Kein Wunder, dass er in Panik geraten und völlig verzweifelt war. Ständig verloren Investoren Geld – jede Geldanlage war mit Risiken behaftet –, aber dass sich ein Bankier wie Hall von zwei Spaniern hereinlegen ließ und Gelder der Kirche und der Krone in so gut wie wertloses Land investierte, war geradezu unglaublich.

Hatte ihn Sophia aufsuchen wollen, um mit ihm darüber zu reden? Vermutlich hatte sie ihm einen Hinweis geben und ihm womöglich einen Ausweg zeigen wollen.

Doch wenn es sich so verhielte, würde er sie jetzt nicht foltern. Welchen Grund konnte er haben? Sicherlich tat er es nicht, damit sie ihm half, denn das würde sie von sich aus tun, wenn sie könnte. Sicherlich war der Wunsch dazu der Anlass ihrer Reise nach England gewesen.

Vielleicht wollte sich Hall an Castillo rächen. Falls er dessen Kumpan Alonso ermordet hatte, erwartete Castillo ein ähnliches Schicksal.

Wollte sich Hall das ergaunerte Geld zurückholen und sich dann davonmachen? In dem Fall musste er in der Tat Sophia zum Schweigen bringen, und die einzige Möglichkeit dazu bestand darin, sie zu töten – aber erst, wenn sie ihm gesagt hatte, wo er Castillo finden konnte.

Brundage sah Pitt nach wie vor fragend an.

»Danke, Brundage«, sagte dieser mit Nachdruck. »Ich glaube, damit haben Sie den Fall gelöst! Jedenfalls zum Teil.«

»Sehr wohl, Sir«, gab Brundage zurück, ohne im Entferntesten zu ahnen, warum sein Vorgesetzter das gesagt hatte.

Eine überraschend große Menschenmenge begann in den Saal zu strömen, in dem Nazario bald auftreten würde. Pitt hatte Charlotte gebeten, nicht zu kommen, schon gar nicht mit Jemima. Zwar wusste er nicht, wie die Sache ausgehen würde, doch musste man mit der Möglichkeit rechnen, dass es zu dramatischen, wenn nicht gar tragischen, Szenen kam. Man würde es Jemima nicht verschweigen können, aber es war besser, ihr von so etwas lediglich zu erzählen. Auf keinen Fall sollte sie Zeugin der Hysterie werden und vor allem nicht Nazarios tiefen Kummer sehen – immer vorausgesetzt, es lief so ab, wie Pitt befürchtete. Ihm war bewusst, dass Nazario ohne Weiteres selbst hinter Sophias Entführung stecken konnte. Vielleicht war seine anfängliche Leidenschaft erkaltet, oder ihre Heilsbotschaft sagte ihm nicht mehr zu und war ihm jetzt lästig. Wenn es Pitt schon schmerzte, mit ansehen zu müssen, wie etwas zerstört wurde, woran er zwar nicht recht glaubte, was aber von einer unvergesslichen Schönheit war, wie tief musste da eine solche bittere Enttäuschung ein empfängliches junges Mädchen wie Jemima treffen?

Charlotte hatte ihm mit einem feinen Lächeln zu verstehen gegeben, dass sie sich nicht an seine Bitte halten werde. Sie war bereit, es darauf ankommen zu lassen, und ihm war klar, dass er nicht gut dastehen würde, wenn er auf seinem Standpunkt beharrte. Sie hatte erklärt, sie könne seine Gründe verstehen, nicht aber Jemima.

»Sie wird denken, dass du ihr nicht zutraust, der Wirklichkeit ins Gesicht zu sehen, Thomas«, hatte sie so leise gesagt, dass er es kaum hatte hören können. »Es wird ihr vorkommen, als enthalte man ihr etwas vor, was ihr am Herzen liegt.«

»Gerade weil es ihr am Herzen liegt, möchte ich nicht, dass sie da ist, wenn die Sache aus dem Ruder läuft«, hatte er dagegengehalten.

»Falls es dazu kommt, wird sie das zur Kenntnis nehmen müssen«, hatte Charlotte erwidert. »Sie ist fast siebzehn, Thomas. Sie ist kein Kleinkind mehr, das man vor der Wirklichkeit beschützen muss. Falls du das tust, wird die erste wirkliche Enttäuschung, die sie erlebt, sie umso härter treffen, und sie wird nicht wissen, wie ihr geschieht. Vor allem aber gibst du ihr damit zu verstehen, dass sie deiner Meinung nach unfähig ist, der Wahrheit ins Gesicht zu sehen. Das würde sie dir nie verzeihen.«

Ihm war bewusst gewesen, dass sie recht hatte, und er hatte gesehen, dass auch in ihren Augen Furcht lag, doch hatte er so getan, als merke er es nicht.

»Gib auf sie acht«, hatte er lediglich gesagt, im vollen Bewusstsein dessen, dass diese Mahnung überflüssig war.

Jetzt stand er in dem großen Saal und sah zu, wie immer mehr Menschen hereindrängten, bemüht, einen möglichst guten Platz zu ergattern. Manche waren sichtbar erregt, andere machten ein finsteres Gesicht, und wieder anderen sah man an, dass sie Streit suchten. Manche kamen in Vierer- und Fünfergruppen, wahrscheinlich ganze Familien. Sie sahen unausgesetzt zur leeren Bühne hin, wohl weil sie fürchteten, die Veranstaltung könnte beginnen, bevor sie saßen, sodass sie etwas verpassen würden.

Pitt prägte sich ein, wo Polizeibeamte und wo – allein schon deshalb deutlich unauffälliger, weil sie nicht uniformiert waren – seine eigenen Leute Posten bezogen hatten. Gemessen an der immer noch anwachsenden Besuchermenge, waren es sehr wenige.

Ihm fielen einige schon ältere Geistliche auf, die ein bedenkliches Gesicht machten. Wegen ihrer dunklen Kleidung und ihrer Priesterkragen waren sie unübersehbar. Lady Vespasia erkannte er sogleich an der Art, wie sie dastand. Dazu wäre es gar nicht nötig gewesen, dass das Licht auf sie fiel. Sie war wie immer unverkennbar. Narraway stand dicht neben ihr, eingekeilt zwischen Leuten, die auf der Suche nach Sitzplätzen waren.

Dann sah Pitt, nur einen Schritt hinter den beiden, Charlotte mit Jemima. Das Mädchen war mittlerweile genauso groß wie die Mutter und sah ihr in vielem ähnlich. Seine Brust schnürte sich zusammen. Er atmete bewusst tief ein und wandte sich ab. Dabei fiel sein Blick auf Teague, der die Menschen um ihn herum um einen halben Kopf überragte. Er sah, wie Teague einem beleibten Mann zunickte, der ein Stück von ihm entfernt stand. Pitt kannte ihn, er war Kabinettsmitglied und wie so viele andere vermutlich mit Teague verwandt. Pitt fragte sich, warum der Mann gekommen war und wer von der Regierung noch da sein mochte.

Was mochten die nur wollen? Sich Nazario Delacruz anhören? Oder wollten sie sehen, ob die Polizei und der Staatsschutz der Situation gewachsen waren, falls die Sache außer Kontrolle geraten sollte? Wollten sie Pitts Fähigkeiten beurteilen?

»Die Geier versammeln sich«, sagte eine Stimme ganz in der Nähe, und als er sich umwandte, sah er, dass Frank Laurence neben ihm stand.

»Ein bisschen früh«, gab Pitt mit einer gewissen Schärfe zurück. »Noch gibt es keine Leiche, über die sie sich hermachen können.«

»Wenn Sie Glück haben, verraten die sich selbst«, fuhr Laurence fort. »Aber ich denke, das ist Ihnen ohnehin klar.

Haben Sie diese Zurschaustellung arrangiert oder lediglich zugelassen?«

»Wie könnte ich das Ihrer Meinung nach untersagen?« Pitt hörte die Anspannung in seiner eigenen Stimme. Laurence' Anwesenheit reizte ihn wie ein Sandkorn im Auge.

»Schon gut«, gab Laurence knapp zurück. »Haben Sie Barton Hall schon gesehen? Der lässt sich das hier bestimmt nicht entgehen.«

»Wie das?«, fragte Pitt.

Mit einem Lächeln erwiderte ihm Laurence: »Er ist neugierig, was Nazario vorhat, was Sie wissen und, vor allem, was Dalton Teague zu tun gedenkt. Würde es Ihnen in seiner Lage nicht genauso gehen?«

»Ich weiß nicht. Wie sieht seine Lage denn aus?« Pitt blickte Laurence herausfordernd an.

»Das ist mal eine interessante Frage«, sagte Laurence. »Sie hatten ihn doch bestimmt auf der Liste Ihrer Verdächtigen? Vielleicht ist er gekommen, um zu sehen, wen Sie an seine Stelle gesetzt haben.«

»Sind Sie deshalb gekommen?«, fragte Pitt mit gehobenen Brauen. »Hoffen Sie, durch irgendeinen Trick zu erreichen, dass ich Teague auf die Anklagebank bringe? Den hassen Sie wohl am meisten.«

»Warum sollte ich Teague hassen? Hall hat doch betrogen!« Wieder lag in den Augen des Zeitungsmannes der finstere Ausdruck erbitterter Wut.

»Wie ich mich erinnere, haben Sie gesagt, dass er einem anderen die Möglichkeit verschafft hat zu betrügen«, korrigierte Pitt ihn. »Hall hat seine Noten auf ehrliche Weise erzielt. Er hat für einen anderen betrogen, weil er anerkannt werden wollte. Eine verständliche menschliche Schwäche. Geht uns das nicht allen mitunter so?« Er sah Laurence offen an. »Ist es Ihnen nicht auch schon so ergangen?«

Laurence errötete ein wenig. Es ließ ihn anders erscheinen, verletzlicher. »Doch, natürlich. Aber ich habe nicht betrogen, um mein Ziel zu erreichen.«

»Ich bin überzeugt, dass Sie in der Schule nie betrogen haben«, versicherte ihm Pitt. »Es würde mir schwerfallen zu glauben, dass Sie das nötig gehabt haben sollten. Aber Sie würden lügen, wenn Sie behaupteten, Sie hätten Ihren überlegenen Verstand nie dazu benutzt, Menschen so zu täuschen, dass die Ihnen mehr gesagt haben, als sie eigentlich wollten. Und dann haben Sie das in Ihrer Zeitung veröffentlicht.«

»Eine kühne Behauptung, Mr. Pitt!«

»Aber nein. So haben Sie es beispielsweise mit mir gemacht.« Pitt lächelte ihn auf die gleiche fröhliche Weise an wie Laurence ihn bei früheren Gelegenheiten.

»Touché«, gab Laurence mit leiser Stimme zu. »Und um auf Ihre Frage zu antworten: Ja, mein Hass gilt Teague. Ich würde ihn sehr gern in der Hölle sehen. Von ganz weit oben, wie ich hoffe!«

Pitts Lächeln wurde breiter. »Natürlich. Aber wenn Sie ihn dort hinbringen, könnte es geschehen, dass die Entfernung zwischen Ihnen deutlich geringer ist.«

»Verdächtigen Sie Barton Hall nach wie vor?«, erkundigte sich Laurence.

»Ich beabsichtige nicht, mit Ihnen darüber zu sprechen.«

»Ich denke, Sie verdächtigen ihn. Sie haben in seiner Bank etwas entdeckt, was Sie sehr interessiert. Immerhin haben Sie sich mehrere Stunden dort aufgehalten.«

Ein Gefühl der Kälte bemächtigte sich Pitts. Zwar konnte er nicht verhindern, dass Laurence ihm folgte, aber wieso hatte er nicht bemerkt, dass er ihm auf der Straße vor der Bank förmlich aufgelauert hatte? Er bemühte sich, nicht zu zeigen, was er empfand.

»Hatten Sie nicht von mir erwartet, dass ich jeder möglichen Fährte nachging?«, sagte er, bemüht, seine Stimme munter klingen zu lassen. »Unabhängig davon, ob da etwas zu entdecken war oder nicht? Dass mich das zu Hall führen würde, war ja nun wirklich naheliegend – sagen Sie bloß nicht, dass Sie nicht selbst daran gedacht hatten. Jedenfalls habe ich nicht feststellen können, dass etwas gefehlt hätte.« Das entsprach nicht ganz der Wahrheit. Immerhin war da die Investition in kanadische Ländereien. Aber davon brauchte der Mann nichts zu wissen.

Laurence verbarg seine Enttäuschung nahezu vollständig. Nur ein kaum wahrnehmbarer Schatten legte sich auf seine Züge.

Die plötzlich eintretende Stille im Saal verhinderte eine Fortsetzung ihres Gesprächs. Nazario war auf die Bühne getreten und wurde mit Beifall begrüßt. Er war ganz in Schwarz gekleidet, und wegen seines schwarzen Haars und der stark hervorstehenden Wangenknochen wirkte sein Gesicht geradezu ausgemergelt. Seine tief in ihren Höhlen liegenden Augen schienen riesig zu sein. Obwohl er von mindestens durchschnittlicher Größe war, ließ ihn das Scheinwerferlicht klein und verloren aussehen.

Er deutete eine Verbeugung an, indem er den Kopf leicht neigte, und begann sogleich zu sprechen. Er sprach glänzend Englisch mit einem kaum wahrnehmbaren Akzent, sodass er mühelos zu verstehen war.

Er nannte seinen Namen und erklärte, dass er Sophias Gatte sei.

Im Saal herrschte nahezu völlige Stille, man hörte lediglich Atemgeräusche und von Zeit zu Zeit ein leises Rascheln von Stoff, wenn sich jemand leicht auf seinem Stuhl bewegte.

»Ich bin gekommen, um an Stelle meiner Frau zu reden. Ich weiß, dass mein Freund und Kollege Melville Smith das in ihrer Abwesenheit getan hat …«

Pitt sah sich nach Smith um und entdeckte ihn erst nach einer Weile. Er saß bleich und steif da, sein Gesicht war ausdruckslos wie eine Tonmaske.

»… um die Flamme nicht erlöschen zu lassen«, fuhr Nazario fort, ohne zu lächeln. »Das war sehr mutig von ihm, und ich bin ihm dankbar dafür. Ihm war, wie auch mir, bekannt, dass man meine Frau entführt hatte. Auch jetzt noch, während wir hier beisammen sind, um uns über Glauben und Ehre sowie den langen Weg gegenseitigen Verstehens zu unterhalten, befindet sie sich irgendwo allein bei ihrem Peiniger, der sie am Ende womöglich umbringen wird …«

Man hörte, wie viele im Saal tief Luft holten. Irgendwo stieß jemand einen erstickten Schrei aus.

In diesem Augenblick entdeckte Pitt Hall. Der Mann sah entsetzlich aus und schien von der Anwesenheit der fülligen Frau und des weißhaarigen Mannes, zwischen denen er saß, nichts zu merken. Laurence, der einen Schritt von Pitt entfernt stand, sah mit einem Ausdruck des Entsetzens zur Bühne.

»Ich bin bereit, alles zu sagen, was sie Ihnen gesagt hätte.« Nazario sprach mit einer Stimme weiter, die bis in die letzte Reihe trug. »Melville Smith spricht voll Sanftmut. Zum Teil liegt das daran, dass er ein sanftmütiger Mensch ist. Er hat Sophias Botschaft, die er aufrichtig glaubt, in der verzweifelten Hoffnung abgemildert, damit ihr Leben retten zu können.«

Pitt sah Nazario aufmerksam an, konnte aber auf dessen Zügen nichts erkennen, was auf Unaufrichtigkeit hinwies. Er musste doch wissen, dass, was er da gesagt hatte, eine faustdicke Lüge war.

»Sophia glaubt fest daran, dass wir alle Gottes Kinder sind«, fuhr Nazario mit lauter und deutlicher Stimme fort. »Jeder von uns ist aus dem gleichen Holz geschnitzt, ob Christus oder Satan. Wir haben die Möglichkeit, in alle Ewigkeit zu sein, was wir zu sein wünschen, ob Mann oder Frau, Genie oder Dummkopf und alles dazwischen. Äußerliche Schönheit ist unerheblich, Gott sieht ins Herz. Reichtum stellt uns lediglich auf die Probe – Gott will sehen, was wir damit tun. Wie jede unserer Begabungen hat er ihn uns verliehen, damit wir zeigen können, ob wir Gutes oder Schlechtes damit tun. Darüber müssen wir Rechenschaft ablegen.«

Keiner rührte sich. Allerdings würde das Pitts Einschätzung nach nicht mehr lange anhalten, denn alle warteten gespannt darauf, dass Nazario auf Sophia zu sprechen kam und sagte, was er für sie tun werde.

»Aber auch darüber, wie wir die Armen und Einsamen behandelt haben, Menschen, die uns geistig unterlegen sind. Haben wir uns ihnen gegenüber hochmütig oder herablassend verhalten? Haben wir sie übervorteilt? Haben wir Christus im Mitmenschen gesehen, wenn wir unsere Frau tyrannisiert, unsere Dienstboten erniedrigt, unsere Angestellten beschimpft haben? Würde man sich IHM gegenüber ebenso verhalten? Natürlich nicht! Auch ich nicht! Vertraue ich anderen immer so, wie ich es täte, wenn ich daran dächte, dass Gott alles sieht, was ich tue? Natürlich nicht! Aber ich sollte es tun!«

Allmählich entstand Unruhe in der Zuhörerschaft. Jemand rief Sophias Namen und fragte, wo sie sei. Ein Zweiter nahm den Ruf auf, ihm folgten mehrere andere.

»Sie wollen die Wendung zum Drama?«, fragte Nazario mit lauter Stimme. »Sie wollen von mir hören, was mit Sophia geschehen ist? Ich weiß es nicht! Ich weiß lediglich, dass man sie unter Gewaltanwendung entführt und ihre beiden Begleiterinnen abgeschlachtet hat. Man hat ihnen die Eingeweide aus dem Leib gerissen – wie ein Raubtier, das seine Beute frisst!«

Die Zuhörer waren entsetzt. Ein rundes Dutzend Männer stand auf und stellte Nazario wegen seiner unverblümten Ausdrucksweise zur Rede. Wieder wurde gefragt, wo Sophia sei. Eine dürre Frau beschuldigte Nazario, Sophia ermordet zu haben.

»Sie sind gekommen, um zu hören, wie großartig Sie alle sind?«, versuchte Nazario den Tumult zu übertönen. »Das sind Sie, aber zugleich auch schrecklich, wie alle Menschen. Wir sind, was wir sein wollen! Alles, was wir so sehr wünschen, dass wir jeden Preis dafür zahlen. Man foltert Sophia, damit sie sagt, wo sie einen Mann versteckt hat, der Angst um sein Leben hatte.«

Allmählich trat wieder Stille ein, die Menge beruhigte sich.

»Er hatte unrecht getan, doch es war keine Gewalttat, und er schämte sich«, nahm Nazario den Faden wieder auf. »Ich weiß nicht, worum es dabei ging, denn Sophia gibt Vertrauliches nie preis, nicht einmal dann, wenn sie damit ihr Leben retten könnte. Sie hat ihm dabei geholfen, Buße zu tun und das Unrecht wiedergutzumachen. Ihr Entführer foltert sie, weil er von ihr erfahren will, wo sich der Mann aufhält. Sie wird es ihm aber nicht sagen – eher wird sie sterben.«

Entsetzen lähmte die Zuhörer, und diesmal unterbrach ihn niemand. Einige Frauen weinten lautlos. Es war still wie in einer Kirche.

»Man hat mir gesagt, dass ich sie retten kann«, fuhr er mit sich beinahe überschlagender Stimme fort, »wenn ich eine Lüge über sie verbreite und behaupte, sie sei eine Hure, eine lockere Frauensperson, die mich verführt hat und der Anlass für den Selbstmord meiner ersten Frau war. Doch das entspricht in keiner Weise der Wahrheit, und deshalb sage ich es auch nicht. Sollte ich das tun, um ihr Leben zu retten? Sollte ich die Wahrheit entstellen, damit er sie freilässt? Damit der Mann, der sie bis aufs Blut gefoltert hat, dem, den sie schützen wollte, Gott weiß was antut?« Er breitete die Arme wie flehend aus. »Gibt es hier einen einzigen Menschen, der glaubt, dieser elende Kerl würde sie wirklich gehen lassen? Sie kennt den Mann! Sie hat ihn gesehen und mit ihm gesprochen! Sie weiß, wer er ist. Können Sie auch nur eine Sekunde lang annehmen, es sei ihm möglich, sie gehen zu lassen? Selbst wenn sie oder ich ihm vergäbe – das Gesetz kann ihm nicht vergeben. Er hat zwei Frauen aufgeschlitzt und ihre von Fliegen bedeckten blutigen Leichen am Boden liegen lassen, damit man sie dort fand.«

Pitt sah, wie Brundage auf der gegenüberliegenden Seite des Saales einem der uniformierten Polizeibeamten ein Zeichen machte. Weitere Beamte traten an die Türen, aber Pitt wartete nicht auf sie, sondern begann, sich durch die Menge nach vorn zu drängen.

Nazario sprach immer noch, war über dem allgemeinen Durcheinander aber kaum noch zu verstehen. Hier und da hörte man Stöhnen, und zahlreiche Menschen schleuderten ihm Vorwürfe entgegen.

»Wo ist sie?«, übertönte ein weißhaariger Mann den allgemeinen Lärm. »Was hast du mit ihr gemacht?«

Ein anderer rief ihm etwas zu, doch gingen seine Worte im Tumult unter.

Ein hochgewachsener Mann warf seinen schwarzen Gehstock nach Nazario. Der traf ihn an der Schulter und fiel polternd zu Boden. Nazario trat einen Schritt zurück.

Melville Smith trat auf die Bühne, offenkundig, um Nazario zu Hilfe zu kommen. Dieser wich ihm aber aus und ging an die Rampe.

»Ist das die Art, wie ihr ›Christen‹ euch benehmt? Ist das das Verhalten von Engländern?«

Zu aller Überraschung trat schlagartig Stille ein.

Pitt sah sich um und erkannte, dass Teague, der alle anderen überragte, mit beruhigend erhobenen Armen angefangen hatte, zu den Menschen um ihn herum zu sprechen.

Keine drei Schritte von ihm entfernt sah Hall mit aschfahlem und von Hass verzerrtem Gesicht zu ihm hin. Teague schien Halls Anwesenheit trotz der geringen Entfernung nicht bemerkt zu haben.

Nazario sprach weiter, doch die meisten seiner Worte verhallten ungehört.

»Wir wollen sie suchen!«, rief jemand. »Auf!«

Ein halbes Dutzend nahm den Ruf auf und drängte sich einem der Ausgänge entgegen.

»Halt!«, rief Nazario ihnen zu, dann übertönte der Lärm erneut seine nächsten Worte. Er breitete die Arme flehend aus. »Bitte nicht! So kann man ihr nicht helfen …«

»Du willst, dass sie stirbt!«, brüllte ein anderer wütend. »Du steckst mit dem Entführer unter einer Decke!«

Nazarios Antwort ging im Tumult unter.

Zahlreiche Zuhörer, die auf dem Weg zum Ausgang gewesen waren, hatten es sich offenbar anders überlegt und strömten jetzt der Bühne entgegen.

Inzwischen kamen Polizeibeamte zu allen Türen herein und machten sich daran, den Saal zu räumen. Von seinem Standort unmittelbar vor der Bühne konnte Pitt sehen, wie es hier und da zu einem Handgemenge kam, jemandem der Hut zu Boden fiel oder heruntergeschlagen wurde. Ein Mann versuchte sich seinen Weg durch die Menge zu bahnen, indem er mit seinem Stock um sich schlug.

Immer mehr Leute strebten an der anderen Seite den Stufen zur Bühne entgegen. Einer hatte sie bereits erreicht und war im Begriff hinaufzusteigen.

Ganz hinten im Saal begann eine Frau laut zu schreien, bis sich ihre Stimme überschlug.

Unterdessen waren zwei Männer auf dem Weg zur Bühne. Einer erreichte sie und holte unter wüsten Beschimpfungen zum Angriff auf Nazario aus.

Dieser wandte sich einen Augenblick zu spät zu seiner Verteidigung um. Ein heftiger Hieb gegen den Kopf warf ihn zu Boden. Als der Angreifer erneut den Arm hob, sah Pitt, dass im Lampenlicht eine Klinge aufblitzte, und er stürmte, immer zwei Stufen auf einmal nehmend, zur Bühne empor. Bevor er den Mann erreichen konnte, stürzte sich eine alte Frau von der Seitenbühne auf ihn und krallte ihre Hände um seinen Hals. Während beide zu Boden stürzten, versuchte sich Nazario auf Händen und Knien aufzurichten. Er war derart benommen, dass er nicht auf die Beine kam.

Die Frau schlug so heftig auf den Angreifer ein, dass dieser das Messer fallen ließ. Er riss an ihren Haaren, die ihm in der Hand blieben, worauf er an ihren Kleidern zerrte, bis sie in Fetzen gingen.

Pitt trat zu den beiden und legte der Frau eine Hand auf die Schulter. Dabei spürte er eisenharte Muskeln. Jetzt, da er dicht bei ihr stand, erkannte er sie. Es war die Alte, die in Angel Court den Hof gekehrt hatte – nur, dass es sich ganz unübersehbar um einen Mann handelte.

Castillo! Natürlich. Sophia hatte ihn versteckt, wo ihn jeder sehen konnte, ohne zu merken, wer er war.

Mit aller Kraft und seinem ganzen Gewicht riss er ihn von dem Mann los, der Nazario angegriffen hatte und jetzt reglos mit gebrochenem Genick dalag.

Castillo widersetzte sich nicht.

Nazario kam auf die Beine, nach wie vor benommen.

Das Messer lag am Boden, im nach oben gerichteten Rampenlicht nahezu unsichtbar.

Inzwischen war auch Teague auf die Bühne gekommen. Er sah weder auf Pitt noch auf Nazario oder den Toten am Boden, sondern ausschließlich auf Castillo, der zwar seine Perücke verloren hatte, aber immer noch die Reste des Kleides anhatte.

Castillo starrte ihn einen flüchtigen Augenblick lang an, dann riss er sich von Pitt los, stürmte zurück auf die Seitenbühne und verschwand.

Teague schien ihn verfolgen zu wollen, sah Pitt kurz an und winkte dann mit einer Art Lächeln einen Polizeibeamten herbei, damit dieser die Aufgabe übernahm. Brundage verließ den Saal, um Castillo am Bühnenausgang abzufangen, falls er auf dem Weg zu fliehen versuchte.

Teague, der nach wie vor Pitt gegenüberstand, wandte sich mit ausdruckslosem Gesicht Nazario zu. »Was zum Henker soll das, Pitt?«, fragte er. »Da haben Sie ein völliges Fiasko angerichtet.« Mit einem Blick auf den Toten am Boden wollte er von Nazario wissen: »Und wer ist der da? Kennen Sie ihn?«

Nazario lächelte verbittert, ohne zu antworten. Er zitterte nach wie vor am ganzen Leibe.

Im Saal herrschte vollständige Stille. Die Menschen waren fassungslos, verlegen und einige auch beschämt.

Teague wandte sich ihnen mit erhobenen Händen zu. Sofort erstarb jede Bewegung. Alle sahen ihn erwartungsvoll an.

»Meine Damen und Herren«, begann er salbungsvoll. »Diese entsetzliche Tragödie muss ein Ende haben. Ich habe getan, was ich konnte, alles mir Mögliche an Zeit, Geld und Einfluss aufgewendet. Aus Höflichkeit hatte ich Commander Pitt vom Staatsschutz als Ersten informieren wollen, aber die Ereignisse des heutigen Abends sind mir dazwischengekommen. Ich muss es jetzt vor aller Ohren sagen, damit Sie in der Gewissheit nach Hause gehen können, dass alles gut wird.«

Nach einem Seitenblick auf Pitt, der mit undurchdringlicher Miene neben ihm stand, wandte er sich erneut dem

Saal zu. »Ich weiß, wo Sophia Delacruz gefangen gehalten wird ...«

Wegen des allgemeinen Jubels konnte er nicht weitersprechen. Mehrere Menschen winkten begeistert.

Nachdem es Teague gelungen war, sie mit Gesten zu beruhigen, wandte er sich Pitt zu und hielt ihm die Hand hin.

Es war unmöglich, sie nicht zu nehmen. Man hätte ihn für ruppig und ungehobelt gehalten. Pitt zwang sich zu einem Lächeln, das freudige Überraschung ausdrücken sollte. Am liebsten hätte er den Mann angespien.

»Wir müssen sie retten«, sagte Teague im Ton munterer Entschlossenheit. »Meine Männer stehen bereit. Was sagen Sie, Commander?«

Es gab für Pitt nur eine mögliche Antwort. »Wir werden die Sache sofort angehen. Vielen Dank.«

Mit einem breiten Lächeln wandte sich Teague erneut den Menschen im Saal zu.

Brundage tauchte atemlos auf. »Castillo ist entkommen, Sir. Weiß der Geier, wo der arme Kerl nun steckt.«

Teague sah Pitt mit einem schwer zu deutenden Gesichtsausdruck an, und Pitt überlief es mit einem Mal kalt, als habe sich sein Blut in Eis verwandelt.

KAPITEL 14

Pitt holte tief Luft. Jetzt blieb ihm keine Wahl mehr. Er musste sofort handeln, sobald sie die Männer zusammenhatten und wussten, wie sie vorgehen würden – ganz gleich, ob Teague, Hall oder die Umstände ihn überlistet hatten. Wer auch immer Sophia in seiner Gewalt hatte, würde im Laufe der nächsten ein, zwei Stunden wissen, was soeben geschehen war, sofern es nicht ohnehin schon zu spät war.

»Machen Sie sich um Castillo keine Sorgen«, sagte er zu Brundage. »Holen Sie sich Stoker hinzu, und trommeln Sie so viele Leute zusammen, wie Sie in der nächsten Viertelstunde auftreiben können.« Dann wandte er sich an Teague. »Wir müssen mit ganz besonderer Sorgfalt planen. Der kleinste Fehler kann sich als verhängnisvoll erweisen …«

»Selbstverständlich«, beeilte sich Teague zu bestätigen. »Sicher gibt es hier einen ruhigen Ort, an dem wir uns zusammensetzen können. Ich kann im Lauf der nächsten halben Stunde ein halbes Dutzend Männer hierher beordern, sobald ich weiß, wo ein Telefon ist.« Er warf einen Blick auf die Menschen, die erregt und verängstigt im Saal hin und her liefen und damit, ohne es zu wollen, die Ausgänge blockierten.

»Ein paar hundert Meter von hier ist eins, Sir«, bedeutete ihm Brundage.

Teague dankte ihm. »Ich bin gleich wieder da«, sagte er zu Pitt, eilte die Stufen hinab und dem Ausgang entgegen.

Zu Brundage gewandt, fragte Pitt: »Wie geht es Nazario? Das war ein ziemlich heftiger Schlag. Weiß man, wer der Angreifer war? Ich nehme an, dass er tot ist.«

»Ja, Sir.« Brundage war ein wenig bleich geworden. »Keine Ahnung, ob das Castillos Absicht war oder ob er den Mann unglücklich erwischt hat. Die Kollegen von der Polizei sagen, dass sie ihn kannten. Er war nicht ganz richtig im Kopf, hatte religiöse Wahnvorstellungen und hielt sich für eine Art Racheengel. Er war schon früher dadurch aufgefallen, dass er Leute beschimpft und tätlich angegriffen hat. Aber so wie vorhin hat er sich noch nie aufgeführt.«

»Und was ist mit Nazario?«

»Dem wird der Schädel eine ganze Weile mächtig brummen, aber im Augenblick denkt er an nichts anderes, als wie er Sophia finden kann.«

»Gut. Seien Sie in spätestens fünfundzwanzig Minuten wieder hier, und bringen Sie mit, wen Sie auftreiben können. Das Wichtigste ist jetzt Schnelligkeit.«

Brundage zögerte. »Wollen wir uns wirklich auf Teagues Leute verlassen, Sir?«

»Ich hatte eher daran gedacht, sie nicht aus den Augen zu lassen«, gab Pitt mit finsterer Miene zurück. »Wir dürfen auf keinen Fall dulden, dass die ohne uns vorgehen.«

Brundage wirkte erleichtert. »Ja, Sir. Ich traue denen nicht über den Weg. Die bringen es fertig und vermasseln das Ganze. Falls es ihnen aber doch gelingen sollte, Sophia lebend herauszuholen, wird am nächsten Tag in allen Zeitungen stehen, wie sie es dem Staatsschutz gezeigt haben.«

»Außerdem geht es darum, den zu fassen, der sie festhält«, ergänzte Pitt.

»Lebend?«

»Das ist mir, offen gestanden, nicht so wichtig«, gab Pitt unumwunden zu. »Auf jeden Fall will ich vermeiden, einen von Teagues Leuten oder ihn selbst festnehmen zu müssen, weil er den Schweinehund umgebracht hat.«

»Das würden die Zeitungen natürlich ebenfalls groß herausbringen. Ich sehe die Schlagzeile schon vor mir ›Staatsschutz verhaftet den Helden des Tages!‹. Das würde ein noch schlechteres Licht auf uns werfen.«

Pitt verstand nur allzu gut, was Brundage empfand. Auch ihm waren die Fehler, die seiner Abteilung in dieser Angelegenheit unterlaufen waren, nur allzu bewusst. Und Teague würde keinen davon übersehen.

»Sind Sie sicher, dass es Hall ist, Sir?«, wollte Brundage wissen.

»So gut wie. Wenn er die riesigen Ländereien in Manitoba in der Annahme gekauft hat, dass es dort Gold oder Diamanten gibt, nur um zu merken, dass er Gaunern auf den Leim gegangen ist, dürfte er in seiner Verzweiflung zu allem fähig gewesen sein. Es hat seine Wut wohl noch gesteigert, als er entdecken musste, dass eine wie auch immer geartete Beziehung zwischen diesem Reinfall und Sophia Delacruz bestand, die seine Familie bereits in außerordentlich peinliche Situationen gebracht hatte.«

»Ich verstehe, Sir.« Mit den Worten »Ich bringe mit, wen ich finden kann« wandte er sich zum Gehen.

»Brundage!«

»Sir?«

»Sorgen Sie dafür, dass möglichst viele von Ihnen eine Schusswaffe haben. Die Sache kann äußerst gefährlich werden.«

»Jawohl, Sir. Dann könnte es aber ein wenig länger dauern.«

»Aber bitte nur ganz wenig.«

»Sehr wohl, Sir.«

Pitt ging hinter die Bühne, um Nazario aufzusuchen. Er wollte sich vergewissern, wie es ihm ging. Außerdem hatte er ihm eine Reihe von Fragen zu stellen. Unter anderem wollte er wissen, inwieweit er den Zwischenfall mit Castillo vorausgesehen oder gar bewusst provoziert hatte. War ihm von Anfang an bekannt gewesen, wer Castillo war? Sofern er Pitt in irgendeiner Hinsicht die Unwahrheit gesagt hatte, war jetzt der Zeitpunkt gekommen, das zuzugeben.

Die ersten beiden Räume waren leer. Im dritten saß Nazario Delacruz in einem alten Lehnstuhl. Einer von Pitts Männern war bei ihm.

Mit den Worten »Danke, Hollingsworth« nickte Pitt ihm zu. »Warten Sie draußen auf mich. Wir müssen uns aufmachen, sobald ich mit Señor Delacruz gesprochen habe. Geben Sie mir sofort Bescheid, wenn Mr. Teague zurück ist. Haben Sie mich verstanden? – Unverzüglich!«

»Sehr wohl, Sir.« Hollingsworth nahm Haltung an, machte auf dem Absatz kehrt, ging hinaus und schloss die Tür hinter sich.

Pitt musterte Nazario aufmerksam. Er war sichtlich aufgewühlt und litt vermutlich Schmerzen, aber sein Blick war ungetrübt und zeigte Pitt, dass der Mann bei klarem Bewusstsein und geistig hellwach war.

»Wir brechen auf, sobald Teague mit seinen Männern hier ist«, sagte Pitt, zog sich einen Stuhl heran und setzte sich. Der Raum war nur spärlich möbliert und enthielt außer dem Lehnstuhl lediglich einen einfachen Tisch mit sechs Stühlen, vermutlich für Besprechungen.

»Und was ist mit Ihren Leuten?«, erkundigte sich Nazario, richtete sich ein wenig auf und zuckte sogleich vor Schmerz zusammen.

»Brundage wird bis dahin hier sein, mit allen, die er zusammentrommeln kann. Wir können es uns nicht erlauben, länger zu warten.«

Nazario nickte vorsichtig, um dem Schmerz in Hals und Schulter vorzubeugen. »Ich komme mit.«

»Vorausgesetzt, Sie können durchhalten«, sagte Pitt mit der Andeutung eines Lächelns. »Aber vorher sollten Sie mir alles sagen, was Sie über die Sache wissen. Ich habe nicht genug Zeit, um Ihnen lange Vorträge zu halten, aber auf jeden Fall könnten wir verhängnisvolle Fehler begehen, wenn wir etwas Wichtiges nicht wissen. Da ich nicht annehme, dass Sie diese Sache selbst eingefädelt haben, sei es aus Gründen Ihres Glaubens oder einfach um Ihre Frau loszuwerden, wollen Sie ja wohl, dass wir mit unserem Unternehmen Erfolg haben.«

Nazario war von diesen Worten verblüfft und vorübergehend verärgert. Dann begriff er, dass Pitt recht hatte, und ließ seine Gefühle beiseite.

»Es war mir nicht bekannt, dass sie Castillo nach England mitgenommen hatte«, sagte er. »Ich hatte ihn bis vorhin nur als alte Frau gekannt, die man in ihrer Heimat auf die Straße gesetzt hatte und die vorläufig irgendwo unterkommen musste.«

»Und wussten Sie von der Gaunerei?«, fuhr Pitt fort.

Nazario sah verwirrt drein. »Was für eine Gaunerei? Wovon reden Sie?« In seiner Stimme lag mit einem Mal tiefe Besorgnis. »Sophia würde nie jemanden betrügen.«

»Es ging dabei um den Verkauf von vergleichsweise wertlosen Ländereien in der kanadischen Provinz Manitoba, wobei fälschlich behauptet wurde, dort gebe es Diamanten und Gold.«

»Diamanten? In Kanada? Ich kann mir wirklich nicht denken, wovon Sie reden.«

»Kanada ist reich an Bodenschätzen«, hielt Pitt dagegen. »In manchen Gebieten gibt es auf jeden Fall Diamanten, allerdings hat man in Manitoba bisher keine gefunden.«

»Hat Castillo das behauptet?«, fragte Nazario mit verwirrter Miene, im Versuch zu verstehen.

»Genau darin bestand die Gaunerei«, erläuterte Pitt. »Hall hat mit dem Geld der Kirche von England eine enorme Summe für das Land bezahlt. Sie hat ihm einen großen Teil ihres Vermögens zur Investition anvertraut.«

»Ich verstehe«, sagte Nazario mit einem trübseligen Lächeln. »Sophia wollte Hall also aufsuchen, um ihn zu warnen. Aber sie ist zu spät gekommen, das Geld war bereits in den Händen der Gauner. Jetzt muss Hall sie zum Schweigen bringen, aber zuvor will er wissen, was sie mit Castillo gemacht hat, denn offenbar weiß er, dass sich der Mann an sie gewandt hat.«

»Ja. Castillo hat die Warnung verstanden, als sein Kumpan ermordet an jener Straße aufgefunden wurde. Statt an einen Ort zu fliehen, wo ihn niemand finden konnte, hat er Ihre Frau aufgesucht, um ihr zu beichten. Sie dürfte ihm gesagt haben, dass eine Beichte ohne tätige Reue nichts bewirkt.«

»Das entspricht ihrem Wesen«, bestätigte Nazario. »Sie hat ihn vermutlich dazu gebracht, das Geld zurückzugeben. Da stellt sich die Frage: Wo ist es jetzt? Falls Castillo es jetzt noch hätte, würden wir es nie zurückbekommen.« Er schüttelte den Kopf. »Aber ich denke, Mr. Pitt, dass er es längst zurückgegeben hat. Warum hätte er sonst überhaupt herkommen sollen, wenn das nicht seine Absicht gewesen wäre?«

Pitt war die Antwort auf diese Frage nur allzu klar. »Er hatte es vermutlich nicht«, sagte er matt. »Vielleicht hatte es der andere. Wissen Sie, wie der hieß?«

»Ich kenne nur seinen Vornamen, Alonso. Falls der es hatte, hätte Hall es ihm doch abnehmen können. Dann wäre es auch nicht nötig gewesen, Castillo zu suchen, um ihn zu töten. Für eine einfache Rache wäre der Aufwand viel zu groß, ganz abgesehen von der damit verbundenen Gefahr.«

»Ja«, stimmte Pitt ihm erneut zu. »Da muss noch jemand in der Sache mit drinstecken. Vermutlich derjenige, der das Ganze geplant hat. Der kann sich sonst wo befinden und ist vor unserem Zugriff auf jeden Fall sicher.«

Weitere Überlegungen blieben ihm erspart, weil Brundage in diesem Augenblick zurückkehrte, der nach kurzem Klopfen sogleich eintrat.

»Wir sind zu fünft, Sir: Mr. Narraway, Stoker, Sie, Hollingsworth und ich – sechs, wenn ich Mr. Delacruz mitzählen darf. Ist er einsatzfähig?«

»Das bin ich«, sagte dieser und stand auf, wobei es ihm fast vollständig gelang, den Schmerz zu verbergen, der ihn sogleich durchfuhr.

»Schusswaffen?«, erkundigte sich Pitt.

»Ja, Sir. Übrigens ist auch Mr. Teague soeben mit acht Männern zurückgekehrt, Sir. Er hat zwar nichts davon gesagt, aber sie sind alle bewaffnet. Das sieht man, Sir. Wer eine Waffe trägt, tritt selbstbewusster auf als sonst. Außerdem sitzt der Rock dann ein wenig anders.«

»Danke.« Auch Pitt erhob sich. »Wo ist Teague jetzt?«

»Vor der Tür, Sir. Übrigens habe ich ein Fahrzeug besorgt. Es sieht aus wie ein Möbelwagen.«

»Danke. Nehmen Sie Señor Delacruz mit, und kümmern Sie sich um ihn, und schicken Sie mir Mr. Teague herein.«

»Sehr wohl, Sir.« Brundage hielt Nazario seinen Arm hin, doch dieser lehnte ab und ging hoch aufgerichtet hinaus.

Brundage folgte ihm lächelnd, hielt die Tür auf, weil Teague hereinkam, und schloss sie hinter sich.

Teague blieb einige Schritte von Pitt entfernt stehen und sah ihn sonderbar an. »Fertig?« Da gab es kein Heucheln mehr, keine Vorspiegelung eines Bündnisses. Teague duldete Pitts Beteiligung vermutlich nur, weil ihm noch keine Möglichkeit eingefallen war, sein Ziel ohne ihn zu erreichen. Dann setzte sich ein schlimmerer Gedanke in Pitts Kopf fest.

Teague wusste bereits genau, wie er es anstellen würde, als der Held des Tages aus der Sache hervorzugehen, als der Mann, der für die Sache einer gequälten Frau Partei ergriffen und diese vor dem sicheren Tod gerettet hatte, als der Staatsschutz es nicht vermochte!

Während Pitt Teagues Gesicht mit den scharf gemeißelten Zügen ansah, zweifelte er einen Augenblick lang an sich selbst. Immerhin hatte sein abwartendes Verhalten bewirkt, dass Sophia in der Inkerman Road Zuflucht gesucht hatte, weil sie sich in Angel Court nicht mehr sicher fühlte. Wäre das nicht gewesen, hätte Hall vielleicht nicht gewagt, sie zu entführen. Sie wäre nie misshandelt worden und sähe sich jetzt nicht dem Tod gegenüber. Sie mussten zu ihr gelangen, bevor Hall den letzten schrecklichen Schritt tat.

Wenn es nicht schon zu spät war.

»Selbstverständlich«, sagte Pitt mit großer Gelassenheit. »Ich habe auf Sie gewartet. Am besten brechen wir gleich auf. Ich nehme an, dass Sie ein Fahrzeug für Ihre Leute haben. Meine Leute sind versorgt.«

Teagues Augen weiteten sich. »Wollen Sie nicht vorher mit mir über unser Vorgehen sprechen? Sie wissen doch nicht einmal, wohin es geht, guter Mann! Und bestimmt auch nicht, was zu tun ist, wenn Sie dort sind.«

Pitt sah ihn mit Unschuldsmiene und gespielter Überraschung an. »Ist es so nah, dass wir unterwegs keine Zeit haben werden, darüber zu sprechen?«

Teague begriff sofort. Eine Mischung aus Wut und Anerkennung trat auf sein Gesicht und verschwand gleich wieder.

»Ich bin nicht sicher, dass ich in meinem Wagen Platz für Sie habe«, sagte er mit einem trägen Lächeln.

»Nein, natürlich nicht, wenn Sie zu neunt sind«, erwiderte Pitt und lächelte seinerseits. »Aber ich habe Platz für Sie. Kommen Sie!«

Teague war zu gerissen, um seine Verärgerung zu zeigen, und so begleitete er Pitt nach draußen.

Stoker wartete neben dem Wagen. Das Tageslicht war noch nicht ganz geschwunden; es war vier Wochen vor der kürzesten Nacht des Jahres. In der linden Luft lag eine leichte Feuchte, die den Geruch der Themse herübertrug.

»Mr. Teague fährt mit uns«, erklärte Pitt so laut, dass jeder es hören konnte. »Unsere Fahrzeuge werden einen gewissen Abstand voneinander halten, damit es nicht so aussieht, als ob eine Armee einmarschierte, sondern eher so, als ob Auslieferer ihren Arbeitstag bis in den späten Abend ausgedehnt haben, weil sie sonst mit ihren Aufträgen nicht hinterherkommen.«

»Oder als ob jemand heimlich auszieht, weil er seine Miete nicht bezahlen kann!«, sagte Stoker leise.

Pitt ging nicht darauf ein, obwohl Derartiges durchaus häufiger vorkam.

Pitt richtete es so ein, dass er und Teague einander gegenübersaßen. Als die Ladeklappe geschlossen wurde, setzte er sich so bequem zurecht wie möglich und bat Teague, ihm alles mitzuteilen, was er ermittelt hatte. Er sah, dass Narraway und Teague einander mit kaltem Blick begrüßten.

»Sie befindet sich in einer aufgegebenen Fabrik dicht am Themseufer«, begann Teague. »Über den Fluss ist es nicht weit dorthin, aber wer es auf dem Weg versucht, gibt den Leuten mindestens eine Viertelstunde Vorsprung. Da ist nicht nur das Anlegemanöver, man muss auch ziemlich viele Stufen emporsteigen. Daher ist es besser, auf der Straße dorthin zu fahren. Dazu müssen wir uns zuerst nach Süden halten.«

»Eine stillgelegte Fabrik?«, fragte Pitt, während er überlegte, welche das sein könnte, doch es gab zu viele davon, als dass er mit Raten etwas hätte erreichen können.

»Weil sie in Stücke fällt«, fuhr Teague fort, »ist es dort so gefährlich, dass sich nicht einmal Obdachlose dort einnisten.

Ständig fällt irgendwo etwas herunter, und ganze Mauerabschnitte versinken im Schlamm.«

Pitt ließ ihn keinen Augenblick aus den Augen. Er konnte sich denken, was für ein Gesicht Stoker machte, während er sich die Anlage vorstellte. Er war früher zur See gefahren. Das stürmische Meer machte ihm keine Angst, auch wenn er dessen Macht respektierte, aber der Gedanke an den stinkenden Schlamm des träge dahinfließenden Flusses schreckte ihn.

»Trotzdem sollten wir jemanden auf dem Wasser hinschicken«, sagte Pitt, »um den Leuten den Fluchtweg abzuschneiden. Wir würden dumm dastehen, wenn sich die Leute mit einem Boot davonmachen und wir sie nicht aufhalten könnten.«

Teague nickte. »Sie haben recht – sicher ist sicher. Ich lasse zwei meiner Männer früher aussteigen und schicke sie mit einem Boot hin.«

Pitt hob die Brauen, was Teague entging.

»Wir können nicht so lange warten, bis sie Ihren Leuten die Anweisung geben. Ich lasse zwei meiner eigenen Männer ein Ruderboot mieten.«

Teague zögerte nur eine Sekunde, ehe er einwilligte. Auf diese Weise würde Pitt die Kontrolle über den Fluchtweg zu Wasser erlangen, aber zugleich nahm er damit in Kauf, dass seine Seite in der Fabrik zahlenmäßig unterlegen war.

Dieser Nachteil war auch Pitt bewusst, doch ihm blieb keine andere Möglichkeit. »Haben Sie eine Vorstellung davon, mit wie vielen Leuten wir es da zu tun bekommen?«, fragte er.

»Es sind nicht viele, es sei denn, er weiß schon, dass wir kommen, und hat Verstärkung geholt. Das ist nach dem Fiasko von heute Abend ohne Weiteres möglich.«

»Wie haben Sie das nur herausbekommen, Sir?«, fragte Stoker Teague mit einer für ihn ungewöhnlichen Ehrerbietung in der Stimme.

Das war eine wichtige Frage. Pitt hätte gern Teagues Gesicht gesehen, aber dazu war es inzwischen zu dunkel.

Nach längerem Schweigen erklärte Teague bedächtig, als überlege er sich jedes seiner Worte: »Viele Fragen und dann ein Glückstreffer. Ich habe gute Bekannte, Leute, die meine Leistungen im Kricket bewundert haben … Anhänger, Sie verstehen?«

»O ja, gewiss, Sir«, beeilte sich Stoker ihm zu versichern.

»Einer von denen hat sich gemeldet«, fuhr Teague etwas gelöster fort. »Ihm war eine Frau aufgefallen, die Sophia Delacruz ähnlich sah. Sie hatte sich, wie er sagte, mit einem Mann gestritten, der sie nicht gehen lassen wollte. Als mein Gewährsmann versucht hat, ihr zu helfen, wurde ihm gesagt, sie sei seelisch gestört und man müsse sie zu ihrer eigenen Sicherheit festhalten. Er hat sich anfangs nichts weiter dabei gedacht, doch später sind ihm Zweifel gekommen.«

»Und Sie haben die Puzzleteile zusammengesetzt«, folgerte Stoker.

»So ist es.«

»Aha.«

Pitt war erleichtert. So kurz vor dem Ziel konnte er es sich nicht leisten, Teague vor den Kopf zu stoßen. Doch während sie ihr Gespräch fortsetzten, bemühte er sich, weitere Einzelheiten zu einem Bild zusammenzufügen, das sich ihm noch nicht vollständig erschloss. Die Lücken machten ihm zu schaffen.

Auf Teagues Anweisung hin hielten sie an einem Kai an, damit Hollingsworth und Brundage aussteigen konnten.

Teague wies wortlos auf eine Fabrikruine, die keine hundert Meter entfernt lag, und nahm dann seinen Platz wieder ein. Nachdem das letzte kurze Stück Weg zurückgelegt war, hielt der Wagen im tiefen Schatten des alten Gemäuers an.

Pitt stieg aus. Ihm folgten Teague, Stoker, Narraway und Nazario. Sie nickten einander zu, und Pitt machte sich auf den Weg zu der Treppe, die zum Lagerhaus der Fabrik führte. Dort warteten bereits Teagues Männer.

Es war eine sternklare Nacht, und der Mond stand im dritten Viertel. Etwas weniger Licht wäre Pitt lieber gewesen, und er hoffte, dass die Wolkenbank, die sich von Osten her näherte, den Mond bald verdecken würde.

Im Schatten eines riesigen Ladekrans und mehrerer Stapel Langholz rückten sie alle zusammen am Ufer voran.

Niemand sonst war zu sehen. Außer dem leichten Wellenschlag und den Geräuschen des mit der Ebbe ablaufenden Wassers hörte man keinen Laut. Bald würde die Flut einsetzen.

Im silbernen Mondlicht sah man Ölflecken, Treibholz und hier und da eine Schaumkrone auf der Themse. An Land ließ sich nichts erkennen, was dem Umriss eines Menschen ähnlich sah, niemand schien an der aufgegebenen Fabrik Wache zu halten.

Womöglich kamen sie zu spät.

Vom Anleger der Flussfähre her, wo sie Brundage und Hollingsworth abgesetzt hatten, näherte sich ein Ruderboot.

Der Augenblick der Entscheidung war gekommen. Pitt wusste nicht, ob Hall vor oder hinter ihnen war. Und die wichtige Frage lautete: Wusste dieser, dass es sich bei dem Mann, der Nazario zu Hilfe gekommen war, um Castillo handelte? Falls nicht, bestand die Möglichkeit, dass er einen letzten verzweifelten Versuch unternahm, Sophia zur Preisgabe von dessen Versteck zu zwingen.

Sofern Hall allerdings bereits wusste, dass der Mann, der sich auf Nazario gestürzt hatte, durch Castillo umgekommen war, kamen sie unter Umständen tatsächlich zu spät.

Pitt wandte sich zu Teague und sagte: »Jetzt.«

»Nein, warten Sie noch!«, gab Teague scharf zurück. »Falls er von der anderen Seite kommt, müssen wir ihn fassen, bevor er Sophia erreicht oder seine Leute warnen kann. Ich weiß nicht, wie viele er hier hat. Ein einziger würde schon genügen, um sie umzubringen, bevor wir ihm in den Arm fallen können.«

»Er könnte doch längst drinnen sein«, gab Pitt zu bedenken. »Also los!« Als er sich umwandte, um seinen Männern ein Zeichen zu geben, packte ihn Teague am Arm.

»Ich habe die Fabrik überwachen lassen«, zischte er. »Er ist noch nicht hier. Mit Sicherheit kommt er wie wir auf dem Landweg hierher. Wir sollten auf die große Wolke warten. Sie wird den Mond in wenigen Minuten verdunkeln. Wahrscheinlich wartet er genau darauf, um ungesehen hineinzugelangen. Kommen Sie!« Er setzte sich in Bewegung und bahnte sich durch den Schutt seinen Weg.

Pitt folgte ihm, und auch Narraway schloss sich an. Keiner sprach, bis sie den Vorhof der Fabrik erreicht hatten, der zur Straße hin lag. Teague bedeutete ihnen, im Schatten des Gebäudes Deckung zu suchen, und erklärte flüsternd: »Wir wollen ihn vorbeilassen.«

»Immer vorausgesetzt, er kommt«, gab Pitt zurück.

»Darauf dürfen Sie sich verlassen«, entgegnete Teague ebenso sicher wie selbstzufrieden. »Das muss er. Wenn Sophia noch lebte und wir sie vor ihm erreichten, würde sie ihn identifizieren, und damit wäre er erledigt.« Mit leisem Knurren fügte er hinzu: »Und dann würde man ihn hängen, bis er tot ist.«

Obwohl das die wohlbekannte Formel war, die jeder Richter bei der Verkündung der Todesstrafe aussprach, überlief es Pitt bei diesen Worten eiskalt. Aus Teagues Mund hatten sie so geklungen, als freue er sich darauf.

Die Wolken begannen den Mond zu verdunkeln. Links von ihnen hörte man von der Straße her ein kaum wahrnehmbares Geräusch, als ob Holz auf Holz scheuerte.

Teague erstarrte, wandte sich dann langsam um und spähte zum Eingangstor hinüber.

»Still!«, gebot er im Flüsterton.

Jetzt hörte auch Pitt, wie es leise knarrte und Metall gegen Holz stieß. Dann herrschte einige Sekunden Stille, bis ein paar Steinchen knirschten, so, als ob jemand, der sich eigentlich lautlos bewegen wollte, ausgerutscht wäre, bevor er sich wieder fing.

Pitt sah den Mann als Erster, der sich, schwerfällig tastend, bewegte. Nur noch wenige Schritte lagen vor ihm, dann würde er den Schatten der hohen Fabrikmauer erreicht haben. Pitt erkannte Barton Hall nicht nur an der Art, wie er ging, sondern auch an seiner Körperhaltung. Als er lauschend den Kopf wandte, wurde sein Gesicht im schwachen Schein des Mondes flüchtig erkennbar, bevor sich erneut eine Wolke dazwischenschob. Er sah wie jemand aus, der dem Tod ins Angesicht geblickt hat: Die Augen lagen tief in ihren Höhlen, die Wangen waren eingesunken. Er bewegte sich, als seien seine Arme und Beine regelrecht taub.

Er machte sich am Türknauf zu schaffen, doch der war offenbar defekt und ließ sich nicht drehen. Ein Stoß mit der Schulter riss die Tür aus den brüchigen Angeln. Er trat ein und ließ sie halb offen.

Mit einer Armbewegung forderte Teague die Männer auf, ihm zu folgen. Pitt war unmittelbar hinter ihm. Kaum dass sie eingetreten waren, sah er sich um. Das Dach war fast vollständig eingestürzt, und überall bedeckten Glasscherben, zerbrochene Dachschindeln und Reste zersplitterter Dachbalken den Boden. Eisenträger hingen in irrwitzigen Winkeln von oben herab. Die Wände waren fleckig von Feuchtigkeit, und von manchen Fenstern saß nur noch der Rahmen in der Mauer. Ein verrosteter Kran über einer eingestürzten Laderampe sah aus, als ob von ihm jeden Augenblick Teile herunterfallen und jemanden erschlagen könnten. Man sah die Skelette längst unbrauchbarer Maschinen, und in der Luft mischte sich der üble Geruch nach faulendem Holz mit dem des Schlamms der Themse.

»Das ideale Gefängnis«, sagte Pitt kaum hörbar. »Hier kann ein Mensch so laut rufen oder schreien, wie er will, ohne dass sich jemand darum kümmern würde. Jeder, der es hörte, würde annehmen, dass es der Schrei einer Möwe oder eines anderen Meeresvogel ist. Von denen gibt es hier ja eine ganze Menge.«

»Stehen Sie doch nicht so tatenlos herum!«, fuhr ihn Teague an. »Wir müssen den Mann fassen, bevor er sie erreicht!«

Inzwischen war Hall ihren Blicken entschwunden.

Pitt machte sich daran, ihm zu folgen. Stoker und Narraway hielten sich links und Nazario rechts. Mit größter Vorsicht tasteten sie sich durch die von allerlei Gerümpel und Schutt verstellte Halle voran. Sofern einer von ihnen über etwas stolperte, was im Dunkeln nicht zu sehen war, würde das nicht nur Hall ihre Anwesenheit verraten, es bestand auch die Möglichkeit, dass man sich an Glassplittern, hervorstehenden Nägeln oder Eisenteilen verletzte.

Am Eingang zur eigentlichen Werkshalle versuchte Teague die erste Tür zu öffnen. Sie gab dem Druck überraschend leicht nach – offenbar war die ganze Zarge verrottet. Als Pitt nach ihm eintrat, nahm er den widerlichen Geruch von Verfall, Moder und den allgegenwärtigen des Schlamms der Themse wahr.

Vor sich hörten sie ein Geräusch: etwas traf dumpf auf festes Holz. Es waren Schritte. Dort ging jemand.

Teague verharrte mitten in der Bewegung, sah auf, wandte sich zu Pitt um und wies nach links. Dann ging er nach rechts.

Pitt bewegte sich mit äußerster Vorsicht, um nicht gegen eine Maschine zu stoßen, die im Wege stand.

Erneut riss die Wolkendecke auf, und Mondlicht fiel durch das offene Dach. Pitt sah, dass Balken am Boden lagen. Wer darüber stolperte, konnte einen schweren Fall tun.

Er machte einen großen Schritt über eine riesige Kette mit einem Kranhaken daran. Teague war weiterhin vor ihm, und von Hall war nach wie vor nichts zu sehen.

Über ihm knarrten die Deckenbalken. Hoffentlich blieben die oben!

Irgendwo links von ihm rannte eine Ratte mit leise scharrenden Krallen über den Boden. Der Raum war voller Geräusche. Sie stammten nicht nur von den Männern, die sich vorsichtig ihren Weg ertasteten, sondern ebenso von nachtaktiven Tieren auf der Suche nach Futter. Auch schien das Gebäude mit knarrendem Gebälk und im leichten Luftzug klirrenden losen Metallteilen ein Eigenleben zu führen, und es war fast so, als könne man hören, wie sich das Grundwasser im feuchten Mauerwerk emporarbeitete, bis es den Boden bedeckte.

Pitt erstarrte. War das, was er da hörte, jemand im Stockwerk über ihm oder eins der geheimnisvollen Geräusche der Nacht?

Eine Ratte sprang von einer Stufe herab, dass das Wasser nur so aufspritzte.

Rechts vor ihm tauchte Teagues große Gestalt aus der Dunkelheit auf. Pitt erkannte vier oder fünf Männer im Schatten. Teagues Leute? Wie viele hatte er insgesamt mitgebracht? Einige mussten vom Fluss her gekommen sein. Inzwischen waren auch Brundage und Hollingsworth zu ihnen gestoßen. Brundage stand rechts von ihm und Narraway ihm gegenüber. Nazario war nirgendwo zu sehen.

»Hier dürfte es zur entscheidenden Schlacht kommen«, flüsterte Teague.

»Der Teufel soll diese Schlacht holen«, stieß Pitt finster hervor. »Wo ist Sophia? Ist sie überhaupt hier? Wohin ist Hall verschwunden? Er weiß als Einziger, wo sie sich aufhält.«

Irgendwo vor ihnen fielen Schüsse und gleich darauf weitere.

Teague war verschwunden.

Leise fluchend trat Pitt aus dem Schatten, sodass man ihn im Mondlicht sehen konnte. »Hall!«, rief er. »Barton Hall!«

Einen Moment herrschte Stille, dann hörte man von oben ein Geräusch, sah aber lediglich einen flüchtigen Schatten.

»Was wollen Sie, Pitt?«

Pitt hob den Blick und sah Halls Umriss. Er stand dort im oberen Stockwerk am Rand des gewaltigen Lochs, das durch den Einsturz des Dachs und der Zwischendecke entstanden war. Nur drei Balken erstreckten sich noch über dem Abgrund. Alle anderen waren durch fallende Dachträger mit hinabgerissen worden, geborsten oder im Laufe der Jahre unter der Einwirkung von Sonne und Regen verfault.

Auf der anderen Seite des gewaltigen Lochs stand Teague ihm in einer Entfernung von etwa zehn Schritt gegenüber.

Stoker entsicherte seine Waffe.

Pitt sah zu Hall empor und versuchte ihm die Aussichtslosigkeit seiner Lage klarzumachen. »Sie können nicht entkommen. Die Fabrik ist umstellt. Sophia kann Ihnen nicht sagen, wo sich Castillo aufhält, denn wir wissen es auch nicht. Er hat den Mann getötet, der Nazario angegriffen hat, und ist gleich danach geflohen.«

Hall sah zu ihm hinab und dann über den Abgrund hinweg zu Teague.

Unwillkürlich musste Pitt an Frank Laurence denken, an den tiefen Hass, den er Teague gegenüber empfand, und alles, was er über die gemeinsame Schulzeit und den Betrug gesagt hatte.

Erneut hob er den Blick und sah zu Hall und Teague hinauf, die einander gegenüberstanden, ohne dass einer den anderen hätte erreichen können.

»Haben wir es nicht weit gebracht?«, fragte er, fast im Gesprächston, aber so laut, dass man seine Stimme bis dort oben hören konnte. »Erinnern Sie sich noch an die Prüfungen in der Schule? Hall? Sie wussten immer schon die Lösung, wenn die anderen noch versuchten, die Aufgabe zu verstehen.« Er wandte den Kopf. »Stimmt doch, Teague? Er konnte denken wie ein Genie, aber auf dem Sportplatz war er eine lahme Ente. Sie wissen noch, wie es beim Kricket war, nicht wahr, Teague? Sie waren die Sportskanone, strotzten vor Anmut, Kraft und Geschicklichkeit. Sie konnten den Ball weit aus dem Feld schlagen und rennen wie ein Wiesel. Sie trainierten fleißig. Damit hatten Sie aber bei den Prüfungen das Nachsehen, was? Sie konnten es aus eigener Kraft nicht schaffen und waren darauf angewiesen, dass Hall Ihnen half. Welche Schande, wenn ausgerechnet Teague durchgefallen wäre! Der Goldjunge Teague, der alles konnte! Sollte etwa der Gott auf dem Sportplatz als Strohkopf im Klassenzimmer gelten?«

Teague trat dicht an den Rand des Lochs in der Zwischendecke. »Sie saugen sich Geschichten aus den Fingern, von denen Sie gern hätten, dass sie stimmen. Wenn Laurence das beweisen könnte, hätte er das schon vor Jahren getan.«

»Aber Mr. Winters hat es gewusst, nicht wahr?«, fuhr Pitt fort. »Können Sie sich an ihn erinnern? Ist in seinem eigenen Haus verbrannt. Hatte einen noch glühenden Zigarrenstummel in den Papierkorb geworfen. Jedenfalls hat man es so hingestellt.«

Hall trat ein Stück auf Teague zu, der einen großen Schritt auf einen der drei Balken hinaus getan hatte. Es knackte, und Putz fiel herab. Ohne darauf zu achten, ging Hall weiter.

Pitt sah zu.

Teague lächelte. Seine üppige Haarpracht leuchtete im Licht des Mondes wie ein Heiligenschein. »Was hast du mit dem Geld getan, Hall?«, fragte er. »Da muss doch noch was übrig sein. Und dabei borgst du dir immer noch mehr zusammen.«

»Um den Verlust durch den Betrug auszugleichen!«, erwiderte Hall. Obwohl er jetzt über dem Abgrund stand, tat er sicher Schritt für Schritt, ohne dabei Teague aus den Augen zu lassen.

Aus dem Augenwinkel sah Pitt, dass Stoker auf Hall zielte. Er selbst hielt seine Waffe auf Teague gerichtet.

Lachend höhnte Teague: »Du hast geglaubt, mit den Minen in Manitoba ein Vermögen machen und deinen Erfolg damit krönen zu können, dass man dich zum Leiter der Bank von England ernannte. Sir Barton Hall und mit der Zeit womöglich Lord Hall! Der Retter des Landes. Der Mann, der uns wieder an die Spitze der Völkerfamilie gebracht hat.«

Mit einem Mal zeichnete sich vor Pitts innerem Auge ein anderes Bild ab. In Wahrheit ging es gar nicht um Geld als Besitz, sondern um das, was sich mit Geld erreichen ließ. Ruhm! Die Dankbarkeit derer, die hohe Ämter zu vergeben hatten, sie aber auch wieder nehmen konnten. Bei der Gaunerei war es um Untergang und um Rettung gegangen.

Pitt trat vor und hob den Blick zu Teague. »War das seine Absicht gewesen«, fragte er lächelnd, »die Bank zu retten und den Zusammenbruch aller anderen zu verhindern, indem er die eine vor dem Untergang bewahrte? Gerade noch rechtzeitig?«

Verblüfft trat Teague einen weiteren Schritt vor, sodass er Pitt sehen konnte. »Wirklich schlau, Commander. Endlich haben Sie es erfasst. Einen oder zwei Tage später als ich, aber immerhin. So ist es – das war seine Absicht. Als großer Held aus der Menge hervorzutreten. Nur dass es in Manitoba weder Gold noch Diamanten gibt. So ein Dummkopf!«

Barton Hall ging weiter über den Balken auf Teague zu.

»Passen Sie auf, Teague!«, rief Pitt, als Hall noch einen Schritt machte.

Teague sah zu Pitt, und in dem Augenblick warf sich Hall gegen ihn. Er traf ihn in der Mitte der Brust. Sie rangen einen verzweifelten Augenblick lang miteinander, dann umklammerte Hall den anderen, und beide stürzten in die Tiefe und krachend in das Gerümpel am Boden.

Während Pitt zu ihnen eilte, stieß er sich mehrere Male an Hindernissen, denn es war wieder dunkler geworden. Hall lag reglos am Boden. Ein Blick genügte, um zu erkennen, dass er sich das Genick gebrochen hatte.

Pitt sah sich suchend nach Teague um, als Narraway, dicht gefolgt von Stoker, selbigen erreichte. Teague lebte noch, aber aus dem Mund lief ihm Blut über das Gesicht. Es kostete ihn große Mühe, zu atmen. Ihm war sichtlich nicht mehr zu helfen, und die Zeit drängte.

»Wo ist Sophia«, fragte Pitt ihn, »und wo ist das Geld?«

»Es ist in Sicherheit«, flüsterte Teague. »Fragen Sie Hall …«

»Dazu ist es zu spät«, entgegnete ihm Pitt. »Sie haben gemeinsame Sache mit Castillo und Alonso gemacht. Stammte der Einfall von Ihnen?«

»Das war glänzend eingefädelt«, sagte Teague mit einer Grimasse, die als Lächeln gemeint sein mochte. »Der Dummkopf Hall hat es unbesehen geschluckt.«

»Wo ist das Geld?«, drängte Pitt ihn. »Lassen Sie es mich zurückgeben, damit die Bank nicht untergeht. Hatten Sie sie nicht ohnehin retten wollen, um erneut als großer Held dazustehen, als der Mann, der um des großen Ganzen willen sein Privatvermögen opfert, um dann mit der Leitung der Bank von England belohnt zu werden? Sie hätten es in den Augen der Öffentlichkeit verdient gehabt.«

»Warum zum Teufel sollte ich Ihnen das sagen?«, keuchte Teague. Es ging rasch mit ihm zu Ende. Offenbar litt er an einer inneren Blutung, gegen die sich nichts unternehmen ließ.

»Damit ich es in Ihrem Namen zurückgeben kann«, erwiderte Pitt. »Sie werden als der Held sterben, der zu sein Sie Ihr Leben lang das Bedürfnis hatten.«

Teague verzog den Mund.

»Falls Sie es mir nicht sagen, werde ich dafür sorgen, dass man sich Ihrer als des Mannes erinnert, der den Tod von Sophia Delacruz und den beiden Frauen in der Inkerman Road auf dem Gewissen hat. Soweit ich weiß, wohl auch den des armen alten Mr. Winters, damals, als Sie in der Schule Barton Hall dazu gebracht haben, für Sie zu betrügen, weil Sie aus eigener Kraft Ihre Prüfungen nicht bestehen konnten. Dann wird auch Ihr Ruhm als Kricketspieler nichts mehr wert sein.«

»Warum sollte ich Ihnen glauben?« Teague kämpfte gegen die Finsternis, die sich immer enger um ihn schloss.

»Weil ich Ihnen mein Wort gebe.«

Teague flüsterte etwas, was kaum hörbar war.

Pitt beugte sich dicht über ihn, um es verstehen zu können. Es war eine Nummer. Teagues letzte Worte waren der Name einer Bank und des Mannes dort, der Pitt weiterhelfen konnte.

Pitt schloss Teague die Augen und stand dann auf. Er sah die Anwesenden an. »Wir werden sagen, dass er im Kampf um die Einnahme der Fabrik einem Unfall zum Opfer gefallen ist«, erklärte er mit neutraler Stimme.

Sie starrten ihn an, und Brundage ergriff das Wort. »Wir wissen aber doch, dass er die Frauen in der Inkerman Road und wahrscheinlich auch den Mann in Spanien getötet hat. Vielleicht sogar den alten Lehrer«, sagte er protestierend.

»Nein, das wissen wir nicht«, entgegnete ihm Pitt. »Falls er es aber doch gewesen sein sollte – jetzt ist er tot.«

»Er war ein Ungeheuer«, hielt ihm Brundage hitzig vor. »Und wir wissen nicht einmal, ob Sophia noch lebt. Wenn nicht, hat er sie zu Tode gefoltert. Wollen Sie das etwa auch vertuschen?«

»Sofern sie tot ist«, gab Pitt gefasst zurück, und die Worte fielen ihm schwer, »ist sie gestorben, um das Geheimnis um die Gaunerei zu bewahren, damit die Bank nicht unterging. Wollen Sie Teague um den Preis strafen, dass die ganze Geschichte in der Öffentlichkeit breitgetreten wird? Das würde das Opfer entwerten, das Sophia gebracht hat.«

Verwirrt und reglos hörte sich Brundage Pitts Worte an.

»Nein, das will er nicht«, sagte Narraway an seiner Stelle. »Aber wir sollten nicht hier und jetzt darüber streiten, sondern uns auf die Suche nach Sophia machen, immer vorausgesetzt, sie ist überhaupt hier.« Mit leiserer Stimme fügte er hinzu: »Und Teagues Männer festnehmen. Über die Anklagepunkte gegen sie werden wir später befinden. Wir wollen schließlich hier kein Feuergefecht.«

Brundage sah sich um, die Pistole in der Hand. »Und was ist mit Halls Männern?«

»Ich glaube nicht, dass er welche hatte«, erklärte Pitt. »Er war nur hier, weil Teague ihn hergelockt hatte. Ich vermute sogar, dass der arme Teufel damit gerechnet hatte, nicht lebend hier herauszukommen.« Während er das sagte, trat er zurück in den Schatten. Wie sie dort so im immer wieder aufblitzenden Mondlicht standen, boten sie eine Zielscheibe wie auf dem Schießplatz. Vielleicht waren Teagues jetzt führerlose Leute bitter enttäuscht, hatten gar nicht recht gewusst, was sie taten. Pitt nahm an, dass sie sich ergeben würden. Aber um der eigenen Sicherheit willen verließ er sich lieber nicht darauf.

Außerdem musste er sich um Nazario kümmern. Der Mann hatte eine Pistole, und falls er seine Frau nicht lebend fand, würde er sich möglicherweise rächen wollen. Pitt konnte ihm das nicht übel nehmen, aber er wollte den Mann nach Möglichkeit nicht festnehmen müssen, falls er sich zu einer solchen Handlungsweise hinreißen ließ.

Entsprechend überließ er es den anderen, Teagues Männer dingfest zu machen, während er sich zusammen mit Nazario auf die Suche nach dessen Frau begab, wobei sie sorgfältig Ausschau nach Hindernissen hielten, die ihnen gefährlich werden konnten. Sie sprachen nicht miteinander und riefen auch nicht nach ihr, um sich nicht zu verraten, denn immerhin musste man mit der Möglichkeit rechnen, dass Teagues Leute, die unter Umständen Angst hatten und der Ansicht waren, dass sie wenig zu verlieren hatten, irgendwo auf sie lauerten.

Überall hing der Gestank nach Themseschlamm in der Luft. Alles schien mit jedem Knarren eines Brettes ein Stück tiefer zu sinken, als gehe der Rest der alten Fabrik jedes Mal ein Stückchen weiter unter. Noch hatte die Flut nicht wieder eingesetzt, und unterhalb der Hochwassermarke war alles triefend nass.

Pitt entdeckte Sophia in einem der Erdgeschossräume. Er musste durch eine Pfütze Flusswasser waten, um sie zu erreichen.

An der Tür zu dem Raum, in dem sie sich befand, stand ein Mann Wache. Er hob seine Waffe, als er Pitts ansichtig wurde. Bevor er feuern konnte, versetzte ihm Pitt einen

Hieb, hinter dem sein ganzes Körpergewicht lag. Der Mann fiel wie ein Stein zu Boden und rührte sich nicht. Ohne auf den Schmerz in seinem rechten Arm zu achten, trat Pitt über ihn hinweg und beugte sich über Sophia, die auf dem Boden lag.

Sie bewegte sich, öffnete die Augen und zuckte zusammen, als erwartete sie einen Schlag.

»Alles ist in Ordnung«, sagte er freundlich. »Ich tue Ihnen nichts.«

Sie sah ihn im schwachen Mondlicht verständnislos an.

»Sie kennen mich, ich bin Thomas Pitt vom Staatsschutz«, sagte er. Können Sie sich aufsetzen?« Er hielt ihr den Arm hin, und als sie sich daran hochzog, durchfuhr ihn der Schmerz – eine Folge des Hiebs, den er dem Wächter versetzt hatte. Doch er achtete nicht darauf.

»Können Sie stehen?«, fragte er. »Lehnen Sie sich an mich. Wir werden Sie hier herausschaffen und zu einem Arzt bringen.« Er zog sie hoch, so vorsichtig er konnte.

Als sie, leise schwankend, neben ihm stand, hörte er ein Geräusch an der Tür. Er riss seine Pistole heraus und schob Sophia zur Seite, um ungehindert schießen zu können.

Doch in der Tür stand Nazario. Im Mondlicht war zu sehen, dass ihm Tränen über die Wangen liefen.

»Danke«, sagte er mit belegter Stimme. »Großer Gott. Danke!« Er trat vor und schloss seine Frau in die Arme.

Einen Augenblick lang klammerte sie sich an ihn, dann richtete sie sich unter sichtbaren Schmerzen mühsam auf und wandte sich Pitt zu. Die Kleider hingen ihr in Fetzen vom Leib, und ihr Haar war verfilzt, doch auf ihr geschwollenes und von zahlreichen Verletzungen entstelltes Gesicht, das vor Schmutz starrte, legte sich ein Lächeln. »Ich wusste, dass Sie kommen würden, Mr. Pitt, aber ich bin zutiefst dankbar, dass es nicht länger gedauert hat. Ich glaube nicht, dass ich noch lange durchgehalten hätte. Was werden Sie mit Mr. Teague tun?«

»Er ist tot. Ich habe ihm mein Wort gegeben, dass er ein ehrenvolles Begräbnis bekommt, sofern sich das Geld an der Stelle befindet, die er mir genannt hat.«

Sie holte tief Luft, und ihr Gesicht strahlte vor Dankbarkeit. »Danke, Mr. Pitt. Sie wissen, woran Sie glauben, und das ist gut, sehr gut.«